本书为全国高等院校古籍整理研究工作委员会直接资助项目

古代涉海叙事文献汇辑考释

倪浓水——著

ZHEJIANG UNIVERSITY PRESS
浙江大学出版社
·杭州·

图书在版编目（CIP）数据

古代涉海叙事文献汇辑考释 / 倪浓水著. -- 杭州 ：
浙江大学出版社，2023.3
ISBN 978-7-308-23104-6

Ⅰ．①古… Ⅱ．①倪… Ⅲ．①中国文学－古典文学－
作品综合集 Ⅳ．①I212.01

中国版本图书馆CIP数据核字(2022)第178935号

古代涉海叙事文献汇辑考释

GUDAI SHEHAI XUSHI WENXIAN HUIJI KAOSHI

倪浓水　著

责任编辑　吴　庆
责任校对　吴心怡
封面设计　项梦怡
出版发行　浙江大学出版社
　　　　　（杭州市天目山路148号　　邮政编码　310007）
　　　　　（网址：http://www.zjupress.com）
排　　版　杭州林智广告有限公司
印　　刷　广东虎彩云印刷有限公司绍兴分公司
开　　本　710mm×1000mm　1/16
印　　张　25.5
字　　数　380千
版 印 次　2023年3月第1版　2023年3月第1次印刷
书　　号　ISBN 978-7-308-23104-6
定　　价　88.00元

前 言

一

对于涉海叙事进行研究，目前已经渐渐成为中国文学研究的一部分。尤其自 20 世纪八九十年代开始，随着中国海洋意识的提高和国家海洋战略的推进，此类研究开始加速。除了有许多研究成果发表和出版外，全国性的研讨会就有两次，它们分别是 1991 年在福建举行的"海洋文学"研讨会和 2008 年在宁波大学举办的"海洋文学国际学术研讨会"。进入新世纪后，许多硕博士论文都以海洋文学作为研究对象。目前中国的海洋文学研究，呈现出研究队伍学术化、研究方式多样化和研究内容系统化等研究趋势。

古代涉海叙事文学研究，是古代文学研究的一个拓展。2013 年 10 月 15 日，由《文学遗产》编辑部与暨南大学中国古代小说研究中心联合主办的"古代小说研究前沿问题学术研讨会"在暨南大学举行。会议的宗旨之一，便是讨论如何拓展古代文学的研究论域。有学者在发言中指出，中国不仅是内陆大国，也是海洋大国，海洋文化的发展源远流长，所以必须加强对古代海洋文学的研究。他们认为这方面的研究工作还需要进一步深入。虽然目前已经有了一些学术成果，如倪浓水《中国古代海洋小说选》等体现了相关思路，但总的来看，还是显得比较薄弱。会议指出，从事古代海洋文学课题的研究，需要从两方面进行发力，一方面是继续深入梳理历代有关海洋小说的文献资料，另一方面需要就中国古代海洋小说的类型、特点、文化内涵进行考察。

一晃十多年时间过去了。有关这方面的研究工作，尤其是对于古代海洋文学文献的搜集整理工作，一直没有大的突破。张平《从边缘到活力——中国古代海洋文学研究的拓新之路》(《广东海洋大学学报》2017 年 02 期)，在考察了中国古代海洋文学书写研究的现状之后，深感文献整理和研究方面的不足，他指出，中国古代海洋文学文献呈现出碎片化的基本面貌，遂使中国学人对本土传统海洋文学的研究因文献零散而力不从心，难以持续深入展开，故全面爬梳传统海洋文学文献成为推进海洋文学研究的当务之急。当代学人于此曾有所尝试，如徐波选编的《中国古代海洋散文选》和倪浓水选编的《中国古代海洋小说选》。这些成果凝聚了编选者的心血，其开拓之功人所共睹，但缺失亦较为明显。首先，文献辑考难称全面，尚待充实。《中国古代海洋散文选》收文未及百篇，《中国古代海洋小说选》录小说仅 33 部（其中存目两部），如此规模远未集成式反映中国古代海洋文学的全貌，显然无法适应对中国古代海洋文学的深入研究。因而在这一领域，尚期待精校、精注式基础文献的出现，以资对中国传统海洋文学资源的深度利用。

本课题就是在这样的背景下展开的对于古代涉海文献进行进一步搜集、整理的基础性研究工作。

这方面的工作，我们已经坚持了多年。上述所提到的《中国古代海洋小说选》，其实正是我们课题组早期的成果之一。自那以后，我们一直没有放弃这方面文献的搜索整理工作。经过多年的努力，有关古代海洋文学文献搜集所得，越来越丰富。这本《古代涉海叙事文献汇辑考释》，正是这样的产物。

二

本课题采用"涉海叙事"而不是"涉海小说"或"海洋小说"这样的术语，是基于如下的考虑：我们认为，涉海叙事文学虽然以涉海小说为主，但是其范围要比涉海小说来得更加广泛。因为中国古代涉海叙事文学，不仅仅是虚构性叙述性文学，而且有许多是记载性的。这在笔记作品中体现得尤为明显。如果从现代意义上小说的角度而言，许多涉海叙事文学，也许根本谈不上是小说作品，甚至是不是文学作品都值得怀疑。但是在笔记体文学研究中，这种碎片式的叙述方式，是得到学界承认的，后人并不否定它是文学性作品。

所以说，本课题论域范围内的涉海叙事文献，要比涉海小说来得更广泛一些。它既包括比较纯粹的小说作品，也包括一些纪实性的散文体作品。也就是说，"涉海叙事"其实有两层意思，一层是指涉及海洋题材的一种叙述形式，另一层指与海洋内容有关的叙事作品。

本课题所搜集的古代涉海叙事文献，其范围主要包括：

其一是古本小说。如洪迈《夷坚志》、冯梦龙《情史》、蒲松龄《聊斋志异》、王韬《遁窟谰言》《淞滨琐话》《淞隐漫录》等中的涉海小说，以及《西游记》《三宝太监西洋记通俗演义》《镜花缘》等中的涉海部分叙写。

其二是历代笔记文学。古人笔记中有大量的海洋叙事文本存在，这是古代涉海叙事文学的主体。如周密《癸辛杂识》中就有较多的涉海叙事作品。

其三是子书。如《列子》《庄子》和《山海经》等中的涉海叙事。其中《山海经》在古代海洋文学中处于非常重要的地位，它为后世提供了许多母题式的海洋叙事和海洋抒情话语。

其四是类书。如《太平广记》辑录了数量非常可观的涉海叙事，它简直是宋代之前中国涉海叙事的集大成者。

其五是作者亲身体验和考察的古代海洋纪事和与职业有关的涉海叙述及相关记录文献。如徐兢《宣和奉使高丽图经》、马欢《瀛涯胜览》、费信《星槎胜览》等。

其六是滨海地区的古代地方文献。黄衷《海语》和屠本畯《闽中海错疏》等。

另外必须指出的是，本课题所搜集的涉海叙事文献中，还有一些作品，它们的叙事性其实并不突出，但是如果从宽泛的要求来看，仍然可以归入涉海叙事文学中，譬如一些比较客观的海洋生物记载，几乎可以归入科普性说明文中去，但是由于它们来自笔记体著作，所以仍然被纳入了叙事作品中。还有如陈子昂《祭海文》、韩愈《南海神庙碑》和柳宗元《招海贾文》

这唐代三大家的涉海文章，严格来说也不是叙事性作品，但是考虑到它们特殊的记录海洋贸易、海洋崇信和海洋军事行动的文史价值，本课题也予以辑录。

另外，还有一些作品，被选录于各种类书中，所以显得有些重复，如唐段成式《酉阳杂俎》中有《长须国》，冯梦龙《情史》有《虾怪》，其内容完全一致（只有四五个字的一个短句被冯梦龙删去），本应辑录一篇即可。但为了更清晰地反映古代涉海叙事文学发展的整体面貌，还是一起收录于本课题之中。

但有一种情况的文献，本课题酌情没有予以收录，那就是海洋因素不甚明显的作品。如冯梦龙《情史》中有《鱼》一篇，尽管叙事内容非常有意思，是"鱼雁传书"故事的另外一种表述，而且文中还有"桂海"这种指代南方广大地区（包括滨海地区）的名称，但仔细阅读，这条鱼的"海鱼"特质不明显，于是就未加收录。另外如蒲松龄《聊斋志异》中的《崂山道士》，也是如此。崂山虽然在海边，但是崂山道士的故事与海洋之间联系不紧密，所以也没有收录。

三

从我们多年的文献搜索研究可知，中国古代并没有一本独立的涉海叙事文献存在。所有的涉海作品，都散见于各种专著、笔记和类书等典籍之中。虽然目前学术界对于古代海洋文献的搜集和整理工作，已经取得了比较喜人的成绩，至今已经出版了《我国南海诸岛史料汇编》（1988）、《中国古代海洋文献导读——古代中国的海洋观》（2011）、《海疆文献初编：沿海形势及海防》（2011）、《中国海疆文献续编》（2012）、《中国古代海岛文献地图史料汇编》（2013）和《中国沿海疆域历史图录》（2017）等整理研究成果。但是对于古代涉海叙事文献而言，还没有一本专集性文献集成出版。目前已经出版的《中国古代海洋小说选》（2006）、《中国古代海洋散文选》（2006）、《星槎胜览校注》（1954）、《明抄本〈瀛涯胜览〉校注》（2005）、《海语》（1991）、《临海水土异物志辑校》（1988）和《东瓯逸事汇录》（2006）

等，虽然都从某个侧面对古代的涉海叙事文献进行了整理，但是除了个别选本是有意识地围绕海洋文学这个主题展开外，许多著作都是另有写作目的，其海洋文学的特性被包含在其他因素之中。

因此对于古代的涉海叙事文献的搜集，需要从各种典籍中细心地去进行挖掘。经过多年大海捞针般的搜集，课题组目前共从各种典籍中搜集到了一百多种数百条涉海叙事文献，整理成本书。这里"汇辑"的意思，如果仅仅从古代涉海叙事文学的角度而言，虽不敢说已经"一网打尽"（这事实上也是做不到的，因为对于"涉海叙事"论域理解的不同，会导致涉海叙事文献的取舍具有不同的标准，再说总是会有新的文献出现，所以永无"穷尽"的可能），但是基本上已经进入课题组的视野，这也是课题名称中"汇辑"的意思。

不过我们原定的书名，除了"汇辑"外，还有一个关键词"笺注"，合起来叫《古代涉海叙事文献汇辑笺注》，但考虑到"笺注"一词的学理属性为对前人注解的补充和订正，而本书在实际写作中，更多偏向于对于文献的解读，所以用"笺注"作书名已经不甚恰当，故改名为《古代涉海叙事文献汇辑考释》。所谓的"考释"，即是"考"和"释"的结合。因为古典文献的校核是一项艰苦的工作，"考证""辨析"是必不可少的。好在本课题所搜集的文献，其来源并非什么冷僻的典籍，大多已经由前辈们进行认真扎实的考证辨别，加之现在文献搜索的途径日益广泛，手法日益先进，所以搜集所得的文献，基本上都非常可靠，所以我们所谓的"考释"，其实重点不在"考"，而在于简明扼要的"释"，也就是对于阐释和解读文献本身在某些方面的价值。这些价值，有些是海洋文学属性，有些是海洋文学史属性，还有好多是海洋史价值。我们尽可能予以客观地指出，以便帮助读者更好地了解和认识这些海洋文献多方面的人文价值。

四

本课题"古代涉海叙事文献辑录"共搜集 100 余部著作中的 500 来篇作品。总的来看，相对于灿烂的中国古代文学而说，古代中国的涉海叙事文献是不怎么丰富的。仅以宋代为例，宋代是中国海洋活动非常活跃的事情，宋代又是中国笔记文学繁荣时期，但是活跃的海洋活动并没有带来宋代海洋叙事文学的发达，众多的宋代笔记文学中，涉及海洋的也并不是很多。其他如元明清等时期，都是如此。

但是尽管如此，如果把"涉及海洋的叙事"当作古代涉海叙事文献的选录标准的话，那么从我们课题组的搜集来看，数千年时间形成的古代涉海叙事文献，数量其实也并不少。尤其从明清时期开始，随着小说的大规模繁荣，涉及海洋的叙事越来越多，有些是整篇都涉及海洋，更多的则是其中一部分涉及海洋。这在《镜花缘》等长篇小说中体现得最为明显。如果将这些都囊括进来，那么这本《古代涉海叙事文献汇辑考释》的总字数，将会是惊人的。因此我们采用了"存目"但同时又进行简要介绍的方法。

黑格尔在他的《历史哲学》中说："大海给了我们茫茫无定、浩浩无际和渺渺无限的观念；人类在大海的无限里感到他自己底无限的时候，他们就被激起了勇气，要去超越那有限的一切。……大海所引起的活动，是一种很特殊的活动。"他认为勇敢地探求未知的世界、竞争性地扩张和掠夺、通过海洋贸易获取滚滚财富，这些海洋精神和海洋实践活动构成了海洋文明的基本特征，但是黑格尔又认为中国不在其中。"超越土地限制，渡过大海的活动，是亚细亚洲各国所没有的……中国便是一个例子。在他们看来，海只是陆地的中断，陆地的天限……他们和海不发生积极的联系。"

黑格尔的这个的观点，对于中国的海洋文化和海洋文学的研究，影响巨大，其中之一便是以西方海洋文学的价值评判标准来审视中国的海洋文学，往往忽略了中国海洋文学的特殊性。中国究竟有没有海洋文学，中国海洋文学究竟有何特色，本书将呈现出中国古代海洋叙事文学原始而又基本的面貌，仁者见仁，智者见智，相信大家自会得出自己的研究结论。

在文献汇辑的同时，课题组还对每一则文献，它们或者从海洋文学叙事特色，或者从海洋文学和文化源流传承，或者从作者的地域和经历角度等方面，进行了简要的考释，以供读者参考。

目 录

一、[先秦]《山海经》（11则）

袁珂《山海经校注》，巴蜀书社 1992 年版。

北山经

又北二百里，曰发鸠之山，其上多柘木。有鸟焉，其状如乌，文首、白喙、赤足，名曰精卫，其鸣自詨。是炎帝之少女名曰女娃，女娃游于东海，溺而不返，故为精卫。常衔西山之木石，以堙于东海。

海外南经

讙头国在其南，其为人人面有翼，鸟喙，方捕鱼。一曰在毕方东。或曰讙朱国。

长臂国在其东，捕鱼水中，两手保操一鱼。一曰在周饶东，捕鱼海中。

海外西经

丈夫国在维鸟北，其为人衣冠带剑。

海外北经

聂耳之国……悬居海水中，及水所出入奇物。两虎在其东。

海外东经

君子国在其北，衣冠带剑，食兽，使二大虎在旁，其人好让不争。

下有汤谷。汤谷上有扶桑，十日所浴，在黑齿北。居水中，有大木，九日居下枝，一日居上枝。

海内南经

瓯居海中。闽在海中，其西北有山。一曰闽中山在海中。

海外西经

射姑国在海中，属列姑射。西南，山环之。

大蟹在海中。

陵鱼人面，手足，鱼身，在海中。大鲩居海中。

明组邑居海中。蓬莱山在海中。大人之市在海中。

海内东经

都州在海中。一曰郁州。

琅邪台在渤海间，琅邪之东。其北有山，一曰在海间。

韩雁在海中，都州南。

始鸠在海中，辕厉南。

大荒东经

东海之外大壑，少昊之国。少昊孺帝颛顼于此，弃其琴瑟。

东海之外，大荒之中，有山名曰大言，日月所出。

有波谷山者，有大人之国。有大人之市，名曰大人之堂。有一大人踆其上，张其两耳。

有东口之山。有君子之国，其人衣冠带剑。

东海之渚中，有神，人面鸟身，珥两黄蛇，践两黄蛇。

东海中有流波山，入海七千里。其上有兽，状如牛，苍身而无角，一足，出入水则必风雨，其光如日月，其声如雷，其名曰夔。黄帝得之，以其皮为鼓，橛以雷兽之骨，声闻五百里，以威天下。

大荒南经

有阿山者。南海之中，有泛天之山，赤水穷焉。

南海渚中，有神，人面，珥两青蛇，践两赤蛇，曰不廷胡余。

有人名曰张宏，在海上捕鱼。海中有张宏之国，食鱼，使四鸟。

大荒西经

有鱼偏枯，名曰鱼妇，颛顼死即复苏。风道北来，天乃大水泉。蛇乃化为鱼，是为鱼妇。颛顼死即复苏。

考释

《山海经》的涉海叙事元素，主要集中在13篇《海经》中。明代著名学者胡应麟论《山海经》，认为"《山海经》，古今语怪之祖"（《少室山房笔丛》）。如果从海洋文学的角度而论，《山海经》也可以说是"中国海洋文学之祖"，因为它里面包含了众多的海洋叙事母题。

如《海外东经》和《海外西经》中的"君子国"意象，后来成为《镜花缘》等小说所描述的君子国材料来源。《海外西经》中的"射姑国"，被列子和庄子所传承；其"大蟹"和"大鳐"成了后世"海洋大鱼叙事"的起源；其"陵鱼人面，手足，鱼身，在海中"的描述开启了后世的"人鱼"系列故事。《海内南经》的"瓯居海中"、"闽在海中"，《海外北经》的"聂耳之国……悬居海水中"等，是海洋民居社会叙事的雏形。《大荒东经》的"东海之渚中，有神"和"海中有流波山，入海七千里。其上有兽，状如牛"的记叙，是海洋神灵叙事的源流。诸如此类，都极大影响和启发了后世的海洋叙事创作。

《大荒西经》的"鱼妇"记载则比较特殊。晋郭璞《山海经传》在"有鱼偏枯，名曰鱼妇，颛顼死即复苏"下注释说："言其人能变化也。"在"风道北来，天乃大水泉"下加注说："言泉水得风暴溢出，道尤从也。"在"蛇乃化为鱼，是为鱼妇。颛顼死即复苏"下引述《淮南子》材料加注说："《淮南子》曰：'后稷龙在建木西，其人死复苏，其半为鱼。'盖谓此也。"这条记载，虽然没有与海洋有直接的关系，但是这里出现的"鱼妇"意象，后来却成为海洋文学中一个反复出现的叙事母题，包含有深厚的海洋人文因素。

当然最为奇特的，当属《北山经》里的那则"精卫填海"故事了。它涉及海洋，却出现在《山经》，此为奇特之一；精卫前身女娃的身份为炎帝之少女，炎帝的部落在北方的"发鸠之山"，女娃却死在相对南方的"东海"，此为奇特之二；女娃要填平东海，所用材料"木石"不是在东海边就地取材，而是从遥远的"西山"即发鸠之山"衔"来，此为奇特之三。这说明"精卫填海"故事不是一般性的海难事故记录，而是具有深刻的象征意义。它可以说是中国古代海洋寓言性叙事的发轫之作。

二、[先秦] 列子（3则）

《列子》，中华书局 1985 年版。

列姑射山在海河洲中，山上有神人焉，吸风饮露，不食五谷；心如渊泉，形如处女；不偎不爱，仙圣为之臣；不畏不怒，愿悫为之使；不施不惠，而物自足；不聚不敛，而已无愆。阴阳常调，日月常明，四时常若，风雨常均，字育常时，年谷常丰；而土无札伤，人无夭恶，物无疵厉，鬼无灵响焉。

（《黄帝第二》）

海上之人有好沤鸟者，每旦之海上，从沤鸟游，沤鸟之至者百住而不止。其父曰："吾闻沤鸟皆从汝游，汝取来，吾玩之。"明日之海上，沤鸟舞而不下也。故曰：至言去言，至为无为；齐智之所知，则浅矣。

（《黄帝第二》）

汤又问："物有巨细乎？有修短乎？有同异乎？"革曰："渤海之东不知几亿万里，有大壑焉，实惟无底之谷，其下无底，名曰归墟。八纮九野之水，天汉之流，莫不注之，而无增无减焉。其中有五山焉：一曰岱舆，二曰员峤，三曰方壶，四曰瀛洲，五曰蓬莱。其山下周旋三万里，其顶平处九千里。山之中间相去七万里，以为邻居焉。其上台观皆金玉，其上禽兽皆纯缟。珠玕之树皆丛生，华实皆有滋味，食之皆不老不死。所居之人皆仙圣之种；一日一夕飞相往来者，不可数焉。而五山之根无所连著，常随潮波上下往还，不得暂峙焉。仙圣毒之，诉之于帝。帝恐流于西极，失群仙圣之居，乃命禺强使巨鳌十五举首而戴之，迭为三番，六万岁一交焉。五山始峙而不动。而龙伯之国有大人，举足不盈数步而暨五山之所，一钓而连六鳌，合负而趣，归其国，灼其骨以数焉。岱舆员峤二山流于北极，沈于大海，仙圣之播迁者巨亿计。帝凭怒，侵减龙伯之国使阨，侵小龙伯之民使短。至伏羲神农时，其国人犹数十丈。"

（《汤问第五》）

考释

对于列子其人是否真实存在和《列子》一书的真伪，自古就有争议，但至今无人可以明确加以否定，《列子》仍然是一部客观存在的古代文化典籍。

《列子》是很具有海洋文化视野的。"列姑射山"意象后来被庄子等人所传承和发扬光大，成为海洋神灵的又一个文化渊源。海上神仙岛意象的构建，对后世尤其是汉魏时期的海洋想象，影响非常深远。海上蓬莱等神仙岛的传说，至今仍然具有很大的魅力。

《列子》中最值得关注的是那则"好沤（鸥）鸟者"叙事。这篇海洋叙事想象奇特，画面感极强，人鸥友好相处融为一体的主题异常深刻。为了突出这个主题，故事还设置了一个对立面"其父"的形象。这个"其父"也喜欢鸥鸟，但其情感基础并非是"好"，而是为了"玩"。"好"是同道，"玩"是亵玩，其境界层次有天壤之别。通灵的鸥鸟察觉到了"其父"的卑劣，于是"舞而不下"，与他保持了相当的距离。更为难能可贵的是，这还是一篇"在海"的叙事。纵观中国海洋文学史，绝大部分都是"观海"的视角，或者是"岛屿故事"，像这种发生于"海上"的叙事相当少见。

当然，从列子的本意来看，这个"好鸥者"故事，仅仅是一个寓言式框架，其目的是引出文末的"至言去言，至为无为"的哲理。但是从文本的美学内涵来看，这种寓言式涉海书写，又为后世的海洋文学提供了一种象征和寄寓式海洋叙事的诗学模式。

三、[先秦]《庄子》（4则）

《庄子》，中华书局 2010 年版。

北冥有鱼，其名为鲲。鲲之大，不知其几千里也。化而为鸟，其名为鹏。鹏之背，不知其几千里也。怒而飞，其翼若垂天之云。是鸟也，海运则将徙于南冥。南冥者，天池也。

（《庄子·逍遥游》）

南海之帝为儵，北海之帝为忽，中央之帝为浑沌。儵与忽时相与遇于浑沌之地，浑沌待之甚善。儵与忽谋报浑沌之德，曰："人皆有七窍以视听食息，此独无有，尝试凿之。"日凿一窍，七日而浑沌死。

（《庄子·应帝王》）

秋水时至，百川灌河；泾流之大，两涘渚崖之间不辨牛马。于是焉河伯欣然自喜，以天下之美为尽在己。顺流而东行，至于北海，东面而视，不见水端。于是焉河伯始旋其面目，望洋向若而叹曰："野语有之曰：'闻道百，以为莫己若者'，我之谓也。且夫我尝闻少仲尼之闻，而轻伯夷之义者，始吾弗信，今吾睹子之难穷也，吾非至于子之门，则殆矣，吾长见笑于大方之家。"北海若曰："井蛙不可以语于海者，拘于虚也；夏虫不可以语于冰者，笃于时也；曲士不可以语于道者，束于教也。今尔出于崖涘，观于大海，乃知尔丑，尔将可与语大理矣。天下之水，莫大于海。万川归之，不知何时止而不盈；尾闾泄之，不知何时已而不虚；春秋不变，水旱不知。此其过江河之流，不可为量数。而吾未尝以此自多者，自以比形于天地，而受气于阴阳，吾在天地之间，犹小石小木之在大山也。方存乎见少，又奚以自多！计四海之在天地之间也，不似礨空之在大泽乎？计中国之在海内，不似稊米之在大仓乎？号物之数谓之万，人处一焉；人卒九州，谷食之所生，舟车之所通，人处一焉。此其比万物也，不似豪末之在于马体乎？五帝之所连，三王之所争，仁人之所忧，任士之所劳，尽此矣！伯夷辞之以为名，仲尼语之以为博。此其自多也，不似尔向之自多于水乎？”

（《庄子·秋水》）

任公子为大钩巨缁，五十犗以为饵，蹲乎会稽，投竿东海，旦旦而钓，期年不得鱼。已而大鱼食之，牵巨钩，錎（陷）没而下，骛扬而奋鬐，白波若山，海水震荡，声侔鬼神，惮赫千里。任公子得若鱼，离而腊之，自制河以东，苍梧已北，莫不厌若鱼者。已而后世辁才讽说之徒，皆惊而相告也。夫揭竿累，趣灌渎，守鲵鲋，其于得大鱼难矣！饰小说以干县令，其于大达亦远矣。是以未尝闻任氏之风俗，其不可与经于世亦远矣！

（《庄子·外物》）

考释

庄子（约前369—前286，或说前275），战国中期思想家、哲学家和文学家。姓庄，名周，字子休（亦说子沐），宋国蒙县（今河南商丘东北一带）人。《庄子》对于中国古代叙事文学发展的贡献是多方面的。他在《外物篇》中"小说"一名的提出，虽然与后世的小说概念不同，但是"饰小说以干县令，其于大达亦远矣"的表述，却也包含了小说的社会影响功能，也是非常值得重视的。另外《庄子》的寓言化叙述形式，也具有多方面的小说叙事的因素。

《庄子》里的涉海叙事，就很有小说的味道。无论是诞生于海洋的鲲鹏转化和升华，还是场面感十足的"河神与海神对话"，都是一种展示式的小说叙事方式。而南海之帝与北海之帝合力"凿"死中央之帝浑沌的构思，极具政治文化内涵，不妨可以理解为在中华文化构成过程中，海洋文明在被中原内陆文明"同化"过程中的一次"反抗"寓言。这篇故事，在我看来，与《山海经》中"精卫填海"的文化寓意，有异曲同工之妙。

《庄子》中最具海洋叙事色彩的当属于"任公子海钓"了。它想象丰富，气派宏达，意境高远。另外还需指出的是，垂钓的地点是"会稽"。汉东方朔《海内十洲记》也说"瀛洲在东海中……大抵是对会稽。"可见这个"会稽"，在中国早期的海洋文献中，具有比较特殊的文化含义。

四、[汉] 东方朔《神异经》（5则）

[汉] 东方朔《神异经》，《汉魏六朝笔记小说大观》，上海古籍出版社 1999 年版。

东荒经

东海之外，荒海中有山。焦炎而峙，高深莫测。盖禀至阳之为质也。海中激浪投其上，嚼然而尽，计其昼夜，嚼摄无极，若熬鼎受其洒汁耳。

大荒之东极，至鬼府山、臂沃椒山，脚巨洋海中，升载海日。盖扶桑山有玉鸡，玉鸡鸣则金鸡鸣，金鸡鸣则石鸡鸣，石鸡鸣则天下之鸡悉鸣，潮水应之矣。

东海沧浪之洲，生强木焉，洲人多用作舟楫。其上多以珠玉为戏物，终无所负。其木方一寸，可载百许斤，纵石镇之，不能没。

东南荒经

东南海中有炟洲，洲有温湖，鲥鱼生焉。其长八尺，食之宜暑而辟风寒。

西荒经

西海水上有人，乘白马，朱鬣，白衣玄冠，从十二童子，驰马西海水上，如飞如风，名曰河伯使者。或时上岸，马迹所及，水至其处，所之之国，雨水滂沱。暮则还河。

西海之外，有鹄国焉。男女皆长七寸。为人自然有礼，好经纶拜跪。其人皆寿三百岁。其行如飞，日行千里，百物不敢犯之，唯畏海鹄，过辄吞之，亦寿三百岁。此人在鹄腹中不死，而鹄一举千里。

西北荒经

西北海外有人，长二千里，两脚中间相去千里，腹围一千六百里。但日饮天酒五斗，不食五谷鱼肉，唯饮天酒。忽有饥时，向天仍饮。好游山海间，不犯百姓，不干万物，与天地同生，名曰无路之人，一名仁，一名信，一名神。

北荒经

北海有大鸟，其高千尺，头文曰天，胸文曰候，左翼文曰鹭，右翼文曰勒。头向东，正海中央捕鱼。或时举翼而飞，其羽相切如风雷也。

考释

《神异经》和《海内十洲记》，都相传为东方朔所撰。东方朔是一个历史文化名人，却也是一个文化谜团。《神异经》和《海内十洲记》究竟是不是他所写，争论了上千年，至今还没有结论，但也没有人明确加以否认。这样东方朔撰《神异经》和《海内十洲记》，就成了一种事实上的被"承认"。

现存《神异经》版本较多，文字也各有差异。1999年上海古籍出版社在出版《汉魏六朝笔记小说大观》时，依据古本《汉魏丛书》，再校以其他版本，进行标点出版。本节文献即辑录自《汉魏六朝笔记小说大观》。

《神异经》从内容到形式都是仿照《山海经》，是后世"仿《山海经》系列"的最早戏拟之作。它的涉海内容，有许多都是对《山海经》的传承，充分显示《山海经》在古代海洋书写中的母题地位。但也有许多是自己的创造性构建。

《神异经·东荒经》中的"焦炎山"意象，就是《神异经》的独创。它似乎是海上火山爆发的一种隐约描述，后来却成为海洋小说的一种想象材料。明冯梦龙小说《焦土妇人》，就把"焦炎山"设置为故事背景。

《神异经·东南荒经》中所描述的那个"河伯使者"形象，乘坐白马，纵情海上，潇洒飘逸，非常具有美感。这样俊逸的海洋人物形象，在古代海洋小说中是不多见的。

《神异经·西荒经》所塑造的鹄国人形象，更是意味深长，具有哲学寓意。他们人极矮小，却"为人自然有礼，好经伦拜跪"，文明程度极高，而且还个个长寿。可是他们经常遭遇天敌"海鹄"，因为这种"海鹄"喜欢把他们一口吞下。他们虽然葬身海鹄腹中，却顽强地生存下来。这篇故事所包含的海洋人文思想是多方面的，但其中核心的内容是对海洋人的文明修养和生存能力的赞美。

五、[汉] 东方朔《海内十洲记》

[汉] 东方朔《海内十洲记》,《汉魏六朝笔记小说大观》, 上海古籍出版社 1999 年版。

汉武帝既闻王母说八方巨海之中, 有祖洲、瀛洲、玄洲、炎洲、长洲、元洲、流洲、生洲、凤麟洲、聚窟洲。有此十洲, 乃人迹所稀绝处。又始知东方朔非世常人, 是以延之曲室, 而亲问十洲所在, 所有之物名, 故书之记。方朔云:"臣, 学仙者耳, 非得道之人。以国家之盛美, 将招名儒墨于文教之内, 抑绝俗之道于虚诡之迹。臣故韬隐逸而赴王庭, 藏养生而侍朱阙矣。亦由尊上好道, 且复欲抑绝其威仪也。曾随师主履行, 比至朱陵扶桑蜃海冥夜之丘, 纯阳之陵, 始青之下, 月宫之间, 内游七丘, 中旋十洲, 践赤县而遨五岳, 行陂泽而息名山。臣自少及今, 周流六天, 广陟天光, 极于是矣。未若凌虚之子, 飞真之官, 上下九天, 洞视百万, 北极勾陈而并华盖, 南翔太册而栖大夏。东之通阳之霞, 西薄寒穴之野。日月所不逮, 星汉所不与, 其上无复物, 其下无复底。臣所识乃及于是, 愧不足以酬广访矣。"

祖洲近在东海之中, 地方五百里, 去西岸七万里。上有不死之草, 草形如菰苗, 长三四尺, 人已死三日者, 以草覆之, 皆当时活也, 服之令人长生。昔秦始皇大苑中, 多枉死者横道, 有鸟如乌状, 衔此草覆死人面, 当时起坐而自活也。有司闻奏, 始皇遣使者赍草, 以问北郭鬼谷先生, 鬼谷先生云:"此草是东海祖洲上, 有不死之草, 生琼田中, 或名为养神芝, 其叶似菰苗, 丛生, 一株可活一人。"始皇于是慨然言曰:"可采得否?"乃使使者徐福, 发童男童女五百人, 率摄楼船等入海寻祖洲, 遂不返。福, 道士也, 字君房, 后亦得道也。

瀛洲在东海中, 地方四千里, 大抵是对会稽, 去西岸七十万里, 上生神芝仙草, 又有玉石, 高且千丈。出泉如酒, 味甘, 名之为玉醴泉, 饮之数升辄醉，令人长生。洲上多仙家，风俗似吴人，山川如中国也。

玄洲在北海之中，戌亥之地，方七千二百里，去南岸三十六万里，上有太玄都，仙伯真公所治。多丘山，又有风山，声响如雷电。对天西北门上，多太玄仙官宫室，宫室各异，饶金芝玉草。乃是三天君下治之处，甚肃肃也。

炎洲在南海中，地方二千里，去北岸九万里，上有风生兽，似豹，青色，大如狸。张网取之，积薪数年以烧之，薪尽而兽不然，灰中而立，毛亦不焦，斫刺不入，打之如灰囊，以铁锤锻其头，数十下乃死。而张口向风，须臾复活。以石上菖蒲塞其鼻，即死，取其脑，和菊花服之，尽十斤，得寿五百年。又有火林山，山中有火光兽，大如鼠，毛长三四寸，或赤或白。山可三百里许，每夜即见此山林，乃是此兽光照，状如火光相似。取其兽毛，以缉为布，时人号为火浣布，此是也。国人衣服垢污，以灰汁浣之，终无洁净，唯火烧此衣服，两盘饭间，振摆，其垢自落，洁白如雪。亦多仙家。

长洲一名青丘，在海南辰巳之地，地方各五千里，去岸二十五万里。上饶山川及多大树，树乃有二千围者。一洲之上，专是林木，故一名青丘。又有仙草灵药，甘液玉英，靡所不有，又有风山，山恒震声，有紫府宫，天真仙女游于此地。

元洲在北海中，地方三千里，去南岸十万里，上有五芝玄涧，涧水如蜜浆，饮之长生，与天地相毕。服此五芝，亦得长生不死。亦多仙家。

流洲在西海中，地方三千里，去东岸十九万里。上多山川，积石，名为昆吾，冶其石成铁作剑，光明洞照，如水精状，割玉物如割泥。亦饶仙家。

生洲在东海丑寅之间，接蓬莱十七万里，地方二千五百里，去西岸二十三万里。上有仙家数万。天气安和，芝草常生，地无寒暑，安养万物。亦多山川仙草众芝。一洲之水，味如饴酪。至良洲者也。

凤麟洲在西海之中央，地方一千五百里。洲四面有弱水绕之，鸿毛不浮，不可越也。洲上多凤麟，数万各为群。又有山川池泽，及神药百种。亦多仙家。煮凤喙及麟角，合煎作膏，名之为续弦胶，或名连金泥，此胶能续弓弩已断之弦、刀剑断折之金，更以胶连续之，使力士掣之，他处乃断，所续之际，终无断也。武帝天汉三年，帝幸北海，祠恒山。四月，西国王使至，献此胶四两，吉光毛裘，武帝受以付外库，不知胶裘二物之妙用也。以为西国虽远，而上贡者不奇，稽留使者未遣。又，时武帝幸华林园，射虎而弩弦断，使者时从驾，又上胶一分，使口濡以续弩弦。帝惊曰："此异物也！"乃使武士数人，共对掣引之，终日不脱，如未续时也，胶色青如碧玉。吉光毛裘黄色，盖神马之类也，裘入水数日不沉，入火不焦。帝于是乃悟，厚谢使者而遣去，赐以牡桂干姜等物，是西方国之所无者。又益思东方朔之远见。周穆王时，西胡献昆吾割玉刀及夜光常满杯。刀长一尺，杯受三升。刀切玉如切泥，杯是白玉之精，光明夜照。冥夕，出杯于中庭以向天，比明而水汁已满于杯中也。汁甘而香美，斯实灵人之器。秦始皇时，西胡献切玉刀，无复常满杯耳。如此胶之所出，从凤麟洲来，剑之所出，必从流洲来，并是西海中所有也。

聚窟洲在西海中申未之地，地方三千里，北接昆仑二十六万里，去东岸二十四万里。上多真仙灵官宫第，比门不可胜数。及有狮子辟邪、凿齿天鹿、长牙铜头、铁额之兽，洲上有大山，形似人鸟之象，因名之为人鸟山。山多大树，与枫木相类，而花叶香闻数百里，名为反魂树。扣其树亦能自作声，声如群牛吼，闻之者皆心震神骇。伐其木根心，于玉釜中煮取汁，更微火煎如黑饧状，令可丸之，名曰惊精香，或名之为震灵丸，或名之为反生香，或名之为震檀香，或名之为人鸟精，或名之为却死香。一种六名。斯灵物也，香气闻数百里。死者在地，闻香气乃却活，不复亡也。以香熏死人，更加神验。征和三年，武帝幸安定，西胡月支国王，遣使献香四两，大如雀卵，黑如桑椹，帝以香非中国所有，以付外库。又献猛兽一头，形如五六十日犬子，大似狸而色黄。命国使将入呈帝见之。使者抱之，似犬，羸细秃悴，尤怪其言非也。问使者："此小物可弄，何谓猛兽？"使者对曰："夫威加百禽者，不必系之以大小。是以神麟故为巨象之王，鸾凤必为大鹏之宗。百足之虫制于腾蛇，亦不在于巨细也，臣国去此三十万里，国有常占东风入律，百旬不休，青云千吕，连月不散者。当知中国时有好道之君。我王固将贱百家而贵道儒，薄金玉而厚灵物也。故搜奇蕴而贡神香，步天林而请猛兽，乘鼋车而济弱渊，策骥足以度飞沙。契阔途遥，辛苦蹊路，于今已十三年矣。神香起天残之死疾，猛兽却百邪之魅鬼，夫此二物，实济众生之至要，助政化之升平，岂图陛下反不知真乎？是臣国占风之谬矣。今日仰鉴天姿，亦乃非有道之君也。眼多视则贪色，口多言则犯难，身多动则淫贼，心多饰则奢侈，未有用此四者，而成天下之治也。"武帝怃然不平，又问使者："猛兽何方而伏百禽，食啖何物，膂力何比，其所生何乡耶？"使者曰："猛兽所出，或生昆仑、或生玄圃、或生聚窟、或生天路。其寿不穷，食气饮露，解人言语，仁慧忠恕。当其仁也，爱护蠢动不犯虎豹。当其威也，一声叫发千人伏息。牛马百物，惊断絚系，武士奄忽失其势力。当其神也，立兴风云，吐嗽雨露，百邪逆走，蛟龙腾鹜，处于太上之厩，役御狮子，名曰猛兽。盖神光无常，能为大禽之宗主，乃玃天之元王，辟邪之长帅者也。灵香虽少，斯更生之神丸也。疫病灾死者，将能起之，及闻气者即活也，芳又特甚，故难歇也。"于是帝使使者，令猛兽发声，试听之。使者乃指兽命唤一声。兽舐唇良久，忽叫，如天大雷霹雳，又两目如曛磷之交光，光朗冲天，良久乃止，帝登时颠蹶掩耳，震动不能自止。侍者及武士虎贲，皆失仗伏地，诸内外牛马豕犬之属，皆绝绊离系，惊骇放荡，久许咸定。帝忌之，因以此兽付上林苑，令虎食之。于是虎闻兽来，乃相聚屈积如死虎伏。兽入苑，径上虎头，溺虎口，去十步已来。顾视虎，虎辄闭目。帝恨使者言不逊，欲收之，明日失使者及猛兽所在，遣四出寻讨，不知所止。到后元元年，长安城内病者数百，亡者太半，帝试取月支神香烧之城内，其死未三月者皆活，芳气经三月不歇，于是信知其神物也，乃更秘录余香，后一旦又失之，检函封印如故，无复香也，帝愈懊恨，恨不礼待于使者。益贵方朔之遗语，自愧求李君之不勤，惭卫叔卿于阶庭矣。明年帝崩于五柞宫，已亡月支国人乌山震檀却死等香也。向使厚待使者，帝崩之时，何缘不得灵香之用耶？自合命殒矣。

　　沧海岛在北海中，地方三千里，去岸二十一万里。海四面绕岛，各广五千里，水皆苍色，仙人谓之沧海也。岛上俱是大山，积石至多，石象八石，石脑石桂、英流丹黄子石胆之辈百余种，皆生于岛。石服之神仙长生。岛中有紫石宫室，九老仙都所治，仙官数万人居焉。

方丈洲在东海中心，西南东北岸正等，方丈方面各五千里。上专是群龙所聚，有金玉琉璃之宫，三天司命所治之处。群仙不欲升天者，皆往来此洲，受太玄生箓，仙家数十万。耕田种芝草，课计顷亩，如种稻状。亦有玉石泉，上有九源丈人宫主，领天下水神，及龙蛇、巨鲸阴精水兽之辈。

扶桑在东海之东岸，岸直，陆行登岸一万里，东复有碧海，海广狭浩污，与东海等。水既不咸苦，正作碧色，甘香味美，扶桑在碧海之中，地方万里，上有太帝宫，太真东王父所治处，地多林木，叶皆如桑。又有椹树，长者数千丈，大二千余围，树两两同根偶生，更相依倚，是以名为扶桑仙人。食其椹，而一体皆作金光色，飞翔空立，其树虽大，其叶椹故如中夏之桑也，但椹稀而色赤，九千岁一生实耳，味绝甘香美。地生紫金丸玉，如中夏之瓦石状。真仙灵官，变化万端，盖无常形，亦有能分形为百身十丈者也。

蓬丘，蓬莱山也，对东海之东北岸，周回五千里，外别有圆海绕山，圆海水正黑，而谓之冥海也，无风而洪波百丈，不可得往来，上有九老丈人九天真玉宫，盖太上真人所居，唯飞仙有能到其处耳。

昆仑，号曰昆崚，在西海之戌地，北海之亥地，去岸十三万里。又有弱水周回绕匝，山东南接积石圃，西北接北户之室，东北临大活之井，西南至承渊之谷。此四角大山，实昆仑之支辅也。积石圃南头，是王母居。周穆王云："咸阳去此四十六万里，山高平地三万六千里，上有三角，方广万里，形似偃盆，下狭上广，故名曰昆仑山。三角：其一角正北，干辰之辉，名曰阆风巅，其一角正西，名曰玄圃堂；其一角正东，名曰昆仑宫。其一角有积金为天墉城，面方千里，城上安金台五所，玉楼十二所，其北户山、承渊山，又有墉城，金台玉楼，相鲜如流。精之阙光，碧玉之堂，琼华之室，紫翠丹房，锦云烛日，朱霞九光，西王母之所治也，真官仙灵之所宗，上通璇玑，元气流布，五常玉衡，理九天而调阴阳、品物群生，希奇特出，皆在于此。天人济济，不可具记，此乃天地之根纽，万度之纲柄矣。是以太上名山鼎于五方，镇地理也。号天柱于珉城，象纲辅也。诸百川极深，水灵居之，其阴难到，故治无常处。非如丘陵而可得论尔，乃天地设位，物象之宜，上圣观方，缘形而著尔，乃处玄风于西极，坐王母于坤乡，昆吾镇于流泽，扶桑植于碧津。离合火生，而光兽生于炎野，坎总众阴，是以仙都宅于海岛，艮位名山，蓬山镇于寅丑，巽体元女，养巨木于长洲，高风鼓于群龙之位，畅灵符于瑕丘。至妙玄深，幽神难尽。真人隐宅，灵陵所在。六合之内，岂唯数处而已哉。此盖举其摽末尔，臣朔所见不博，未能宣通王母及上元夫人圣旨。昔曾闻之于得道者，说此十洲大丘灵阜，皆是真仙隩墟，神官民治。其余山川万端，并无觊者矣。其北海外又有钟山，在北海之子地，隔弱水之北，一万九千里，高一万三千里，上方七千里，周旋三万里。自生玉芝及神草四十余种，上有金台玉阙，亦元气之所舍，天帝居治处也。钟山之南，有平邪山，北有蛟龙山，西有劲草山，东有束木山。四山，并钟山之枝干也。四山高钟山三万里，官城五所，如一登四面山下望，乃见钟山尔。四面山乃天帝君之城域也。仙真之人出入。道经自一路，从平邪山东南入穴中，乃到钟山北阿门外也。天帝君总九天之维，贵无比焉，山源周回，具有四城之高，但当心有观于昆仑也，昔禹治洪水既毕，乃乘轺车度弱水而到此山，祠上帝于北阿，归大功于九天。又禹经诸五岳，使工刻石，识其里数高下，其字科斗书，非汉人所书，今丈尺里数，皆禹时书也。不但刻剧五岳，诸名山亦然，刻山之独高处尔。今书是臣朔所具见。其王母所道诸灵薮，禹所不履，唯书中夏之名山尔。臣先师谷希子者，太上真官也。昔授臣昆仑、钟山、蓬莱山，及神州真形图。昔来入汉，留以寄知故人。此书又尤重于岳形图矣。昔也传授年限正同尔。陛下好道思微，甄心内向，天尊下降，并传授宝秘。臣朔区区亦何嫌惜，而不止所有哉？然术家幽其事，道法秘其师，术泄则事多疑，师显则妙理散，愿且勿宣臣之意也。

武帝欣闻至说，明年遂复从受诸真形图，常带之肘后。八节当朝拜灵书，以书求度脱焉。朔谓滑稽逆知，预观帝心，故弄万乘，傲公侯，不可得而师友，不可得而喜怒，故武帝不能尽至理于此人。

考释

《海内十洲记》对汉及以后的海洋神仙文化影响非常巨大。海上神仙岛概念，在《山海经》中已经出现，在《列子》中得到了强化，《海内十洲记》则在这样的基础上进行了大规模的拓展书写，不但神仙岛数量大为增加，神仙岛的具体内涵也大为拓展，形成了洋洋大观的"十洲"系列。

所谓的"十洲"，指的是祖洲、瀛洲、玄洲、炎洲、长洲、元洲、流洲、生洲、凤麟洲和聚窟洲。"洲"的规模要比"岛"大许多，所以《海内十洲记》大大超越了《列子》海上神仙五岛的格局。东方朔为这"十洲"勾勒了三个共同点：一是处于汪洋大海深处的"人迹所稀绝处"，这样就更加增加了海洋神仙世界的距离感和陌生感；二是大大丰富了神仙岛上奇珍异物，尤其是重点突出了岛上不死之草、神芝草、金芝玉草、甘液玉英等仙草灵药，这样就对奉行长寿生命观的西汉时人产生了强大的影响力和诱惑力；三是明确说岛上居住的都是"仙家"，"仙家"是道家思想的特有术语，这就迎合了西汉时候处于主流地位的道家思想的文化要求。

《海内十洲记》突出了"海洋仙家"思想，想象出众多的其他海洋道家圣地。有沧海岛，上面住着九老仙和其他数万仙官；有方丈岛，它既是群龙所聚，又是"不欲升天"的群仙所停留之处，也有仙家数十万；还有扶桑岛，上有太帝宫，太真东王父所治处；还有蓬莱山，处于唯飞仙才能到达的"冥海"，上有九老丈人九天真玉宫，盖太上真人所居。东方朔因此而得出结论说："是以仙都宅于海岛。"这种观点导致海洋成为道家思想的重要传播地和聚集地，传说中的道家仙家代表性人物诸如安期生、梅福等人的足迹，遍布沿海各岛屿，连后来成为观音道场的普陀山，其早期的文化形态也是道家的。

《海内十洲记》现存版本，有《道藏》本、《顾氏文房小说》本、《说郛》本、《百子全书》本等。本节文献辑录自上海古籍出版社 1999 年依据《顾氏文房小说》本校核出版的《汉魏六朝笔记小说大观》。

六、[晋]张华《博物志》（16则）

[晋]张华《博物志》，《汉魏六朝笔记小说大观》，上海古籍出版社1999年版。

中国之城，左滨海，右通流沙，方而言之，万五千里。东至蓬莱，西至陇右，右跨京北，前及衡岳，尧舜土万里，时七千里。亦无常，随德劣优也。

（卷之一"物产"类）

南越之国，与楚为邻。五岭巳前至于南海，负海之邦，交趾之土，谓之南裔。

（卷之一"地理略"）

东越通海，处南北尾闾之间。三江流入南海，通东冶，山高海深，险绝之国也。

（卷之一"地理略"）

南海短狄，未及西南夷以穷断。今渡南海至交趾者，不绝也。

（卷之一"水"类）

《史记·封禅书》云：咸宣、燕昭遣人乘舟入海，有蓬莱、方丈、瀛州三神山，神人所集。欲采仙药，盖言先有至之者。其鸟兽皆白，金银为宫阙，悉在渤海中，去人不远。

（卷之一"水"类）

东南之人食水产，西北之人食陆畜。食水产者，龟蛤螺蚌以为珍味，不觉其腥臊也；食陆畜者，狸兔鼠雀以为珍味，不觉其膻也。

（卷之一"五方人民"类）

君子国，人衣冠带剑，使两虎，民衣野丝，好礼让，不争。土千里，多熏华之草。民多疾风气，故人不蕃息，好让，故为君子国。

（卷之二"外国"类）

有一国亦在海中，纯女无男。又说得一布衣，从海浮出，其身如中国人衣，两袖长二丈。又得一破船，随波出在海岸边，有一人项中复有面，生得，与语不相通，不食而死。其地皆在沃沮东大海中。

（卷之二"异人"类）

南海外有鲛人，水居如鱼，不废织绩，其眼能泣珠。

（卷之二"异人"类。《太平御览·珍宝部二·珠下》引张华《博物志》："鲛人从水出，寓人家积日，卖绡将去，从主人索一器，泣而成珠满盘，以予主人。"）

毌丘俭遣王颀追高句丽王宫，尽沃沮东界，问其耆老，言国人常乘船捕鱼，遭风吹，数十日，东得一岛，上有人，言语不相晓。其俗常以七夕取童女沉海。

（卷之二"异俗"类）

南海有鳄鱼，状似鼍，斩其头而干之，去齿而更生，如此者三乃止。

（卷之三"异鱼"类）

东海有牛体鱼，其形状如牛，剥其皮悬之，潮水至则毛起，潮去则毛伏。

（卷之三"异鱼"类）

东海鲛鳝鱼，生子，子惊，还入母肠，寻复出。

（卷之三"异鱼"类）

东海有物，状如凝血，从广数尺，方员，名曰鲊鱼，无头目处所，内无藏，众虾附之，随其东西。人煮食之。

（卷之三"异鱼"类）

海上有草焉，名筛。其实食之如大麦，七月稔熟，名曰自然谷，或曰禹余粮。

（卷之三"异草木"类）

旧说云天河与海通。近世有人居海渚者，年年八月浮槎去来，不失期。人有奇志，立飞阁于查（槎）上，多赍粮，乘槎而去。十余日中，犹观星月日辰，自后茫茫忽忽，亦不觉昼夜。去十余日，奄至一处，有城郭状，屋舍甚严。遥望宫中多织女，见一丈夫牵牛渚次饮之。牵牛人乃惊曰："何由至此？"此人具说来意，并问此是何处。答曰："君还至蜀郡，访严君平则知之。"竟不上岸，因还如期。后至蜀，问君平，曰："某年月日有客星犯牵牛宿。"计年月，正是此人到天河也。

（卷之十"杂说下"）

考释

张华（232—300），字茂先，范阳方城（今河北固安）人。曾先后在曹魏和西晋中任职。西晋时拜中书令、度支尚书，官至司空。后因陷政治纷争而被害。

《博物志》非常丰富。除了山川地理、飞禽走兽、草木虫鱼，还有不少神话传说。其中涉及海洋的内容和故事多达十六则，呈现出多方面的海洋形象和面貌。

《博物志》书名中的"志"，表明了张华对于该书写作的基本态度，那就是尽管书中有许多超现实的神话和传说内容，但张华或许是把它们当作真实的事实和现象来予以记载的，所以《博物志》的海洋书写所反映的当时人的海洋认识和海洋形象和面貌，显得比较接近于现实海洋。

《博物志》中的涉海内容，可以分成两部分。一部分是现实性的，体现在张华对于中华海疆地理的认知和记载，还有部分对于海洋生物的客观记叙。另一部分是海洋想象性的，更具有文学的色彩。这部分又可以分成对于《山海经》和《神异经》意象的传承、对于海洋社会的早期记叙和纯文学性想象这样三个方面。

对于《山海经》和《神异经》海洋意象的传承，主要体现在海洋君子国思想和海洋神仙岛观念的继承。海洋社会的描述也源于《山海经》，可惜后世传承者不多，张华《博物志》中的"东得一岛，上有人，言语不相晓。其俗常以七夕取童女沉海"的海洋民俗的记叙，就显得很是珍贵。

但对于涉海叙事而言，张华《博物志》中的两则故事，都有很高的价值。一则是"南海外有鲛人，水居如鱼，不废织绩，其眼能泣珠"，这个"珠泪"故事后来演变成为颇为壮观的海洋"鲛人珠泪"叙事系列。另一则"八月浮槎"故事则更为奇异。作者想象有一种叫"仙槎"交通工具，能够贯通天海之间，这是非常瑰丽的浪漫主义想象。

现存《博物志》版本繁杂，内容出入相差很大。本节文献辑录自上海古籍出版社《汉魏六朝笔记小说大观》1999 年版。

七、[晋] 崔豹《古今注》（2则）

[晋] 崔豹《古今注》，《汉魏六朝笔记小说大观》，上海古籍出版社 1999 年版。

乌贼鱼，一名河伯度事小吏。《本草》作由事小吏。

（《古今注》"鱼虫第五"）

鲸鱼者，海鱼也。大者长千里，小者数十丈。一生数万子，常以五月六月就岸边生子。至七八月，导从其子还大海中，鼓浪成雷，喷沫成雨，水族惊畏，皆逃匿莫敢当者。其雌曰鲵，大者亦长千里，眼为明月珠。

（《古今注》"鱼虫第五"）

考释

崔豹，字正熊，晋惠帝时官至太傅。《古今注》是一部对古代和当时各类事物进行解说诠释的著作，内容丰富，从舆服都邑、音乐艺术、鸟兽鱼虫到各色草木，无所不包。

崔豹《古今注》里的涉海叙事虽然只有两条，却都很有意思。乌贼鱼即墨鱼，是经常在古代海洋小说里出现的形象，有时以秦始皇身上的布囊出现，有时则成了改写字迹的"作弊者"，但在《古今注》里，它的身份变成了"河伯度事小吏"，一个黄河河神身边的办事小职员了。其形象构建趋向于"人鱼"，而叙事方式则是拟人化手法。

鲸鱼是古代涉海叙事中出现频率比较高的海洋生物，一般是作为"海洋大鱼"的代表出现的，但是在《古今注》里，它却是一个慈母的形象，对于自己的子女非常疼爱，保护得非常好。但是结尾说它的眼睛为"明月珠"，这是有意往"鲛珠"方面靠了。"鲛"一般指鲨鱼。鲸鱼鲨鱼都体型庞大，的确有相同之处的。

　　传世《古今注》版本，主要有《四部丛刊三编》影印的芝秀堂本和《顾氏文房小说》。本节文献辑录自上海古籍出版社依据《顾氏文房小说》于1999年出版的《汉魏六朝笔记小说大观》。

八、[晋] 干宝《搜神记》（3则）

[晋] 干宝《搜神记》，《汉魏六朝笔记小说大观》，上海古籍出版社 1999 年版。

东海君

陈节访诸神，东海君以织成青襦一领遗之

（《搜神记》卷二）

雨鱼

成帝鸿嘉四年秋，雨鱼于信都，长五寸以下。至永始元年春，北海出大鱼，长六丈，高一丈，四枚。哀帝建平三年，东莱平度出大鱼，长八丈，高一丈一尺，七枚。皆死。灵帝熹平二年，东莱海出大鱼二枚，长八九丈，高二丈余。京房易传曰："海数见巨鱼，邪人进，贤人疏。"

（《搜神记》卷六）

鲛人

南海之外有鲛人，水居如鱼，不废织绩，其眼泣则能出珠。

（《搜神记》卷十二）

考释

干宝（约 282—351），字令升，新蔡（今河南省新蔡县）人，后迁居海宁盐关（今属浙江）。东晋文学家、史学家。据说性好阴阳术数，喜鬼神灵异等事。其《搜神记》既钩稽古籍，也博采现世，还有许多篇是他自己所创作。

干宝《搜神记》被誉为中国古代小说的起源性作品，但它不是海洋叙事文学的起源，因为它只有3篇作品涉及海洋。"东海君"和"南海鲛人"，都属于海洋鲛人叙事传统的范畴。鲛人不但能涌泪成珠，而且还能织布。鲛人的这个"纺织"功能以及"东海君子"形象，属于干宝《搜神记》的独特贡献。

《搜神记》的"大鱼"记载，属于"海洋大鱼"叙事传统系列，但是却有变化。干宝在记录下好几条"大鱼"出海题材的同时，还赋予它一种"谶语"式象征，把海洋自然现象与政治大事联系在一起的构思和叙述，对后世的海洋生物书写，影响也是非常大的。

《晋书》说《搜神记》有三十卷，可是早已佚失。今传二十卷，是明代学者胡应麟从各种类书中辑录而成。明清期间有多种版本流传。本节文献辑录自上海古籍出版社以《津逮秘书》为底本整理于1999年出版的《汉魏六朝笔记小说大观》。

九、[前秦] 王嘉《拾遗记》（10则）

[前秦] 王嘉《拾遗记》，《汉魏六朝笔记小说大观》，上海古籍出版社 1999 年版。

尧登位三十年，有巨查（槎）浮于西海。查上有光，夜明昼灭。海人望其光，乍大乍小，若星月之出入矣。查常浮绕四海，十二年一周天，周而复始，名曰贯月查，亦谓挂星查。羽人栖息其上，群仙含露，以漱日月之光，则如暝矣。虞、夏之季，不复记其出没。游海之人，犹传其神仙矣。

（《拾遗记》卷一"唐尧"）

西海之西，有浮玉山。山下有巨穴，穴中有水，其色若火，昼则通晦不明，夜则照耀穴外，虽波涛灌荡，其光不灭，是谓"阴火"。当尧世，其光烂起，化为赤云，丹辉炳映，百川恬澈。游海者铭曰"沉燃"，以应火德之运也。

（《拾遗记》卷一"唐尧"）

尧命夏鲧治水，九载无绩。鲧自沉于羽渊，化为玄鱼，时扬须振鳞，横修波之上，见者谓为"河精"。羽渊与河海通源也。海民于羽山之中，修立鲧庙，四时以致祭祀。常见玄鱼与蛟龙跳跃而出，观者惊而畏矣。至舜命禹疏川奠岳，济巨海则鼋鼍而为梁，逾翠岑则神龙而为驭，行遍日月之墟，惟不践羽山之地，皆圣德之感也。鲧之灵化，其事互说，神变犹一，而色状不同。玄鱼黄能，四音相乱，传写流文，"鲧"字或"鱼"边"玄"也。群疑众说，并略记焉。

（《拾遗记》卷二"夏禹"）

　　始皇好神仙之事，有宛渠之民，乘螺舟而至。舟形似螺，沉行海底，而水不浸入，一名沦波舟。其国人长十丈，编鸟兽之毛以蔽形。始皇与之语，及天地初开之时，了如亲睹。曰："臣少时蹑虚却行，日游万里。及其老朽也，坐见天地之外事。臣国在咸池日没之所九万里，以万岁为一日。俗多阴雾，遇其晴日，则天豁然云裂，耿若江汉。则有玄龙黑凤，翻翔而下。及夜，燃石以继日光。此石出燃山，其土石皆自光澈，扣之则碎，状如粟，一粒辉映一堂。昔炎帝始变生食，用此火也。国人今献此石。或有投其石于溪涧中，则沸沫流于数十里，名其水为焦渊。臣国去轩辕之丘十万里，少典之子采首山之铜，铸为大鼎。臣先望其国有金火气动，奔而往视之，三鼎已成。又见冀州有异气，应有圣人生，果有庆都生尧。又见赤云入于酆镐，走而往视，果有丹雀瑞昌之符。"始皇曰："此神人也。"弥信仙术焉。

　　　　　　　　　　　　　　　　　　　　　　　（《拾遗记》卷四"秦始皇"）

　　（宣帝地节）二年，含涂国贡其珍怪，其使云："去王都七万里。鸟兽皆能言语。鸡犬死者，埋之不朽。经历数世，其家人游于山阿海滨，地中闻鸡犬鸣吠。主乃掘取还家养之。毛羽虽脱落，更生，久乃悦泽。"

　　　　　　　　　　　　　　　　　　　　　　　（《拾遗记》卷六"前汉下"）

　　蓬莱山亦名防丘，亦名云来，高二万里，广七万里。水浅，有细石如金玉，得之不加陶冶，自然光净，仙者服之。东有郁夷国，时有金雾。诸仙说此上常浮转低昂，有如山上架楼，室常向明以开户牖，及雾灭歇，户皆向北。其西有含明之国，缀鸟毛以为衣，承露而饮，终天登高取水，亦以金、银、仓环、水精、火藻为阶。有冰水、沸水，饮者千岁。有大螺名裸步，负其壳露行，冷则复入其壳。生卵着石则软，取之则坚。明王出世，则浮于海际焉。有葭，红色，可编为席，温柔如属毳焉。有鸟名鸿鹅，色似鸿，形如秃鹙，腹内无肠，羽翮附骨而生，无皮肉也。雄雌相眄则生产。南有鸟，名鸳鸯，形似雁，徘徊云间，栖息高岫，足不践地，生于石穴中，万岁一交则生雏，千岁衔毛学飞，以千万为群，推其毛长者高翥万里。圣君之世，来入国郊。有浮筠之簳，叶青茎紫，子大如珠，有青鸾集其上。下有沙砾，细如粉，柔风至，叶条翻起，拂细沙如云雾。仙者来观而戏焉，风吹竹叶，声如钟磬之音。

（《拾遗记》卷十"蓬莱山"）

方丈之山，一名峦雉。东有龙场，地方千里，玉瑶为林，云色皆紫。有龙，皮骨如山阜，散百顷，遇其蜕骨之时，如生龙。或云："龙常斗此处，膏血如水流。膏色黑者，着草木及诸物如淳漆也。膏色紫光，着地凝坚，可为宝器。"燕昭王二年，海人乘霞舟，以雕壶盛数斗膏，以献昭王。王坐通云之台，亦曰通霞台，以龙膏为灯，光耀百里，烟色丹紫，国人望之，咸言瑞光，世人遥拜之。灯以火浣布为缠。山西有照石，去石十里，视人物之影如镜焉。碎石片片，皆能照人，而质方一丈，则重一两。昭王舂此石为泥，泥通霞之台，与西王母常游居此台上。常有众鸾凤鼓舞，如琴瑟和鸣，神光照耀，如日月之出。台左右种恒春之树，叶如莲花，芬芳如桂，花随四时之色。昭王之末，仙人贡焉，列国咸贺。王曰："寡人得恒春矣，何忧太清不至。"恒春一名"沉生"，如今之沉香也。有草名濡薞，叶色如绀，茎色如漆，细软可萦，海人织以为席荐，卷之不盈一手，舒之则列坐方国之宾。莎萝为经。莎萝草细大如发，一茎百寻，柔软香滑，群仙以为龙、鹤之辔。有池方百里，水浅可涉，泥色若金而味辛，以泥为器，可作舟矣。百炼可为金，色青，照鬼魅犹如石镜，魑魅不能藏形矣。

（《拾遗记》卷十"方丈山"）

瀛洲一名魂洲，亦曰环洲。东有渊洞，有鱼长千丈，色斑，鼻端有角，时鼓舞群戏。远望水间有五色云，就视，乃此鱼喷水为云，如庆云之丽，无以加也。有树名影木，日中视之如列星，万岁一实，实如瓜，青皮黑瓤，食之骨轻。上如华盖，群仙以避风雨。有金峦之观，饰以众环，直上干云。中有青瑶几，覆以云纨之素，刻碧玉为倒龙之状，悬火精为日，刻黑玉为乌，以水精为月，青瑶为蟾兔。于地下为机檄，以测昏明，不亏弦望。时时有香风泠然而至，张袖受之，则历年不歇。有兽名嗅石，其状如麒麟，不食生卉，不饮浊水，嗅石则知有金玉，吹石则开，金沙宝璞，粲然而可用。有草名芸苗，状如菖蒲，食叶则醉，饵根则醒。有鸟如凤，身绀翼丹，名曰"藏珠"，每鸣翔而吐珠累斛。仙人常以其珠饰仙裳，盖轻而耀于日月也。

（《拾遗记》卷十"瀛洲"）

　　员峤山，一名环丘。上有方湖，周回千里。多大鹊，高一丈，衔不周之粟。粟穗高三丈，粒皎如玉。鹊衔粟飞于中国，故世俗间往往有之。其粟，食之历月不饥。故《吕氏春秋》云："粟之美者，有不周之粟焉。"东有云石，广五百里，驳骆如锦，扣之片片，则蓊然云出。有木名猗桑，煎椹以为蜜。有冰蚕长七寸，黑色，有角有鳞，以霜雪覆之，然后作茧，长一尺，其色五彩，织为文锦，入水不濡，以之投火，经宿不燎。唐尧之世，海人献之，尧以为黼黻。西有星池千里，池中有神龟，八足六眼，背负七星、日、月、八方之图，腹有五岳、四渎之象。时出石上，望之煌煌如列星矣。有草名芸蓬，色白如雪，一枝二丈，夜视有白光，可以为杖。南有移池国，人长三尺，寿万岁，以茅为衣服，皆长裾大袖，因风以升烟霞，若鸟用羽毛也。人皆双瞳，修眉长耳，餐九天之正气，死而复生，于亿劫之内，见五岳再成尘。扶桑万岁一枯，其人视之如旦暮也。北有浣肠之国，甜水绕之，味甜如蜜，而水强流迅急，千钧投之，久久乃没。其国人常行于水上，逍遥于绝岳之岭，度天下广狭，绕八柱为一息，经四轴而暂寝，拾尘吐雾，以算历劫之数，而成阜丘，亦不尽也。

（《拾遗记》卷十"员峤山"）

　　岱舆山，一名浮析，东有员渊千里，常沸腾，以金石投之，则烂如土矣。孟冬水涸，中有黄烟从地出，起数丈，烟色万变。山人掘之，入地数尺，得燋石如炭灭，有碎火，以蒸烛投之，则然而青色，深掘则火转盛。有草名莽煌，叶圆如荷，去之十步，炙人衣则燋，刈之为席，方冬弥温，以枝相摩，则火出矣。南有平沙千里，色如金，若粉屑，靡靡常流，鸟兽行则没足。风吹沙起若雾，亦名金雾，亦曰金尘。沙着树粲然，如黄金涂矣。和之以泥，涂仙宫，则晃昱明粲也。西有㟬玉山，其石五色而轻，或似履㟬之状，光泽可爱，有类人工。其黑色者为胜，众仙所用焉。北有玉梁千丈，驾玄流之上，紫苔覆漫，味甘而柔滑，食者千岁不饥。玉梁之侧，有斑斓自然云霞龙凤之状。梁去玄流千余丈，云气生其下。傍有丹桂、紫桂、白桂，皆直上千寻，可为舟航，谓之"文桂之舟"。亦有沙棠、豫章之木，长千寻，细枝为舟，犹长十丈。有七色芝生梁下，其色青，光辉耀，谓之"苍芝"。荧火大如蜂，声如雀，八翅六足。梁有五色蝙蝠，黄者无肠，倒飞，腹向天；白者脑重，头垂自挂；黑者如乌，至千岁形变如小燕；青者毫毛长二寸，色如翠；赤者止于石穴，穴上入天，视日出入恒在其上。有兽名嗽月，形似豹，饮金泉之液，食银石之髓。此兽夜喷白气，其光如月，可照数十亩。轩辕之世获焉。有遥香草，其花如丹，光耀入月，叶细长而白，如忘忧之草，其花叶俱香，扇馥数里，故名遥香草。其子如薏中实，甘香，食之累月不饥渴，体如草之香，久食延龄万岁。仙人常采食之。

（《拾遗记》卷十"岱舆山"）

考释

王嘉，字子年，陇西安阳（今甘肃渭源）人。据说他有方术，长年隐居，不与世人交往。他生活在东晋十六国时期的前秦。前秦国主苻坚屡次征召他而未果，可见他的隐居，是一种政治态度，与一般的遁世修道不同。最终也因此被后秦的姚苌杀害。

《拾遗记》是王嘉的主要作品，也是古代海洋叙事的重要代表，共有10则作品与海洋有关。

王嘉的生活和活动空间远离海洋，所以他所构建的海洋，基本上都是想象性的海洋世界，而且想象的力度很大，几乎到了科幻想象的程度。著名的"贯月槎"故事是对"八月槎"故事的创造性传承。在张华《博物志》中，"八月槎"仅仅是上天的一个工具，故事的重点是天上的牛郎织女。但是在王嘉《拾遗记》中，这个"槎"却成了叙事的主体。它从海中升起，通体焕发出耀眼的亮光，而且还能大小变换。它的瑰丽奇幻远远超过"贯月槎"，令人情不自禁地会联想到后世人所传说的飞碟。不仅如此，王嘉还继续想象，描写说这个"贯月槎"上面，还有"羽人栖息其上"，这"羽人"，简直就是"外星人"想象的早期雏形了。

除了"贯月槎"，王嘉还创造了另外一个非常具有科幻意味的"沧波舟"的故事。这个可以在海底潜行的神船和海底行走的想象，要比法国作家儒勒·凡尔纳创作的长篇小说《海底两万里》，早了五百多年。

王嘉生活的东晋时代，距离方士盛行的秦汉时期已经过去了数百年，海洋神仙岛的传说已经不再具有当年的影响力。但是王嘉仍然以相当的热情，述了蓬莱山、方丈山、瀛洲、员峤山和岱舆山这样五座早在《列子》中就已经出现的海上神山，并且在内涵上有所拓展。

李剑国《唐前志怪小说史》（南开大学出版社1984年版）里还搜集有一篇据说出自王嘉《拾遗记》的《含涂国》："含涂国贡其珍怪，其使云：'去王都七万里。鸟兽皆能言语。鸡犬死者，埋之不朽。经历数世，其家人游于山阿海滨，地中闻鸡犬鸣吠。主乃掘取还家养之。毛羽虽脱落，更生，久乃悦泽。'"这个"去王都七万里"的海洋国家，不但其人非常长寿，可以"经历数世"，而且其上的鸟兽，都会开口说话。更奇的鸡和犬，就算死了数百年，也能复活。故事还能注意细节描述，将奇幻当作真事来写，反映了当时人对"奇异海洋"的崇敬态度。

现存《拾遗记》最早的本子，为明世德堂的翻宋刻本，后来的《汉魏丛书》本和《古今逸史》本都从中继承而来。另外《稗海》本也有收录。本节文献辑录自上海古籍出版社以《古今逸史》为底本整理于1999年出版的《汉魏六朝笔记小说大观》。

十、[北魏]郦道元《水经注》（1则）

[北魏]郦道元《水经注》，浙江古籍出版社 2001 年版。

濡水又东南至碣石山……汉武帝亦尝登之以望巨海，而勒其石于此。今枕海有石如甬道数十里，当山顶有大石如柱形，往往而见，立于巨海之中，潮水大至则隐，及潮波退，不动不没，不知深浅，世名之天桥柱也。状若人造，要亦非人力所就，韦昭亦指此以为碣石也。《三齐略记》曰：始皇于海中作石桥，海神为之竖柱。始皇求与相见。神曰："我形丑，莫图我形，当与帝相见。"乃入海四十里，见海神，左右莫动手，巧人潜以脚画其状。神怒曰："帝负我约，速去！"始皇转马还，前脚犹立，后脚随崩，仅得登岸，画者溺死于海。

✿ 考释

郦道元是古代地理学家，《水经注》是古代地理学名著，本与文学没有直接关系。但是这篇"注"文，引述的却是非常具有文学叙事色彩的材料，所以我也将之纳入了古代涉海叙事文献体系之中。

"碣石山"是古代海洋文学中一个非常重要的文化意象。它本是汉武帝望海勒石之处。汉元封元年（前 110）汉武帝第一次"东巡海上"；第二年他再次巡视东莱沿海；元封五年（前 106），他自长江入海，第三次巡视海上；元封六年（前 105），他第四次"巡狩海上"；太初三年（前 94）他第五次"东巡海上"，后来还有第六次、第七次，他在短短的 10 年左右的时间里，竟然七次航行海上。这"登之以望巨海，而勒其石于此"，就在其中一次"巡海"

中。后来这块海边巨石，就成了一种文化符号。到了汉魏时期，曹操登临碣石以观沧海，并赋诗抒怀，更是让"碣石山"名扬天下。尽管对于"碣石山"究竟在渤海湾何处，目前尚有争论，但它作为一个重要海洋文化符号的历史存在，则是谁也不会加以否定的。

文中说秦始皇在海中建起了一座石桥，工程浩大而复杂，这个故事还是有一定的历史根据的。据《史记》记载，公元前219年、公元前210年秦始皇曾两次驾临胶东半岛最东端的海角成山头，拜祭日主、修长桥、求寻长生不老之药，留下了"秦桥遗迹"、"秦代立石"、"射鲛台"、秦丞相李斯手书"天尽头秦东门"等历史遗迹和人文景观。至今还留有中国唯一的一座"始皇庙"。其中关于修长桥，就演绎出这个"始皇与海神"的故事。从叙事风格来看，本故事应属民间传说而非文人创作。海神说自己相貌难看，秦始皇派画师偷画，等等，都具有鲜明的民间叙述色彩。这则故事后因被收入《太平广记》，而得到了更为广泛的传播。

十一、[南朝宋] 刘敬叔《异苑》（3则）

[南朝宋] 刘敬叔《异苑》，《汉魏六朝笔记小说大观》，上海古籍出版社 1999 年。

海凫毛

晋惠帝时，人有得一鸟毛，长三丈，以示张华。华惨然曰："所谓海凫毛也。此毛出，则天下土崩矣。"果如其言。

（卷四）

黄金偰船

扶南国治生，皆用黄金。偰船东西远近雇一斤。时有不至所届，欲减金数，船主便作幻，诳使船底砥折，状欲沦滞海中，进退不动。众人惶怖，还请赛，船合如初。

（卷九）

管宁思过

管宁字幼安，避难辽东，后还泛海遭风，船垂倾没，宁潜思良久，曰："吾尝一朝科头，三晨晏起。今天怒猥集，过恐在此。"

（卷十）

考释

刘敬叔，彭城（今江苏徐州）人，生卒年不详。生活在动荡不安的年代，做过一些司徒掌记、郎中令等小官。他的志怪小说集《异苑》起初不受重视，《宋书》《南史》都没有记载。到了明代，著名学者胡震亨从其他人著作中采集材料，才补作成《异苑》一书。后来的《津逮秘书》《学津讨源》等古丛书都把此书加以收录，才开始传播。

《异苑》之名中的"苑"仿自汉刘向《说苑》，书名中的"异"是由于书中所记载、描述的都是各种奇闻异事。全书共有380多篇笔记小说，但涉及海洋的只有3篇，所占比例是非常低的。但是它们却包含了丰富的海洋人文信息。

《海凫毛》是一种谶语式表述。晋惠帝时偶然得到了一条很罕见的海鸟的羽毛，"博学"的张华解之为凶兆，说天下将要大乱。当时天下本已经大乱，张华的说法其实是对天下时势的一种预测。但《异苑》认为有些罕见的海洋物件出现，是一种时势的迹象体现，反映出当时人对于海洋神秘性的一种敬畏之情。

《黄金僦船》反映了一种海洋经济活动的情形，是难得的海洋经济史材料。"僦"的意思为租赁，"僦船"就是租船。租一次船需要付租金黄金一斤，如果高昂，说明船只是如何珍贵。小说还写了船主为了租金如何施奸的手法，这是很难得的海洋社会生活细节材料。

《管宁思过》则是一则"海洋启迪"的故事。管宁是东汉末年至三国时期著名隐士，曾与邴原及王烈等人至辽东避乱。《管宁思过》的故事背景就来自于此。从辽东回来的途中，不幸遭遇风暴，船体倾翻，差点死于海中，但是他却从中反省自己的过失。古人说面壁思过，他却是"面海思过"了。

《异苑》的版本较多。本节文献辑录自上海古籍出版社以《学津讨源》为底本整理于1999年出版的《汉魏六朝笔记小说大观》。

十二、[南朝梁] 任昉《述异记》（20则）

[南朝梁] 任昉《述异记》，明程荣汉魏丛书本。

扬州有蛇市。市人鬻珠玉而杂货鲛布。鲛人即泉先也，又名泉客。

南海出鲛绡纱，泉先潜织一名龙纱，其价百余金。以为服，入水不濡。

南海有龙绡宫，泉先织绡之处，绡有白之如霜者。

郁林郡有珊瑚市、海先市。珊瑚树碧色，生海底。一株十枝，枝间无叶。大者高五六尺，至小者尺余。鲛人云：海上有珊瑚宫，汉元封二年，郁林郡献瑞珊瑚。

光武时，南海献珊瑚妇人。帝命植于殿前，谓之女珊瑚。一旦柯叶甚茂。至灵帝时树死，咸以谓汉室将亡之征也。

凡珠有龙珠，龙所吐者。蛇珠，蛇所吐者。南海俗谚云：蛇珠千枚，不及玫瑰。言蛇珠贱也（玫瑰亦是美珠也）。越人谚云：种千亩木奴不如一龙珠。

越俗以珠为上宝。生女谓之珠娘，生男谓之珠儿。吴越间俗说，明珠一斛贵如玉者。合浦有珠市。
江南有懒妇鱼。俗云：昔杨氏家妇为姑所溺而死，化为鱼焉。其脂膏可燃灯。烛以之照鸣琴博，弈则烂然有光；及照纺绩，则不复明焉。

昔炎帝女溺死东海中，化为精卫，其名自呼。每衔西山木石填东海。偶海燕而生子，生雌状如精卫，生雄如海燕。今东海精卫誓水处，曾溺于此川，誓不饮其水。一名鸟誓，一名冤禽，又名志鸟，俗呼帝女雀。

东海岛，龙川穆天子养八骏处。也岛中有草名龙刍，马食之，一日千里。古语云：一株龙刍化为龙驹。

南海中有轩辕丘，鸾自歌，凤自舞。古云天帝乐也。

海鱼千岁为剑鱼，一名琵琶，形如琵琶而善鸣，因以名焉。

西海外有鹄国人，长七寸，日行千里，百兽不犯，惟畏海鹄。鹄见必吞之。在鹄腹中不死，鹄一举亦千里。

炎洲在南海中。上有风生兽，似豹，青色，大如狸。网取之，积薪数车，烧之不燃，铁锤锻头，数十下乃死。以口向风，须臾便活。以石上菖蒲塞鼻即真死。取其脑和菊花服之，可寿五百岁。

秦始皇作石桥于海上，欲过海观日出处。有神人驱石，去不速，神人鞭之，皆流血。今石桥其色犹赤。

大食王国在西海中，有一方石。石上多树，干赤叶青。枝上总生小儿，长六七寸，见人皆笑，动其手足。头著树枝，使摘一枝，小儿便死。

南海有明珠，即鲸鱼目瞳。鲸死而目皆无，精可以鉴，谓之夜光。
秦始皇至东海，海神捧珠献于帝前。今海畔有秦皇受珠台。

杏园洲在南海中，洲中多杏，海上人云仙人种杏处。汉时尝有人舟行遇风，泊此洲五六日，食杏故免死。云洲中别有冬杏。

东海中有牛鱼，其形如牛。海人采捕，剥其皮悬之，潮水至则毛起，潮去则尾伏。

考释

任昉（460—508），字彦升，小字阿堆，乐安郡博昌（今山东省寿光市）人，南朝文学家。据说从小就刻苦好学，显示出过人的才华，十六岁就开始做官，后来一直仕途通畅。与此同时，他又埋头于方志搜集和整理，又大量藏书，所以学问十分精博。《述异记》唐以前未见著录，宋代官修书目《崇文总目》小说类著录本书，题梁任昉撰。

《述异记》内容非常丰富，其中约 20 篇与海洋题材有关，记载了大量的海洋珠宝等宝物，进一步宣扬了海洋财富的思想。这些海洋财宝中，有些是传说类的，如鲛布、鲛绡纱等。有些是现实海洋中的珍贵之物，如珊瑚、海珠等。但是作者在记叙这些海洋财宝时，采用的是亦真亦假的手法，譬如写鲛绡纱时，又暗示这其实是一种高质量的丝布，由专门的纺织机构生产的。而写到珊瑚这种现实性的海洋财宝时，又加进去一些谶语式政治暗示。就算在记叙海珠这种较为普通的海洋财宝，作者也顺笔记载了与此有关的"越俗"，使得记叙内容显得丰富深厚。

《述异记》有多篇作品采录自他书，但是编撰者也有所加工。譬如《精卫填海》故事来自于《山海经》，但是编撰者增写了"化为精卫，其名自呼""偶海燕而生子"等内容，变成了一种新的文本。

十三、[南朝宋] 刘义庆《幽明录》（1则）

[南朝宋] 刘义庆《幽明录》,《汉魏六朝笔记小说大观》, 上海古籍出版社 1999 年版。

　　海中有金台，出水百丈，结构巧丽，穷尽神工，横光岩渚，竦曜星汉。台内有金几，雕文备置，上游百味之食，四大力神常立守护。有一五通仙人来，欲甘膳，四神排击，延而退。

考释

　　刘义庆（403—444），彭城（今江苏徐州）人，南朝宋文学家，《世说新语》作者。《幽明录》是刘义庆与门客们一起完成的一部小说辑录，原书已散佚。鲁迅《古小说钩沉》从各种典籍中辑录了 265 则。从内容看，书中有不少故事与《列异传》《搜神记》相同。

　　"海中金台"的故事倒不见于《列异传》《搜神记》。这则笔记似乎是海洋神仙岛的缩影，但比一般的神仙岛更集中，也更精致。它雍容华贵，气派不凡，连五通仙人想来吃一顿饭，也被赶走。它可能是古代"海洋神圣"观念的一种象征，也可能是寓意"海洋圣洁"。

　　本篇文献辑录自上海古籍出版社以鲁迅《古小说钩沉》为底本整理于1999 年出版的《汉魏六朝笔记小说大观》。

十四、[南朝梁]殷芸《殷芸小说》（1则）

[南朝梁]殷芸《殷芸小说》，《汉魏六朝笔记小说大观》，上海古籍出版社1999年版。

　　始皇作石桥，欲过海观日出处。时有神人能驱石下海，石去不速，神人辄鞭之。皆流血，至今悉赤。阳城十一山石尽起东倾，如相随状，至今犹尔。秦皇于海中作石桥，或云：非人功所建，海神为之竖柱。始皇感其惠，乃通敬于神，求与相见。神云："我形丑，约莫图我形，当与帝会。"始皇乃从石桥入海三十里，与神人相见。左右巧者潜以脚画神形，神怒曰："速去。"即转马，前脚犹立，后脚遂崩，仅得登岸。（《殷芸小说》卷一·秦汉魏晋宋诸帝）

考释

　　殷芸（471—529），陈郡长平（今河南西华东北）人，南朝梁文学家。《殷芸小说》久已散佚。本节文献辑录自上海古籍出版社1999年出版的《汉魏六朝笔记小说大观》。

　　这则故事，在古代多种典籍中都有记载。与殷芸同时代的任昉《述异记》就有"秦始皇作石桥于海上，欲过海看日出处。有神人驱石，去不速，神人鞭之，皆流血。今石桥犹赤色"的记叙。但是比较而言，殷芸的这则笔记，更详尽，更像一篇小说叙事。因为他把两篇有关的笔记糅合在一起了。北魏郦道元《水经注》"濡水"条记载说："始皇于海中作石桥，非人工所建，海神为之竖柱。始皇感其惠，通敬其神，求于相见。海神答曰：'我形丑，莫图我形，当与帝会。'乃从石塘上入海三十余里相见，左右莫动手，巧人潜以脚画其状。神怒曰：'帝负我约，速去！'始皇转马还，前脚犹立，后脚随崩，仅得登岸，画者溺死于海。"殷芸把"始皇造桥"与"始皇与海神相见"两则故事整合成一文，但文中用"或云"一词加以连接，说明殷芸还没有把两篇内容进行无缝对接，仅仅是作了一种简单的糅合。

十五、[唐] 陈子昂《祭海文》

[唐] 陈子昂《陈子昂集》，中华书局 1960 年版。

万岁通天二年月日，清边军海运度支大使虞部郎中王元珪，敢以牲酒驰献海王之神，神之听之：我国家昭列象胥，惠养戎貊，百蛮率职，万方攸同。鲜卑猖狂，忘道悖乱，人弃不保，王师用征。故有渡辽诸军，横海之将，天子命我，赢粮景从。今旌甲云屯，楼船雾集，且欲浮碣石，凌方壶，袭朔裔，即幽都。而涨海无倪，云涛洄澓，胡山远岛，鸿洞天波。惟尔有神，肃恭令典，导鹢首，骑鲸鱼，呵风伯，遏天吴，使苍兕不惊，皇师允济，攘厎剿虐，安人定灾，苍苍群生，非神何赖？无昏汩乱流，以作神羞，急急如律令。

🌀 考释

陈子昂（659—700，一作 661—702），字伯玉，梓州射洪（今四川省遂宁市射洪县）人，初唐诗文革新人物之一。因曾任右拾遗，后世称陈拾遗。

陈子昂存世作品以诗为主，文并不多。他的主要职业生涯也在内地和边塞地区度过，与海洋地区没有直接的关联。但是唐武周万岁通天二年（697），唐廷发兵渡海北伐当时在现今东北一带沿海地区活动的鲜卑。兵船拔锚前，陈子昂代清边军海运度支大使虞部郎中王元珪撰写了一篇《祭海文》。"祭海"即"祭海"。《祭海文》是祭祀海神的一篇骈文。

骈文算不算叙事？狭义的叙事指的"小说讲述"，从这个意义上来说，陈子昂的这篇《祭海文》当然不算。但是广义的叙事指的一种表述的形式，凡是有所叙述和描述，都可以看成是叙事。所以《祭海文》可以纳入叙事的行列。

　　文中的这里的"海"即北海，也就是渤海湾。在陈子昂的笔下，渤海湾波澜壮阔，气势磅礴。碣石、方壶、风伯、天吴等海洋历史文化元素信手拈来，说明陈子昂对于北海一带的海洋文明积累是相当熟悉的。

十六、[唐] 韩愈《南海神庙碑》

[唐]韩愈《韩愈集》，岳麓书社 2000 年版。

　　海于天地间为物最巨。自三代圣王，莫不祀事，考于传记，而南海神次最贵，在北东西三神、河伯之上，号为"祝融"。天宝中，天子以为古爵莫贵于公侯，故海岳之祝，牺币之数，放而依之，所以致崇极于大神。今王亦爵也，而礼海岳，尚循公侯之事，虚王仪而不用，非致崇极之意也。由是册尊南海神为"广利王"，祝号祭式，与次俱升。因其故庙，易而新之，在今广州治之东南海八十里，扶胥之口，黄木之湾。常以立夏气至，命广州刺史行事祠下，事讫驿闻。而刺史常节度五岭诸军，仍观察其郡邑，于南方事无所不统，地大以远，故常选用重人。既贵而富，且不习海事，又当祀时海常多大风，将往皆忧戚。既进，观顾怖悸，故常以疾为解，而委事于其副，其来已久。故明宫斋庐，上雨旁风，无所盖障；牲酒瘠酸，取具临时；水陆之品，狼藉笾豆；荐裸兴俯，不中仪式；吏滋不供，神不顾享；盲风怪雨，发作无节，人蒙其害。

　　元和十二年，始诏用前尚书右丞国子祭酒鲁国孔公为广州刺史兼御史大夫，以殿南服。公正直方严，中心乐易，祗慎所职；治人以明，事神以诚；内外单尽，不为表襮。至州之明年，将夏，祝册自京师至，吏以时告，公乃斋祓视册，誓群有司曰："册有皇帝名，乃上所自署，其文曰：'嗣天子某，谨遣官某敬祭。'其恭且严如是，敢有不承！明日，吾将宿庙下，以供晨事。"明日，吏以风雨白，不听。于是州府文武吏士，凡百数，交谒更谏，皆揖而退。公遂升舟，风雨少弛，棹夫奏功，云阴解驳，日光穿漏，波伏不兴。省牲之夕，载阳载阴；将事之夜，天地开除，月星明概。五鼓既作，牵牛正中，公乃盛服执笏，以入即事。文武宾属，俯首听位，各执其职。

牲肥酒香，樽爵净洁，降登有数，神具醉饱。海之百灵秘怪，慌惚毕出，蜿蜿蜒蜒，来享饮食。阖庙旋舻，祥飙送帆，旗纛旌麾，飞扬暗霭，铙鼓嘲轰，高管嘋噪，武夫奋棹，工师唱和，穹龟长鱼，踊跃后先，乾端坤倪，轩豁呈露。祀之之岁，风灾熄灭，人厌鱼蟹，五谷骨熟。明年祀归，又广庙宫而大之。治其庭坛，改作东西两序，斋庖之房，百用具修。明年其时，公又固往，不懈益虔，岁仍大和，薰爇歌咏。

始公之至，尽除他名之税，罢衣食于官之可去者；四方之使，不以资交；以身为帅，燕享有时，赏与以节；公藏私蓄，上下与足。于是免属州负逋之缗钱廿有四万，米三万二千斛。赋金之州，耗金一岁八百，因不能偿，皆以丏之。加西南守长之俸，诛其尤无良不听令者，由是皆自重慎法。人士之落南不能归者，与流徙之胄百廿八族，用其才良，而廪其无告者。其女子可嫁，与之钱财，令无失时。刑德并流，地方数千里，不识盗贼；山行海宿，不择处所；事神治人，其可谓备至耳矣。咸愿刻庙石，以著厥美，而系以诗。乃作诗曰：

南海之墟，祝融之宅。即祀于旁，帝命南伯。吏隋不躬，正自今公。明用享赐，右我家邦。惟明天子，惟慎厥使。我公在官，神人致喜。海岭之陬，既足既濡。胡不均弘，俾执事枢。公行勿迟，公无遽归。匪我私公，神人具依。

考释

韩愈（768—824），字退之，河南河阳（今河南省孟州市）人。由于他自称"郡望昌黎"，故世称"韩昌黎""昌黎先生"。唐代杰出的文学家、思想家、哲学家、政治家。

韩愈虽然是河南人，也长期在北方任职，但是他与广东沿海地区颇有渊源。贞元十九年（803），他被贬为广东阳山县令。元和十四年（819），他被贬为潮州刺史。他对海洋并不陌生。尤其是在潮州，天天面对大海。当时的潮州深受鳄鱼之苦，他写了一篇《祭鳄鱼文》，说限令鳄鱼"率丑类南徙于海"，否则"必尽杀"。

南海神庙虽位于广州，但潮州临近广州，他的这篇《南海神庙碑》当写于这个时候。

碑文也属于广义的叙事，尤其是一些记叙人事甚详的碑文，更具有叙事的色彩。本篇碑文对于祭海的过程，就记叙得非常详尽，而且很有画面感。文章说自己作为朝廷使臣，专门从潮州出发，前去广州祭祀。尽管到了临出发那一天，恰逢大风大雨，他不听手下的劝阻，坚持前往。到了南海神庙后，祭祀开始。文章对祭祀的时辰、形式、规格等各种内容，无不进行了详细的描述，使后人可以一窥唐朝祭祀海神的场景。这些都是很符合叙事性质的。

十七、[唐] 柳宗元《招海贾文》

[唐] 柳宗元《柳宗元集》，中国书店 2000 年版。

咨海贾兮，君胡以利易生而卒离其形？大海荡泊兮，颠倒日月。龙鱼倾侧兮，神怪骤突。沧茫无形兮，往来遽卒。阴阳开阖兮，气雾瀚渤。君不返兮逝恍惚。舟航轩昂兮，下上飘鼓。腾趋岧嶷兮，万里一睹。卒入泓坳兮，视天若亩。奔螭出忻兮，翔鹏振舞。天吴九首兮，更笑迭怒。笑迭怒。垂涎闪舌兮，挥霍旁午。君不返兮终为虏。黑齿戡齾鳞文肌，三角骈列耳离披。反断叉牙踔欹崖，蛇首豨䶉虎豹皮。群没互出欢遨嬉，臭腥百里雾雨弥。君不返兮以充饥，弱水蓄缩，其下不极。投之必沉，负羽无力。鲸鲵疑畏，淫淫巍巍。君不返兮卒自贼。怪石森立涵重渊，高下迤置陷危颠，崩涛搜疏刿戈铤。君不返兮害沉颠。其外大泊泙斋沧，终古回薄旋天垠，八方易位更错陈。君不返兮乱星辰。东极倾海流不属，泯泯超忽纷荡沃。殆而一跌兮沸入汤谷，舳舻霏解梢若木。君不返兮魂焉薄？海若啬货号风雷，巨鳌领首丘山颓，猖狂震虓翻九垓。君不返兮糜以摧。

咨海贾兮君胡乐，出幽险而疾平夷？恼骇愁苦而以忘其归。上党易野恬以舒，蹈蹂厚土坚无虞。歧路脉布弥九区，出无入有百货俱。周游傲睨神自如，撞钟击鲜恣欢娱。君不返兮欲谁须？胶鬲得圣捐盐鱼，范子去相安陶朱，吕氏行贾南面孤，弘羊心计登谋谟，煮盐大冶九卿居。禄秩山委收国租，贤智走诺争下车，逍遥纵傲世所趋。君不返兮谥为愚。

咨海贾兮，贾尚不可为，而又海是图。死为险魄兮，生为贪夫。亦独何乐哉？归来兮，宁君躯。

考释

柳宗元（773—819），字子厚，河东（现山西运城永济一带）人。唐代著名文学家。世称"柳河东""河东先生"，因官终于柳州刺史，又称"柳柳州"。

唐代海洋贸易发达，大量海商从海洋贸易活动中赚取了惊人的财富。但风波里博财富，也充满了风险。柳宗元似乎对这种生活方式和经济状态，是不赞同的。他通过这篇《招海贾文》，委婉地表示了自己的看法。

这是一篇"招魂"文章，也属于广义上的叙事。文章对于海洋航行遭遇的风险的描述，是具有叙事功能的。

对于柳宗元这篇《招海贾文》，章士钊在《柳文指要》中指出，"此子厚仿骚经《招魂》之所为作也。……宗元以谓：'崎岖冒利，远而不复而，不如己故乡常产之乐，亦以讽世之士行险侥幸，不如居易以俟命云。'无咎此论，善为说解，恰道着子厚心影。"

章士钊认为，柳宗元对于海商的劝说，是真诚的。他表面上"招"的是海商之魂，实际上反映出他对于生命的珍重。这个评价是非常中肯的。柳宗元反对的其实不是海洋贸易本身，而是那种为了牟利而不惜以命相搏的营商方式。

十八、[唐]戴孚《广异记》（7则）

[唐]戴孚《广异记》，远方出版社2005年版。

徐福

　　徐福，字君房，不知何许人也。秦始皇时，大宛中多枉死者横道。数有乌衔草。覆死人面，皆登时活。有司奏闻始皇，始皇使使者赍此草。以问北郭鬼谷先生，云："是东海中祖洲上不死之草，生琼田中，一名养神芝。其叶似菰，生不丛，一株可活千人。"始皇于是谓可索得，因遣福及童男童女各三千人，乘楼船入海，寻祖洲不返，后不知所之。逮沈羲得道，黄老遣福为使者，乘白虎车，度世君司马生乘龙车，侍郎薄延之乘白鹿车，俱来迎羲而去。由是后人知福得道矣。又唐开元中，有士人患半身枯黑，御医张尚容等不能知，其人聚族言曰："形体如是，宁可久耶，闻大海中有神仙，正当求仙方，可愈此疾。"宗族留之不可，因与侍者，赍粮至登州大海侧。遇空舟，乃赍所携，挂帆随风。可行十余日，近一孤岛，岛上有数百人，如朝谒状。须臾至岸，岸侧有妇人洗药。因问彼皆何者，妇人指云："中心床坐，须鬓白者，徐君也。"又问徐君是谁，妇人云："君知秦始皇时徐福耶？"曰："知之。""此则是也。"顷之，众各散去，某遂登岸致谒，具语始末，求其医理。徐君曰："汝之疾，遇我即生。"初以美饭哺之，器物皆奇小，某嫌其薄，君云："能尽此，为再飧也，但恐不尽尔。"某连啖之，如数瓯物，致饱。而饮，亦以一小器盛酒，饮之致醉。翌日，以黑药数丸令食，食讫，痢黑汁数升，其疾乃愈。某求住奉事，徐君云："尔有禄位，未宜即留，当以东风相送，无愁归路遥也。"复与黄药一袋，云："此药善治一切病，还遇疾者，可以刀圭饮之。"某还。数日至登州，以药奏闻。时玄宗令有疾者服之，皆愈。

慈心仙人

唐广德二年，临海县贼袁晁寇永嘉。其船遇风，东漂数千里，遥望一山，青翠森然，有城壁，五色照曜，回舵就泊。见精舍，琉璃为瓦，玳瑁为墙。既入房廊，寂不见人，房中唯有胡绫子二十余枚，器物悉是黄金，无诸杂类。又有衾裀，亦甚炳焕，多是异蜀重锦。又有金城一所，余碎金成堆，不可胜数。贼等观不见人，乃竞取物，忽见妇人从金城出，可长六尺，身衣锦绣，上服紫绡裙，谓贼曰："汝非袁晁党耶？何得至此！此器物须尔何与，辄敢取之！向见绫子，汝谓此为狗乎？非也，是龙耳。汝等所将之物，吾诚不惜，但恐诸龙蓄怒，前引汝船，死在须臾耳，宜速还之。"贼等列拜，各送物归本处。因问此是何处，妇人曰："此是镜湖山慈心仙人修道处，汝等无故与袁晁作贼，不出十日，当有大祸，宜深慎之。"贼党因乞便风还海岸，妇人回头处分，寻而风起，群贼拜别。因便扬帆，数日至临海，船上沙涂不得下，为官军格死，唯妇人六七人获存。浙东押衙谢诠之配得一婢，名曲叶，亲说其事。

径寸珠

近世有波斯胡人，至扶风逆旅，见方石在主人门外，盘桓数日。主人问其故，胡云："我欲石捣帛。"因以钱二千求买，主人得钱甚悦，以石与之。胡载石出，对众剖得径寸珠一枚。以刀破臂腋，藏其内，便还本国。随船泛海，行十余日，船忽欲没。舟人知是海神求宝，乃遍索之，无宝与神，因欲溺胡。胡惧，剖腋取珠。舟人咒云："若求此珠，当有所领。"海神便出一手，甚大多毛，捧珠而去。

海州猎人

海州人以射猎为事，曾于东海山中射鹿。忽见一蛇，黑色，大如连山，长近十丈，两目成日，自海而上。人见蛇惊惧，知不免死，因伏念佛。蛇至人所，以口衔人及其弓矢，渡海而去，遥至一山，置人于高岩之上。俄尔复有一蛇自南来，至山所，状类先蛇而大倍之。两蛇相与斗于山下，初以身相蜿缠，久之，口相噬。射士知其求己助，乃敷药矢欲射之。大蛇先患一目，人乃复射其目，数矢累中，久之，大蛇遂死，倒地上。小蛇首尾俱碎，乃衔大真珠瑟瑟等数斗，送人归之本所也。

南海大鱼

岭南节度使何履光者，朱崖人也。所居傍大海，云亲见大异者有三。其一曰，海中有二山，相去六七百里，晴朝远望，青翠如近。开元末，海中大雷雨，雨泥，状如吹沫，天地晦黑者七日。人从山边来者云："有大鱼，乘流入二山，进退不得。久之，其鳃挂一崖上，七日而山拆，鱼因尔得去。"雷，鱼声也；雨泥是口中吹沫也；天地黑者，是吐气也。其二曰，海中有洲，从广数千里。洲上有物，状如蟾蜍，数枚，大者周回四五百里，小者或百余里。每至望夜，口吐白气，上属于月，与月争光。其三曰，海中有山，周回数十里。每夏初，则有大蛇如百仞山，长不知几百里。开元末，蛇饮其海，而水减者十余日，意如渴甚，以身绕一山数十匝，然后低头饮水。久之，为海中大物所吞。半日许，其山遂拆，蛇及山被吞俱尽。亦不知吞者是何物也。

鲸鱼

开元末，雷州有雷公与鲸斗。身出水上，雷公数十在空中上下，或纵火，或诟击，七日方罢。海边居人往看，不知二者何胜，但见海水正赤。

南海大蟹

近世有波斯常云，乘舶泛海，往天竺国者已六七度。其最后，舶漂入大海，不知几千里。至一海岛，岛中见胡人衣草叶，惧而问之。胡云："昔与同行侣数十人漂没，唯己随流得至于此，因尔采木实草根食之，得以不死。"其众哀焉，遂舶载之。胡乃说岛上大山悉是车渠、玛瑙、玻璃等诸宝，不可胜数。舟人莫不弃己贱货取之，既满船，胡令："速发，山神若至，必当怀惜。"于是随风挂帆。行可四十余里，遥见峰上有赤物如蛇形，久之渐大。胡曰："此山神惜宝，来逐我也，为之奈何！"舟人莫不战惧。俄见两山从海中出，高数百丈。胡喜曰："此两山者，大蟹螯也。其蟹常好与山神斗，神多不胜，甚惧之。今其螯出，无忧矣。"大蛇寻至蟹许，舟斗良久，蟹夹蛇头。死于水上，如连山。船人因是得济也。

考释

戴孚，谯郡（今安徽亳州）人，生平事略不见史传。据顾况所作《戴氏广异记序》（《文苑英华》卷七百三十七），戴孚于唐肃宗至德二年（757）与顾况同登进士第，任校书郎，终于饶州录事参军，卒年大约六十岁不到。

戴孚编撰的《广异记》，是著名的唐代笔记小说。原书已经亡佚，但尚有多篇小说保存在《太平广记》等类书中，后人据此重新将《广异记》汇辑成书。

《广异记》里有多达7篇涉海叙事。

《徐福》是一篇"神仙传奇"，起初是"凡人"徐福，后来也成为影响深广的海洋"仙语"的一部分。这与这篇笔记小说对于徐福的塑造，是分不开的。

《慈心仙人》是对海洋神仙形象的刻画。这是汉魏海洋神仙叙事的余波，但作者将故事背景设置在袁晁起事的真实事件下，使得这篇小说亦真亦幻，很富有想象和解读空间。

《海州猎人》写的是蛇的故事。蛇与海洋有千丝万缕的联系，无论在现实中还是在文学／文化语境中都是如此。海上有好几个蛇岛，至今仍存。在文学／文化中，《山海经》里的海神，都以蛇作饰物，四海龙王的形象，也可能从大蛇演变而来。这些与海洋有关的传说中的蛇，大多有珍珠，这与龙有珠是相一致的。因此《海州猎人》以蛇为故事主角，具有相当传统的依据。这篇故事还非常注重场面的描写。整篇故事就写了两个场面：在一个岛上，猎人碰见一条大蛇；在另一个岛上，这条大蛇与另一条更大的蛇发生搏斗，请求人帮助，最终合力杀死了大蛇。

《径寸珠》里的"海洋胡商"形象非常值得关注。唐朝实行全方位开放，国际海洋贸易和人文交流十分频繁。许多来自西域和南洋的商人纷纷来到中华从事商业和海洋贸易活动，他们都被称为"胡人"。《广异记》里有许多类似《径寸珠》这样的"胡人与宝"类叙事。《南海大蟹》也出现了"胡人"的形象，而且也是以一种见多识广的"知者"的面貌呈现的。

《广异记》里的海洋故事大都发生在海岛上。作品里出现的海岛，充满了神奇。这是由于陌生而引发的海岛想象。《广异记》里这种"海岛想象"的文学构建呈现出多种形态，有的把海岛想象成拥有无数宝藏的地方，如《南海大蟹》；有的把海岛想象成上面有神奇的生物，如《海州猎人》；还有则想象岛上生活着"神仙"，如《慈心仙人》。它们显然都有秦汉时期海洋神仙岛想象的余韵，但都有了很大的发展。

十九、[唐] 段成式《酉阳杂俎》（13则）

[唐] 段成式：《酉阳杂俎》，四部丛刊景明本。

木须岛

　　近有海客往新罗，吹至一岛上，满山悉是黑漆匙箸。其处多大木。客仰窥匙箸，乃木之花与须也，因拾百余双还。用之，肥不能使，后偶取搅茶，随搅而消焉。

长须国

　　（唐）大足初，有士人随新罗使，风吹至一处，人皆长须，语与唐言通，号长须国。人物茂盛，栋宇衣冠，稍异中国。地曰扶桑洲。其署官品，有正长、戢波、日役、岛逻等号。士人历谒数处，其国皆敬之。忽一日，有车马数十，言："大王召客。"行两日，方至一大城，甲士守门焉。使者导士人入，伏谒，殿宇高敞，仪卫如王者。见士人拜伏，小起，乃拜士人为司风长，兼附马。其王甚美，有须数十根。士人威势烜赫，富有珠玉，然每归见其妻则不悦。其王多月满夜则大会。后遇会，士人见姬嫔悉有须。因赋诗曰："花无蕊不妍，女有须亦丑。"王大笑曰："驸马竟未能忘情于小女颐颔间乎？"经十余年，士人有一儿二女。

　　忽一日，其君臣忧戚，士人怪问之，王泣曰："吾国有难，祸在旦夕，非驸马不能救。"士人惊曰："苟难可弭，性命不敢辞也。"王乃令具舟，令两使随士人，谓曰："烦驸马一谒海龙王，但言东海第三汊第七岛长须国，有难求救。我国绝微，须再三言之。"因涕泣执手而别。士人登舟，瞬息至岸。岸沙悉七宝，人皆衣冠长大。士人乃前，求谒龙王。龙宫状如佛寺所图天宫，光明迭激，目不能视。龙王降阶迎士人，齐级升殿，访其来意，士人具说。龙王即命速勘。良久，一人自外曰："境内并无此国。"士人复哀祈，具言长须国在东海第三汊第七岛。龙王复叱使者细寻勘，速报。经食顷，使者返曰："此岛虾，合供大王此月食料，前日已追到。"龙王笑曰："客固为虾所魅耳。吾虽为王，所食皆禀天符，不得妄食。今为客减食。"乃令引客视之，见铁镬数十如屋，满中是虾，有五六头色赤，大如臂，见客跳跃，似求救状。引者曰："此虾王也。"士人不觉悲泣，龙王命放虾王一镬，令二使送客归中国。一夕至登州，顾二使，乃巨龙也。

叶限

南人相传，秦汉前有洞（峒）主吴氏，土人呼为吴洞。娶两妻，一妻卒，有女名叶限。少慧善淘金，父爱之。末岁父卒，为后母所苦，常令樵险汲深。

时尝得一鳞二寸余，颊鳍金目，遂潜养于盆水，日日长，易数器，大不能受，乃投于后池中。女所得余食，辄沉以食之。女至池，鱼必露首枕岸，他人至不复出。其母知之，每伺之，鱼未尝见也，因诈女曰："尔无劳乎？吾为尔新其襦。"乃易其弊衣。后令汲于他泉，计里数百也。母徐衣其女衣，袖利刃行向池呼鱼，鱼即出首，因斤（斫）杀之。鱼已长丈余，膳其肉，味倍常鱼，藏其骨于郁栖之下。

逾日，女至向池，不复见鱼矣，乃哭于野。忽有人披发粗衣，自天而降，慰女曰："尔无哭，尔母杀尔鱼矣！骨在粪下，尔归，可取鱼骨藏于室，所须第祈之，当随尔也。"女用其言，金玑衣食随欲而具。

及洞节母往，令女守庭果。女伺母行远，亦往，衣翠纺上衣，蹑金履。母所生女认之，谓母曰："此甚似姊也。"母亦疑之，女觉遽反，遂遗一只履为洞人所得。母归，但见女抱庭树眠，亦不之虑。

其洞邻海岛，岛中有国名陀汗，兵强，王数十岛，水界数千里。洞人遂货其履于陀汗国，国主得之，命其左右履之，足小者，履减一寸。乃令一国妇人履之，竟无一称者。其轻如毛，履石无声。陀汗王意其洞人以非道得之，遂禁锢而拷掠之，竟不知所从来，乃以是履弃之于道旁，即遍历人家捕之，若有女履者，捕之以告。陀汗王怪之，乃搜其室，得叶限，令履之而信。叶限因衣翠纺衣，蹑履而进，色若天人也。始具.事于王。载鱼骨与叶限俱还国。其母及女即为飞石击死，洞人哀之，埋于石坑，命曰懊女冢。洞人以为媒祀，求女必应。

陀汗王至国，以叶限为上妇。一年，王贪求，祈于鱼骨，宝玉无限。逾年，不复应。王乃葬鱼骨于海岸，用珠百斛藏之，以金为际，至征卒叛时，将发以赡军。一夕为海潮所沦。成式旧家人李士元所说。士元本邕州洞中人，多记得南中怪事。

井鱼

井鱼脑有穴，每翕水辄于脑穴蹙出，如飞泉散落海中，舟人竞以空器贮之。海水咸苦，经鱼脑穴出反淡，如泉水矣。成式见梵僧菩提胜说。

秦皇鱼

东海渔人言，近获鱼，长五六尺，肠胃成胡鹿刀槊之状，或号秦皇鱼。

乌贼

乌贼，旧说名何伯事使者，遇大鱼，辄放墨，方数尺，以混其身。江东人或取墨书契以脱人财物，书迹淡墨，唯空纸耳，唯空纸耳。海人言，昔秦王东游，弃算袋于海，化为此鱼，形如算袋，两带特长。一说乌贼有碇，遇风，则蚪前一须下碇。

鲛鱼

鲛鱼，鲛子惊则入母腹中。

象浦鱼

象浦有鱼，色黑，长五丈余，头如马，伺人入水食人。

印鱼

印鱼，长一尺三寸，额上四方有印，有字。诸大鱼应死者，先以印封之。

鲎

雌常负雄而行，渔者必得其双。南人列肆卖之，雄者少肉。旧说过海辄相负于背，高尺余，如帆，乘风而行。今鲎壳上有一物，高七八寸，如石珊瑚，俗呼为鲎帆，成式荆州尚得一枚。至今闽岭重鲎子酱。鲎十二足，壳可以冠，次于白角。南人取其尾，为小如意也。

懒妇鱼

非鱼非蛟，大如船，长二三丈，色如鲇，有两乳在腹下，雄雌阴阳类人，取其子著岸上，声如婴儿啼。顶上有孔通头，气出吓吓作声，必大风，行者以为候。相传懒妇所化。杀一头得膏三四斛，取之燃灯，照读书纺绩辄暗，照欢乐之处则明。

系臂

如龟，入海捕之，人必先祭。又陈所取之数，则自出，因取之。若不信，则风波覆船。

海术

南海有水族，前左脚长，前右脚短。口在胁旁背上，常以左脚捉物，置于右脚，右脚中有齿嚼之，方内于口。大三尺余，其声术术，南人呼为海术。

考释

段成式（803—863），字柯古，东牟（今山东烟台牟平）人。唐代著名志怪小说家。他的《酉阳杂俎》在小说史上具有相当的地位。《四库全书总目》誉之为"自唐以来，推为小说之翘楚"。

《酉阳杂俎》里与海洋内容有关的作品，共有十多篇。这在所有的唐人作家作品中，是属于比较多的海洋书写了。这说明作为胶东半岛人，段成式给予海洋以相当大的关注。这些海洋作品描写和塑造了许多海洋异事、异物和异人形象。

《酉阳杂俎》涉海小说里，最有名的是"长须国"和"叶限"。

"长须国"的故事发生在"新罗"航线上，这是海上丝绸之路北方航线的主要通道。故事的主体是"虾"。原来这"长须"是海虾的表征。海虾组成了自己的一个部落方国，管理机构非常完整，显然是模拟现实衙门来创作的。一个出使新罗却不幸遭遇风暴漂流至岛的士人，后来成了长须国的大官，还被招为驸马，与虾女妻子生育了一儿二女。他不知道自己生活在虾国。直到有一天，他被长须国王委派为前往龙宫的使者，才明白长须者全是虾变的。但他感恩虾王和虾国人以前对他的恩情，向龙王求情，为他们免除了被龙王当食物之厄。这个"海上奇遇"故事想象力丰富，非常具有人性的温情感。

"叶限"的故事非常具有传奇性，充分体现出唐人传奇小说的美学特色。小说将故事时间背景设置在秦汉时代之前；故事的空间为南海的海边。秦汉之前的南海，几乎处于华夏文明边缘中的边缘，这种故事时间和空间设置的遥远性都是为了增加小说的传奇色彩。故事说叶限从小失去了母亲，自己为继母所忌恨。父亲去世后，继母对她的折磨更是变本加厉，还残忍地杀掉了她唯一的心灵依靠：一条小金鱼。后来叶限偷偷跑去参加当地的一个传统节日"洞节"，却遗失了一只鞋子。她生活在海边，海上有一个陀汗国。陀汗国很强大，管辖了周围几十个海岛，海洋国土面积有数千平方里。叶限所丢失的那只鞋子，被陀汗国主得得到了。国主凭借这只鞋子，找到了叶限，并娶她为妻。

　　《叶限》被誉为中国版的"灰姑娘"故事，被认为是"现存世界上最早的关于灰姑娘故事的完整记载"。

二十、[唐]封演《封氏见闻记》（1则）

[唐]封演《封氏见闻记》，清董浩等人编《全唐文》，上海古籍出版社1990年版。

余少居淮海，日夕观潮，大抵每日两潮，昼夜各一。假如月出潮以平明，二日三日渐晚，至月半，则月初早潮翻为夜潮，夜潮翻为早潮矣。如是渐转，至月半之早潮，复为夜潮，月半之夜潮，复为早潮。凡一月旋转一匝，周而复始，虽月有大小，魄有盈亏，而潮常应之，无毫厘之失。月阴精也，水阴气也，潜相感致，体于盈缩也。

考释

封演（生卒年不详），渤海蓨（今河北景县）人。他的《封氏闻见记》为研究唐代社会的重要资料。他的这篇笔记，用非常客观的现实主义态度，通过实地观察，详细记录了海洋潮汐现象，并科学地指出这种潮汐现象，与月亮的盈亏有关。

中国古代对于海洋水文的记录和描述不多，这篇笔记具有珍贵的海洋水文科技价值。

二十一、[唐] 李肇《唐国史补》（4则）

[唐] 李肇《唐国史补》，明津逮秘书本。

南海舶，外国船也。每岁至安南、广州。师子国舶最大，梯而上下数丈，皆积宝货。至则本道奏报，郡邑为之喧阗。有番长为主领，市舶使籍其名物，纳舶脚，禁珍异，蕃商有以欺诈入牢狱者。舶发之后，海路必养白鸽为信。舶没，则鸽虽数千里亦能归也。

舟人言鼠也有灵。舟中群鼠散走，旬日必有覆溺之患。

海上居人，时见飞楼如缔构之状甚壮丽者，太原以北，晨行则烟霭之中，睹城阙状如女墙雉堞者，皆《天官书》所说气也。

南海人言，海风四面而至，名曰飓风。飓风将至，则多虹霓，名曰飓母。然三五十年始一见。

考释

李肇，字里、生卒年俱不详。唐朝人。著有《翰林志》一卷，《唐国史补》三卷。《唐国史补》是一部记载唐代社会风气、朝野轶事及典章制度等各个方面的重要历史琐闻笔记，具有很高的文史价值。

《唐国史补》的写作态度，基本上是比较严谨的，追求一种历史的真实性。但是其中涉及海洋的 4 则笔记，除了南海外国商船那一条呈现出写实风貌外，其他 3 则却都很有海洋人文气息。

海船中多有老鼠，这是很普遍的现象，可是李肇却引述舟人的话说，船上的老鼠不同凡响，它们是"通灵"的，如果有许多老鼠突然在船上出现，说明这条船要倾翻出事故了。其实或许这是老鼠感受到海上大风暴即将来临，因而惊慌乱窜而已。另外那则"海上居人"看到的"海上飞楼"，显然就是一种海市蜃楼现象。最后那则比较，反映的是台风来临前的海洋气候现象。所以这 3 则笔记所记内容，其实并不怎么神秘，可是作者用一种"限知"视角予以描述和反映，类似于后世的陌生化手法，因而达到了很好的叙事效果。

二十二、[唐] 李冗《独异志》（5则）

[唐] 李冗《独异志》，《古小说丛刊》，中华书局 1983 年版。

乘槎至天津

海若居海岛。每至八月即有流槎过。如是，累年不失期。其人赍粮乘槎而往。及至一处，见有人饮牛于河，又见织女。问其处，饮牛之父曰："可归问蜀严君平，当知之。"其人归，诣君平。君平曰："某年月日，有客星犯斗牛，计时，即汝也。"某人乃知随流槎至天津。

始皇见海神

始皇欲观日，乃造石桥海岸，驱使鬼运。始皇曰："欲见君形，可乎？"海神始出，谓始皇左右曰："我形丑，勿画我形。"其下有巧者，暗以足画地图之。神怒，海岸遂崩。始皇脱走，仅免死。左右皆陷没焉。

任公子钓鱼

任公子为钓，用十五辖，蹲于会稽，期年无所得。一旦获大鱼。自荆江东皆厌腥臊。

逐臭之夫

《吕氏春秋》曰：有人臭者，父母兄弟妻子道路皆恶之，此人无所容足，乃之海上。海上有人悦其臭，昼夜随之，不能抛舍。

海上狎鸥

昔有人，海上日与鸥鸟狎，引数百相从。其父曰："吾闻鸥鸟从汝游，可与俱来，吾玩之。"明日，其人往，群鸥翔而不下。盖以机萌于心而物惧也。

考释

根据《新唐书·艺文志》和《宋史·艺文志》中的记载，《独异志》的作者为中唐时期的李亢。一九三七年商务印书馆编修的《丛书集成》中的《独异志》和一九八三年中华书局点校本都从"李冗"一说。

《独异志》体例近于六朝志怪，篇幅短小，大多仅为寥寥几语，至多不过百余字，内容兼收志怪、志人小说，杂叙见闻，又录古事。其中涉及海洋的，共有五篇，分别是《乘槎至天津》《始皇见海神》《任公子钓鱼》《逐臭之夫》和《海人狎鸥》，分别从张华《博物志》和《列子》等古籍中辑录。但《逐臭之夫》故事则不见于他人著作，当可理解为李亢所原创。内陆人的"臭人"，却为海上人所接纳甚至是崇拜，虽然显得难以置信，但海上人多捕鱼为生，鱼虾腥臭，海上人习以为常，并不觉得其臭，所以这则故事还是有海洋生活基础的。它反映出一种海上人独有的生活习俗。更为重要的是，这种"审臭"思维还激发了后人的类似题材的象征化和寓言化书写。清人沈起凤《谐铎》中《蜣螂城》的香臭颠倒构思和蒲松龄《聊斋志异》中《罗刹海市》里的美丑混淆书写，或许都受到了这篇《逐臭之夫》的影响和启发。

《海上狎鸥》的题材，来源于《列子》的《黄帝第二》篇。但是《独异志》的作者，在几乎全文移植的情况下，却有一个意义重大的改动。那就是把《列子》原文中的"好"改成了"狎"，这使得人与鸥鸟的关系，不但增加了许多情感因素，还注入了一种人鸟平等的理念。

《乘槎至天津》的故事显然来自于张华《博物志》，但是更加突出了"牛郎织女"的因素，这是此题材从"仙槎"向"鹊桥会"故事转化的标志。

二十三、[唐] 张读《宣室志》（1则）

[唐] 张读《宣室志·陆颙》，转引自陈周昌选注《唐人小说选》，湖南文艺出版社 1986 年版。

陆颙

吴郡陆颙，家于长城之东，其世以明经仕。颙自幼嗜面，为食愈多而质愈瘦。及长，从本郡贡于礼部，既下第，遂为生太学中。后数月，有胡人数辈挈酒食诣其门。既坐，顾谓颙曰："吾南越人，长蛮貊中，闻唐天子网罗天下英俊，且欲以文物化动四夷，故我航海梯山来中华，将观文物之光。唯吾子峨焉其冠，褼焉其裾，庄然其容，肃然其仪，真唐朝儒生也。故我愿与子交欢。"颙谢曰："颙幸得籍于太学，然无他才能，何足下见爱之深也？"于是相与酬宴，极欢而去。颙，信士也，以为群胡不我欺。旬余，群胡又至，持金缯为颙寿。颙至疑其有他，即固拒之。胡人曰："吾子居长安中，惶惶然有饥寒色，故持金缯为子仆马一日之费，所以交吾子欢耳。岂有他哉，幸勿疑我也。"颙不得已，受金缯。及胡人去，太学中诸生闻之，偕来谓颙曰："彼胡率爱利不顾其身，争盐米之微，尚致相贼杀者，宁肯弃金缯为朋友寿乎？且太学中诸生甚多，何为独厚君耶？君匿身郊野间，以避再来也。"颙遂侨居于渭水上，杜门不出。

仅月余，群胡又诣其门。颙大惊，胡人喜曰："比君在太学中，我未得尽言，今君退居郊野，果吾心也。"既坐，胡人挈颙手曰："我之来，非偶然也。盖有求于君耳，幸望知之。且我所祈，于君固无害，于我则大惠也。"颙曰："谨受教。"胡人曰："吾子好食面乎？"曰："然。"又曰："食面者，非君也，乃君肚中一虫耳。今我欲以一粒药进君，君饵之，当吐出虫。则我以厚价从君易之，其可乎？"颙曰："若诚之，又安有不可耶！"已而胡人出一粒药，其色光紫，命饵之。有顷，遂吐出一虫，长二寸许，色青，状如蛙。胡人曰："此名'消面虫'，实天下之奇宝也。"颢曰："何以识之？"胡人曰："吾每旦见宝气亘天，在太学中，故我访君而取之。然自一月余，清旦望之，见其气移于渭水上，果君迁居焉。夫此虫禀天地中和之气而结，故好食面，盖以麦自秋始种，至来年夏季方始成实，受天地四时之全气，故嗜其味焉。君宜以面食之，可见矣。"颢即以面斗余致其前，虫乃食之立尽。颢又问曰："此虫安使用也！"胡人曰："夫天下之奇宝，俱禀中和之气。此虫乃中和之粹也。执其本而取其末，其远乎哉！"既而以筒盛其虫，又金函扃之，命颢致于寝室。谓颢曰："明日当再来。"及明旦，胡人以十辆重辇，金玉缯帛约数万献于颢，共持金函而去。颢自此大富，致园屋为治生具，日食粱肉，衣鲜衣，游于长安中，号豪士。

仅岁余，群胡又来，谓颢曰："吾子能与我偕游海中乎？我欲探海中之奇宝以耀天下，而吾子岂非好奇之士耶！"颢既以甚富，又素享闲逸自遂，即与群胡俱至海上。胡人结宇而居，于是置油膏于银鼎中，构火其下，投虫于鼎中，炼之，七日不绝燎。忽有一童，分发，衣青襦，自海水中出，捧白月盘，盘中有径寸珠甚多，来献胡人。胡人大声叱之。其童色惧，捧盘而去。僮去食顷，又有一玉女，貌极冶，衣霞绡之衣，佩玉珥珠，翩翩自海中而出，捧紫玉盘，中有珠数十，来献胡人。胡人骂之，玉女捧盘而去。俄有一仙人，戴碧瑶冠，帔霞衣，捧绛帕籍，籍中有一珠，径二寸许，奇光泛空，照数十步。仙人以珠献胡人，胡人笑而授之。喜谓颢曰："至宝来矣。"即命绝燎。自鼎中收虫，置金函中。其虫虽炼之且久，而跳跃如初。胡人吞其珠，谓颢曰："子随我入海中，慎无惧。"颢即执胡人佩带，从而入焉。其海水皆豁开数十步，鳞介之族，俱辟易回去。游龙宫，入蛟室，珍珠怪宝，惟意所择。才一夕，而获甚多。胡人谓颢曰："此可以致亿万之货矣。"已而又以珍贝数品遗于颢。货于南越，获金千镒，由是益富。其后竟不仕，老于闽越中，而甲于巨室也。

考释

鲁迅在《中国小说史略》里指出，唐人"有意为小说"。也就是说，小说发展到了唐朝，已经成为一种比较成熟的文学形式。这种"有意"为之，主要体现在唐人小说的"传奇"上。张读《宣室志·陆颙》，就充满了传奇性。由于这个故事，涉及到海洋内容，所以还不妨称之为"海洋传奇"小说。

张读，字圣用，具体生卒年不详，深州（今河北衡水深州一带）人。他出生在一个小说家辈出的家族之中，高祖、祖父和外祖父都是小说家，其中外祖父牛僧孺更是在政坛和文坛都赫赫有名。其著作《宣室志》原书已经不存，后人从《太平广记》等书中辑录成册。

《陆颙》的主要内容也是"胡人与宝"的传奇故事，叙事布局颇具艺术匠心。故事起初发生的地方和叙述的内容，都与海洋没有任何关系，但是后来逐步推进到了核心情节"辟易珠"中，其中关键的因素是"海洋胡商"。胡商发现了酷爱吃面的陆颙，身上有条"消面虫"。这已经是够传奇的了，可是这仅仅是叙事的第一层面，是为了进入海洋作准备的情节铺垫。接着胡商带着陆颙入海，小说开始正面描述"欲探海中之奇宝以耀天下"的海洋传奇。其中的"烤虫"设计非常新奇，超乎读者想象。而"潜海作业"则有现实基础，海洋社会中的确存在这种精于潜水捕捞的特殊渔民。

二十四、[唐] 苏鹗《杜阳杂编》（2则）

[唐] 苏鹗《杜阳杂编》，北京：中华书局 1985 年版

上好食蛤蜊，一日，左右方盈盘而进，中有擘之不裂者。上疑其异，乃焚香祝之。俄顷自开，中有二人，形眉端秀，体质悉备，螺髻璎珞，足履菡萏，谓之菩萨。上遂置之于金粟檀香合，以玉屑覆之，赐兴善寺，令致敬礼。至会昌中毁佛舍，遂不知所在。

（贞元）八年，吴明国贡常燃鼎鸾蜂蜜。云，其国去东海数万里，经揖娄沃沮等国。其土宜五谷，多珍玉，礼乐仁义，无剽劫，人寿二百岁。俗尚神仙术，一岁之内，乘云驾鹤者，往往有之。常望黄气如车盖，知中国有土德王，遂愿贡奉。常燃鼎，量容三斗，光洁似玉，其色紫，每修饮馔，不炽火而俄顷自熟，香洁异于常等。久而食之，令人返老为少，百疾不生也。鸾蜂蜜，云其蜂之声，有如鸾凤，而身被五彩。大者可重十余斤，为窠于深岩峻岭间，大者占地二三亩。国人采其蜜，不逾三二合，如过度，即有风雷之异。若螫人生疮，以石上菖蒲根傅之，即愈。其色碧，贮之于白玉碗，表里莹彻，如碧琉璃。久食令人长寿，颜如童子，发白者应时而黑。逮及沉疴眇跛，无不疗焉。

🌀 考释

苏鹗，字德祥，陕西武功人。生卒年不详，约唐昭宗大顺初前后在世。他的"神蛤"故事虽然体现为某种宗教观念，但蛤蜊是传统的海洋食物，

"上好食蛤蜊"反映出唐代人们对于贝类海鲜的喜爱。这篇故事在很多古人笔记中都有反映，谁为原创已经很难考定。

　　"鸾蜂蜜"记载了一种"去东海数万里"的海洋异国所贡奉的海岛珍物。这种"鸾蜂蜜"为一种"其蜂之声，有如鸾凤，而身被五彩"的海岛神蜂所产。故事具有海洋神仙岛的遗风流韵。

二十五、[唐] 赵自勤《崔元综》（1则）

李时人编校《全唐五代小说》，北京：中华书局 2014 年版。

崔元综，则天朝为宰相。令史奚三儿云："公从今六十日内，当流南海，六年三度合死，然竟不死。从此后发初，更作官职，后还于旧处坐，寿将百岁，终以馁死。"经六十日，果得罪，流放南海之南。经数年，血痢百日，至困而不死。会赦得归，乘船渡海，遇浪漂没。同船人并死，崔公独抱一板，随波上下，漂泊至一海渚，入丛苇中。板上有一长钉刺脊上，深入数寸。其钉板压之，在泥水中，昼夜忍痛呻吟而已。忽遇一船人来此渚中，闻其呻吟，哀而救之。扶引上船，与踏血拔钉，良久乃活。问其姓名，云是旧宰相。众人哀之，济以粮食。随路求乞，于船上卧。见一官人着碧，是其宰相时令史，唤与语，又济以粮食，得至京师。六年之后，收录乃还，选曹以旧相奏上，则天令超资与官。及过，谢之日，引于殿廷对。崔公著碧，则天见而识之，问得何官，具以状对。乃诏吏部，令与赤尉。及引谢之日，又敕与御史。自御史得郎官，累迁至中书侍郎，九十九矣。子侄并死，唯独一身，病卧在床，顾令奴婢取饭粥，奴婢欺之，皆笑而不动。崔公既不能责罚，奴婢皆不受处分。乃感愤不食，数日而死矣。

考释

赵自勤，生平事迹不详。其著作《定命录》也佚。本文辑录自李时人编校《全唐五代小说》。它描述了一起海上航行遭遇风暴的灾难事故。古代海上航行风险极大，所以此类遭遇风暴的故事很多，但大多偏于被风浪推刮到荒岛却有惊人奇遇的想象构建，但这篇《崔元综》却是一种现实主义的写法，尤其被木板钉子伤害的细节，倒卧泥涂中听天由命的无奈，被过路船只救援的不幸中的有幸等，都是海洋活动中非常现实的内容，所以这篇小说具有很强的海洋社会认知价值。

二十六、[唐] 王璩《张骑士》

李时人编校《全唐五代小说》，中华书局 2014 年版。

张骑士者自云：幼时随英公李绩渡海，遇风十余日，不知行几万里，风静不波，忽见二物。黑色，头状类蛇，大如巨船，其长望而不极。须臾，至船所，皆以头绕船横推，其疾如风。舟人惶惧，不知所抗。已分为所啖食，唯念佛求速死耳。久之，到一山，破船如积，各自念云："彼人皆为此物所食。"须臾，风势甚急，顾视船后，复有三蛇，追逐亦至，意如争食之状。二蛇放船，回与三蛇斗于沙上，各相蜿蟺于孤岛焉。舟人因是乘风举帆，遂得免难。后数日，复至一山，遥见烟火，谓是人境。落帆登陵，与二人同行。门户甚大，遂前款关，有人长数丈，通身生白毛，出见二人，食之。一人遽走至船所，缆上船，未即开，白毛之士走来牵揽。船人各执弓刀斫射之，累挥数刀，然后见释。离岸一里许，岸上已有数十头，戟手大呼，因又随风飘帆五六日。遥见海岛，泊舟问人，云是清远县界，属南海。

考释

王璩，字希琢，唐武则天时曾任宰相。《张骑士》描述的是海中航行遭遇异物的故事，很有惊悚小说的味道。"海洋异物"是古代海洋文学中经常出现的叙事题材，但本篇小说叙写几条体型巨大的海蛇相斗的奇异场面，甚是新奇。后半部分叙写遭遇另外一种食人生物，情节惊悚。显然它不是现实主义书写，而是属于幻想型的海洋虚构叙事。

二十七、[唐] 牛肃《李邕》

李时人编校《全唐五代小说》，中华书局 2014 年版。

　　唐江夏李邕之为海州也，日本国史至海州，凡五百人，载国信，有十船，珍货数百万。邕见之，舍于馆，厚给所须，禁其出入。夜中，尽取所载而沉其船。既明，讽所馆人白云："昨夜海潮大至，日本国船尽漂失，不知所在。"于是以其事奏之。敕下邕，令造船十艘，善水者五百人，送日本使至其国，邕既具舟及水工，使者未发，水工辞邕。邕曰："日本路遥，海中风浪，安能却返，前路任汝便宜从事。"送人喜，行数日，知其无备，夜尽杀之，遂归。邕又好客。养亡命数百人，所在攻劫，事露则杀之。后竟不得死，且坐其酷滥也。

考释

　　牛肃，约唐德宗贞元末（804）前后在世，事迹不详。根据《新唐书·艺文志》，他撰有唐代第一部小说集《纪闻》十卷。可惜原书已佚，部分作品散见于《太平广记》等类书。本则小说即为《太平广记》第二四三卷收录。

　　这是一则血腥的海洋谋杀案子。海州即今江苏连云港市，自唐代开始便是重要的海洋港口，也是对接日本的重要国际贸易港。唐代中日海洋贸易比较活跃，本则叙事便是这段历史史实的反映。

　　李邕身为海州地方官，其所作所为，实际上是一个血债累累的海盗。他敢于谋杀和抢劫代表日本官方的使者和商船，说明此类勾当他不知已经干过多少次。更为严重的是对于这种人，朝廷竟然视而不见，坐视其"酷滥"，即日益变得残酷无度。这从一个侧面反映出唐朝虽然比较重视海洋贸易，但对于海洋安全环境问题，还是不够重视的。

二十八、[唐] 卢求《贩海客》

李时人编校《全唐五代小说》，中华书局 2014 年版。

　　唐有一富商，恒诵《金刚经》，每以经卷自随。尝贾贩外国，夕宿于海岛，众商利其财，共杀之，盛以大笼，加巨石，并经沉于海。平明，众商船发。而夜来所泊之岛，乃是僧院，其院僧每夕则闻人念《金刚经》声，深在海底。僧大异之，因命善泅者沉于水访之，见一老人在笼中读经，乃牵挽而上。僧问其故，云："被杀，沉于海，不知是笼中，忽觉身处宫殿，常有人送饮食，安乐自在也。"众僧闻之，悉普加赞叹，盖《金刚经》之灵验。遂投僧削发，出家于岛院。

考释

　　卢求的生平事迹不详。《贩海客》辑录自李时人编校《全唐五代小说》。本则故事的主旨是宣传佛教思想，但却包含了许多深刻的海洋社会和海洋经济活动认知价值。把被害人放入木笼或竹笼沉入海底，为了不让尸体上浮，还在笼里放置了大石块。这样的海洋谋杀是惊心动魄的，而且加害的人是一个从事国际贸易的海商，这也从一个特殊的角度透露出唐代海洋贸易繁荣的信息。

二十九、[五代] 杜光庭《录异记》（2则）

[五代] 杜光庭《录异记》，《杜光庭记传十种辑校》，中华书局 2013 年版。

海龙王宅

海龙王宅在苏州东，入海五六日程。小岛之前，阔百余里，四面海水粘浊，此水清，无风而浪高数丈，舟船不敢辄近。每大潮，水漫没其上，不见此浪，船则得过。夜中远望，见此水上红光如日，方百余里，上与天连。船人相传，龙王宫在其下矣。

异鱼

南海中有山，高数千尺，两山相去十余里，有巨鱼相斗，鬐鬛挂山，半山为之摧折。

🌥 考释

杜光庭（850—933），字圣宾，号东瀛子，缙云人。因考进士未中，转而入天台山学道。晚年更是隐居四川青城山，成了一个著名的道家。

他的《录异记》是一部中国古代神仙集，但里面却有两篇故事与海洋有关，这是很有意思的。《海龙王宅》展示了一个有别于民间传说龙宫的龙王住宅。他还信誓旦旦地说这个龙王住宅就在苏州外面的海中，也就是东海之中。此处水文现象奇特，而且还与天空相通。显示了作者奇特的想象力。

《异鱼》虽然是普通的海洋大鱼叙事，但气势很是宏伟。鱼鳍可以扯断大山，这种大鱼搏斗的场面气场，也是很罕见的。

三十、[五代] 王仁裕《开元天宝遗事》（1则）

[五代] 王仁裕:《开元天宝遗事》，明顾氏文房小说本。

馋灯

南（海）中有鱼，肉少而脂多，彼中人取鱼脂炼为油，或将照纺缉机杼，则暗而不明；或使照筵宴、造饮食，则分外光明。时人号为馋灯。

考释

王仁裕（880—956）字德辇，秦州上邽（甘肃天水）人，五代著名政治家、文学家。《馋灯》故事很有意思。熬鱼油燃灯作照明用，是沿海地区一种很普遍的生活现象，但是这则笔记小说却给它注入了一种富有象征意义的情节：用这种鱼油点灯，灯的光线亮度居然会由于照明对象的不同而变化。如果用来为吃喝玩乐照明，它就特别明亮。如果是用来为劳动作照明，它就黯然无光。这是涉海叙事中一种寓言化写作现象的体现。

三十一、[五代] 尉迟偓《中朝故事》（1则）

[五代] 尉迟偓《中朝故事》，中华书局 1985 年版。

神卜者

西明寺中有僧名德真，过海欲往新罗。舟至海中山岛畔避风，与同舟一道流。行其岛屿间，见泉水一泓，中有赤鲤一头，道士取之不得，乃念咒，禹步获之。僧云："海中异物，不可拘也。"道士曰："海神吾无惧。"僧苦求免之，投于波内，乃往海东。明年，僧还京。复寓西明寺，乃能卜射言事，无不中者。由是谒请如市，一二年间获缯不知其数。一旦，有客诣之，见小柏木神堂内幡花填其中，客以手扪其中，得一小儿，长数寸，朱衣朱冠，眉目如画，状似欲语，忽脱手，飞去空中而不见。其僧叹惋久之，乃诟骂逐其客。客惧，走避之。经月，闻其僧言其事皆无凭也。

考释

尉迟偓，五代南唐时人。生卒年里不详。官给事中，预修国史。他的《中朝故事》，就是他担任史官时候的作品。流传来下的有《四库全书》本、《历代小史》本等。

《中朝故事》分上、下两卷。上卷多载君臣事迹及朝廷制度，下卷则杂录神异怪幻之事。也就是说上卷是"史书"，下卷是"文学"。中华书局 1985 年出版的《中朝故事》，则不分卷，合成了一书。

《神卜者》出现于下卷。这则故事却写得很是飘逸。故事的核心内容在前半部分，其中心句是："僧云：'海中异物不可拘也。'道士曰：'海神吾无惧。'"这反映出僧家对于海洋的敬畏之心，而道士则不惧怕海神，盖因秦汉时期的海洋神仙岛故事，大多由道家编造，道家认为海上神仙本就是道仙，所以无需惧怕海神。

这则故事还有一点值得关注，那就是文首第一句"西明寺中有僧名德真，过海欲往新罗"。这隐含着中华宗教文化向朝鲜半岛传播的信息，很有价值。

三十二、[五代] 孙光宪《北梦琐言》（2则）

[宋] 孙光宪:《北梦琐言》，北京：中华书局 1960 年版。

高骈开海路

安南高骈奏开本州海路，初，交趾以北距南海，有水路，多覆巨舟。骈往视之，乃有横石隐隐然在水中，因奏请开凿以通南海之利。其表略云："人牵利楫，石限横津。才登一去之舟，便作九泉之计。"时有诏听之，乃召工者，啖以厚利，竟削其石。交广之利民至今赖之以济焉。或言骈以术假雷电以开之，未知其详。葆光子尝闻闽王王审知患海畔石碕为舟楫之梗，一夜梦吴安王许以开导，乃命判官刘山甫躬往祈祭。三奠才毕，风雷勃兴。山甫凭高观焉，见海中有黄物，可长千百丈，奋跃攻击。凡三日，晴霁，见石港通畅，便于泛涉。于时录奏，赐名甘棠港。即渤海假神之力又何怪焉亦号此地为天威路，实神功也。

张建章泛海遇仙

张建章为幽州行军司马，后历郡守，尤好经史，聚书至万卷，所居有书楼，但以披阅清净为事，经涉之地，无不理焉。曾赍府戎命往渤海，遇风涛，乃泊其船，忽有青衣泛一叶舟而至，谓建章曰："奉大仙命请大夫。"建章乃应之，至一大岛，见楼台岿然，中有女仙处之，侍翼甚盛，器食皆建章故乡之常味也。食毕，告退，女仙谓建章曰："子不欺暗室，所谓君子人也。忽患风涛之苦，吾令此青衣往来导之。"及还，风涛寂然，往来皆无所惧。又回至西岸，经太宗《征辽碑》，半在水中。建章则以帛包麦屑置于水中，摸而读之，不失一字。其笃学也如此，蓟门之人皆能说之，于时亦闻于朝廷。葆光子曾遇蓟门军校姓孙细话张大夫遇水仙，蒙遗鲛绡，自赍而进。好事者为之立传。今亳州太清宫道士有收得其本者，且曰："明宗皇帝有事郊丘，建章乡人掌东序之宝，其言国玺外唯有二物，其一即建章所进鲛绡，箧而贮之，轴之如帛，以红线三道札之，亦云夏天清暑，展开可以满室凛然。"迩来变更，莫知何在。

✿ 考释

孙光宪（901—968），字孟文，陵州贵平（今四川省仁寿县）人。《高骈开海路》里的"交趾"即今越南一带，说明早在唐五代时期，中越之间就已经有比较密切的海上交往，所以本则笔记很为研究海洋交通史的学者所重视。

《张建章泛海遇仙》则属于"海洋艳遇"类传奇，双方都彬彬有礼，显示了较高的人品情操，或许在孙光宪的意识中，"海上世界"也是文明发达之区，非蛮荒之地。

这则故事后来被《太平广记》卷第七十收录，但文字改动较大，主要是删去了"其笃学如此，蓟门之人，皆能说之"后面的文字"于时亦闻于朝廷。葆光子曾遇蓟门军校姓孙细话张大夫遇水仙，蒙遗鲛绡，自赍而进。好事者为之立传。今亳州太清宫道士有收得其本者，且曰：'明宗皇帝有事郊丘，建章乡人掌东序之宝，其言国玺外唯有二物，其一即建章所进鲛绡，箧而贮之，轴之如帛，以红线三道札之，亦云夏天清暑，展开可以满室凛然。'迩来变更，莫知何在"。这虽然使得叙事更加集中，但恐怕未必符合孙光宪本意。因为孙光宪在这部分里引用了许多资料，是为了增加这件事的可信性。《太平广记》把它们删掉了，就变成了纯虚构文本了。

三十三、[宋] 徐铉《稽神录》（1则）

[宋] 徐铉：《稽神录》，《宋元笔记小说大观》，上海古籍出版社 2001 年版。

姚氏

东州静海军姚氏率其徒捕海鱼，以充岁贡。时已将晚，而得鱼殊少。方忧之，忽网中获一人，黑色，举身长毛，拱手而立。问之不应。姚曰："此神物也。"乃释而祝之曰："尔能为我致群鱼，以免阙职之罪，信为神也。"毛人却行水上数步而没。明日，鱼乃大获，倍于常岁矣。

（《稽神录》卷之四）

考释

徐铉（916—991），字鼎臣，五代至北宋初年文学家、书法家。扬州广陵（今江苏扬州）人。初仕吴，后仕南唐，随李煜一起降宋。曾参与《太平广记》等丛书的编撰。

《稽神录》是一部志怪小说集，多记灵异神怪之事。鲁迅《中国小说史略》评价其书为"其文平实简率"。

《姚氏》是一种海洋"人鱼"叙事。但是这个"鱼人"不同于能流泪成珠的鲛人，而更接近于能驱赶鱼群的龙王，所以这是一个比较新颖的人鱼形象。

《太平广记》还辑录了另外两则来自于《稽神录》的涉海叙事笔记，分别是三百十四卷中的《朱廷禹》和四百六十七中的《海上人》。

　　《朱廷禹》记叙了一则航海中的"亲历"奇遇："江南内臣朱廷禹，言其所亲泛海遇风，舟将复者数矣。海师云：'此海神有所求。可即取舟中所载，弃之水中。'物将尽，有一黄衣妇人，容色绝世，乘舟而来，四青衣卒刺船，皆朱发豕牙，貌甚可畏。妇人竟上船，问有好发髢，可以见与。其人忙怖，不复记，但云：'物已尽矣。'妇人云：'在船后挂壁箧中。'如言而得之。船屋上有脯腊，妇人取以食四卒。视其手，乌爪也。持髢而去，舟乃达。"这简直是一群海上女强盗，无所不抢，而且竟然还索要"发髢"。"发髢"即假发。朝廷的官船上为什么会有假发，这女海盗何以得知它就藏在"船后挂壁箧中"，文中都没有交代，但也因此增加了叙事的趣味性。

　　《海上人》写的也是海洋人鱼，但它的生物"鱼性"要多于想象的"人性"："近有海上人，于鱼扈中得一物，是人一手，而掌中有面，七窍皆具，能动而不能语。传玩久之，或曰：'此神物也，不当杀之。'其人乃放置水上，此物浮水而去，可数十步，忽大笑数声，跃没于水。"但在海中临消失时的回眸大笑，却也着实很是可爱，"人性"大增。

三十四、[宋] 李昉《太平广记》（73则）

[宋] 李昉等《太平广记》，民国景明嘉靖谈恺刻本。

鬼谷先生（卷第四"神仙四"）

鬼谷先生，晋平公时人，隐居鬼谷，因为其号。先生姓王名利，亦居清溪山中。苏秦、张仪，从之学纵横之术。二子欲驰骛诸侯之国，以智诈相倾夺，不可化以至道。夫至道玄微，非下才得造次而传。先生痛其道废绝，数对苏、张涕泣，然终不能寤。苏、张学成别去，先生与一只履，化为犬，北引二子即日到秦矣。先生凝神守一，朴而不露。在人间数百岁，后不知所之。秦皇时，大宛中多枉死者横道，有鸟御草以覆死人面，遂活。有司上闻，始皇遣使赍草以问先生。先生曰："巨海之中有十洲，曰祖洲、瀛洲、玄洲、炎洲、长洲、元洲、流洲、光生洲、凤麟洲、聚窟洲，此草是祖洲不死草也。生在琼田中，亦名养神芝。其叶似菰，不丛生，一株可活千人耳。

（出《仙传拾遗》）

徐福（卷第四"神仙四"）

徐福，字君房，不知何许人也。秦始皇时，大宛中多枉死者横道，数有鸟衔草，覆死人面，皆登时活。有司奏闻始皇，始皇使使者赍此草，以问北郭鬼谷先生。云是东海中祖洲上不死之草，生琼田中，一名养神芝，其叶似菰，生不丛，一株可活千人。始皇于是谓可索得，因遣福及童男童女各三千人，乘楼船入海。寻祖洲不返，后不知所之。逮沈羲得道，黄老遣福为使者，乘白虎车，度世君司马生乘龙车，侍郎薄延之乘白鹿车，俱来迎羲而去。由是后人知福得道矣。

又唐开元中，有士人患半身枯黑，御医张尚容等不能知。其人聚族言曰："形体如是，宁可久耶？闻大海中有神仙，正当求仙方，可愈此疾。"宗族留之不可，因与侍者，赍粮至登州大海侧，遇空舟，乃赍所携，挂帆随风。可行十余日，近一孤岛，岛上有数百人，如朝谒状。须臾至岸，岸侧有妇人洗药，因问彼皆何者。妇人指云："中心床坐，须鬓白者，徐君也。"又问徐君是谁。妇人云："君知秦始皇时徐福耶？"曰："知之。""此则是也。"顷之，众各散去，某遂登岸致谒，具语始末，求其医理。徐君曰："汝之疾，遇我即生。"初以美饭哺之，器物皆奇小，某嫌其薄。君云："能尽此，为再飨也，但恐不尽尔。"某连啖之，如数瓯物致饱。而饮亦以一小器盛酒，饮之致醉。翌日，以黑药数丸令食，食讫，痢黑汁数升，其疾乃愈。某求住奉事。徐君云："尔有禄位，未宜即留，当以东风相送，无愁归路遥也。"复与黄药一袋，云："此药善治一切病，还遇疾者，可以刀圭饮之。"某还，数日至登川，以药奏闻。时玄宗令有疾者服之，皆愈。

（出《仙传拾遗》及《广异记》）

王母使者（卷第四"神仙四"）

汉武帝天汉三年，帝巡东海，祠恒山，王母遣使献灵胶四两，吉光毛裘。武帝以付外库，不知胶、裘二物之妙也，以为西国虽远，而贡者不奇，使者未遣之。帝幸华林苑，射虎兕，一弩一弦断。使者时随驾，因上言，请以胶一分，以口濡其胶，以续一弩一弦。帝惊曰："此异物也。"乃使武士数人，对牵引之，终日不脱，胜未续时也。胶青色，如碧玉。吉光毛裘黄白，盖神马之类。裘入水终日不沉，入火不焦。帝悟，厚赂使者而遣去。集弦胶出自凤麟洲，洲在西海中，地面正方，皆一千五百里，四面皆弱水绕之。上多凤麟，数万为群。煮凤喙及麟角，合煎作胶，名之"集弦胶"，一名"连金泥"。弓一弩一已断之弦，刀剑已断之铁，以胶连续，终不脱也。

（出《仙传拾遗》）

元柳二公（卷二十五“神仙二十五”）

元和初，有元彻、柳实者，居于衡山。二公俱有从父为官浙右。李庶人连累，各窜于欢、爱州。二公共结行李而往省焉。至于廉州合浦县，登舟而欲越海，将抵交一趾，舣舟于合浦岸。夜有村人缩神，箫鼓喧哗。舟人与二公仆吏齐往看焉。夜将午，俄飓风歘起，断缆漂舟，入于大海，莫知所适。冒长鲸之鬐，抢巨鳌之背，浪浮雪峤，日涌火轮。触蛟室而梭停，撞蜃楼而瓦解。摆簸数四，几欲倾沉，然后抵孤岛而风止。二公愁闷而陟焉，见天王尊像，莹然于岭所，有金炉香烬，而别无一物。二公周览之次，忽睹海面上有巨兽，出首四顾，若有察听，牙森剑戟，目闪电光，良久而没。逡巡，复有紫云自海面涌出，漫衍数百步，中有五色大芙蓉，高百余丈，叶叶而绽，内有帐幄，若绣绮错杂，耀夺人眼。又见虹桥忽展，直抵于岛上。俄有双鬟侍女，捧玉合，持金炉，自莲叶而来天尊所，易其残烬，炷以异香。二公见之，前告叩头，辞理哀酸，求返人世。双鬟不答。二公请益良久。女曰："子是何人，而遽至此。"二公具以实白之。女曰："少顷有玉虚尊师当降此岛，与南溟夫人会约。子但坚请之，将有所遂。"言讫，有道士乘白鹿，驭彩霞，直降于岛上。二公并拜而泣告。尊师悯之曰："子可随此女而谒南溟夫人，当有归期，可无碍矣。"尊师语双鬟曰："余暂修真毕，当诣彼。"二子受教，至帐前行拜谒之礼。见一女未笄，衣五色文彩，皓玉凝肌，红流腻艳，神澄沇瀅，气肃沧溟。二子告以姓字。夫人哂之曰："昔时天台有刘晨，今有柳实；昔有阮肇，今有元彻；昔时有刘阮，今有元柳：莫非天也。"设二榻而坐。俄顷尊师至，夫人迎拜，遂还坐。有仙娥数辈，奏笙簧箫笛。旁列鸾凤之歌舞，雅合节奏。二子恍惚。若梦于钧天，即人世罕闻见矣。遂命飞筋。忽有玄鹤，衔彩笺自空而至曰："安期生知尊师赴南溟会，暂请枉驾。"尊师读之，谓玄鹤曰："寻当至彼。"尊师语夫人曰："与安期生间阔千年，不值南游，无因访话。"夫人遂促侍女进馔，玉器光洁。夫人对食，而二子不得餉。尊师曰："二子虽未合餉，然为求人间之食而餉之。"夫人曰："然！"即别进馔，乃人间味也。尊师食毕，怀中出丹篆一卷而授夫人。夫人拜而受之，遂告去。回顾二子曰："子有道骨，归乃不难；然邂逅相遇，合有灵药相贶。子但宿分自有师，吾不当为子师耳。"子拜。尊师遂去。

俄海上有武夫，长数丈，衣金甲，仗剑而进曰："奉使天真清道不谨，法当显戮，今已行刑。"遂趋而没。夫人命侍女紫衣凤冠者曰："可送客去。而所乘者何？"侍女曰："有百花桥可驭二子。"二子感谢拜别。夫人赠以玉壶一枚，高尺余。夫人命笔题玉壶诗赠曰："来从一叶舟中来，去向百花桥上去。若到人间扣玉壶，鸳鸯自解分明语。"

俄有桥长数百步，栏槛之上，皆有异花。二子于花间潜窥，见千龙万蛇，遽相交绕为桥之柱。又见昔海上兽，已身首异处，浮于波上。二子因诘使者。使者曰："此兽为不知二君故也。"使者曰："我不当为使而送子，盖有深意欲奉托，强为此行。"遂袵带间解一琥珀合子，中有物隐隐若蜘蛛形状，谓二子曰："吾辈水仙也。水仙阴也，而无男子。吾昔遇番禺少年，情之至而有子，未三岁，合弃之。夫人命与南岳神为子，其来久矣。闻南岳回雁峰使者，有事于水府。返日，凭寄吾子所弄玉环往，而使者隐之，吾颇为恨。望二君子为持此合子至回雁峰下，访使者庙而投之，当有异变。倘得玉环，为送吾子。吾子亦自当有报效耳。慎勿启之。"二子受之，谓使者曰："夫人诗云：'若到人间扣玉壶，鸳鸯自解分明语。'何也？"曰："子归有事，但扣玉壶，当有鸳鸯应之，事无不从矣。"又曰："玉虚尊师云，吾辈自有师，师复是谁？"曰："南岳太极先生耳。当自遇之。"遂与使者告别。

桥之尽所，即昔日合浦之维舟处，回视已无桥矣。二子询之，时已一十二年。欢、爱二州亲属，已殒谢矣。问道将归衡山，中途因馁而扣壶，遂有鸳鸯语曰："若欲饮食，前行自遇耳。"俄而道左有盘馔丰备，二子食之。而数日不思他味。寻即达家。昔日童稚，已弱冠矣。然二子妻各谢世已三昼。家人辈悲喜不胜，曰："人云郎君亡没大海，服阕已九秋矣。"二子厌人世，体以清虚，睹妻子丧，不甚悲感，遂相与直抵回雁峰，访使者庙，以合子投之。俄有黑龙长数丈，激风喷电，折树揭屋，霹雳一声而庙立碎。二子战栗，不敢熟视。空中乃有掷玉环者。二子取之而送南岳庙。

及归，有黄衣少年，持二金合子，各到二子家曰："郎君令持此药，曰还魂膏，而报二君子。家有毙者，虽一甲子，犹能涂顶而活。"受之而使者不见。二子遂以活妻室，后共寻云水，访太极先生，而曾无影响，闷却归。因大雪，见大。叟曰："吾贮玉液者，亡来数十甲子。甚喜再见。"二子因随诣祝融峰，自此而得道，不重见耳。

（出《续仙传》）

慈心仙人（卷三十九"神仙三十九"）

唐广德二年，临海县贼袁晁，寇永嘉。其船遇风，东漂数千里，遥望一山，青翠森然，有城壁，五色照曜。回舵就泊，见一精一舍，琉璃为瓦，玳瑁为墙。既入房廊，寂不见人。房中唯有胡子二十余枚，器物悉是黄金，无诸杂类。又有衾茵，亦甚炳焕，多是异蜀重锦。又有金城一所，余碎金成堆，不可胜数。贼等观不见人，乃竞取物。忽见妇人从金城出，可长六尺，身衣锦绣上服紫绡裙，谓贼曰："汝非袁晁一党一耶？何得至此？此器物须尔何与，辄敢取之！向见子，汝谓此为狗乎？非也，是龙耳。汝等所将之物，吾诚不惜，但恐诸龙蓄怒，前引汝船，死在须臾耳！宜速还之。"贼等列拜，各送物归本处。因问此是何处。妇人曰："此是镜湖山慈心仙人修道处。汝等无故与袁晁作贼，不出十日，当有大祸。宜深慎之。"贼党因乞便风，还海岸。妇人回头处分。寻而风起，群贼拜别，因便扬帆。数日至临海。船上沙涂不得下，为官军格死，唯妇人六七人获存。浙东押衙谢诠之配得一婢，名曲叶，亲说其事。

（出《广异记》）

唐宪宗皇帝（卷四十七"神仙四十七"）

唐宪宗好神仙不死之术。元和五年，内给事张惟则自新罗国回，云：于海中泊山岛间，忽闻鸡犬鸣吠，似有烟火。遂乘月闲步，约及一二里，则见花木楼台殿阁，金户银关。其中有数公子，戴章甫冠，衣紫霞衣。吟啸自若。惟则讶其异，遂请谒。公子曰："汝何所从来？"惟则具言其故。公子曰："唐皇帝乃吾友也。当汝旋去。愿为传语。"而命一青衣，捧出金龟印，以授惟则，乃置之于宝匣。复谓惟则曰："致意皇帝。"惟则遂持之还舟中，回顾旧路，悉无踪迹。金龟印长五寸，上负黄金玉印，面方一寸八分，其篆曰"凤芝龙木，受命无疆"。惟则至京师，即具以事上进。宪宗曰："朕前生岂非仙人乎？"乃览金龟印，叹异良久，但不能谕其文耳。因缄以紫泥玉锁，置于帐内。其后往往见五色光，可长丈余。是月，寝殿前连理树上生灵芝二株，宛如龙凤。宪宗因叹曰："凤芝龙木，宁非此兆乎。"时又有处士伊祁玄解，缜发童颜，气息香洁。常乘一黄牝马，才三尺高，不啖刍粟，但饮醇酎，不施缰辔，惟以青毡籍其背。常游历青兖间。若与人款曲，话千百年事，皆如目击。帝知其异人，遂令官诏入宫内，馆于九华之室，设紫荌之席，饮龙膏之酒。紫荌席类荌叶，光软香静，夏凉冬温。龙膏酒黑如纯漆，饮之令人神爽。此本乌弋山离国所献也。乌弋山离国，已见班固《西京传》也。帝每日亲自访问，颇加敬仰。而玄解鲁朴，未尝闲人臣礼。帝因问之曰："先生春秋高而颜色不老，何也？"玄解曰："臣家于海上，种灵草食之，故得然也。"即于衣间出三等药实，为帝种于殿前。一曰双麟芝，二曰六合葵，三曰万根藤。双麟芝色褐，一茎两穗，穗形如麟，头尾悉具，其中有子，如瑟瑟焉。六合葵色红，而叶类于茂葵，始生六茎，其上合为一株，共生十二叶，内出二十四花，花如桃花，而一朵千叶，一叶六影，其成实如相思子。万根藤子，一子而生万根，枝叶皆碧，钩连盘屈，荫一。其状类芍药，而蕊色殷红，细如丝发，可长五六寸。一朵之内，不啻千茎，亦谓之绛心藤。灵草既成，人乃莫见。而玄解请帝自采饵之，颇觉神验，由是益加礼重焉。遇西域有进美玉者，一圆一方，径各五寸，光彩凝冷，可鉴毛发。时玄解方座于帝前，熟视之曰："此一龙玉也，一虎玉也。"惊而问曰："何谓一龙一虎玉也？"玄解曰："圆者龙也，生于水中，为龙所宝，若投之于水，必有霓虹出焉。方者虎也，生于岩谷，为虎所宝，若以虎毛拂之，紫光逆逸，而百兽慑服。"帝异其言，遂令尝之。各如所说。询得玉之由。使人曰："一自渔者得，一自猎者获。"帝因命取龙一虎二玉，以锦囊盛之于内府。玄解将还东海，亟请于帝。未许之。遇宫中刻木作海上三山，丝绘华丽，间以珠玉。帝元日与玄解观之，帝指蓬莱曰："若非上仙，朕无由得及是境。"玄解笑曰："三岛咫尺，谁曰难及？臣虽无能，试为陛下一游，以探物象妍丑。"即踊体于空中，渐觉微小，俄而入千金银阙内左侧，连声呼之，竟不复有所见。帝追思叹恨，近成羸疹。因号其山为藏真岛。每诘旦，于岛前焚凤脑香，以崇礼敬。后旬日，青州奏云："玄解乘黄牝马过海矣。"

白乐天（卷四十八"神仙四十八"）

唐会昌元年，李师稷中丞为浙东观察使。有商客遭风飘荡，不知所止。月余，至一大山。瑞云奇花，白鹤异树，尽非人间所睹。山侧有人迎问曰："安得至此？"具言之。令维舟上岸。云："须谒天师。"遂引至一处，若大寺观，通一道士入。道士须眉悉白。侍卫数十。坐大殿上，与语曰："汝中国人，兹地有缘方得一到，此蓬莱山也。既至，莫要看否？"遣左右引于宫内游观。玉台翠树，光彩夺目，院宇数十，皆有名号。至一院，扃锁甚严，因窥之。众花满庭，堂有帏褥，焚香阶下。客问之。答曰："此是白乐天院，乐天在中国未来耳。"乃潜记之，遂别之归。旬日至越，具白廉使。李公尽录以报白公。先是，白公平生唯修上坐业，及览李公所报，乃自为诗二首，以记其事及答李浙东云："近有人海上回，海山深处见楼台。中有仙笼开一室，皆言此待乐天来。"又曰："吾学空门不学仙，恐君此语是虚传。海山不是吾归处，归即应归兜率天。"然白公脱屣烟埃，投弃轩冕，与夫昧昧者固不同也，安知非谪仙哉！

（出《逸史》）

韩稚（卷第八十一"异人一"）

汉惠帝时，天下太平，干戈偃息，远国殊乡，重译来贡。时有道士韩稚者，终之裔也，越海而来，云是东海神君之使，闻圣德洽于区宇，故悦服而来庭。时东极扶桑之外，有泥离国，亦来朝于汉。其人长四尺，两角如蜡，牙出于唇，自腰巳下有垂毛自蔽，居于深穴，其寿不可测也，帝云：

"方士韩稚解绝国言，问人寿几何，经见几代之事。"答云："五运相因，递生递死，如飞尘细雨，存殁不可论算。"问女娲已前可问乎，对曰："蛇身已上，八风均，四时序。不以威悦，搅乎精运。"又问燧人以前，答曰："自钻火变腥以来，父老而慈，子寿而孝。牺轩以往，屑屑焉以相诛灭，浮靡嚣薄，婬于礼，乱于乐，世欲浇伪，淳风坠矣。"稚具以闻，帝曰："悠哉杳昧，非通神达理者难可语乎斯道矣。"稚亦以斯而退，莫之所知。

（出《王子年拾遗记》）

白仁晳（卷第一百三"报应二"）

唐白仁晳，龙朔中为虢州朱阳尉，差运米辽东。过海遇风，四望昏黑，仁晳忧惧，急念金刚经，得三百遍。忽如梦寐，见一梵僧，谓曰："汝念真经，故来救汝。"须臾风定，八十余人俱济。

（出《报应记》）

邢璹（卷第一百二十六"报应二十五"）

唐邢璹之使新罗也，还归，泊于炭山。遇贾客百余人，载数船物，皆珍翠沈香象犀之属，直数千万。璹因其无备，尽杀之，投于海中而取其物。至京，惧人知也，则表进之，敕还赐璹，璹恣用之。后子縡与王鉷谋反，邢氏遂亡，亦其报也。

帝尧（卷第一百三十五"征应一"）

秦始皇时，宛渠国之民，乘螺舟而至，云："臣国去轩辕之丘十万里，臣国先圣，见冀州有黑风，应出圣人，果庆都生尧。"

（出王子年《拾遗记》）

陆绩（卷第一百六十五"廉俭"）

吴陆绩为郁林郡守，罢秩，泛海而归。不载宝货，舟轻，用巨石重之。人号"郁林石"。

（出《传载》）

93

甾丘诉（卷第一百九十一"骁勇一"）

周世，东海之上，有勇士甾丘以勇闻于天下。过神泉，令饮马。其仆曰："饮马于此者，马必死。"丘诉曰："以丘诉之言饮之。"其马果死。丘诉乃去衣拔剑而入，三日三夜，杀二蛟一龙而出。雷神随而击之，十日十夜，眇其左目。要离闻而往见之，丘诉出送有丧者。要离往见丘于墓所曰：雷神击子，十日十夜，眇子左目。夫天怨不旋日，人怨不旋踵。子至今弗报，何也？叱之而去。墓上振愤者不可胜数。要离归，谓人曰："甾丘诉天下勇士也，今日我辱之于众人之中，必来杀我。暮无闭门，寝无闭户。"丘诉至夜半果来，拔剑柱颈曰："子有死罪三，辱我于众人之中，死罪一也；暮无闭门，死罪二也；寝不闭户，死罪三也。"要离曰："子待我一言而后杀也。子来不谒，一不肖也；拔剑不刺，二不肖也；刃先词后，三不肖也。子能杀我者，是毒一药之死耳。"丘收剑而去曰："嘻，天下所不若者，唯此子耳。"

（出《独异志》）

吴馔（卷第二百三十四"食"）

吴郡献海鲙乾鲙四瓶，瓶容一斗。浸一斗，可得径尺数盘。并状奏作乾鲙法。帝示群臣云："昔术人介象于殿庭钓得海鱼，此幻化耳。亦何足为异？今日之鲙，乃是真海鱼所作，来自数千里，亦是一时奇味。"虞世基对曰："术人之鱼既幻，其鲙固亦不真。"出数盘以赐达官。作乾鲙之法：当五六月盛热之日，于海取得鲙鱼。大者长四五尺，鳞细而紫色，无细骨不腥者。捕得之，即于海船之上作鲙。去其皮骨，取其一精一肉缕切。随成随晒，三四日，须极干，以新白瓷瓶，未经水者盛之。密封泥，勿令风入，经五六十日，不异新者。取啖之时，并出乾鲙，以布裹，大瓮盛水渍之，三刻久出，带布沥却水，则皦然。散置盘上，如新鲙无别。细切香柔叶铺上，筋拨令调匀进之。海鱼体性不腥，然鳍鲙鱼肉软而白色，经干又和以青叶，皙然极可啖。又献海虾子三十梃。梃长一尺，阔一寸，厚一寸许，甚一精一美。作之法：取海白虾有子者，每三五斗置密竹篮中，于大盆内以水淋洗。虾子在虾腹下，赤如覆盆子，则随水从篮目中下。通计虾一石，可得子五升，从盆内漉出。缝布作小袋子，如径寸半竹大，长二尺。以虾子满之，急击头，随袋多少，以末盐封之，周厚数寸。经一日夜出晒，夜则平板压之，明日又出晒。夜以前压十日干，则拆破袋，出虾子梃。色如赤琉璃，光彻而肥美，盐于鲻鱼数倍。又献鮧鱼含肚千头，极精好。作之法：当六月七月盛热之时，取鮧鱼长二尺许，去鳞净洗。停二日，待鱼腹胀起，方从口抽出肠，去腮留目。满腹内纳盐竟，即以末盐封周遍，厚数寸。经宿，乃以水净洗。日则曝，夜则收还。安平板上，又以板置石压之。明日又晒，夜还压。如此五六日乾，即纳乾瓷瓮，封口。经二十日出之，其皮色光彻，有如黄油，肉乾则如糗。又如沙棋之苏者，微醎而有味，味美于石首含肚。然石首含肚亦年常入献，而肉强不及。此法出自随口味使大都督杜济，济会稽人，能别味，善于盐梅。亦古之符郎，今之谢讽也。

（出《大业拾遗记》）

又吴郡献松江鲈鱼乾鲙六瓶，瓶容斗。作鲙法，一同鮧。然作鲈鱼鲙，须八九月霜下之时。收鲈鱼三尺以下者作乾鲙，浸渍讫，布裹沥水令尽，散置盘内。取香柔花叶，相间细切，和鲙拨令调匀。霜后鲈鱼，肉白如雪，不腥。所谓"金玉鲙"，东南之佳味也。紫花碧叶，间以素鲙，亦鲜洁可观。吴郡又献蜜蟹三千头，作如糖蟹法。蜜拥剑四瓮。拥剑似蟹而小，二螯偏大。《吴郡赋》所谓"乌贼拥剑"是也。

（出《大业拾遗记》）

李邕（卷第二百四十三"贪"）

唐，江夏李邕之为海州也。日本国使至海州，凡五百人，载国信。有十船，珍货数百万。邕见之，舍于馆。厚给所须，禁其出入。夜中，尽取所载而沉其船。既明，讽所馆人白云："昨夜海潮大至，日本国船尽漂失，不知所在。"于是以其事奏之。敕下邕，令造船十艘，善水者五百人，送日本使至其国。邕既具舟具及水工。使者未发，水工辞邕。邕曰："日本路遥，海中风浪，安能却返？前路任汝便宜从事。"送人喜。行数日，知其无备，夜尽杀之，遂归。邕又好客，养亡命数百人，所在攻劫，事露则杀之。后竟不得死，且坐其酷滥也。

（出《纪闻》）

海中妇人（卷第二百八十六 幻术三）

海中妇人善厌媚，北人或妻之。虽蓬头伛偻，能令男子酷爱，死且不悔。苟弃去北还，浮海荡不能进，乃自返。

（出《投荒杂录》）

秦始皇（卷第二百九十一 神一）

秦始皇作石桥，欲过海，观日所出处。传云：时有神能驱石下海。阳城十一山，今尽起立，嶷嶷东倾，如相随行状。又云：石去不速，神人辄鞭之，皆流血，石莫不悉赤，至今犹尔。秦始皇于海中作石桥，或云非人功所建，海神为之竖柱。始皇感其惠，乃通敬于神，求与相见。神云："我形丑，约莫图我形，当与帝会。"始皇乃从石桥入三十里，与神相见。帝左右有巧者，潜以脚画。神怒曰："帝负约，可速去。"始皇即转马。前脚犹立，后脚随崩，仅得登岸

（出《三齐要略》）

黄翻（卷第二百九十二 神二）

汉灵帝光和元年，辽西太守黄翻上书："海边有流尸，露冠绛衣，体貌完全。翻感梦云：'我伯夷之弟，孤竹君子也。海水坏吾棺椁，求见掩藏。'民嗤视之，皆无病而死。"

（出《博物志》）

费长房（卷第二百九十三 神三）

费长房能使鬼神。后东海君见葛陂君，婬其夫人。于是长房敕系三年，

而东海大旱。长房至东海，见其请雨，乃敕葛陂君出之，即大雨也。

（出《列异传》）

朱廷禹（卷第三百一十四 神二十四）

　　江南内臣朱廷禹，言其所亲泛海遇风，舟将复者数矣。海师云："此海神有所求。可即取舟中所载，弃之水中。"物将尽，有一黄衣妇人，容色绝世，乘舟而来，四青衣卒刺船，皆朱发豕牙，貌甚可畏。妇人竟上船，问有好发髢，可以见与。其人忙怖，不复记，但云："物已尽矣。"妇人云："在船后挂壁（壁原作璧，据《稽神录》改。）篋中。"如言而得之。船屋上有脯腊，妇人取以食四卒。视其手，乌爪也。持髢而去，舟乃达。廷禹又言，其诸亲自江西如广陵，携十一岁儿，行至马当泊，登岸晚望。及还船，失其儿。遍寻之，得于茂林中，已如痴矣。翌日，乃能言。云："为人召去，有所教我。"乃吹指长啸，有山禽数十百只，应声而至，毛彩怪异，人莫能识。自尔东下，时时吹啸，众禽必至。至白沙，不敢复入。博访医巫治之，久乃愈。

（出《稽神录》）

青州客（卷第三百五十三 鬼三十八）

　　（五代）朱梁时，青州有贾客泛海遇风，飘至一处，远望有山川城郭，海师曰："自顷遭风者，未尝至此。吾闻鬼国在是，得非此耶？"顷之，舟至岸，因登岸。向城而去。其庐舍田亩，不殊中国。见人皆揖之，而人皆不见已。至城，有守门者，揖之，亦不应。入城，屋室人物甚殷。遂至王宫，正值大宴，君臣侍宴者数十，其衣冠器用丝竹陈设之类，多类中国。客因升殿，俯逼王坐以窥之。俄而王有疾，左右扶还，亟召巫者视之。巫至，"有阳地人至此，阳气逼人，故王病。其人偶来尔，无心为祟，以饮食车马谢遣之，可矣。"即具酒食，设座于别室，巫及其君臣，皆来祀祝。客据按而食。俄有仆夫驭马而至，客亦乘马而归。至岸登舟，国人竟不见已。复遇便风得归。时贺德俭为青州节度，与魏博节度杨师厚有亲，因遣此客

97

使魏，其为师厚言之。魏人范宣古，亲闻其事，为余言。

（出《稽神录》）

韦隐（卷第三百五十八 神魂一）

大历中，将作少匠韩晋卿女，适尚衣奉御韦隐。隐奉使新罗，行及一程，怆然有思，因就寝。乃觉其妻在帐外，惊问之，答曰："愍君涉海，志愿奔而随之，人无知者。"隐即诈左右曰："俗纳一妓，将侍枕席。"人无怪者。及归，已二年，妻亦随至。隐乃启舅姑，首其罪，而室中宛存焉。及相近，翕然合体，其从隐者乃魂也。

（出《独异记》）

立石（卷第三百九十八 石）

莱子国海上有石人，长一丈五尺，大十围。昔始皇遣此石人追劳山，不得，遂立。

（出《酉阳杂俎》）

鲸鱼目（卷第四百二 宝三）

南海有珠，即鲸目瞳。夜可以鉴，谓之夜光。凡珠有龙珠，龙所吐也。蛇珠，蛇所吐也。南海俗云："蛇珠千枚，不及一玫瑰。"言蛇珠贱也。玫瑰亦珠名。越人俗云："种千亩木一奴一，不如一龙珠。"越俗以珠为上宝，生女谓之珠娘，生男名珠儿。吴越间俗说："明珠一斛，贵如玉者。"合浦有珠市。

（出《述异记》）

珠池（卷第四百二 宝三）

廉州边海中有洲岛，岛上有大池，谓之珠池。每年刺史修贡，自监珠户入池采，以充贡赋。耆旧传云，太守贪则去。皆采老蚌，剖而取珠。池在海上，疑其底与海通，又池水极深，莫测也。珠如豌豆大，常珠也，如弹丸者，亦时有得。径寸照室之珠，但有其说，不可遇也。又取小蚌肉，贯之以篾，曝干，谓之珠母。容桂率将脯烧之，以荐酒也。肉中有细珠，如粱粟，乃知珠池之蚌，随其大小，悉胎中有珠矣。

（出《岭表录异》）

径寸珠（卷第四百二 宝三）

近世有波斯胡人，至扶风逆旅，见方石在主人门外，盘桓数日。主人问其故。胡云："我欲石捣帛。"因以钱二千求买。主人得钱甚悦，以石与之。胡载石出，对众（"对众"原作"封外"，据明抄本改）剖得径寸珠一枚。以刀破臂腋，藏其内，便还本国。随船泛海，行十余日，船忽欲没。舟人知是海神求宝，乃遍索之，无宝与神，因欲溺胡。胡惧，剖腋取珠。舟人咒云："若求此珠，当有所领。"海神便出一手，其大多毛，捧珠而去。

（出《广异记》）

鬻饼胡（卷第四百二 宝三）

有举人在京城，邻居有鬻饼胡。无妻。数年，胡忽然病。生存问之，遗以汤药。既而不愈。临死告曰："某在本国时大富，因乱，遂逃至此。本与一乡人约来相取，故久于此，不能别适。遇君哀念，无以奉答，其左臂中有珠，宝惜多年，今死无用矣，特此奉赠。死后乞为殡瘗。郎君得此，亦无用处。今人亦无别者。但知市肆之间，有西国胡客至者，即以问之，当大得价。"生许之。既死，破其左臂，果得一珠。大如弹丸，不甚光泽。生为营葬讫，将出市，无人问者。已经三岁。忽闻新有胡客到城，因以珠市之。胡见大惊曰："郎君何得此宝珠？此非近所有，请问得处。"生因说之。胡乃泣曰："此是某乡人也。本约同问此物，来时海上遇风，流转数国，故愆五六年。到此方欲追寻，不意已死。"遂求买之。生见珠不甚珍，但索五十万耳。胡依价酬之。生诘其所用之处。胡云："汉人得法，取珠于海上，以油一石，煎二斗，其则削。以身入海不濡，龙神所畏，可以取宝。"

（出《原化记》）

珊瑚（卷第四百三 宝四）

汉宫积草池中，有珊瑚，高一丈二尺，一本三柯。上有四百六十三条。是南越王赵佗所献，号曰烽火树。夜有光，常欲然。

（出《西京杂记》）

又郁林郡有珊瑚市，海客市珊瑚处也。珊瑚碧色，一株株数十枝，枝间无叶。大者高五六尺，尤小者尺余。蛟人云，海上有珊瑚宫。汉元封二年，郁林郡献珊瑚妇人，帝命植于殿前，谓之女珊瑚。忽柯叶甚茂，至灵帝时树死，咸以为汉室将衰之征也。

（出《述异记》）

又梯梂国海，去都城二千里，有飞桥。渡海而西，至且兰国。自且兰有积石，积石南有大海。海中珊瑚生于水底。大船载铁网下海中，初生之时，渐渐似菌。经一年，挺出网目间，变作黄色，支格交错。小者三尺，大者丈余。三年色青。以铁钞发其根，于舶上为绞车，举铁网而出之。故名其所为珊瑚洲。久而不采，却蠹烂糜朽。

（出《洽闻记》）

千步香草（卷第四百八 草木三）

南海出百步香，风闻于千步也。今海隅有千步香，是其种也。叶似杜若，而红碧间杂。《贡籍》云："日南郡贡千步香。"

（出《述异记》）

仙人杏（卷第四百十 草木五）

杏圃洲，南海中，多杏，海上人云，仙人种杏处。汉时，尝有人舟行遇风，泊此洲五六日，日食杏，故免死。云，洲中有冬杏。王充《果赋》云："冬实之杏，春熟之甘。"晋郭太仪《果赋》云："杏或冬而实。"

（出《述异记》）

元义方（卷第四百二十三 龙六）

元义方使新罗，发鸡林州。遇海岛，中有泉，舟人皆汲水饮之。忽有小蛇自泉中出。海师遽曰："龙怒。"遂发。未数里，风云雷电皆至，三日三夜不绝。及雨霁，见远岸城邑，乃莱州。

（出《国史补》）

蛇丘（卷第四百五十六 蛇一）

东海有蛇丘，地险，多渐洳，众蛇居之，无人民，蛇或人头而蛇身。

（出《方中记》）

海州猎人（卷第四百五十七 蛇二）

海州人以射猎为事，曾于东海山中射鹿。忽见一蛇，黑色，大如连山，长近十丈，两目成日。自海而上，人见蛇惊惧，知不免死。因伏念佛。蛇至人所，以口衔人及其弓矢，渡海而去。遥至一山，置人于高岩之上。俄而复有一蛇自南来，至山所，状类先蛇而大倍之。两蛇相与斗于山下，初以身相蜿蟺，久之，口相噬。射士知其求己助。乃傅药矢，欲射之。大蛇先患一目，人乃复射其目，数矢累中。久之，大蛇遂死，倒地上。小蛇首尾俱碎，乃衔大真珠瑟瑟等数斗，送人归至本所也。

（出《广异记》）

飞涎鸟（卷第四百六十三 禽鸟四）

南海去会稽三千里，有狗国，国中有飞涎鸟似鼠，两翼如鸟而脚赤。每至晓，诸栖禽未散之前，各各占一树，口中有涎如胶，绕树飞，涎如雨沾洒众枝叶。有他禽之至而如网也，然乃食之。如竟午不获，即空中逐而涎惹之，无不中焉。人若捕得脯，治渴。其涎每布后半日即干，自落，落即布之。

（出《外荒记》）

冠凫（卷第四百六十三 禽鸟四）

石首鱼，至秋化为冠凫，冠凫头中有石也。

（出《海陆碎事》，明抄本作出《地野记》）

北海大鸟（卷第四百六十三 禽鸟四）

北海有大鸟，其高千里，头文曰"天"，胸文曰"候"，左翼文曰"鹭"，右翼文曰"勒"，头向东正，海中央捕鱼。或时举翼飞，而其羽相切，如雷风也。

（出《神异录》）

东海大鱼（卷第四百六十四 水族一）

东方之大者，东海鱼焉。行海者，一日逢鱼头，七日逢鱼尾。鱼产则百里水为血。

（出《玄中记》）

鼍鱼（卷第四百六十四 水族一）

《博物志》云："南海有鼍鱼，斩其首，干之，柝去其齿，而更复生者，三乃已。"《南州志》亦云然。又闻广州人说，鳄鱼能陆追牛马，水中覆舟杀人，值网则不敢触，有如此畏慎。其一孕，生卵数百于陆地，及其成形，则有蛇，有龟，有鳖，有鱼，有鼍，有为蛟者，凡十数类。及其被人捕取宰杀之，其灵能为雷电风雨，比殆神物龙类。

（出《感应经》）

南海大鱼（卷第四百六十四 水族一）

岭南节度使何履光者，朱崖人也。所居傍大海，云，亲见大异者有三：其一曰，海中有二山，相去六七百里，晴朝远望，青翠如近。开元末，海中大雷雨，雨泥，状如吹沫，天地晦黑者七日。人从山边来者云，有大鱼，乘流入二山，进退不得。久之，其鳃挂一崖上，七日而山折，鱼因而得去。

雷，鱼声也；雨泥，是口中吹沫也；天地黑者，是吐气也。其二曰，海中有洲，从广数千里，洲上有物，状如蟾蜍数枚。大者周回四五百里，小者或百余里。每至望夜，口吐白气，上属于月，与月争光。其三曰，海中有山，周回数十里。每夏初，则有大蛇如百仞山，长不知几百里。开元末，蛇饮其海，而水减者十余日。意如渴甚，以身绕一山数十匝，然后低头饮水。久之，为海中大物所吞。半日许，其山遂拆，蛇及山被吞俱尽，亦不知吞者是何物也。

（出《广异记》）

鲸鱼（卷第四百六十四 水族一）

开元末，雷州有雷公与鲸斗，身出水上，雷公数十在空中上下，或纵火，或诟击，七日方罢。海边居人往看，不知二者何胜，但见海水正赤。

（出《广异记》）

海人鱼（卷第四百六十四 水族一）

海人鱼，东海有之，大者长五六尺，状如人，眉目、口鼻、手爪、头皆为美丽女子，无不具足。皮肉白如玉，无鳞，有细毛，五色轻软，长一二寸。发如马尾，长五六尺。阴形与丈夫女子无异，临海鳏寡多取得，养之于池沼。交合之际，与人无异，亦不伤人。

（出《洽闻记》）

南海大蟹（卷第四百六十四 水族一）

近世有波斯常云，乘舶泛海，往天竺国者已六七度。其最后，舶漂入大海，不知几千里，至一海岛。岛中见胡人衣草叶，惧而问之，胡云，昔与同行侣数十人漂没，唯己随流，得至于此。因而采木实草根食之，得以不死。其众哀焉，遂舶载之，胡乃说，岛上大山悉是车渠、玛瑙、玻璃等诸宝，不可胜数，舟人莫不弃己贱货取之。既满船，胡令速发，山神若至，必当怀惜。于是随风挂帆，行可四十余里，遥见峰上有赤物如蛇形，久之渐大。胡曰:"此山神惜宝,来逐我也,为之奈何?"舟人莫不战惧。俄见两山从海中出,高数百丈,胡喜曰:"此两山者,大蟹螯也。其蟹常好与山神斗,神多不胜,甚惧之。今其螯出,无忧矣。"大蛇寻至蟹许,盘斗良久,蟹夹蛇头,死于水上,如连山。船人因是得济也。

(出《广异记》)

海䲡(卷第四百六十四 水族一)

海䲡鱼,即海上最伟者也,小者亦千余尺。吞舟之说,固非谬矣。每岁,广州常发铜船过南安货易,北人有偶求此行,往复一年,便成斑白。云,路经调黎(地名,海心有山,阻东海涛,险而急,亦黄河之三门也。)深阔处,又见十余山,或出或没,初甚讶之。篙工曰:"非山,海䲡鱼背也。"果见双目闪烁,鬐鬣若簸米箕。危沮之际,日中忽雨霡霂。舟子曰:"此䲡鱼喷气,水散于空,风势吹来若雨耳。"及近鱼,即鼓船而噪,倏尔而没去。("鱼畏鼓",物类相伏耳。)交趾回,乃舍舟,取雷州缘岸而归,不惮苦辛,盖避海䲡之难也。乃静思曰:"设使老䲡瞑目张嗉,我舟若一叶之坠智井耳,宁得不为人皓首乎?"

(出《岭表录异》)

乌贼鱼(卷第四百六十四 水族一)

乌贼,旧说名河伯从事。小者遇大鱼,辄放墨方数尺以混身,一江东人或取其墨书契,以脱人财物。书迹如淡墨,逾年字消,唯空纸耳。海人言,昔秦王东游,弃算袋于海,化为此鱼,形如算袋,两带极长。一说,乌贼有矴,遇风则前一须下矴。

(出《酉阳杂俎》)

比目鱼(卷第四百六十四 水族一)

比目鱼,南人谓之鞋底鱼,江淮谓之拖沙鱼。《尔雅》云:东方有比目鱼焉,不比不行,其名谓之鲽。状如牛脾,细鳞紫色,一面一目,两片相合乃行。

(出《岭表录异》)

鹿子鱼（卷第四百六十四 水族一）

鹿子鱼，赪色，其尾鬣皆有鹿斑，赤黄色。《罗州图经》云："州南海中有洲，每春夏，此鱼跳出洲，化而为鹿。"曾有人拾得一鱼，头已化鹿，尾犹是鱼。南人云："鱼化为鹿，肉腥，不堪食。"

（出《岭表录异》）

子归母（卷第四百六十四 水族一）

杨孚《交州异物志》云："鲛之为鱼，其子既育，惊必归母，还其腹。小则如之，大则不复。"《潘州记》云："鱼昔鱼长二丈，大数围。初生子，子小，随母觅食，暮惊则还入母腹。"《吴录》云："鱼昔鱼子，朝出索食，暮入母腹。"《南越志》云："暮从脐入，旦从口出也。"

（出《感应经》）

鲋鮧鱼（卷第四百六十四 水族一）

鲋鮧鱼，文斑如虎。俗云，煮之不熟，食者必死。相传以为常矣。饶州有吴生者，家甚丰足，妻家亦富。夫妇和睦，曾无隙间。一旦，吴生醉归，投身床上，妻为整衣解履，扶舁其足。醉者运动，误中妻之心胸，其妻蹶然而死，醉者不知也。遽为妻族所凌执，云殴击致毙。狱讼经年，州郡不能理，以事上闻。吴生亲族，惧敕命到而必有明刑，为举族之辱，因饷狱生鲋鮧。如此数四，竟不能害，益加充悦，俄而会赦获免。还家之后，胤嗣繁盛，年洎八十，竟以寿终。且烹之不熟，尚能杀人，生陷数四，不能为害，此其命与？

（出《录异记》）

鲫鱼（卷第四百六十四 水族一）

东南海中有祖州，鲫鱼出焉。长八尺，食之宜暑而避风，此鱼状，即与江湖小鲫鱼相类耳。浔一陽一有青林湖，鲫鱼大者二尺余，小者满尺，食之肥美，亦可止寒热也。

海燕（卷第四百六十四 水族一）

齐监官县石浦有海鱼，乘潮来去，长三十余丈，黑色无鳞，其声如牛，土人呼为海燕。

（出《广古今五行记》）

海虾（卷第四百六十五 水族二）

刘恂者曾登海舶，入舵楼，忽见窗板悬二巨虾壳。头、尾、钳、足具全，各七八尺。首占其一分，嘴尖利如锋刃，嘴上有须如红箸，各长二三尺。双脚有钳，钳粗如人大指，长二尺余，上有芒刺如蔷薇枝，赤而铦硬，手不可触。脑壳烘透，弯环尺余，何止于杯盂也。《北户录》云："滕循为广州刺史，有客语循曰：'虾须有一丈长者，堪为拄杖。'循不之信，客去东海，取须四尺以示循，方伏其异。"

（出《岭表录异》）

瓦屋子（卷第四百六十五 水族二）

瓦屋子，盖蚶蛤之类也，南中旧呼为蚶子。顷因卢钧尚书作镇，遂改为瓦屋子，以其壳上有棱如瓦垄，故以此名焉。壳中有肉，紫色而满腹，广人犹重之，多烧以荐酒，俗呼为天脔炙。食多即壅气，背膊烦疼，未测其性也。

（出《岭表录异》）

印鱼（卷第四百六十五 水族二）

印鱼，长一尺三寸，额上四方如印，有字，诸大鱼应死者，先以印印之。

（出《酉阳杂俎》）

井鱼（卷第四百六十五 水族二）

唐段成式云，井鱼脑有穴，每嗡水，辄于脑穴蹙出，如飞泉，散落海中，舟人竞以空器贮之。海水咸苦，经鱼脑穴出，反淡如泉水焉。成式见梵僧善提胜说。

（出《酉阳杂俎》）

异鱼（卷第四百六十五 水族二）

异鱼，东海人常获鱼，长五六尺，腹胃成胡鹿刀槊之状，或号秦皇鱼。

（出《酉阳杂俎》）

海术（卷第四百六十五 水族二）

南海有水族，前左脚长，前右脚短，口在肋旁背上，常以左脚捉物，置于右脚，右脚中有齿啮之，方内于口。大三尺余，其声"术术"，南人呼为海术。

（出《酉阳杂俎》）

海镜（卷第四百六十五 水族二）

海镜，广人呼为膏叶，盘两片，合以成形。壳圆，中甚莹滑。日照如云母光。内有少肉如蚌胎，腹中有红蟹子，其小如黄豆，而螯具足。海镜饥，则蟹出拾食，蟹饱归腹，海镜亦饱。或迫之以火，则蟹子走出，离肠腹立毙。或生剖之，有蟹子活在腹中，逡巡亦毙。

（出《岭表录异》）

蟹（卷第四百六十五 水族二）

蟹，八月腹内有芒，芒真稻芒也，长寸许，向东输与海神，未输芒，不可食。

（出《酉阳杂俎》）

鲎（卷第四百六十五 水族二）

鲎雌常负雄而行，渔者必得其双。南人列肆卖之，雄者少肉。旧说，过

107

海鲕相积于背，高尺余，如帆，乘风游行。今鲎壳上有物，高七八寸，如石珊瑚，俗呼鲎帆。至今闽岭重鲎酱。十二足，壳可为冠，次于白角。南人取其尾为小如意。

（出《酉阳杂俎》）

蠔（卷第四百六十五 水族二）

蠔即牡蛎也，其初生海岛边，如拳石，四面渐长。有高一二丈者，巉岩如山，每一房内，蠔肉一片，随其所生，前后大小不等。每潮来，诸蠔皆开一房，伺虫蚁入，即合之。海夷卢亭者以斧楔取壳，烧以烈火，蠔即启房，挑取其肉，贮以小竹筐，赴虚市，以易醋米。蠔肉大者醃为炙，小者炒食，肉中有滋味。食之即甚壅肠骨。

（出《岭表录异》）

虬尾（卷第四百六十五 水族二）

东海有鱼，虬尾似鸱，鼓浪即降雨，遂设像于屋脊。

（出《谭宾录》）

牛鱼（卷第四百六十五 水族二）

海上取牛鱼皮悬之，海潮至，即毛竖。

（出《谭宾录》）

系臂（卷第四百六十五 水族二）

系臂如龟，入海捕之，必先祭。又陈所取之数，则自出，因取之。若不信，则风浪覆舡。

（出《酉阳杂俎》）

剑鱼（卷第四百六十五 水族二）

海鱼千岁为剑鱼，一名琵琶鱼，形似琵琶而喜鸣，因以为名。虎鱼老则为蛟；江中小鱼，化为蝗而食五谷者，百岁为鼠。

（出《酉阳杂俎》，明抄本作出《述异记》）

东海人（卷第四百六十六 水族三）

昔人有游东海者，既而风恶舡破，补治不能制，随风浪，莫知所之。一日一夜，得一孤洲，共侣欢然。下石植缆，登洲煮食，食未熟而洲没。在船者砍断其缆，舡复漂荡，向者孤洲，乃大鱼也。吸波吐浪，去疾如风，在洲上死者十余人。

（出《西京杂记》）

行海人（卷第四百六十六 水族三）

昔有人行海得洲，木甚茂，乃维舟登岸。炊于水傍，半炊而林没于水，遽断其揽，乃得去。详视之，大蟹也。

（出《异物志》）

阴火（卷第四百六十六 水族三）

海中所生鱼虾，置阴处有光。初见之，以为怪异。土人常推其义，盖咸水所生，海中水遇阴晦，波如然火满海，以物击之，迸散如星火，有月即不复见。木玄虚《海赋》云："阴火退然。"岂谓此乎？

（出《岭南异物志》）

海上人（卷第四百六十七 水族四）

近有海上人于鱼扈中得一物，是人一手，而掌中有面，七窍皆具，能动而不能语。传玩久之，或曰："此神物也，不当杀之。"其人乃放置水上，此物浮水而去，可数十步，忽大笑数声，跃没于水。

（出《稽神录》）

109

姚氏（卷第四百七十一 水族八）

东州静海军姚氏率其徒捕海鱼，以充岁贡。时已将晚，而得鱼殊少，方忧之，忽网中获一人，黑色，举身长毛，拱手而立。问之不应，海师曰："此所谓海人，见必有灾，请杀之，以塞其咎。"姚曰："此神物也，杀之不祥。"乃释而祝之曰："尔能为我致群鱼，以免阙职之罪，信为神矣。"毛人却行水上，数十步而没。明日，鱼乃大获。倍于常岁矣。

（出《稽神录》）

海山（卷第四百七十九 昆虫七）

又珠崖人，每晴明，见海中远山罗列，皆如翠屏，而东西不定，悉蜈蚣也。虾须长四五十尺，此物不足怪也。

（出《岭南异物志》）

沃沮（卷第四百八十 蛮夷一）

毌丘俭遣王颀追高丽王宫，尽沃沮东东界。问其耆老，海东有人不？耆老言：国人尝乘船捕鱼，遭风，见吹数十日，东得一岛。上有人，言语不相晓。其俗尝以七月，取童女沉海。又言有一国，亦在海中，纯女无男。

又说，得一布衣，从海中浮出，其身如中人衣，其两袖长二丈。又得一破船，随浪出，在海岸边。有一人，项中复有面，生得之，与语不相通，不食而死。其地皆在沃沮东大海中。

（出《博物志》）

新罗（卷第四百八十一 蛮夷二）

新罗国，东南与日本邻，东与长人国接。长人身三丈，锯牙钩爪，不火食，逐禽一兽而食之，时亦食人。裸其躯，黑毛覆之。其境限以连山数千里，中有山峡，固以铁门，谓之铁关。常使弓一弩一数千守之，由是不过。

（出《纪闻》）

又新罗国有第一贵族金哥，其远祖名旁箔。有弟一人，甚有家财。其兄旁箔，因分居，乞衣食。国人有与其隙地一亩，乃求蚕谷种于弟，弟蒸而与之，旁箔不知也。至蚕时，止一生焉，日长寸余，居旬大如牛，食数树叶不足。其弟知之，伺间，杀其蚕。经日，四方百里内蚕，悉飞集其家。国人谓之巨蚕，意其蚕之王也。四邻共缲之，不供。谷唯一茎植焉，其穗长尺余。旁箔常守之。忽为鸟所折，衔去。旁箔逐之，上山五六里，鸟入一石罅，日没径黑，旁箔因止石侧。至夜半月明，见群小儿，赤衣共戏。一小儿曰："汝要何物？"一曰："要酒。"小儿出一金锥子，击石，酒及樽悉具。一曰："要食。"又击之，饼饵羹炙，罗于石上。良久，饮食而去，以金锥插于石罅。旁箔大喜，取其锥而还，所欲随击而办，因是富侔国力，常以珠玑赡其弟，弟云："我或如兄得金锥也。"旁箔知其愚，谕之不及，乃如其言。弟蚕之，止得一金如常者。谷种之，复一茎植焉，将熟，亦为鸟所衔。其弟大悦，随之入山，至鸟入处，遇群鬼。怒曰，"是窃余锥者。"乃执之。谓曰："尔欲为我筑糖三版乎？尔欲鼻长一丈乎？"其弟请筑糖三版，三日，饥困不成，求哀于鬼。鬼乃拔其鼻，鼻如象而归。国人怪而聚观之，惭恚而卒。其后子孙戏锥求狼粪，因雷震，锥失所在。

（出《酉阳杂俎》）

又登州贾者马行余转海，拟取昆山路适桐庐，时遇西风，而吹到新罗国。新罗国君闻行余中国而至，接以宾礼。乃曰："吾虽夷狄之邦，岁有习儒者，举于天阙。登第荣归，吾必禄之甚厚。乃知孔子之道，被于华夏乎。"因与行余论及经籍，行余避位曰："庸陋贾竖，长养虽在中华，但闻土地所宜，不读诗书之义。熟诗书，明礼义者，其唯士大夫乎！非小人之事也。"乃辞之。新罗君讶曰："吾以中国之人，尽闻典教。不谓尚有无知之俗欤！"行余还至乡井，自惭以贪客衣食，愚昧不知学道，为夷狄所嗤，况哲英乎。

（出《云溪友议》）

又天宝初，使赞善大夫魏曜使新罗，策立幼主。曜年老，深惮之。有客曾到新罗，因访其行路。客曰：永徽中，新罗日本皆通好，遣使兼报之。使人既达新罗，将赴日本国，海中遇风，波涛大起，数十日不止。随波漂流，不知所届，忽风止波静，至海岸边。日方欲暮，时同志数船，乃维舟登岸，约百有余人。岸高二三十丈，望见屋宇，争往趋之。有长人出，长二丈，身具衣服，言语不通。见唐人至，大喜，于是遮拥令入宅中，以石填门，而皆出去。俄有种类百余，相随而到，乃简阅唐人肤体肥充者，得五十余人，尽烹之，相与食啖。兼出醇酒，同为宴乐，夜深皆醉。诸人因得至诸院，后院有妇人三十人，皆前后风漂，为所虏者。自言男子尽被食之，唯留妇人，使造衣服。汝等今乘其醉，何为不去。吾请道焉，众悦。妇人出其练缕数百匹负之，然后取刀，尽断醉者首。乃行至海岸，岸高，昏黑不可下。皆以帛系身，自縋而下，诸人更相縋下，至水滨，皆得入船。及天曙船发，闻山头叫声，顾来处，已有千余矣。络绎下山，须臾至岸，既不及船，虓吼振腾。使者及妇人并得还。

（出《纪闻》）

又近有海客往新罗，次至一岛上，满地悉是黑漆匙箸。其处多大木，客仰窥匙箸，乃木之花与须也，因拾百余双还。用之，肥不能使，偶取搅茶，随搅随消焉。

（出《酉阳杂俎》）

又六军使西门思恭，常衔命使于新罗。风水不便，累月漂泛于沧溟，罔知边际。忽南抵一岸，亦有田畴物景，遂登陆四望。俄有一大人，身长五六丈，衣裾差异，声如震雷，下顾西门，有如惊叹。于时以五指撮而提行百余里，入一岩洞间，见其长幼群聚，递相呼集，竞来看玩。言语莫能辨，皆有欢喜之容，如获异物。遂掘一坑而置之，亦来看守之。信宿之后，遂攀缘跃出其坑，径寻旧路而窜。才跳入船，大人已逐而及之矣，便以巨手攀其船舷，于是挥剑，断下三指，指粗于今槌帛棒。大人失指而退，遂解缆。舟中水尽粮竭，经月无食，以身上衣服，啮而啖之。后得达北岸，遂进其三指，漆而藏于内库。洎拜主军，宁以金玉遗人，平生不以饮馔食客，为省其绝粮之难也。

（出《玉堂闲话》）

南海人（卷第四百八十三 蛮夷四）

南海男子女人皆缜发。每沐，以灰投流水中，就水以沐，以蚍膏其发。至五六月，稻禾熟，民尽髡鬻于市。既髡，复取蚍膏涂，来岁五六月，又可鬻。

（出《南海异事》）

又南海解牛，多女人，谓之屠婆屠娘。皆缚牛于大木，执刀以数罪：某时牵若耕，不得前；某时乘若渡水，不时行，今何免死耶？以策举颈，挥刀斩之。

（出《南海异事》）

南海贫民妻方孕，则诣富室，指腹以卖之，俗谓指腹卖。或已子未胜衣，邻之子稍可卖，往贷取以鬻，折杖以识其短长，俟己子长与杖等，即偿贷者。鬻男女如粪壤，父子两不戚戚。

（出《南海异事》）

✿ 考释

《太平广记》是宋代李昉等 12 人，奉宋太宗之命编纂，于太平兴国二年（977）始编并于次年完成的一部大型类书。由于完成于太平年间，所以定名为《太平广记》。全书 500 卷，目录 10 卷，取材于汉代至宋初的野史小说及释藏、道经等以小说家为主的杂著，引书大约四百多种。

《太平广记》收录了大量涉海叙事作品，它内容庞杂而丰富，记叙简要而饶有趣味，可以说是集宋初及以前一个历史时期内海洋文学之大成。

对于海洋生物的记叙，它采用的是纪实与寓意化相结合的方法。《东海大鱼》没有怪异和象征，是生物意义上的大鱼，但是说"行海者，一日逢鱼头，七日逢鱼尾"，世上不可能有这么大的鱼，就采用夸张手法了。"鱼产"即是鱼生产时，鱼生产时会出血，且蔓延血水达百里，也不可能。绝大部分鱼都是卵生，不可能有血。胎生的只有鲸鱼。所以这条记载说的肯定是鲸鱼故事。鱼大和鱼生产时出血，都有事实依据，但进行了极大的夸张，具有民间传奇的美学趣味。《南海大鱼》《南海大蟹》《海虾》等作品，都采取了类似的叙述手法。《东海人》和《行海人》其实也是一种大鱼大蟹叙写，但是故事更具有文学味道。民间也有类似大鱼如岛，渔民不知是鱼，几乎遭遇不测等故事流传。

《鼍鱼》记叙一种南海鼍鱼，很是怪异。砍下它的头，晒干了它的肉，敲去它的牙齿，它还能复活，肌肉和牙齿还会再生，再生三次才停止生长。《南州志》里也是这样说。广州一带的人说得更离奇，鳄鱼能在陆地上追逐牛马，能在水里颠覆舟船吃人。还说蛇、龟、鳖、鱼、鼍、蛟等十几种生物的父母都是鳄鱼。它们是不能被宰杀了的，否则这些具有神灵因素的生物会雷电风雨，它们都是龙一类的神物。这就有了需要对海洋生物心生敬畏的训诫之意。

自《山海经》开始，中国海洋文学中就开始了一种"人鱼"叙事的传统。《海人鱼》和《海上人》写的就是这种故事。《海人鱼》叙写一种外形为美丽女人的鱼儿，色白如玉，还能与男性"交合"，而且性情温和，从不"伤人"。这可以看成是海岛女子形象的折射。《海上人》写的是一种类似于人手，而人手上又显露出"七窍皆具"人脸的特殊生物。它被渔民捕获后，能动而不能语，但一旦放置水上，就"大笑数声，跃没于水"。这是古代海洋叙事中最漂亮的故事之一。此物来自于海洋，可岸上人不认识，又不敢加害，敬而放还，留下奇闻一串，代代相传，使人们永远保持对海洋的神秘感和敬畏感。

《姚氏》也叙写一种海洋"神物"——"毛人"。它不同于《山海经》以来的海神，也不同于民间故事里能够驱鱼的龙王，它这"拱手而立，问之不应"的姿势，更接近于人类。或许这个毛人形象的基础就是一个精于捕鱼或是擅长于在潜水摸螺之类的人。他熟悉水情，了解渔场。总之这是一个具有凡俗品质的"海神"形象，在古代海洋小说所塑造的形象中，显得非常特殊。

三十五、[宋] 李昌龄《乐善录》（1则）

[宋]李昌龄《乐善录》，续古逸书丛景宋刻本。

有临南海太守，见配崖州人，例以三百为率，过其数则投先到者于海中，乃奏白于朝，云所以不杀而宥之远方者，欲生之也，今推之于海，是复杀之矣。不若量移先到者入内地，以彰朝廷不杀之德。上亦感悟，可其奏。此太守素无子，一日忽设香案作拜，以手于案上，若取物而置于怀中，状凡五次。人问之，曰："天帝以我活人，以五小盘盛五男子赐我。"后果生五子，皆登第。以此知仁人之言，其利博，而造物者亦厚其报。（王日休《劝诫录》）

考释

李昌龄（937—1008），字天锡。曾担任广州知府。广州是宋代国际海洋贸易的重镇。李昌龄建议舶货不宜全部官买官卖，部分劣货当听商舶自卖。这种建议是很有见识的。他的著作《乐善录》是一部辑录性文献汇编。本则笔记就来自于王日休《劝诫录》。

这则笔记具有文史价值，因为里面记载了一条发配海南的"例以三百为率"。如果发配人过多，超过了三百人（估计是一年的计数，不可能是一月或一日），就要把先到的发配者扔到海里去，让他们自生自灭（实际是活活溺死）。这条冷酷无情的"旧例"后来被一位太守所修改，超员人改为"移入内地"。他也因此得到了"连得五子"的好报，叙事到了这里，又成了一种迷信式训诫。

三十六、[宋] 钱易《南部新书》（1则）

[宋] 钱易《南部新书》，《宋元笔记小说大观》，上海古籍出版社 2001 年版。

大历八年，吴明国进奉。其国去东海数万里，经挹娄、沃沮等国。其土五谷，多珍玉，礼乐仁义，无剽劫。人寿二百岁，俗尚神仙。常望黄气如车盖，知中国有土德君王，遂贡常然鼎，量容三斗，光洁类玉，其色纯紫。每修饮馔，不炽火常然，有顷自熟，香洁异常。久食之，令人反老为少，百疫不生。

考释

钱易（968—1026），字希白，临安（今杭州）人。五代吴越国王钱俶之侄。入宋后，潜心国史。《南部新书》就是一部以记载唐代朝野掌故内容为主的笔记作品，对研究唐代历史颇具价值。而书中还有不少有关唐代文学家的故事，对于文学史研究也有裨益。

《南部新书》中的这则涉海笔记，为后人提供了宝贵的海洋交流的史料。但它不是钱易的原创，而是基本抄袭唐代苏鹗《杜阳杂编》的文章，只不过把原文的"贞元八年"（792）改成了"大历八年"（773），他把时间往前推了20年，是不是觉得这个美好的海洋国家与中国的交往应该更早一些呢？但是他还漏掉了原文的后半部分："鸾蜂蜜，云其蜂之声，有如鸾凤，而身被五彩。大者可重十余斤，为窠于深岩峻岭间，大者占地二三亩。国人采其蜜，不逾三二合，如过度，即有风雷之异。若蜇人生疮，以石上菖蒲根傅之，即愈。其色碧，贮之于白玉碗，表里莹彻，如碧琉璃。久食令人长寿，颜如童子，发白者应时而黑。逮及沉疴眇跛，无不疗焉。"这部分主要写了吴明国的一种特产鸾蜂蜜，钱易加以删除，也许是认为这属于俗物，缺乏前面所说的"礼乐仁义"的高境界吧。

三十七、[宋] 杨亿《杨文公谈苑》（1则）

[宋] 杨亿《杨文公谈苑》，《宋元笔记小说大观》，上海古籍出版社 2001 年版。

张洎使高丽，方泛舟海中，因问舟人："龙可识乎？"对曰："常因云起，多见垂尾于波澜见，动摇舒缩，良久，雨大作，未尝见其全体及头角也。"洎因冠带焚香，祝以见真龙。时天清霁，忽有龙见于水际，少顷渐多，以至弥漫蠢然无数，洎甚震骇，良久而没。（《杨文公谈苑》"张洎见龙"）

考释

杨亿（974—1020），字大年，建州浦城（今福建浦城县）人。《杨文公谈苑》是由杨亿口述、黄鉴笔录、宋庠整理而成的一部笔记著作。内容包罗万象，而且涉及五代十国、日本、高丽等。《张洎见龙》的故事背景即可为宋朝特使出使高丽。他的这则笔记则反映出宋代民间对于海洋龙王崇拜的心理。其实从文中的描述来看，这所谓的真龙现身，很可能就是那种后世民间称为"龙吸水"的海洋自然水文现象。而文中"张洎使高丽"则反映出北宋时期与高丽交往的信息，值得重视。

三十八、[宋] 秦再思《洛中纪异》（1则）

[宋] 委心子撰《新编分门古今类事》，中华书局 1987 年版。

归皓溺水

归皓，钱塘人也。天成四年，泛海来贡，忽值风涛，船悉破溺。皓抱一木，随波三日，抵一岛，乃舍木登岸。见二道士手谈，就拜礼之，道士曰："得非归皓乎？"又拜。忽一人自水中曰："海龙王请二尊师斋。"乃与皓同往。既出，命朱衣吏送皓还。吏引入一院，谓皓曰："侍郎元无名字，除进奉外，人数姓名并已收付逐司。"皓请见其子，吏曰："亦系大数，固难得回。"乃速召吴越溺人归侍郎一行暂来。俄见一行二百余人俱至厅前，见皓咸拜，为之流涕。又令取溺水簿示皓，果皓一人不在其数。朱衣令取进奉物列於庭，印封如故，即令十余辈送皓出。既出，食顷，则见身乘小舸，并进奉物及表函等皆泊于岸上。小舸虽漏而不溺，访其处，曰："此莱州界也。"旋有巡海人军辇运于岸上，小舸寻自焚灭，皓后谢病隐居，年八十卒。待郎盖承制所授兵部郎中耳。

考释

秦再思，《说郛》注"号南阳叟"，生平不详。《续资治通鉴长编》卷二十二曾提及此人："（太平兴国六年十一月）辛亥……先是有秦再思者，上书愿勿再赦，且引诸葛亮佐蜀数十年不赦事。"如果这两个"秦再思"为同一个人，则为宋太宗时代的人了。《洛中纪异》原书失传，佚文散见于《类说》、《分门古今类事》、《说郛》等书，或作《纪异录》、《纪异志》。《归皓溺水》即辑自《分门古今类事》卷四。

这篇涉海叙事有两点值得关注。一是"海龙王"形象的正式登场，以前都是以"海神"的名义出现的。虽然有人将《东海君》和《濡水》中的海神都解释为"海龙王"，但毕竟是解释而不是原文如此。二是"遇风暴失事、漂流至岛屿"叙事模式的基本成熟。

龙在我国远古文化中已经出现，经过不断的演化后，渐渐成为一种比较稳定的文化民俗符号。"四海龙王"崇拜大致出现于隋唐事情。佛教传入中国后，佛经中的"那伽（Naga）"，一种长身无足能在大海中称王称霸的神兽被中国人认同，国人将其视作龙一样的动物，并且将那伽（Naga）译作"龙"，于是佛经中有关龙的祈雨等功能也为大众所接受。道教的产生一定程度上是受佛教传入的刺激，在创造"龙"文化上，也效仿佛教。道教创造的龙王主要有东方青帝、南方赤帝、西方白帝、北方黑帝和中央黄帝五方龙王与东南西北四海龙王，此外还有名目繁多的各种龙王。由于道教本身是从民族信仰文化土壤中产生，所以道教创造的龙王的功能、职司，恰好符合中国民众的需求，于是龙神信仰在民间广为流传。并得到了官方的认可。北宋大观二年（1108 年）册封天下五龙神："青龙神封广仁王，赤龙神封嘉泽王，黄龙神封孚王，白龙神封义济王，黑龙神封灵泽王"（见清徐松辑《宋会要辑稿》）。朝廷的册封大大抬高了龙神的地位，刺激了龙王信仰的升温，龙王庙在民间迅速发展，并出现了民间四海龙王的信仰，即东海龙王敖广、南海龙王敖钦、北海龙王敖顺和西海龙王敖闰。这种龙王故事后来在神魔小说中得到了精心的营构。

三十九、[宋] 张君房《缙绅脞说》（1则）

程毅中编《古体小说钞（宋元卷）》，中华书局 1995 年版。

雨中望蓬莱诗

君房梦出郊，望巨浸中楼台参差。忽有二青衣棹舟至，大呼曰："张秀才，赋《雨中望蓬莱山》诗。"君房赋曰："重帘垂密雨，孤梦隔秋宫。红炉九华暗，香消芳思融。仙忻望不及，鹤信遣谁通？但云许玉斧，宁知张巨公。"二童曰："凡世人争合道神仙名字！"俄巨兽哮吼波上，风涛大作，恐惧而觉。

考释

张君房，岳州安陆（今属湖北）人，生卒年均不详，北宋初人。《缙绅脞说》为其晚年所记，"缙绅"古代用来称有官职的或做过官的人，"脞说"即杂说。内容丰富，于时人轶事、传奇小说、物产舆地等资料多有保存，原书已佚。此条转辑自程毅中编《古体小说钞（宋元卷）》（中华书局 1995 年版）。

张君房生活的时代大约是宋真宗咸平中前后。他是岳州安陆人。岳州为今湖南洞庭湖岳阳一带，于东海较远。他虽然非常喜欢记鬼神变怪之事，可怎么记起蓬莱岛的事来了？原来他虽然出生于岳州，但有一段时间（祥符中，公元一○一二年前后），他自御史台坐鞫狱谪官宁海。宁海就是海边了。刚好碰上当时的宋真宗皇帝崇尚道教，尽以秘阁道书付杭州，让戚纶、陈尧臣等校正。结果戚纶推荐张君房主其事。张君房乃编次得四千五百六十五卷，进之。

这段经历提供了两条信息，一是张君房有海边生活体验，二是他又有道教修养。这恰好为《雨中望蓬莱诗》提供了写作基础。

《雨中望蓬莱诗》以梦作叙述形式，故事自入梦开始，至梦醒而结束，所以当属于寓言类小品。故事内涵隐藏较深。故事意眼在道童话中。"凡世人争合道神仙名字！"这话表面是讽刺世人争入神仙，不自量力；而海洋中的神仙岛屿蓬莱山做为一种圣洁和超然力量的象征，凌然于世俗之上，反映了时人对海洋力量的敬畏。但我们已经知道这是一个寓言故事，蓬莱山和山上的神仙是作为一种象征进入叙事的，所以这首诗实际上表达的是一个被疏远的人对重获信任的盼望。蓬莱山是宫殿的象征，山上的神当然喻指皇上了。皇上派使者来，要被放逐者写一首有关朝廷和皇上的诗，故事中的君房说自己"孤梦隔秋宫"，被朝廷遗忘了，"鹤信遣谁通"，没有人理会了，流露出一种怨气，结果遭到了使者"凡世人争合道神仙名字"的斥责，意思就是："都想和皇上说话啊？也不看看自己是谁！"当下就把张君房的梦给吓醒了。

四十、[宋] 张师正《倦游杂录》（1则）

[宋] 张师正《倦游杂录》,《宋元笔记小说大观》, 上海古籍出版社 2001 年版。

《岭南杂录》云："海滩之上，有珠池。居人采而市之。"予尝知容州，与合浦密迩，颇知其事。珠池凡有十余处，皆海也，非在滩上。自某县岸至某处，是某池，若灵渌、囊村、旧场、条楼、断望，皆池名也。悉相连接在海中，但因地名而殊矣。断望池接交趾界，产大珠，而蜑往采之，多为交人所掠。海水深数百尺已上方有珠，往往有大鱼护之，蜑亦不敢近。

考释

张师正，字不疑，襄国（今邢台市）人，生卒年不详。他留下了《括异志》和《倦游杂录》两著作。《括异志》主要记述北宋时期的各种奇闻易事，篇末多注明材料来源，以显示其可信，说明虽然所记内容多为超现实的，但是其写作态度，却颇为务实。《倦游杂录》并非是一部旅游考察文录，书名中的"倦游"指的是官场经历，所以《倦游杂录》多记官场黑暗。张师正多在南方为官，书中记载了许多南方各地的风俗、特产,《采珠》就体现出了这一点。

南海盛产海珠，甚至有"珠池"之说，这在古代文献中多有记载和描述。这则笔记的可贵指出，不仅在于它反映了珠池的存在，而且在于保存了采珠人主要是蜑（即疍民）这个特殊的海洋人群的珍贵信息。

四十一、[宋] 刘斧《青琐高议》（2则）

[宋] 刘斧《青琐高议》,《宋元笔记小说大观》, 上海古籍出版社 2001 年版。

巨鱼记

嘉祐年，余侍亲通州狱吏。秋八月十七日，天气忽昏晦，海风泯泯至，而雨随之。是夜潮声如万鼓，势若雷动，潮逾中堰，辛闻阴风海水中，若有数千人哭泣声。及晓，有巨鱼卧堰下，长百余丈，望之隆隆然如横堤。困卧沙中，喘喘待死，时复横转，遂成泥沼，然或有气，沙雨交飞，后三日乃死。额有朱书尚存焉。此地人莫有识此鱼者，身肉数万斤，皆不可食，但作油可照夜。次年通人大疫，十没四五。巨鱼死，亦非佳瑞也。

（《青琐高议》后集卷之三）

异鱼记

嘉祐岁中，广州渔者夜网得一渔，重百斤。舟载以归。洎晓视之，人面龟身，腹有数十足，颈下有两手如人手。其背似乎鳖，细视项有短发甚密，脑后又有一目，胸腹五色，皆绀碧可爱。众渔环视，莫能知其名。询诸渔人，亦无识者。众谓杀之不祥，渔人以覆荷而归，求人辨之。置于庭下，以败席覆之。夜切切有声。渔者起，寻其声而听之。其声出于败席之下，其音虽细，而分明可辨，乃鱼也。渔者蹑足附耳听之，云："因争闲事离天界，却被渔人网取归。"渔者不觉失声，则鱼不复言。渔者以为怪，欲弃之，且倡言于人。

有市将蒋庆知而求之于渔者，得之，以巨竹器荷归，复致于轩楹间，以物覆之。中夜则潜足往听之，鱼言云："不合漏泄闲言语，今又移来别一

124

家。"至晓不复言。

明日，庆他出，妻子环而观之，鱼或言曰："渴杀我也。"观者回走，急求庆而语之。庆曰："我载之以巨盆，汲井水以沃之。"及暮，鱼又言之："此非吾所食。"庆询渔者，鱼出于海，海水至咸，庆遣仆取海水养之。是夜庆与妻又听之，鱼曰："放我者生，留我者死。"妻谓庆曰："亟放出，无招祸也。"庆曰："我不比人，安惧？"竟不放。

更后两日，庆乘醉执刀临鱼儿祝曰："汝能言，乃鱼之灵者。汝今明言告我，我当放汝归海。汝若默默，则吾以刀屠汝矣。"鱼即言曰："我龙之幼妻也，因与龙竞闲事，我忿然离所居至近岸，不介入于渔网中。汝若杀我，无益。放我，当有厚报。"庆即以小舟载入海，深水而放之。

后半年，庆游于市。有执美珠货者，庆爱之，问其价，货者曰："五百缗。"庆以为廉，乃酬之半。货者许诺曰："我识君，君且持珠归，吾明日就君之第取其直。"乃去，后竟不来。庆归，私念："此珠可直数千金，吾既得甚廉，又不来取直，何也？"异日复见货珠人，庆谓来取价，其人曰："龙之幼妻使我以珠报君不杀之恩也。"其人乃远去。

此事人多传闻者，余见庆子，得其实而书之也。

（《青琐高议》后集卷之三）

考释

刘斧，北宋中叶人，生卒年及生平事迹不详。《青琐高议》是古代著名的笔记小说集，里面的作品，既有作者自己创作，也有采录他人作品。

《青琐高议》的内容比较庞杂，现实性和超现实的内容都有。写法颇具传奇性。鲁迅辑录《唐宋传奇集》，收宋人作品9篇，其中5篇来自于《青琐高议》，可见鲁迅对其评价也是很高的。

《青琐高议》涉及海洋的作品不多。这里辑录的《巨鱼记》和《异鱼记》，分别描述了一条海洋大鱼和异鱼。《巨鱼记》描述的显然是鲸鱼搁浅现象，说明北宋时期，河北海边曾经有鲸鱼进港。《异鱼记》描述了一条奇异而可爱的"诗鱼"。这个故事还涉及龙王，可见这个时期，海洋龙王信俗已经在海洋社会广泛流传。

四十二、[宋] 聂田《祖异志》（1则）

见宋曾慥编《类说》卷二十四，清文渊阁四库全书本。

人鱼

待制查道，奉使高丽，晚泊一山而止。望见沙中有一妇人，红裳双袒，髻发纷乱，肘后微有红鬣。查命水工以篙扶于水中，勿令伤。妇人得水，偃仰复身，望查拜手，感恋而没。水工曰："某在海上未省见此，何物？"查曰："此人鱼也。能与人奸处，水族人性也。"

考释

聂田，生平不详。《祖异志》，陶宗仪编《说郛》卷六有辑本，无卷数及撰人姓名。原书失传，清陶珽重辑《说郛》卷一一八著录《祖异记》一卷，题宋聂田撰。《人鱼》即见录于《说郛》。曾慥编《类说》，又收录了此文。

这则故事描述的人鱼"能与人奸"，并进而认为这是"水族人性"的体现。从此丰富了一种"鱼—人"交往的题趣类型。可为"人鱼"叙事的亚型。

在《山海经》中已经出现了将鱼与"性"联系在一起的萌芽，但发展到小说上，比较成熟的作品基本是都是内湖型而非海洋型。早在干宝的《搜神记》（卷十八）中，就有《仓獭》，成此类叙事的滥觞："吴郡无锡有上湖大陂，陂吏丁初，天每大雨，辄循堤防。春盛雨，初出行塘，日暮回顾，有一妇人，上下青衣，戴青伞，追后呼：'初掾待我。'初时怅然，意欲留俟之。复疑本不见此，今忽有妇人，冒阴雨行，恐必鬼物。初便疾走。顾视妇人，追之亦急。初因急行，走之转远；顾视妇人，乃自投陂中，泛然作声，衣盖飞散。视之，是大苍獭，衣伞皆荷叶也。此獭化为人形，数媚年少者也。"

南朝宋人刘敬叔《异苑》有《獭化》："河东常丑奴，将一小儿湖边拔蒲，暮恒宿空田舍中。时日向暝，见一少女子，姿容极美，乘小船载莼，径前投丑奴舍寄住，因卧。觉有臊气，女已知人意，便求出户外，变为獭。"

这则故事又见于刘义庆《幽明录》，文字基本相同，说明是同源性笔记小说。而到了《太平广记》卷四六八引晋西戎主簿戴祚所撰《甄异传》里，故事文本有了变化：

"河南杨丑奴，常诣章安湖拔蒲，将暝，见一女子，衣裳不甚鲜洁，而容貌美，乘船载莼，前就丑奴。家湖侧，逼暮不得返，便停舟寄住，借食器以食，盘中有干鱼生菜。食毕，因戏笑。丑奴歌嘲之，女答曰：'家在西湖侧，日暮阳光颓。托荫遇良主，不觉宽中怀。'俄灭火共寝。觉有臊气，又手指甚短，乃疑是魅。此物知人意，遽出户，变为獭。径走入水。"

刘守华在《中国民间故事史》（湖北教育出版社1999年版）认为"《甄异传》成书在《异苑》之前，看来《异苑》中的《獭化》是将此故事简化而成"。我认为应该是同源故事的不同记录和加工。因为按照文学发展的一般规律，后出的叙述肯定要比前出的要丰富和完美。比较于《甄异传》和《异苑》的《獭化》，显然前者描写更细腻，文字更精美，形象更生动，所以也更具有文学性，而《异苑》的《獭化》则粗陋得多。况且《甄异传》里的女子还以诗歌作答，杨义《中国古典小说史论》指出："唐人对中国小说最有特殊的贡献，首先在于把诗情引进这种不登大雅之堂的文体，使之增添了不少绮丽的笔墨和婉妙的意境，变得文采斐然。"而《甄异传》是晋时的作品，诗性叙事的出现显示了非常可贵的文化品质。

这类故事在民间流传很多，但大多发生于内地江河湖泊中，然而聂田的《人鱼》却是发生于大海之中，说明这种故事有了新的拓展。

四十三、[宋]沈括《梦溪笔谈》（1则）

[宋]沈括《梦溪笔谈》，四部丛刊续编景明本。

屯罗岛

嘉祐中，苏州昆山县海上，有一船桅折，风飘抵岸。船中有三十余人，衣冠如唐人，系红鞓角带，短皂布衫。见人皆恸哭，语方不可晓。试令书字，字亦不可读。行则相缀如雁行。久之，自出一书示人，乃唐天祐中告授屯罗岛首领陪戎副尉制；又有一书，乃是上高丽表，亦称屯罗岛，皆用汉字。盖东夷之臣属高丽者。船中有诸谷，唯麻子大如莲的，苏人种之，初岁亦如莲的，次年渐小，数年后只如中国麻子。时赞善大夫韩正彦知昆山县事，召其人，犒以酒食。食罢，以手捧首而鞭，意若欢感。正彦使人为其治桅，桅旧植船木上，不可动，工人为之造转轴，教其起倒之法。其人又喜，复捧首而鞭。

考释

沈括（1031—1095），字存中，号梦溪丈人，杭州钱塘县（今浙江杭州）人。他不但是北宋时期一个富有名望的官员，而且还是一个著名的科学家。他的《梦溪笔谈》就是一部涉及古代中国自然科学、工艺技术等的科学著作，里面也包含了一些历史人文方面的内容。这里辑录的《屯罗岛》便是如此。

《屯罗岛》记叙一件海船遭遇风暴后漂移至境外海岛的奇事。这种叙事在古代海洋小说中比较普遍，可是《屯罗岛》却是以一种历史记载的态度来叙写的，所以比较具有历史价值。但文中非常注意细节描写，岛上人的音容笑貌展现得非常生动，所以它又具有很高的文学价值。

四十四、[宋] 王辟之《渑水燕谈录》（2则）

[宋] 王辟之《渑水燕谈录》，《宋元笔记小说大观》，上海古籍出版社 2000 年版。

胸山有花，类海棠而枝长，花尤密，惜其不香无子。既开，繁丽裊裊，如曳锦带，故淮南人以"锦带"目之。王元之以其名俚，命之曰"海仙"。有诗曰："春憎窈窕教无子，天为妖娆不与香。"又曰："锦带为名卑且俗，为君呼作海仙花。"

（卷第八）

高丽，海外诸夷中最好儒学，祖宗以来，数有宾客贡士登第者。自天圣后，数十年不通中国。熙宁四年，始复遣使修贡。因泉州黄慎者为向道导，将由四明登岸。比此，为海风飘至通州海门县新港。先以状致通州谢太守云："望斗极以乘槎，初离下国；指桃源而迷路，误到仙香。"词甚切当。

（卷第九）

考释

王辟之（1031—? ），字圣涂，临淄（今山东临淄）人。《渑水燕谈录》是他的主要著作。"渑水"是古水名，源出今山东临淄西北，可见此书主要完成于临淄，内容涉及时政、官制、文儒逸事等，内容比较可信。

《渑水燕谈录》，也有 2 则涉海笔记。第一则记载了一种异花，因过于奇异，人多不识，就称呼它为"海仙花"，反映出时人对于海洋神秘性的一种认识。第二则记载了与高丽文化和经济交流的珍贵信息。这则笔记的本来用意杂赞扬高丽人的"好儒学",但是里面透露了通高丽海上航线的改变,这是很珍贵的海洋交通史资料。

四十五、[宋] 邵伯温《河南邵氏闻见前录》（1则）

[宋]邵伯温《河南邵氏闻见前录》，中华书局 1985 年版。

康节先公见一道人，言尝泛海遇舶风，泊岸，与数人下采薪。有巨人数十，长丈馀，相呼之声如禽兽，尽捉以去，用竿竹鱼贯之，食以荐酒。道人偶在竹末，巨人醉睡，走登船得脱。因解衣出其所穿迹在胁下。康节先公曰："四海之外，何所不有？但人耳目不能及耳。"

考释

邵伯温（1055—1134），字子文，洛阳人。《河南邵氏闻见前录》全书 20 卷。作者经历非常丰富，王安石变法，元祐党争，靖康之祸，这些北宋时期的政治大事件，他都是耳闻目睹的见证者或经历者。本书的"闻见"即是对于这些事件的一些侧面记录。

在记载王安石变法等政治大事的同时，本书还记载了一些北宋初年的朝章制度及逸闻趣事。本则笔记便属于此类作品。它通过一个道人之口，以亲历者的视角，描述了海洋岛屿上一种身形巨大的食人土著形象，这种内容的海洋小说，在古代也时有出现，但文末康节先公"四海之外，何所不有？但人耳目不能及耳"的感叹议论，却道出了大海奥妙深不可测、对大海的探索永无尽头的真理。

四十六、[宋] 徐兢《宣和奉使高丽图经》（节选）

[宋] 徐兢《宣和奉使高丽图经》，中华书局 1985 年。

海道一

臣闻海母众水，而与天地同为无极，故其量犹天地之不可测度。若潮汐往来，应期不爽，为天地之至信，古人尝论之。在《山海经》，以为海鳅出入穴之度。浮屠书，以为神龙宝之变化。窦叔蒙《海峤志》，以谓水随月之盈亏。卢肇《海潮赋》，以谓日出入于海，冲击而成。王充《论衡》，以水者地之血脉，随气之进退。率皆持臆说，执偏见，评料近似而未之尽。大抵天包水，水承地。而一元之气，升降于大空之中。地承水力以自持，且与元气升降，互为抑扬而人不觉。亦犹坐于船中者，不知船之自运也。方其气升而地沈，则海水溢上而为潮。及其气降而地浮，则海水缩下而为汐。计日十二辰，由子至巳，其气为阳，而阳之气，又自有升降，以运于昼。由午至亥，其气为阴，而阴之气，又自有升降，以用乎夜。一昼一夜，合阴阳之气，凡再升再降。故一日之间，潮汐皆再焉。然昼夜之暑系乎日，升降之数应乎月。月临于子，则阳气始升。月临于午，则阴气始升。故夜潮之期，月皆临子；昼潮之期，月皆临午焉。又日之行迟，月之行速，以速应迟，每二十九度过半，而月行及之。日月之会谓之合朔。故月朔之夜潮，日亦临子。月朔之昼潮，日亦临午焉。且昼即天上而言之，天地西转，日月东行，自朔而往，月速渐东，至午渐迟。而潮亦应之以迟于昼。故昼潮自朔后，逯差而入于夜。故所以一日午时，二日午末，三日未时，四日未末，五日申时，六日申末，七日酉时，八日酉末也。夜即海下而言之，天体东转，日月西行，自朔而往，月速渐西，至子渐迟，而潮亦应之以迟于夜。故夜潮自朔后，迭差而入于昼。此所以一日子时，二日子末，三日丑时，四日丑末，五日寅时，六日寅末，七日卯时，八日卯末也。加以时有交变，气有盛衰，而潮之所至，亦因之为大小。当卯酉之月，则阴阳之交也，气以交而盛出，故潮之大也，独异于余日。今海中有鱼兽，杀取皮而干之，至潮时则毛皆起，岂非气感而类应，本于理之自然也。至若波流而漩伏，沙土之所凝，山石之所峙，则又各有其形势。如海中之地，可以合聚落者，则曰洲，十洲之类是也。小于洲而亦可居者，则曰岛，三岛之类是也。小于岛则曰屿，小于屿而有草木，则曰苫，如苫屿。而其质纯石，则曰焦。凡舫舶之行，既出于海门，则天地相涵，上下一碧，旁无云埃。遇天地晴霁时，皓月中天，游云四敛，恍然如游六虚之表，既不可以言喻。及风涛间发，雷雨晦冥，蛟螭出没，神物变化，而心悸胆落，莫知所说。故其可纪录者，特山形潮候而已。且高丽海道，古犹今也。考古之所传，今或不睹。而今之所载，或昔人所未谈。非固为异也，盖航舶之所通，每视风雨之向背而视为节。方其风之牵乎西，则洲岛之在东者，不可得而见，惟南与北亦然。今既论潮候之大概详于前，谨列夫神舟所经岛洲苫屿，而为之图。

神舟

臣侧闻神宗皇帝遣使高丽，尝诏有司造巨舰二。一曰凌虚致远安济神舟，二曰灵飞顺济神舟，规模甚雄。御帝嗣服，虆墙孝思，其所以加惠丽人，实推广熙丰之绩。爰自崇宁以迄于今，荐使绥抚，恩隆礼厚，仍诏有司，更造二舟，大其制而增其名，一曰鼎新利涉怀远康济神舟，二曰循流安逸通济神舟。巍如山岳，浮动波上，锦帆鹢首，屈服蛟螭，所以晖赫皇华，震慑海外，超冠今古。是宜丽人迎诏之日，倾国耸观而欢呼嘉叹也。

客舟

旧例，每因朝延遣使，先期委福建两浙监司，顾慕客舟，复令明州装饰。略如神舟，具体而微：其长十余丈，深三丈，阔二丈五尺，可载二千斛粟。其制皆以全木巨枋挽迭而成。上平如衡，下侧如刃，贵其可以破浪而行也。其中分为三处：前一仓，不安艎板，惟于底安灶与水柜，正当两樯之闲也，其下即兵甲宿棚。其次一仓，装作四室。又其后一仓，谓之庎屋，高及丈余，四壁施窗户，如房屋之制，上施栏楯，朱绘华焕，而用帷幕增饰，使者官属，各以阶序分居之。上有竹篷，平时积迭，遇雨则铺盖周密。然舟人极畏庎高，以其拒风，不若仍旧为便也。船首两颊柱，中有车轮，土绾藤索，其大如椽，长五百尺，下垂矴石。石两旁夹以二木钩。船未入洋，近山抛泊，则放矴着水底，如维缆之属，舟乃不行。若风涛絮急，则加游矴。其用如大矴，而在其两旁，遇行则卷其轮而收之。后有正舵，大小二等，随水浅深更易。当庎之后，从上插下二棹，为止三副舵，惟入洋则用之。又于舟腹两旁缚大竹为橐以拒浪。装载之法，水不得过橐，以为轻重之度。水蓬在竹橐之上。每舟十橹，开山入港，随潮过门，皆鸣橹而行。篙师跳踯号叫，用力甚至，而舟行终不若驾风之快也。大樯高十丈，头樯高八丈，风正则张布帆五十幅。稍偏则用利篷，左右翼张，以便风势。大樯之颠，更加小帆十幅，谓之野狐帆，风息则用之。然风有八面，唯当头不可行，其立竿以鸟羽候风所向，谓之五两，大抵难得正风，故布帆之用，不若利篷翕张之能顺全意也。海行不畏深，惟惧浅阁。以舟底不平，若潮落则倾覆不可救。故常以绳垂铅锤以试之。每舟篙师水手，可六十人。惟恃首领熟识海道，善料天时人事，而得众情。故若一有仓卒之虞，首尾相应如一人，则能济矣。若夫神舟之长阔高大，什物器用人数，皆三倍于客舟也。

招宝山

宣和四年壬寅春三月，诏遣给事中路允迪、中书舍人傅墨卿充国信使副使往高丽。秋九月，以国王俣薨，被旨兼祭奠吊慰而行。遵元丰故事也。五年癸卯，春二月十八日壬寅，促装治舟，二十四日戊申，诏赴睿谟殿，宣示礼物。三月十一日甲子，赴同文馆听诫谕。十三日丙寅，皇帝御崇政殿，临轩亲遣，传旨宣谕。十四日丁卯赐宴于水宁寺。是日解舟出汴。夏五月三日乙卯，舟次四明。先是得旨，以二神舟六客舟兼行。十三日乙丑，奉礼物入八舟。十四日丙寅，遣供卫太天相州观察使直睿思殿关弼，口宣诏旨，赐宴于明州之厅事。十六日戊辰，神舟发明州。十九日辛未，达定海县。先期遣中使武功大夫容彭年，建道场于总持院七昼夜。仍降御香，宣祝于显仁助顺渊圣广德王祠。神物出现，状如蜥蜴。实东海龙君也。庙前十余步，当鄞江穷处，一山巍然，出于海中。上有小浮屠，旧传海船望是山，则知其为定海也，故以招宝名之。自此方谓之出海口。二十四日丙子，八舟鸣金鼓，张旗帜，以次解发。中使关弼，登招宝山焚御香，望洋再拜。是日天气晴快，巳刻乘东南风，张蓬鸣号，水势湍急，委蛇而行。过虎头山，水浃港口七里山、虎头山。以其形似名之。度其地，巳距定海二十里矣。水色与鄞江不异，但味差咸耳。盖百川所会，至此犹未澄澈也。

虎头山

过虎头山，行数十里，即至蛟门。大抵海中有山对峙。其间有水道可通舟者，皆谓之门。蛟门云蛟蜃所宅，亦谓之三交门。其日申未刻，远望大小二谢山，历松柏湾，抵芦浦抛矴。八舟同泊。

沈家门

二十五日丁丑辰刻，四山雾合，西风作。张蓬逶迤曲折，随风之势，其行甚迟。舟人谓之拒风。巳刻雾散，出浮稀头、白峰、窄额门、石师颜，而后至沈家门抛泊。其门山与蛟门相类。而四山环拥。对开两门，其势连亘，尚属昌国县。其上渔人樵客，丛居十数家，就其中以大姓名之。申刻，风雨晦暝，雷电雷雹欲至。移时乃止。是夜，就山张幕，扫地而祭。舟人谓之祠沙。实岳渎主治之神。而配食之位甚多，每舟各刻木为小舟，载佛经糗粮，书所载人名氏，纳于其中，而投诸海。盖禳厌之术一端耳。

梅岑

二十六日戊寅，西北风劲甚。使者率三节人，以小舟登岸，入梅岑。旧云梅子真栖隐之地，故得此名。有履迹瓢痕在石桥上。其深麓中有萧梁所建宝陀院，殿有灵感观音。昔新罗贾人往五台，刻其像欲载归其国，暨出海，遇焦，舟胶不进，乃还，置像于焦上，院僧宗岳者迎奉于殿。自后海舶往来必诣祈福，无不感应。吴越钱氏移其像于城中开元寺，今梅岑所尊奉即后来所作也。崇宁使者闻于朝赐寺新额，岁度缁衣而增饰之。旧制使者于此请祷。是夜。僧徒梵诵歌呗甚严，而三节官吏兵卒，莫不虔恪作礼。至中宵，星斗焕然，风幡摇动，人皆欢跃，云：风已回正南矣。二十七日己卯，舟人以风势未定，尚候其埶（海上以风转至次日不改者谓之埶）。不尔至洋中卒尔风回，则茫然不知所向矣。自此即出洋，故审视风云天时，而后进也。申刻使副与三节人俱还入舟。至是水色稍澄，而波面微荡，舟中已觉艣机已。

海驴焦

二十八日庚辰，天日清宴。卯刻，八舟同发。使副具朝服，与二道官，望阙再拜。投御前所降神霄玉清九阳总真符箓，并风师龙王牒，天曹直符，引五岳真形，与止风雨等十三道符讫，张篷而行。出赤门食顷，水色渐碧，四望山岛稍稀，或如断云，或如偃月。已后过海驴焦，状如伏驴。崇宁间，舟人有见海兽出没波间，状如驴形，当别是一物，未必因焦石而有驴也。

蓬莱山

蓬莱山，望之甚远。前高后下，峭拔可爱。其岛尚属昌国封境。其上极广，可以种莳。岛人居之。仙家三山中，有蓬莱，越弱水三万里乃得到。今不应指顾间见。当是今人指以为名耳。过此则不复有山，惟见连波起伏，喷㳽汹涌。舟楫震撼，舟中之人，吐眩颠仆，不能自持，十八九矣。

半洋焦

舟行过蓬莱山之后，水深碧色如玻璃。浪势益大。洋中有石，曰半洋焦，舟触焦则覆溺。故篙师最畏之。是日午后，南风益急，加野狐帆。制帆之意，以浪来迎舟，恐不能胜其势。故加小帆于大帆之土，使之提挈而行。是夜，洋中不可住维，视星斗前迈，若晦暝，则用指南浮针，以揆南北。入夜举火，八舟皆应。夜分风转西北，其势甚亟。虽已落蓬，而飔动飔摇，瓶盎皆倾，一舟之人，震恐胆落。黎明稍缓，人心尚宁，依前张帆而进。

白水洋

十九日辛巳，天色阴翳。风势未定。辰刻，风微且顺，复加野狐帆，舟行甚钝。申后风转。酉刻，云合雨作，入夜乃止。复作南风，入白水洋。其源出靺鞨，故作白色。是夜举火三舟相应矣。

黄水洋

黄水洋即沙尾也。其水浑浊且浅。舟人云：其沙自西南而来，横于洋中千余里，即黄河入海之处。舟行至此，则以鸡黍祀沙。盖前后行舟过沙，多有被害者，故祭其溺水之魂云。自中国适句骊，唯明州道则经此。若自登州版桥以济，则可以避之。比使者回程至此，第一舟几遇浅，第二舟午后，三舟并折，赖宗社威灵，得以生还。故舟人每以过沙尾为难，当数用铅锤，时其深浅，不可不谨也。

黑水洋

黑水洋即北海洋也。其色黯湛渊沦，正黑如墨，猝然视之，心胆俱丧。怒涛喷薄，屹如万山。遇夜则波间熠熠，其明如火，方其舟之升在波上。也不觉有海，惟见天日明快。及降在窟中，仰望前后水势，其高蔽空，肠胃腾倒，喘息仅存，颠仆呕吐，粒食不下咽，其困卧于茵褥上者，必使四维隆起，当中如槽，不尔则倾侧辗转，伤败形体。当是时，求脱身于万死之中，可谓危矣。

◆ 考释

徐兢（1091—1153），字明叔，号自信居士，建州瓯宁（今福建建瓯）人。宋宣和五年（1123），他以国信所提辖人船礼物官身份随从出使高丽，归国次年，以亲身经历见闻为依据，稽考有关资料，写成了《宣和奉使高丽图经》一书。他在"自序"里说："因耳目所及，博采众说，简汰其同于中国者而取其异焉，凡三百余条，厘为四十卷，物图其形，事为之说。"他根据亲身经历和实地考察写成的这本著作，对于研究宋代海洋史具有很高的价值。

"海道"是徐兢非常关注的对象。海道即航道，它是航海水平发展的一个重要测度。他在书中以"海道一""海道二"和"海道三""海道四""海道五""海道六"的形式分叙对于海洋的基本认识，包括内洋（中国海）和外洋（公海及高丽海域）。这里节选了"海道一"。"海道一"其实是对于海洋的一部认识简史。徐兢梳理了古代中国对于海洋的认识史，在徐兢看来，古人的许多说法绝大部分都是"持臆说，执偏见，评料近似而未之尽"。

"神舟"和"客舟"记载的是航海的大船，这又是航海也发展的一个标志。接着从"招宝山"出发，进入舟山海域，一直到梅岑（即普陀山），记叙的是内洋航道。这些对于早期舟山群岛的记载，具有很高的历史和社会学价值。

从沈家门候风一段时间后，徐兢的船队开始进入外洋。每到一个停泊点，徐兢都进行了或详或略的记载，为后人留下了珍贵的航行资料。

徐兢的《宣和奉使高丽图经》，是一种纪实性海洋叙事，而且还是一种实地体验式的"在场"写作，为古代中国海洋叙事文学提供一种非常可贵的写实文本。

四十七、[宋] 朱彧《萍洲可谈》（13则）

[宋] 朱彧《萍洲可谈》，，《宋元笔记小说大观》，上海古籍出版社 2000 年版。

广泉明杭州皆设市舶司

广州市舶司旧制：帅臣漕使领提举市舶事，祖宗时谓之市舶使。福建路泉州，两浙路明州、杭州，皆傍海，亦有市舶司。崇宁初，三路各置提举市舶官，三方唯广最盛，官吏或侵渔，则商人就易处，故三方亦迭盛衰。朝廷尝并泉州舶船令就广，商人或不便之。

（卷二）

广州市舶司泊货抽解官市法

广州自小海至漇州七百里，漇州有望舶巡检司，谓之一望，稍北又有第二，第三望，过漇州则沧溟矣。商船去时，至漇州少需以诀，然后解去，谓之"放洋"。还至漇州，则相庆贺，寨兵有酒肉之馈，并防护赴广州。既至，泊船市舶亭下，五洲巡检司差兵监视，谓之"编栏"。凡舶至，帅漕与市舶监官莅阅其货而征之，谓之"抽解"，以十分为率，真珠龙脑凡细色抽一分，玳瑁苏木凡粗色抽三分，抽外官市各有差，然后商人得为己物。象牙重及三十斤并乳香，抽外尽官市，盖榷货也。商人有象牙稍大者，必截为三斤以下，规免官市。凡官市价微，又备他货与之，多折阅，故商人病之。舶至未经抽解，敢私取物货者，虽一毫皆没其余货，科罪有差，故商人莫敢犯。

（卷二）

舶船蓄水就风法

广州市舶亭枕水有海山楼，正对五洲，其下谓之小海，中流方丈余，舶船取其水，贮以过海，则不坏。逾此丈许取者并汲井水，皆不可贮，久则生虫，不知此何理也。舶船去以十一月，十二月，就北风，来以五月，六月，就南风。船方正若一木斛，非风不能动。其樯植定而帆侧挂，以一头就樯柱如门扇，帆席谓之"加突"，方言也。海中不唯使顺风，开岸就岸风皆可使，唯风逆则倒退尔，谓之使三面风，逆风尚可用矴石不行。广帅以五月祈风于丰隆神。

（卷二）

舶船航海法

甲令：海舶大者数百人，小者百余人，以巨商为纲首、副纲首、杂事，市舶司给朱记，许用笞治其徒，有死亡者籍其财。商人言船大人众则敢往，海外多盗贼，且掠非诣其国者，如诣占城，或失路误入真腊，则尽没其舶货，缚北人卖之，云："尔本不来此间。"外国虽无商税，而诛求，谓之献送，不论货物多寡，一例责之，故不利小舶也。舶船深阔各数十丈，商人分占贮货，人得数尺许，下以贮物，夜卧其上。货多陶器，大小相套，无少隙地。海中不畏风涛，唯惧靠阁，谓之"凑浅"，则不復可脱。船忽发漏，既不可入治，令鬼奴持刀絮自外补之，鬼奴善游，入水不瞑。舟师识地理，夜则观星，昼则观日，阴晦观指南针，或以十丈绳钩，取海底泥嗅之，便知所至。海中无雨，凡有雨则近山矣。商人言舶船遇无风时，海水如鉴。舟人捕鱼，用大钩如臂，缚一鸡鹜为饵，使大鱼吞之，随其行半日方困，稍近之，又半日，方可取，忽遇风，则弃。或取得大鱼不可食，剖腹求所吞小鱼可食，一腹不下数十枚，枚数十斤。海大鱼每随船上下，凡投物无不啖。舟人病者忌死于舟中，往往气未绝便卷以重席，投水中，欲其遽沉，用数瓦罐贮水缚席间，才投入，群鱼并席吞去，竟不少沉。有锯鲨长百十丈，鼻骨如锯，遇舶船，横截断之如拉朽尔。舶行海中，忽远视枯木山积，舟师疑此处旧无山，则蛟龙也，乃断发取鱼鳞骨同焚，稍稍投水中。凡此皆危急，多不得脱。商人重番僧，云度海危难祷之，则见于空中，无不获济，至广州饭僧设供，谓之"罗汉斋"。

（卷二）

住蕃住唐

北人过海外，是岁不还者，谓之"住蕃"；诸国人至广州，是岁不归者，谓之"住唐"。广人举债总一倍，约舶过廻偿，住蕃虽十年不归，息亦不增。富者乘时畜缯帛陶货，加其直与求债者，计息何啻倍蓰。广州官司受理，有利债负，亦市舶使专敕，欲其流通也。

（卷二）

蕃坊蕃商

广州蕃坊，海外诸国人聚居，置蕃长一人，管勾蕃坊公事，专切招邀蕃商入贡，用蕃官为之，巾袍履笏如华人。蕃人有罪，诣广州鞫实，送蕃坊行遣。缚之木梯上，以藤杖挞之，自踵至顶，每藤杖三下折大杖一下。盖蕃人不衣裈裤，喜地坐，以杖臀为苦，反不畏杖脊。徒以上罪广州决断。蕃人衣装与华异，饮食与华同。或云其先波巡尝事瞿昙氏，受戒勿食猪肉，至今蕃人但不食猪肉而已。又曰汝必欲食，当自杀自食，意谓使其割己肉自啖，至今蕃人非手刃六畜则不食，若鱼鳖则不问生死皆食。其人手指皆带宝石，嵌以金锡，视其贫富，谓之指环子，交阯人尤重之，一环直百金，最上者号猫儿眼睛，乃玉石也，光焰动灼，正如活者，究之无他异，不知佩袭之意如何。有摩娑石者，辟药虫毒，以为指环，遇毒则吮之立愈，此固可以卫生。

（卷二）

三佛齐

海南诸国，各有酋长，三佛齐最号大国，有文书，善算。商人云，日月蚀亦预知其时，但华人不晓其书尔。地多檀香、乳香，以为华货。三佛齐舶赍乳香至中国，所在市舶司以香系榷货，抽分之外，尽官市。近岁三佛齐国亦榷檀香，令商就其国主售之，直增数倍，蕃民莫敢私鬻，其政亦有术也。是国正在海南，西至大食尚远，华人诣大食，至三佛齐修船，转易货物，远贾幅凑，故号最盛。

（卷二）

鬼奴

广中富人，多畜鬼奴，绝有力，可负数百斤。言语嗜欲不通，性淳不逃徙，亦谓之野人。色黑如墨，唇红齿白，发卷而黄，有牝牡，生海外诸山中。食生物，采得时与火食饲之，累日洞泄，谓之换肠。缘此或病死，若不死，即可蓄。久蓄能晓人言，而自不能言。有一种近海野人，入水眼不贬，谓之昆仑奴。

（卷二）

倒挂雀

海南诸国有倒挂雀，尾羽备五色，状似鹦鹉，形小如雀，夜则倒悬其身。畜之者以蜜渍粟米、甘蔗。不耐寒，至中州辄以寒死，寻常误食其粪，亦死。元符中，始有携至都城者，一雀售钱五十万，东坡《梅》词云，"倒挂绿毛幺凤。"盖此鸟也。

（卷二）

元丰待高丽人最厚

京师置都亭驿待辽人，都亭西驿待夏人，同文馆待高丽，怀远驿待南蛮。元丰待高丽人最厚，沿路亭传皆名高丽亭。高丽人泛海而至明州，则由二浙遡汴至都下，谓之南路，或至密州，则由京东陆行至京师，谓之东路。二路亭传一新。常由南路，未有由东路者，高丽人便于舟楫，多赍辎重故尔。

（卷二）

高丽人能文

高句骊，古箕子之国，虽夷人能文。先公守润，得其使先状云："远离桑域，近次蔗封。"盖取食蔗渐入佳境之义。崇宁中，遣使贺天宁节，表有"良月就盈"之句，盖谓十月十日，其属辞如此。

（卷二）

高丽人常州买鸽

高丽人尝在常州，买民间养鸽放之，鸽识家飞去，常人唯恐不售，使还。又托生辰买鸽放生，人家争出鸽。既售，即笼入舟中，去更数日，方生辰，遂载行，反以为得计。

（卷二）

东海神庙

东海神庙在莱州府东门外十五里，下瞰海咫尺，东望芙蓉岛，水约四十里。岛之西水色白，东则色碧，与天接。岛上有神庙，一茅屋，渔者至彼则还。屋中有米数斛，凡渔人阻风，则宿岛上，取米以为粮，得归，便载米偿之，不敢欺一粒。稍北与北蕃界相望，渔人云，天晴时夜见北人举火，度之亦不甚远。一在蓬莱阁西，后枕溟海。

（卷二）

考释

朱彧，字无惑，生卒年不详。乌程（今浙江湖州）人。其父朱服，历知莱、润诸州，曾使辽，后为广州帅。《萍洲可谈》所记，多为他随父亲游宦各地时的所见所闻，其中第二卷详细记载了广州市舶司的职能及船舶航海和外国海商的情况。

　　宋代是古代海洋贸易非常繁荣的时期，广州市舶司等承担了对外海洋贸易几乎所有的管理和协调职能。但是长期以来，对于市舶司的运转等情况，一直没有清晰详细的记载，而朱彧《萍洲可谈》中的相关描述，则填补了这一空缺，所以很受海洋史研究专家的重视。

　　《萍洲可谈》虽为笔记文学，但是它继承了唐朝海洋文学中的写实风格，在一定程度上具有"野史"的价值。

　　《广泉明杭州皆设市舶司》点明了广州市舶司在沿海所有市舶司中的中心地位；《广州市舶司泊货抽解官市法》记叙了广州市舶司主要的管理流程；《舶船蓄水就风法》记载了外商海船进港的水文条件；《舶船航海法》描述了海洋贸易船队的构成和组织结构；《住蕃住唐》等记叙了外商在广州港居住和生活的情形。凡是这些，无不具有巨大的海洋史价值。其中对于高丽海商和海洋的三则笔记，集中叙写了高丽人的形象，也具有特殊的人海洋文交流价值。

　　《萍洲可谈》中还有一则涉海笔记值得重视，那就是《东海神庙》。南海神庙因韩愈的祭文而名扬天下，东海神庙则一直默默无闻。朱彧这则《东海神庙》，记叙了一个民间色彩浓郁的海神祭祀场所。其实与其说是"东海神庙"，还不如说是一个比较普通的海洋社会信仰活动纪念地。但"屋中有米数斛，凡渔人阻风，则宿岛上，取米以为粮，得归，便载米偿之，不敢欺一粒"的特殊"规矩"，则表明这个神庙，又具有渔民民间救济的功能。

四十八、[宋] 洪皓《松漠纪闻》（1则）

[宋] 洪皓《松漠纪闻》,《宋元笔记小说大观》, 上海古籍出版社 2000 年版。

渤海国，去燕京、女真所都皆千五百里，以石累城足，东并海。其王旧以大为姓，右姓曰高、张、杨、窦、乌、李，不过数种。部曲、奴婢无姓者，皆从其主。妇人皆悍妒，大氐与他姓相结为十姊妹，迭几察其夫，不容侧室及他游，闻则必谋置毒，死其所爱。一夫有所犯而妻不之觉者，九人则群聚而诟之。争以忌嫉相夸，故契丹、女真诸国皆有女倡，而其良人皆有小妇、侍婢，唯渤海无之。男子多智谋骁勇，出他国右，至有"三人渤海当一虎"之语。契丹阿保机灭其王大諲譔，徙其各帐千余户于燕，给以田畴，捐其赋入，往来贸易，关市皆不征，有战则用为前驱。天祚之乱，其聚族立姓大者于旧国为王，金人讨之，军未至，其贵族高氏弃家来降，言其虚实，城后陷。契丹所迁民益蕃，至五千余户，胜兵可三万。金人虑其难制，频年转戍山东，每徙不过数百家，至辛酉岁尽驱以行。其人大多富室，安居踰二百年，往往为围池，植牡丹多至三二百本，有数十干丛生者，皆燕地所无，才以十数千或五千贱贸而去。其居故地者令归契丹，旧为东京，置留守，有苏、扶等州。苏与中国登州青州相直，每大风顺，隐隐闻鸡犬声。阿保机长子东丹王赞华封于此，谓之人皇。王不得立，鞅鞅尝赋诗曰："小山压大山，大山全无力，羞见当乡人，从此投外国。"遂自苏乘筏浮海归唐。明宗善画马，好经籍，犹以筏载行。其国初仿唐置官司，国少浮图氏，有赵崇德者为燕都运，未六十余，休致为僧，自为大院，请燕竹林寺慧日师住持，约供众僧三年费。竹林乃四明人，赵与予相识颇久。

考释

　　洪皓（1088—1155），字光弼，宋饶州鄱阳（今属江西）人。宋高宗建炎三年（1129），以礼部尚书身份使金，拒绝了金人提出的许多强迫性建议，十五年后才回归。《松漠纪闻》初稿即完成于留金时期。可惜回归时被金人发现，不与带回。后来洪皓追忆重写而成。《四库全书总目》评价说："皓所居冷山，去金上京会宁府才百里，又尝为陈王（悟室）延教其子，故于金事言之颇详。虽其被囚日久，仅据传述者笔之与书，不若目击之亲切。中间所言金太祖、太宗诸子……往往讹异失真。……所记虽真赝相参，究非凿空妄说者比也。"这是评价它的史料价值，认为虽然偶有错讹，但总比那些凭空捏造的笔记显得可靠许多。

　　从海洋文学的角度而论，《松漠纪闻》中的这则有关"渤海国"的记叙，是为数不多的有关渤海国的历史材料。尤其对于渤海国民风民俗的记载，具有巨大的海洋人文价值。

四十九、[宋] 李石《续博物志》（5则）

[宋]李石《续博物志》，明古今逸史本。

　　鲸鱼者，海鱼也。大者长千里，小者数千丈。一生数万子，常以五月、六月就岸生子，七月、八月导从其子还大海中。鼓浪成雷，喷沫成雨，水族惊畏，莫敢近。其雌曰鲵，大者亦长千里。

（卷二）

　　海中有度朔山。上有桃木，蟠屈三千里。枝东北鬼门，万鬼所出入也。荼与郁垒居其门，执苇索以食鬼。故十有二月岁竟腊之夜，遂以荼、垒并挂苇索于门。

（卷五）

　　蓬莱山，使高丽者望之甚远，前后下峭拔可爱。其岛属昌国县。其上平广，可以种蒔。岛人云："蓬莱三仙山，越弱水三万里，不应指顾间便见。"此外不复见山。

（卷九）

　　海州有人持一束黑物，形如竹箅。其人云："海鱼腮中毛。"可作屏风贴。色似水牛角，头似猪鬃，长三四寸，广可一寸。

（卷九）

149

考释

《续博物志》作者李石。李石有晋人、唐人、宋人之说。《四库全书总目》对作者李石生活的年代进行了详加考述，考证李石为宋人，从此成为定论。

李石，字知几，资阳（今四川资中）人，生卒年不详。他的《续博物志》是一部续张华《博物志》的传统博物学著作，属于"博物体"著作，内容包罗天象、地理、奇闻异事、人物逸事、鸟兽虫鱼、饮食民俗等。这里辑录的4则涉及海洋的笔记，就很有"博物"的特色，那就是涉及面很广。

第一则"鲸鱼"，以比较客观的态度，记叙了鲸鱼的习性，尤其突出了它们"喷沫成雨"的特性。但是说它们"大者长千里，小者数千丈"，就不免有些夸张了。

第二则"度朔山"和第三则"蓬莱山"，都属于寓意性海岛叙写。前者写"鬼岛"，这是很罕见的内容，具有特殊的海洋题材意义。后者写"神仙岛"，没有什么新异之处，但它明确说蓬莱山位于"属昌国县"地界，这是后世把舟山的衢山岛（也有人说是岱山岛）称之为蓬莱山的来源。

最后一则属于"异鱼"叙写，但"海鱼腮中毛"的说法，却是很特别的。

五十、[宋] 洪迈《夷坚志》（14则）

岛上妇人

泉州僧本偶说，其表兄为海贾，欲往三佛齐。法当南行三日而东，否则值焦上，船必靡碎。此人行时，偶（叶本作"遇"）风迅，船驶既二：日半，意其当转而东，即回柁，然已无及，遂落焦上，一舟尽溺。此人独得一木，浮水三日，漂至一岛畔。度其必死，舍木登岸。行数十步，得小径，路甚光洁，若常有人行者。久之，有妇人至，举体无片缕，言语啁啾不可晓，见外人甚喜，携手归石室中，至夜与共寝。天明，举大石窒其外，妇人独出。至日晡时归，必赉异果至，其味珍甚，皆世所无者。留稍久，始听自便。如是七八年，生三子。一日，纵步至海际，适有舟抵岸，亦泉人，以风误至者，乃旧相识，急登之。（妇人奔走号呼恋恋，度不可回，即归取三子，对此人裂杀之。其岛甚大，然但有此一妇人耳。）

（《夷坚志》甲志卷七，清十万卷楼丛刻本）

海马

绍兴八年。广州西海壖，地名上弓弯。月夜，有海兽状如马，蹄鬣皆丹，入近村民家。民聚众杀之。将晓，如万兵行空中，其声汹汹，皆称寻马。客有识者虑其异，急徙去。次日海水溢，环村百余家尽溺死。

（《夷坚志》甲志卷八，清十万卷楼丛刻本）

长人国

明州人泛海。值昏雾四塞，风大起，不知舟所向。天稍开，乃在一岛下。两人持刀登岸欲伐薪，望百步外有筱篱。入其中，见蔬茹成畦，意人居不远。方蹲踞摘菜，忽闻拊掌声。视之，乃一长人，高出三四丈，其行如飞。两人急走归。其一差缓，为所执。引指穴，其肩成窍，穿以巨藤，缚诸高树而去。俄顷间，首戴一镬复来。此人从树杪望见之，知其且烹己，大恐。始忆腰间有刀，取以斫藤，忍痛极力，仅得断。遽登舟斫缆，离岸已远。长人入海追之，如履平地。水才及腹，遂至前执船，发劲弩射之，不退。或持斧斫其手，断三指落船中，乃舍去。指粗如椽。徐兢明叔云尝见之。何德献说。

（《夷坚乙志》卷八，清十万卷楼丛刻本）

无缝船

绍兴二十七年七月，福州甘棠港，有舟从东南漂来。载三男子，一妇人，沉檀香数千斤。其一男子，本福州人也，家于南台。向入海失舟，偶值一木浮行，得至大岛上。素喜吹笛，常置腰间。岛人引见其主。主夙好音乐，见笛大喜，留而饮食之，与屋以居，后又妻以女。在彼十三年，言语不相通，莫知何国。而岛中人似知为中国人者，忽具舟约同行。经两月，乃得达此岸。甘棠寨巡检，以为透漏海舶，遣人护至闽县。县宰丘铎文昭，招予往视之。其舟刳巨木所为，更无缝罅，独开一窍出入。内有小仓阔三尺许，云女所居也。二男子皆其兄。以布蔽形，一带束发跣足。与之酒则跪坐，以手据地如拜者，一饮而尽。女子齿白如雪，眉目亦疏秀，但色差黑耳。予时以郡博士被檄考试临漳，欲俟归日。细问之，既而县以送泉州提舶司未反，予亦终更罢去，至今为恨云。

《夷坚乙志》卷八，清十万卷楼丛刻本）

昌国商人

宣和间，明州昌国人，有为海商。至巨岛泊舟，数人登岸伐薪，为岛人所觉遽归。一人方溷不及下，遭执以往，缚以铁绳，令耕田。后三年稍熟，乃不复絷。始至时，岛人具酒会其邻里，呼此人当筵，烧铁箸灼其股。每顿足号呼，则哄堂大笑。亲戚间闻之，才有宴集，必假此人往，用以为戏。后方悟其意，遭灼时忍痛啮齿不作声，坐上皆不乐，自是始免其苦。凡留三年。得便舟脱归。两股皆如龟卜。张昭时为县令，为大人言。

（《夷坚志》甲志卷十，清十万卷楼丛刻本）

海岛大竹

明州有道人行乞于市。持大竹一节，径三尺许，血痕涴其中。自云本山东商人，曾泛海遇风，漂堕岛上。登岸纵目，望巨竹参天，翠色欲滴。叹讶其异，方徘徊赏玩。俄有皂衣两人来，云："寻汝正急，乃在此耶！"答曰："适从舟中来，尚不知此为何处，何为觅我？"皂衣不应，夹捽以前。满路薪峭，如棘针而甚大，刺足底绝痛，不可行。问其人，曰："牛角也。"益怪之。复前行，至一处。主者责曰："汝好食牛，当受苦报。"始大恐，拜乞命，曰："请后不敢。"主者曰："汝既悔过，今释汝。可归语世人，视此为戒。"曰："有如不信，以何物为验？"主者顾左右，令截竹使持归便见。两人携大锯，趋入林中，少顷而竹至，鲜血盈管，下流污衣。云："方锯解囚未了，闻呼即至，不暇涤锯也。"遂持竹回舟。既还家，即弃妻子，辞乡里他适，而湮迹丐中。赵振甫屡见之。

（《夷坚乙志》卷十三，清十万卷楼丛刻本）

海中红旗

赵丞相居朱崖时，桂林帅遣使臣往致酒米之馈。自雷州浮海而南，越三日。方张帆早行，风力甚劲。顾见洪涛间，红旗靡靡，相逐而下，极目不断。远望不可审，疑为海寇或外国兵甲。呼问舟人，舟人摇手令勿语，愁怖之色可掬，急入舟，被发持刀，出篷背立，割其舌，出血滴水中。戒使臣者，使闭目坐舲内。凡经两时顷，闻舟人相呼曰："更生更生。"乃言曰："朝来所见，盖巨鳝也，平生未尝睹。所谓红旗者，鳞鬐耳。世所传吞舟鱼何足？使是鳝与吾舟相值在十数里之间，身一展转，则已沦溺于鲸波中矣。吁！可畏哉。"是时舟南去，而鳝北上，相望两时，彼此各行数百里，计其身当千里有余。庄子鲲鹏之说，非寓言也。时外舅张渊道为帅云。张子思说得之于使臣，舅不知也。

（《夷坚乙志》卷十六，清十万卷楼丛刻本）

长人岛

密州板桥镇人，航海往广州，遭大风雾，迷不知东西，任帆所向，历十许日。所贵水告竭，人畏渴死，望一岛屿渐近，急奔赴之。登其上，汲泉甘甚，乃悉輂瓶罂之属，运水入舟。弥望皆枣林，朱实下垂。又以竿扑取，得数斛，欲储以为粮，大喜过望，眷眷未忍还，共入一石嵓中憩息。俄有巨人四辈至，身皆长二丈余，被发裸体，唯以木叶蔽形。见人亦惊顾，相与耳语。三人径去，行如奔马。嵓下大，度非百人不可举，其留者独掔之以塞窦口，亦去。然两旁小窍，尚可容出入。诸人相续奔入船，趣解维，一人来追，跳入水，以手提船。船上人尽力撑篙，不能去，急取搭钩钩止之，奋利斧断其一臂，始得脱。臂长过五尺，舟中人渍之以盐，携归示人。高思道时居板桥，曾见之。沈公雅为予说。予甲志书昌国人及岛上妇人，乙志书长人国，皆此类也。海于天地间为物最巨，无所不有，可畏哉。

（《夷坚丙志》卷六，清十万卷楼丛刻本）

长乐海寇

绍兴八年，丹阳苏文瓘为福州长乐令，获海寇二十六人。先是广州估客及部官纲者，凡二十有八人，共僦一舟。舟中篙工柁师，人数略相敌，然皆劲悍不逞，见诸客所贵物厚，阴作意图之。行七八日，相与饮酒，大醉悉害客，反缚投海中，独留两仆使执爨。至长乐境上，双橹折，盗魁使二人往南台市之。因泊浦中以待，时时登岸为盗，且掠居人妇女入船，无日不醉。两仆逸其一，径诣县告焉。尉入村未返，文瓘发巡检兵，自将以往。行九十，与盗遇。会其醉，尽缚之。还至半道，逢小舟双橹横前，叱问之，不敢对。又执以行，无一人漏网者。时张子戬给事致远为帅，命取舟检索，觉柁尾百物萦绕，或入水视之，所杀群尸，并萃其下，僵而不腐，亦不为鱼鳖所伤。张公叹异，亟为敛葬。盗所得物才三日，元未之用也。张庭实德辉说。

（《夷坚丙志》卷十三，清十万卷楼丛刻本）

泉州杨客

泉州杨客为海贾十余年，致赀二万万。每遭风涛之厄，必叫呼神明，指天日立誓，许以饰塔庙设水陆为谢。然才达岸，则遗忘不省，亦不复纪录。绍兴十年，泊海洋，梦诸神来责偿。杨曰："今方往临安，俟还家时，当一一赛答，不敢负。"神曰："汝那得有此福，皆我力尔。心愿不必酬，只以物见还。"杨甚恐。以七月某日至钱塘江下，幸无事，不胜喜，悉辇物货，置抱剑街主人唐翁家，身居柴垛桥西客馆。唐开宴延仁，杨自述前梦，且曰："度今有四十万缗，姑以十之一酬神愿，余携归泉南，置生业，不复出矣。"举所赍沉、香龙、脑珠琲珍异，纳于土库中，他香布、苏木不减十余万缗，皆委之库外。是夕大醉，次日闻外间火作，惊起走登吴山，望火起处尚远，俄顷间已及唐翁屋。杨顾语其仆，不过烧得麤（粗）重，亦无害。良久，见土库黑烟直上，屋即摧塌，烈焰亘天。稍定还视，皆为煨烬矣。遂自经于库墙上，暴尸经夕。仆告官验实，乃得槀葬云。

（《夷坚丁志》卷六，清十万卷楼丛刻本）

莆田海船

莆田士人守官广右，一仆尝负罪遭治，而不勇于逐。仆心怨主人。因其满罢，泛海归，为雇贼船。到半途，全家遇害，抛尸水中。唯一老兵，既受刃而推堕板下。贼凿破其船，弃于淖，别易船行。兵伤处不致要害，经宿复苏，忍痛升岸。去乡里只数程，扶杖乞食，归报主家。族党以为，一门尽死，安得独存，是必与贼为囊橐者，执而诉于县。县以大囚法桎梏绛讯，虽强引伏，终不得其情。邑宰白郡，移赴司理院。时正尉抱疾在谒假，主簿黄揆摄职，躬领弓兵护送。才出县门，逢三盗着商贾服，相随游观。老兵指而呼曰："此三个正是杀人贼。却教我苦中受苦。"揆即遣卒拘之，同缚诣郡庭。盖三人者，知老兵在狱，踪迹已露，欲采听鞠勘消息，故自投陷阱。天网不漏，交臂就擒。洎狱成，皆斸于市。怨仆在其中，余众悉遁。揆以获凶恶强盗三人，当论功改秩。初犹不欲自言，谋于郑景宝，郑曰：

"君既摄行尉事，原非有心，何为不可。"遂受赏。

（《夷坚志》，重庆出版社 1996 年版）

海王三

《甲志》载泉州海客遇岛上妇人事，今山阳海王三者亦似之。王之父载贾泉南航，巨幔为风涛败。舟同载数十人俱溺，王得一板自托，任其簸荡。到一岛屿旁，遂陟岸行山涧。幽花异木，珍禽怪兽，多中土所未识。而风气和柔，不类蛮峤，所至空旷，更无居人。王憩于大木下，莫知所届。忽一女子至，问曰："汝是甚处人？缘何到此？"王以舟行遭溺告。女曰："然则随我去。"女容颜颇秀美，发长委地，不梳掠，语言可通晓，举体无丝缕遮蔽。王不能测其为人耶？为异物耶？默念业已堕他境，一身无归，亦将毕命豺虎，死可立待，不若姑听之。乃从而下山。抵一洞，深杳洁净，光耀常如正昼，盖其所处。但不识庖爨。女留与同居，朝暮饲以果实，戒使勿妄出。王虽无衣衾可换易，幸其地不甚觉寒暑，故亦可度。岁余，生一子。迨及周岁，女采果未还。王信步往水涯，适有客舟避风于岸隩，认其人为旧识也。急入洞抱儿至，径登之。女继来，度不可及，呼王姓名而骂之，极口悲啼，扑地气几绝。王从篷底举手谢之，亦为掩涕。舟已张帆，乃得归楚。儿既长，楚人目为海王三。绍兴间犹存。

（《夷坚志》，重庆出版社 1996 年版）

王彦大家

临安人王彦大，家甚富，有华室，颐指如意。忽议航南海营舶货。舟楫既具，而以妻方氏妙年美色，不忍轻相舍。久之始决行。历岁弗返，音书断绝。当春月，杭人日游湖山。方氏素廉静，独不肯出，散步舍后小圃，舒豁幽闷。忽花阴中逢少年，衣红罗裳，戴魇金帽，肌如傅粉，容止儒缓，潜窥于密处，引所携弹弓欲弹之。方氏骂曰："我是良家，以夫出年多，杜门屏处。汝为何等人，擅入吾后圃，且将挟弹击我，一何无礼如此！"少年惭惧，掷弓拱手而谢过。方正色叱之，恍然不见。方奔归呼告群婢，觉神宇淆乱，力惫不支。迨夜半，少年直登堂，方趋走欲避，则伸臂挽其裙，长几丈余。群婢尽力援夺，不能胜。遂拥升榻，与款接。自是晓去暮来，无计可脱。心所欲物，未尝言，不旋踵辄至。方念彦大殊切。报于亲故，招道士行五雷法，乃设醮；又择僧二十辈作瑜珈道场，皆为长臂捶击，莫克尽其技。后数月，少年惨戚语方曰："汝良人白海道将归矣。如至家相见时，切勿露吾事。苟违吾戒，必害汝。汝知吾神通否？虽水火刀兵，不能加毫末于我也。"未几，王生果归。方垂泣曰："妾有弥天大罪，君当寸斩我，以谢诸亲。"王惊问故，具言之。王曰："是乃山精水魅，吾必杀之。"乃藏贮利剑，以俟其来。一夕俨然而至。王拔刀袭逐，中其背，铿铿若金玉声。化为白光，煜煜亘数丈，冲虚去。其后声灭响绝，王夫妇相待如初。

（《夷坚志》，重庆出版社 1996 年版）

海山异竹

温州巨商张愿，世为海贾，往来数十年，未尝失时。绍兴七年，涉大洋，遭风暴其船不知所届。经五六日，得一山，修竹夏云，弥望极目。乃登岸，伐十竿，拟为篙棹之用。方毕事，见白衣翁云："此是何世界，非是汝所当留，宜急回，不可缓也。"船人拱手白曰："某辈已迷失路，将葬鱼腹。仙翁幸教如何可达乡间？"翁指东南方，果得善还。十竹已杂用其九。临抵岸，有倭客及昆仑奴，望桅樯拊膺大叫"可惜"者不绝口。既泊缆，众凝睇船内，见一竹存，争欲求买，曰："吾不论价。"愿度其意必欲得，试需二千缗，众齐声答曰"好"。即就近取钱以偿。愿曰："此至宝也，我适相戏耳。非五千缗勿复议。"昆仑尤喜，如其数，辇钱授之，而后立约。约定，愿问之曰："此竹既成交易，不可翻悔。然我实不识为是何宝物，而汝曹竟欲售如此。曷为我言之？"对曰："此乃宝伽山聚宝竹，每立竹于巨浸中则诸宝不采而聚。吾毕世舳游，视鲸波拍天如平地。然但知竹名，未尝获睹也。虽累千万价，亦所不惜。"愿始嗟叹而付之。

（《夷坚志》，重庆出版社 1996 年版）

考释

《夷坚志》是宋朝笔记小说中篇幅最大的一部,现存 2700 多则。取《列子·汤问》"夷坚闻而志之"语意,记世间传闻怪异之事。作者洪迈,南宋江西鄱阳人,字景庐,别号野处老人。曾任泉州、绍兴等地知府。还曾经作为朝廷使者,出使金庭,因不惧要挟,差点被扣。后官至端明殿学士,兼修国史,另有《容斋随笔》等著作。

《夷坚志》是洪迈晚年作品,据说最初的缘起是为了遣兴娱情,所以内容上追求有趣。而有趣的故事是需要丰富想象力的,洪迈年龄大了,自己无法创作了,就以转述(别人提供)和改写(改写前人笔记)的方法为主,所以《夷坚志》被后人评价内容庞杂而少新意。但是如从涉海叙事的角度而论,《夷坚志》具有巨大的价值。

《夷坚志》涉及海洋的故事多达 14 篇,其中的几篇非常具有特色。

《海山异竹》就挺有意思。故事的主角是"温州巨商张愿,世为海贾"。这是海洋小说中第一次出现温州商人,而且还是海商的形象。故事以传统的遇风暴漂流至荒岛展开,但是对这个荒岛的描述非常别致,其他类似小说描述无人涉足的荒岛,或者是瑞气飘逸琼林仙草的仙人岛,或者是野林森森怪兽出没的恐惧岛,但是这个故事里的荒岛,却是"修竹戛云,弥望极目"。海岛少竹,本是常识,这个故事却赋予它一大片竹林。这个温州商人不知其为宝,还以为是普通竹子,就砍伐了十条,作归途篙棹之用。在岛上白衣翁的指点下,它顺利地回到了岸上,十根竹子却只剩下一条了。结果为识货的"倭客及昆仑奴"争相竞价。原来"此乃宝伽山聚宝竹,每立竹于巨浸中则诸宝不采而聚",所以每一竿都是无价之宝,这些海客(必须指出,这里的倭客指日本商人而非后来的倭寇)也只闻其名从未见过。可见这个故事的建构,遵循的乃是海洋财富这样的传统思维。只是其他海洋小说里的海洋财富,多是海洋珠宝,而这个故事却是海洋异竹,所以有相当的价值。

五十一、[宋]陆游《老学庵笔记》（1则）

[宋]陆游《老学庵笔记》，《宋元笔记小说大观》，上海古籍出版社2000年版。

洪驹父窜海岛，有诗云："关山不隔还乡梦，风月犹随过海身。"

考释

陆游（1125—1210），字务观，号放翁，越州山阴（今浙江绍兴）人，南宋著名词人和作家。《老学庵笔记》，是一部著名的笔记作品，内容多是作者或亲历、或亲见、或亲闻之事、或读书考察的心得，具有多方面的文史价值。

这里辑录的一则笔记，虽然只有寥寥一句话，但是却包含了一个"发配海岛"的历史信息。宋代发配海岛，人多知为海南岛。其实北方也有一个海岛为发配之所，那就是渤海湾外面的沙门岛。陆游笔记中提及的"洪驹父窜海岛"，即指此事。驹父是洪刍的字。洪驹父（生卒年不详），豫章（今江西南昌）人，黄庭坚的外甥。曾经为北宋的朝廷命官。金兵攻入汴京，他失节投降，遭到朝廷的贬废，被流沙门岛，最终死在岛上。陆游说"关山不隔还乡梦"，指的就是洪驹父只能梦回故乡，人是回不去了。

五十二、[宋] 王明清《投辖录》（1则）

[宋] 王明清《投辖录》，《宋元笔记小说大观》，上海古籍出版社 2000 年版。

蓬莱三山

祥符中，封禅事竣，宰执对于后殿，真宗曰："治平无事，久欲与卿等至一二处未能，今日可矣。"遂引群公及内侍数人入一小殿。殿后有假山甚高，而山面有洞，上既先入，复招群公从行。初觉暗甚，行数十步，则天宇豁然，千峰百嶂，杂花流水，尽天下之伟观。少焉至一所，重楼复阁，金碧照辉。有二道士，貌亦奇古，来揖上，执礼甚恭。上亦答之良厚，邀上主席，上再三逊让然后坐。群臣再拜，居道士之次。所论皆玄妙之旨，而肴醴之属，又非人间所见也。鸾鹄舞于堂，笙箫振林木，至夕而罢。道士送上出门而别，曰："万几之暇，毋惜与诸公频见过也。"复出路路以归。臣下因以请于上，上曰："此道家所谓蓬莱三山者。"群臣惘然自失者累日，后亦不复再往，不知何术以致之。

考释

王明清（约 1127—? ），字仲言，汝阴（今安徽合肥）人。身历宋高宗、孝宗、光宗和宁宗四朝，担任过宁国军节度判官、浙江参议官等职。

王明清出身于书香门第，自幼及长，或居家研读，或随长辈游历四方，勤奋撰述，内容多为正史所未录。《投辖录》是其笔记性著作，多记奇闻异事，偶尔也有历史人物和事件的记载，但涉及海洋内容的不多。

　　《蓬莱三山》是汉魏神仙岛叙事的续写，但更像是一种梦境式写作。宋真宗赵恒是宋朝第三位皇帝，他用"澶渊之盟"换取和平后，大力发展经济，使北宋进入经济繁荣期。但他在位后期，沉溺于封禅之事，广建宫观。王明清《蓬莱三山》是对这种现象的一个婉讽吧。

五十三、[宋] 郭彖《睽车志》（2则）

[宋] 郭彖《睽车志》，《宋元笔记小说大观》，上海古籍出版社 2000 年版。

绍兴辛未岁四明有巨商泛海行，十余日，抵一山下。连日风涛，不能前。商登岸闲步，绝无居人，一径极高峻。乃攀蹑而登，至绝顶，有梵宫焉，彩碧轮奂，金书榜额，字不可识。商人游其间，阒然无人，惟丈室一僧独坐禅榻。商前作礼，僧起接坐。商曰："舟久阻风，欲饭僧五百，以祈福祐。"僧曰："诺。"期以明日。商乃还舟，如期造焉，僧堂之履已满矣，盖不知其所从来也。斋毕，僧引入小轩，焚香瀹茗，视窗外竹数个，干叶如丹。商坚求一二竿，曰："欲持归中国，为伟异之观。"僧自起斩一根与之。商持还，即得便风，就舟口裁其竹为杖，每以刀鐮削，辄随刃有光，益异之。前至一国，偶携其杖登岸，有老叟见之惊曰："君何自得之？请易箄珠。"商贪其赂而与焉。叟曰："君亲至普陀落伽（迦）山，此观音坐后旃檀林紫竹也。"商始惊悔，归舟中，取削叶余札宝藏之。有久病医药无效者，取札煎汤饮之辄愈。

（卷四）

建炎间，泉州有人泛海，值恶风，漂至一岛。其徒数人登岸，但见花草甚芳美，初无路径。行入一大林，有溪限其前，水石清浅。众皆揭涉，得一径，入大山谷间。俄见长人数十，身皆丈余，耳垂至腹，即前擒数人者，每两手各挈一人，提携而去，至山谷深处，举大铁笼罩之。长人常一人看守，倦即卧石上，卷其耳为枕焉。时揭罩取一人，褫去其衣，众共裂食之。内一人窃于罩下抔土为窟，每守者睡熟，即极力掘之，穴透得逸。走至海边，值番舶得还。言其事，莫知其何所也。

（卷四）

考释

郭象，字伯象，和州（今安徽和县）人，生卒年不详，约宋孝宗年前后在世。登进士第，官至知兴国军。《睽车志》是他的主要代表作。其书名来自于《易·睽》中的"载鬼一车"，可见这是一部志怪体笔记小说集，专记耳闻目睹之鬼神异事，《四库全书总目提要》说它"盖用洪迈《夷坚志》之例"。

《睽车志》内容虽多荒诞不经，但叙事手法颇有可采之处。许多故事被《初刻拍案惊奇》等后人作品采录改写。这里辑录的两篇涉海叙事，就都很有文学性。

第一则"四明巨商与紫竹"的故事，与洪迈《夷坚志》中的"海山异竹"基本一致。虽然郭象要比洪迈晚生几年，但很难断定谁"抄袭"了谁，或许这个故事在当时流传较广。它描述的异竹与普陀山紫竹林有内在联系，这说明到了南宋时期，普陀山的文化影响力已经很大，观音信仰传播已经很广。

第二则描述"海岛食人族"现象。这种题材在古代海洋小说中多有反映，折射出古人对于陌生海洋地区的一种想象性构建。

五十四、[宋] 岳珂《桯史》（1则）

[宋] 岳珂《桯史》，《宋元笔记小说大观》，上海古籍出版社 2000 年版。

番禺海獠

番禺有海獠杂居，其最豪者蒲姓，号白番人，本占城之贵人也。既浮海而遇风涛，惮于复反，乃请于其主，愿留中国，以通往来之货。主许焉，舶事遂赖给其家。岁益久，定居城中，屋室稍侈靡逾禁。使者方务招徕，以阜国计，且以其非吾国人，不之问，故其宏丽奇伟，益张而大，富盛甲一时。绍熙壬子，先君帅广，余年甫十岁，尝游焉。今尚识其故处，层楼杰观，晃荡绵亘，不能悉举矣。然稍异而可纪者，亦不一，因录之以示传奇。獠性尚鬼而好洁，平居终日，相与膜拜祈福。有堂焉，以祀名，如中国之佛，而实无像设，称谓聱牙，亦莫能晓，竟不知何神也。堂中有碑，高袤数丈，上皆刻异书如篆籀，是为像主，拜者皆向之。旦辄会食，不置匕箸，用金银为巨槽，合鲑炙、粱米为一，洒以蔷露，散以冰脑。坐者皆置右手于裀下不用，曰此为"触手"，惟以溷而已，群以左手攫取，饱而涤之，复入于堂以谢。居无溲匽。有楼高百余尺，下瞰通流，谒者登之。以中金为版，施机蔽其下，奏厕铿然有声，楼上雕镂金碧，莫可名状。有池亭，池方广凡数丈，亦以中金通甃，制为甲叶而鳞次，全类今州郡公宴燎箱之为而大之，凡用钰铤数万。中堂有四柱，皆沉水香，高贯于栋，曲房便榭不论也。尝有数柱，欲肛于朝，舶司以其非常有，恐后莫致，不之许，亦卧庑下。后有窣堵波，高入云表，式度不比它塔，环以甓，为大址，累而增之，外圜而加灰饰，望之如银笔。下有一门，拾级以上，由其中而圜转焉如旋螺，外不复见其梯磴。每数十级启一窦，岁四五月，舶将来，群獠入于塔，出于窦，咽唶号呼，以祈南风，亦辄有验。绝顶有金鸡甚钜，以代相轮，今亡其一足。闻诸广人，始前一政雷朝宗时，为盗所取，迹捕无有。会市有窦人鬻精金，执而讯之，良是，问其所以致，曰："獠家素严，人莫闻其藩。予栖梁上，三宿而至塔，裹籹粮，隐于巅，昼伏夜缘，以刚铁为错，断而怀之，重不可多致，故止得其一足。"又问其所以下，曰："予之登也，挟二雨盖，去其柄。既得之，伺天大风，鼓以为翼，乃在平地，无伤也。"盗虽得，而其足卒不能补，以至今。他日，郡以岁事劳宴之，迎导甚设，家人帷观，余亦在，见其挥金如粪土，舆皂无遗，珠玑香贝，狼藉坐上，以示侈。惟人曰："此其常也。"后三日，以合荐酒馔烧羊以谢大僚，曰："如例。"龙麝扑鼻，奇味不知名，皆可食，迥无同槽故态。羊亦珍，皮色如黄金，酒醇而甘，几与崖蜜无辨。独好作河鱼疾，以脑多而性寒故也。余后北归，见藤守王君兴翁诸郎，言其富已不如曩日，池臺皆废，云泉亦有舶獠，曰"尸罗围"，赀乙于蒲，近家亦荡析。意积贿聚散，自有时也。

考释

岳珂（1183—约1242），字肃之，号亦斋，晚号倦翁，相州汤阴（今属河南）人，抗金名将岳飞之孙，岳霖之子。

《桯史》是岳珂精心撰述的关于两宋朝野见闻的史料笔记。全书共一百四十多条，涉及两宋朝政得失、社会轶事、贤达诗文、世俗故事，乃至图谶神怪等，真是无所不包。不过与海洋题材有关的作品却极少。《番禺海獠》是难得的一篇，很是珍贵。

《番禺海獠》记述了一个很是独特的"白番"形象。他本是"占城（越南一带）之贵人"，浮海而至番禺（即广州一带），留下不走了。"愿留中国，以通往来之货。"成了一名富有的海洋贸易代理商。岳珂以亲自进行当地考察者的视角，记载了这位"白番"的生平事迹，"录之以示传奇"，为后人提供了一个很好的海洋外商在中国成功的范例。

五十五、[宋]张邦基《墨庄漫录》（2则）

[宋]张邦基《墨庄漫录》，《宋元笔记小说大观》，上海古籍出版社 2000 年版。

　　明州士人陈生，失其名，不知何年间赴举京师。家贫，治行后时，乃于定海求附大贾之舟，欲航海至通州而西焉。时同行十余舟。一日，正在大洋，忽遇暴风，巨浪如山，舟失措。俄视前后舟覆溺相继也，独相寄之舟，人力健捷，张篷随风而去，欲葬鱼腹者屡矣。凡东行数日，风方止，恍然迷津，不知涯涘，盖非常日所经行也。俄闻钟声舂容，指顾之际，见山川甚迩，乃急趋焉，果得浦溆，遂维矼近岸。陈生惊悸稍定，乃登岸。前有径路，因跬步而前。左右皆佳木荟蔚，珍禽鸣弄。行十里许，见一精舍，金碧明焕，榜曰"天宫之院"。遂瞻礼而入。长廊幽闲，寂无欢哗。堂上一老人据床而坐，庞眉鹤发，神观清臞，方若讲说。环侍左右皆白袍乌巾，约三百余人，见客皆惊，问其行止。告以飘风之事，恻然悯之。授馆于一室，悬锦帐，乃馔客焉。器皿皆金玉，食饮精洁，蔬茹皆药苗，极甘美而不识名。老人自言我辈皆中原人，自唐末巢寇之乱，避地至此，不知今几甲子也。中原天子今谁氏，尚都长安否。陈生为言自李唐之后，更五代，凡五十余年，天下泰定。今皇帝赵氏，国号宋，都于汴，海内承平，兵革不用，如唐虞之世也。老人首肯叹嗟之，又命二弟子相与游处。因问二人此何所也，老人为谁，曰："我辈号处士，非神仙，皆人也。老人唐丞相裴休也。弟子凡三等，每等二百人，皆授学于先生者。"复引登山观览，崎岖而上，至于峻极，有一亭，榜曰"笑秦"，意以秦始皇遣徐福求三山神药为可笑也。二人遥指一峰，突兀干霄，峰顶积雪皓白，曰："此蓬莱岛也。山脚有蛟龙蟠绕，故异物畏之，莫可犯干也。"陈生留彼久之，一日西望，浩然有归思，口未言也。老人者微笑曰："尔乃怀家耶？尔以夙契，得践此地，岂易得也？而乃俗缘未尽，此别无复再来矣。然尔既得至此，吾当助儿舟楫，一至蓬莱，登览胜境而后去。"遂使具舟，倏已至山下。时夜已暝，晓见日轮晃曜，傍山而出。波声先腾沸，汹涌澎湃，声若雷霆，赤光勃郁，洞贯太虚。顷之天明，见重楼复阁，翚飞云外，迨非人力之所为。但不见有人居之，唯瑞雾葱茏而已。同来处士云："近世常有人迹至此，群仙厌之，故超然远引鸿蒙之外矣。唯吕洞宾一岁两来，卧听松风耳。"乃复至老人所，陈生求归甚力。老人曰："当送尔归。"山中生人参甚大，多如人形，陈生欲乞数本，老人曰："此物为鬼神所护惜，持归经涉海洋，恐贻祸也。山中良金美玉，皆至宝也，任尔取之。"老人再三教告，皆修心养性为善远恶之事，仍云："世人慎勿卧而语言，为害甚大。"又云："《楞严经》乃诸佛心地之本，当循习之。"陈生再拜而辞。复令人导之登一舟，转盼之久，已至明州海次矣。时元祐间也。比至里门，则妻子已死矣。皇皇无所之，方悔其归，复欲求往，不可得也，遂为人言之。后病而狂，未几而死，惜哉！予在四明，见郡人有能言此事者。又问舒信道常记之甚详，求其本不获，乃以所闻书之。

（卷三）

予在四明时，舶局日同官司户王璪粹昭，郡檄往昌国县宝陀山观音洞祷雨，归为予言宝陀山去昌国两潮，山不甚高峻，山下居民百许家，以鱼盐为业，亦有耕稼。有一寺，僧五六十人。佛殿上有频伽鸟二枚，营巢梁栋间，大如鸭颊。毛羽绀翠，其声清越如击玉。每岁生子必引去，不知所之。山有洞，其深罔测，莫得而入。洞中水声如考数百面鼓鼙，语不相闻。其上复有洞穴，日光所射，可见数十步外，菩萨每现像于其中。粹昭既致州郡之命，因密祷愿有所睹。须臾见栏楯数尺，皆碧玉也，有刻镂之文，为（阙一字）路如世间宫殿所造者；已而复现纹如珊瑚者亦数尺，去人不远，极昭然也。久之，于深远处见菩萨像，但见下身如腰，而上即晦矣，白衣璎珞，了了可数，但不见其首。寺僧云：顷有见其面者，乃作红赤色，今于山上作塑像，正作此色，乃当时所现者。三韩外国诸山在杳冥间，海舶至此，必有祈祷。寺有钟磬铜物，皆鸡林商贾所施者，多刻彼国之年号，亦有外国人留题颇有文采者。僧云：祷于洞者，所视之相多不同，有见净瓶者、缨络者、善财者、桥梁者，亦有无所睹者。洞前大石下有白玉晶莹，谓之菩萨石。粹昭平生倔强，至是颇信向云。

（卷五）

考释

张邦基，字子贤，淮海（今江苏高邮）人，生卒年不详。从他著作《墨庄漫录》的相关内容来看，他大约生活在北宋南宋之间，少年时曾在湖南居住，后来足迹遍及河南、江苏、浙江、江西一带。性喜藏书，所住地方自题为"墨庄"，其著作《墨庄漫录》即得名与此。

《墨庄漫录》是一部读书笔记式著作，其中多名人轶事、文人掌故、有关诗文的评论等，都有文学史价值。

《墨庄漫录》的涉海作品不多，主要有两篇。第一篇为卷三中的"明州士人海上奇遇记"。它描述明州陈姓书生搭乘海船北上途中遭遇风貌，漂流至一个不知名海岛上后的奇特遭遇。这样的构思和叙述模式，虽然并无出奇出新之处，但是岛上"天宫之院"中生活的人士，却都是"避难唐末巢寇之乱"而上岛的，这个"海洋避难所"的构建，是具有特殊文学意义的。

第二篇以作者亲历记的视角，记叙一次普陀山朝圣之旅。它提供了早期普陀山的人文途径，里面所记"三韩外国诸山在杳冥间，海舶至此，必有祈祷"的信息，对于研究海上丝绸之路，具有很高的史料价值。

五十六、[宋] 章炳文《搜神秘览》（1则）

[宋] 章炳文《搜神秘览》，续古逸书丛景宋刻本。

张都纲

柳州张都纲，尝泛大海，风变弊舟，与数十人扶援顶盖，飘荡至一国。人皆妇女，形貌装束，特异稠杂，争竞拍裂人而餤之，独都纲哀祷而免。相与驱，遂别至一屋室，见其主，亦妇女也，遂扃闭不使他出。经历岁时，一日，忽有人来报曰："来日柳州张都纲宅，设天地冥阳大醮拜请。"诸女应之曰："俯期赴矣。"都纲自念必其家，乃陈恻幅，愿暂随往即还，至再三方诺焉。遂贮以布囊，使一女揽其首而背之，相与腾空而去。有顷既至，皆跊立于屋颠。都纲暗窥之，果其家也。见家人环匝一摄而哭。夜半，将召呼诵《净天地咒》，诸女皆走避。都纲亦于布囊中诵焉，女遂弃之而去。乃自屋极呼叫，家人惊眈，孰聆声音，又疑其为鬼物也。久而辨释，询其家，曰："近传破舟，为死矣，为此荐严故也。"

考释

章炳文，字虎叔，京兆人，祖籍福建浦城，北宋后期时人。生卒年不祥。《搜神秘览》是一部志怪小说，《宋史·艺文志》著录"章炳文《搜神秘览》三卷"，但到了元代以后便亡佚。它的宋刻本传到了日本，后来又传回了中国。

《张都纲》是《搜神秘览》中的一篇涉海叙事，基本内容也是海上航行者遭遇风暴后漂流至蛮岛，被岛上土著所囚禁役使。此类故事并不新鲜，但这个故事结局比较好，张都纲最终还是平安回到了家里，虽然回来的方式很是奇特。

五十七、[宋]周辉《清波杂志》（5则）

[宋]周辉《清波杂志》,《宋元笔记小说大观》, 上海: 上海古籍出版社 2000 年版。

沙门岛罪人

旧制：沙门岛黥卒溢额，取一人投于海。殊失朝廷宽贷之意。乞后溢额，选年深至配所不作过着移本州。神宗深然之。著为定制。乃马默知登州日建明也。

倭国

辉顷在泰州，偶倭国一舟飘泛在境上，一行凡三二十人，至郡馆穀之。或询其风俗，所答不可解。旁有译者，乃明州人，言其国人遇疾无医药，第裸病人就水滨杓水通身浇淋，面四方呼其神请祷，即愈。妇女悉被发，遇中州人至，择端丽者以荐寝，名'度种'。他所云，译亦不能晓。后朝旨令津置至明州，趁便风以归。

李宝海道立功

李宝海道与虏人战，见其舟皆以油缬为帆，舒张如锦绣。未须臾，喷涛怒浪，卷聚一隅。此以火箭环射之，箭之所及，烟焰随发。既败，走捷以闻。遣使锡赉甚渥，赏功建节，御书"忠勇李宝"四字于金缠乾旗上以宠之。

使高丽

宣和奉使高丽，诏路允迪、傅墨卿为使介，其属徐兢，仿元丰中王云所撰《鸡林志》为《高丽图经》，考稽详备，物图其形，事为其说，盖徐素善丹青也。宣和末，先人在历阳，虽得见其图，但能抄其文，略其绘画。乾道间刊于江阴郡斋者，即家间所传之本，图亡而经存，盖兵火后徐氏亦失元本。《鸡林志》四十卷，并载国信所行遣案牍，颇伤冗长。时刘逵、吴拭并命而往，是行盖俾面谕高丽国王颙云："女真人寻常入贡本朝，路由高丽。如他日彼来修贡，可与同来。"颙云："明年本国入贡时，彼国必有人同入京也。"海上结约，兹为祸胎。

捍海堰

熬波之利，特盛于淮东，海陵复居其最。绍兴间，岁支盐三十余万席，为钱六七百万缗。于以佐国用，其利博矣。自增置真州一仓，遂稍损旧数。捍海置堰，肇自李唐。国朝范文正公稍移其址，叠石外固。厥后刓缺不常，随即补治。淳熙改元，复圮于潮汐。时待制张公守郡，益加板筑，不计工费，唯取坚实。官赀不足，阴以私帑益之，迄今是赖。侍御史李粹伯记其成。辉是年适在乡里，乃得其实。（盐席、钱缗之数见《吴陵志》）

考释

周辉，字昭礼，泰州（今属江苏）人。生卒年不详，南宋前期在世。晚年定居杭州清波门，《清波杂志》书名即来自于此。

《清波杂志》涉及海洋的作品有《沙门岛罪人》《倭国》《李宝海道立功》《使高丽》和《捍海堰》这样五篇作品。这些作品各有特色和价值。《沙门岛罪人》提供了北方流放岛的资讯。《使高丽》和《倭国》反映了北宋时期中韩、中日间官方和民间的海洋交往。《李宝海道立功》描述了一次海战场景，这在古代海洋叙事中是不多见的。《捍海堰》则提供了海塘建设的经验，这同样也是非常珍贵的文献资料。总之，周辉《清波杂志》中的这五篇涉海叙事作品，对于研究古代海洋史，都有很高的文献价值。

五十八、[宋] 周密《齐东野语》（1则）

[宋] 周密《齐东野语》,《宋元笔记小说大观》，上海古籍出版社 2000 年版。

莫子及泛海

吴兴莫汲子及，始受世泽为铨试魁，既而解试、省试、廷对，皆居前列，一时名声籍甚。后为学官，以语言获罪，南迁石龙。地并海，子及素负迈往之气，暇日具大舟，招一时宾友之豪，泛海以自快。将至北洋，海之尤大处也，舟人畏不敢进。子及大怒，胁之以剑，不得已从之。及至其处，四顾无际。须臾，风起浪涌，舟掀簸如桔槔。见三鱼，皆长十余丈，浮弄日光。其一若大鲇状，其二状类尤异，众皆战栗不能出语。子及命大白连酌，赋诗数绝，略无惧意，兴尽乃返。其一绝云："一帆点破碧落界，八面展尽虚无天。舵楼长啸海波阔，今夕何夕吾其仙。"

考释

周密（1232—1298），字公谨，号草窗，又号四水潜夫、弁阳老人、华不注山人，南宋词人、文学家。祖籍济南，因济南陷落金人之手，就避难江南，长期流寓吴兴（今浙江湖州）。宋德右间做过义乌县（今浙江义乌）令。元灭宋后，坚持气节，隐居不仕。自号四水潜夫。他的诗文都有成就，又能诗画音律，尤好庋藏校书，一生著述较丰。著有《齐东野语》、《武林旧事》、《癸辛杂识》、《志雅堂要杂钞》等杂著数十种。其中《武林旧事》是周密的代表作。武林即南宋时的临安，也就是现在的杭州。这是一部描述都市生活的笔记，具有丰富的社会学、民俗学甚至是政治学方面的历史价值。

《齐东野语》和《癸辛杂识》是周密的笔记文学作品。《齐东野语》用写实的方式，记载有许多南宋时期的史料，而这些史料的来源，或者是周密祖上追随宋高宗南渡后的书面记录，或者是周密本人采访所得，可信度很高，所以《四库全书总目提要》评价说"足以补史传之阙"。

本则《莫子及泛海》辑录自《齐东野语》卷十八。从内容来看，当也是采访所得，但很有文学色彩。它塑造了一个"海洋无畏者"莫子及形象。莫子及的"无畏"首先体现在"泛海以自快"的闯海气概；其次体现在面对大鱼，其他人都"畏不敢进"的时候，只有莫子及在大鱼前面喝酒赋诗，毫不畏惧。虽然未免有文人作秀之嫌，但这种无畏的姿势，在古代海洋人形象塑造中，还是非常难能可贵的。

五十九、[宋] 周密《癸辛杂识》（8则）

[宋] 周密《癸辛杂识》,《宋元笔记小说大观》, 上海古籍出版社 2000 年版。

海船头发

澈浦杨师亮航海至大洋，忽天气陡黑，一青面鬼跃入舟中，继有一美妇人至，顾左右取头发。舟人皆辞以无。妇人顾鬼自取之，即于船板下取一笈，启之，皆头发也。妇人拣数束而去。

海神擎日

扬州有赵都统，号赵马儿，尝提兵船往援李僮于山东。舟至登、莱，殊不可进，滞留凡数月。尝于舟中见日初出海门时，有一人通身皆赤，眼色纯碧，头顶大日轮而上，日渐高，人渐小。凡数月所见皆然。

海井

华亭县市中有小常卖铺，适有一物，如小桶而无底，非竹，非木，非金，非石，既不知其名，亦不知何用。如此者凡数年，未有过而睨之者。一日，有海舶老商见之，骇愕，且有喜色，抚弄不已。叩以所直，其人驵黠，意必有所用，漫索五百缗。商嬉笑偿以三百，即取钱付驵。因叩曰："此物我实不识，今已成交得钱，决无悔理，幸以告我。"商曰："此至宝也，其名曰海井。寻常航海，必须载淡水自随，今但以大器满贮海水，置此井于水中，汲之皆甘泉也。平生闻其名于番贾，而未尝遇，今幸得之，吾事济矣。"

海鳅兆火

壬午岁，忽有海鳅长十余丈，阁于江、浙潮沙之上。恶少年皆以梯升其背，脔割而食之，未几大火，人以为此鳅之示妖。其说无根。辛卯岁，十二月二十二、三间，又有海鳅复大于前者，死于浙江亭之沙上，于是哄传将有火灾。然越二日，于二十四日之夜，火作于天井巷回回大师家，行省开元宫尽在煨烬中，凡毁数千家，然则滥传有时可信也。（此欠考耳，此即出于《五行志》中，云："海鱼临市，必主火灾。"行省即宋秘书省，畜书并板甚多。故时人云："昔之木天，今之火地也。"）

海蛆

李声伯云："常从老张万户入海，自张家浜至盐城，凡十八沙，凡海舟阁浅沙势，须出米令轻。如更不可动，则便缚排求活，否则舟败不及事矣。椴梢之木曰铁棱，或用乌婪木，出钦州，凡一合直银五百两。其铁猫大者重数百斤。尝有舟遇风下钉，而风怒甚，铁锚四爪皆折，舟亦随败，极可异也。凡海舟必别用大木板护其外，不然则船身必为海蛆所蚀。凡运粮则自莱州三神山再入大洋，七日转沙门岛，可至直沽，去燕止百八十里耳。"

蔡陈市舶

永嘉有蔡起莘，尝为海上市舶。德祐之末，朝廷尝令本处部集舟楫，以为防招之用。其处有张曾二者，颇黠健，蔡委以为部辖。既而本州点撞所部船，有违阙，即欲置张于极刑。蔡力为祈祷，事从减。明年，张宣使部舟欲入广，又以张不能应办，欲从军法施行。蔡又祈免之，遂命部舟入广以赎罪。未几，崖山之败，张尽有舟中所遗而归觐，骤至贵显。蔡既归温，遂遭北军所掳，家遂破焉。因挈家欲入杭，谒亲故，道由张家滨，偶怀张曾二部辖者居此，今不知何如，漫扣之酒家，云："此处止有张相公耳。"因同酒家往谒之，张见蔡，即下拜称为"恩府"，延之入中堂，命儿女妻妾罗拜，白曰："我非此官人，无今日矣。"遂为造宅置田，造酒营运，遂成富人。张即今宣慰也，名億。同时继蔡为市舶者，姓陈，名壁，天台人。有方元者，世居上海，谨徒也。因事至官，陈遂槌折方手足，弃之于沙岸。后医治复全，革世后，隶张万下为头目。因部粮船往泉南，至台境值大风不行，遂泊舟山下。因取薪水登岸，望数里外有聚屋，扣之土人，则云："前上海陈市舶家也。"方生意疑为向所见杀者，即携酒往访之。陈出迎，已忘其为人，扣所从来，方以阻风告。陈遂置酒，酒半酣，方笑曰："市舶还记某否？某即向遭折手足方元也。"陈方愕然，逊谢。三鼓后，方哨百人秉炬挟刃而来，陈氏一家皆不得免焉。此二事，一为报恩，一为复怨，皆得之于天。

倭人居处

倭人所居，悉以其国所产新罗松为之，即今之罗木也，色白而香，仰尘地板皆是也。复涂以香，入其室则芬郁异常。倭妇人体绝臭，乃以香膏之，每聚浴于水，下体无所避，止以草系其势，以为礼。番船至四明，与娼妇合，凡终夕始能竟事。至其畅悦，则大呼如猿猱，或恶其然，则以木槌扣其胫乃止。然下体虽暑月亦服至数重，其衣大袖而短，不用带。食则共置一器，聚坐团食，以竹作折折取之。鞋则无跟，如罗汉所著者，或用木，或以细蒲为之。所衣皆布，有极细者，得中国绫绢则珍之。其地乃绝无香，尤以为贵。其聚扇用倭纸为之，以雕木为骨，作金银花草为饰，或作不肖之画于其上。

乌贼得名

世号墨鱼为乌贼，何为独得贼名？盖其腹中之墨可写伪契券，宛然如新，过半年则淡然如无字。故狡者专以为骗诈之谋，故谥曰"贼"云。

考释

《癸辛杂识》是周密的另外一部重要的笔记著作。正如其标题"癸辛杂识"所说，的确是"杂识"，且多志怪内容。《顶日者》想象太阳如何从大海中升起。在海洋类故事中，有好几则是与日月有关的。古人看日月从海洋升起，不明就里，非常惊奇，就想象有一种什么力量顶着太阳或月亮在海洋上走。《山海经》里说是一种鸟，这里说是一个人，都是这种思维的产物。

《海船头发》的故事有点诡异，我在海洋小说资料的搜索中还没有看到过有类似的叙述。大海茫茫，航海时段几天几十天不靠岸，所以想象其会有各色奇事怪事发生。这是完全可以理解的。有一个青面鬼跌入舟中，不稀奇；有一个美妇人继至，也不稀奇。稀奇的是这个美妇人竟然索要头发，把青面鬼的头发几乎拔光，又不全部带走，只"拣数束而去"。故事没有揭示原因，也不交代结局，似乎叙述未完成。而如果从现代小说"追求叙事模糊性"的角度去理解，它还隐隐然有现代性美质呢。

《海井》也是一篇非常精彩的涉海叙事。开头点名故事起始地点为"华亭县"，这或许是为了增强故事的可信度。从秦汉到元代，上海松江名为"华亭"。从前它是海边一个小驿站，供过路的旅客歇宿之处，"五里一短亭，十里一长亭"故名为"华亭"。小说中的华亭县，当指上海华亭。海井出淡水之想象，唐段成式《酉阳杂俎》中"井鱼"故事也有此构想。这说明古人对于解决航海淡水问题的渴望何等强烈。

永嘉曾经有人从事过海上"市舶"的管理工作，这是很很珍贵的海洋史资料。《癸辛杂识》中的这篇《蔡陈市舶》记叙了"市舶"蔡起莘与部属张曾二的明争暗斗，折射出当时海洋活动的复杂性和危险性。

《倭人居处》则提供了来自日本国海员奇特生活习性的人文资讯。这则笔记对于"倭人"的住、穿、浴习俗乃至扇子等用品，都进行了简明扼要又具有细节的描述，文学性比较强。

六十、[宋] 鲁应龙《闲窗括异志》（1则）

[宋] 鲁应龙《闲窗括异志》，中华书局 1985 年版。

有人得青石大如砖，背有鼻穿铁索，长数丈，循环无相断处。海商见之，以数十千易之。云此协金石，投于海中。经夕引出。上必有金。

考释

鲁应龙为南宋末期人，字子谦，浙江嘉兴海盐人。《四库全书总目提要》评价《闲窗括异志》说："其书皆言神怪之事，而多借以明因果。前半帙皆所闻见，后半帙则杂采古事以足之。大半与唐、五代小说相出入。"

本则笔记属于海洋传说类故事。但或许这块奇石，本是一块体积巨大的"吸铁石"，"协金"即是"吸金"之意。用它来打捞海洋中的金属，则又是很现实性的内容了

六十一、[元] 元好问《续夷坚志》（3则）

[元] 元好问《续夷坚志》，清刻本。

麻姑乞树

宁海昆仑山石落村刘氏，富于财，尝于海滨浮百丈鱼，取骨为梁，构大屋，名曰鲤堂。堂前以槐阴蔽数亩，世所罕见。刘忽梦女官，目称麻姑，问刘乞树槐修庙。刘梦中甚难之。既而曰："庙去此数里，何缘得去？"即漫许之。及寤，异其事，然亦不之信也。后数十日，风雨大作，昏晦如夜，人家知有变，皆入室潜遁。须臾开霁，惟失刘氏槐所在。人相与求之麻姑庙，此树已卧庙前矣。

碑子鱼

海中有鱼，尾足与龟无异。背上聚一壳，如碑石植立之状，潮退别（则）出岸上曝壳，十百为群。闻人声别（则）爬沙入海。海滨人谓之碑子鱼。或鱼或兽，未可必也。旧说蒲牢海兽，遇鲸跃则吼，其声如钟。今人铸钟作牢形，刻撞钟槌为鲸，于二者有取焉。盖古人制器，象物如舟车、弧矢、杵臼之属，初不漫作，特后人不尽能知之耳。然则碑表之制，将亦有所本耶。抑人见鱼形似，傅（附）会为名也。

海岛妇

王内翰元仲集录：近年海边猎人航海求鹘，至一岛。其人穴居野处，与诸夷特异，言语绝不相通。射之中，则扪血而笑。猎者见男子则杀之，载妇人还。将及岸，悉自沉于水。他日再往，船人人执一妇，始得至其家。

（妇）至此不复食，有逾旬日者，皆自经于东冈大树上。元仲，黄华老人也。

✿ 考释

元好问（1190—1257），字裕之，号遗山，世称遗山先生。太原秀容（今山西忻州）人。他主要生活在金代，是宋金时期北方文学的主要代表作家，有"北方文雄"之称。

《续夷坚志》是元好问仿宋人洪迈《夷坚志》编撰而成的志怪小说集。虽为志怪体，作者却采用以小说存史的笔法进行写作，所以具有相当高的文史价值。

《续夷坚志》中涉及海洋的共有《麻姑乞树》《碑子鱼》和《海岛妇》三篇。《麻姑乞树》的叙述重点虽然是一种民间崇信式的奇异现象，但是文中所包含的"取海大鱼骨为梁，构大屋"的涉海信息，还是比较具有文学趣味的。《碑子鱼》描述了一种长相奇异的海洋生物，它似鱼又似兽，民间称之为"碑子鱼"。需要指出的是，对于这种奇鱼，元好问并没有赋予它其他牵强附会式的神灵解释，而是采用了一种比较客观的叙述态度。《海岛妇》的叙述题材很像是那种"荒岛蛮人"类叙写，但是元好问提供了一种非常独特的"贞节海岛女"的形象，她们宁死不从，以决绝的方式捍卫了自己的尊严。

六十二、[元] 姚桐寿《乐郊私语》（3则）

[元] 姚桐寿《乐郊私语》，中华书局 1991 年版。

澉浦市舶

澉浦市舶司，前代不设，惟宋嘉定间置有骑都尉监本镇，及鲍郎盐课耳、国朝至元三十年，以留梦炎议置市舶司。初议番舶货物十五抽一，惟泉州三十抽一，用为定制。然近年长吏巡徼上下求索，孔窦百出，每番船一至，则众皆欢呼，曰："巫治厢廪，家当来矣。"至什一取之，犹为未足。昨年番人愤愤，至露刃相杀，市舶勾当，死者三人，主者隐匿不敢以闻。射利无厌，开衅海外，此最为本州一大后患也。

也先不花

潘从事泽民尝为余言：本州达鲁花赤也先不花，本北人，以至正三年至海上。时方八月，秋涛大作，潮声夜吼，震撼城市。不花初至，闻此夜不敢卧，起问门者。门者熟睡，呼之再三，始从梦中答曰："潮上来也。"及觉，知是官问，惧其答迟，连声曰："祸到也，祸到也。"狂走而出。不花误听，逢惊跳入内。呼其妻曰："本冀作达鲁花赤，荣耀县君，不意今夕共作此州水鬼。"遂夫妇号泣，合门大恸。外巡徼闻哭传报，州正佐官皆颠倒衣裳来救，以为不花遭大变故也。因急扣门，不花愈令坚闭，庶水势不得骤入。同寮益急，遂破扉倒墙而入，见不花夫妇及奴婢皆升屋大呼救我，同寮询知，不觉共为绝倒，乃知唐人"潮声偏惧初来客"为真境也。不花今为参知政事。

陈彦廉

州诗人陈彦廉好作怪体，兼善绘事。其母庄，本闽人，父思恭，商于闽，溺死海中。庄誓不嫁，携彦廉归本州，抚育遂成名士。彦廉有才名，交往多一时高流，最与黄公望子久亲昵。彦廉居硖石东山，终身不至海上，以父溺海故也。子久岁一诣之。至则必到海上观涛，每拉彦廉同往不得。已谐至城郭，黄乞与同看，陈涕泣曰："阳侯吾父仇也，恨不能如精卫以木石塞此，何忍以怒眼相见？"子久亦为之动容，不看而返，因为作《仇海赋》以纪其事。

![考释]

姚桐寿，字乐年，睦州（今浙江桐庐）人。生卒年均不详，约元惠宗至元末前后在世。至正十三年（1353），移居海盐。读书自娱，著有《乐郊私语》一卷，多为海盐一州之事。海盐滨海，所有也多有内容涉及海洋。甚至连《乐郊私语》的书名，也与海洋有关。他在"自序"中说："天下土崩，余犹得拈弄笔墨如此，海上真我之乐郊也。"于是成《乐郊私语》。

《澉浦市舶》记载了有关澉浦市舶司的珍贵信息。元代政府先后在泉州、庆元（宁波）、澉浦（海盐）、广州、温州和杭州开设了市舶司，但有关澉浦市舶司的记载历来不多，本篇不但记载了澉浦市舶司"十五抽一"的政府收税制度，而且还生动地描述了市舶司的管理者私设"什一取之"对"番商"进行苛刻盘剥终于引发"番商"武装反抗的事故，具有较高的史料价值。

《也先不花》则是一则非常生动有趣的"海惊"故事。为了增加这个故事的真实性，作者还在文首特地说明："潘从事泽民尝为余言。"可见其是真人真事。这个来自大漠草原的蒙古人，从来没有见识过大海潮水，但耳闻过钱塘江海口八月秋涛大潮的威名，结果因误听了门卫"潮上来也"变成了"祸到也"，而误以为从此要丧身于大潮之中，结果大哭大叫，演变成一场大事。

　　《陈彦廉》是一则"仇海"的故事。古代涉海叙事中，多赏海、亲海、对海洋寄托情感等主题，至多也是"惧海"，但"恨海""仇海"的极少。如果说"精卫填海"的"仇海"带有某种政治寓言的含义的话，那么这篇《陈彦廉》所记叙的因亲人遭遇海难而终生"恨海"，则主要体现为一种情感的表露，而非其他政治或文化冲突的隐喻。

六十三、[元]孔齐《至正直记》（1则）

[元]孔齐《至正直记》,《宋元笔记小说大观》，上海古籍出版社 2001 年版。

海滨蚶田

海滨有蚶田，乃人为之。以海底取蚶种置于田，候潮长。育蚶之患，有班螺，能以尾磨蚶成窍而食其肉。潮退，种蚶者往视，择而剔之。

考释

孔齐，字行素，号静斋，曲阜人。生卒年不详。元末他避居四明（宁波）。《至正直记》就是他避居四明时期的笔记体作品。

《至正直记》又名《静斋直记》《静斋类稿》。内容相当庞杂，涉及面很广，其中就有一条《海滨蚶田》涉及海洋养殖。这是古代涉海叙事中涉及海洋养殖的罕见文献，值得珍惜。

六十四、[元] 陶宗仪《南村辍耕录》（2则）

[元] 陶宗仪《南村辍耕录》，上海：上海古籍出版社 2000 年版。

乌蜑户

广海采珠之人，悬縆于腰，沉入海中，良久得珠，撼其縆，舶上人挈出之。葬于鼋鼍蛟龙之腹者，比比有焉。有司名曰乌蜑户。蜑，音但。仁宗登极，特旨放免。"《海运》："国朝海运粮储，自朱清、张瑄始，以为古来未尝有此。"按杜工部《出塞》云："渔阳豪侠地，击鼓吹笙竽。云帆转辽海，粳稻来东吴。"又《昔游》云："幽燕盛用武，供给亦劳哉。吴门持粟帛，泛海凌蓬莱。"如此，则唐时已有海运矣，朱、张特举行耳。

浙江潮候

浙江，一名钱塘江，一名罗刹江。所谓罗刹者，江心有石，即秦望山脚，横截波涛中。商旅船到此，多值风涛所困而倾覆，遂呼云。……杭之为郡，枕带江海，远引瓯闽，近控吴越，商贾之所辐辏，舟航之所骈集，则浙江为要津焉。而其行止之淹速，无不毕听于潮汐者。或违其大小之信，爽其缓急之宜，则必至于倾垫底滞。故不可以不之谨也。

考释

陶宗仪，字九成，号南村，浙江黄岩人。元末明初文学家、史学家。元末兵起，陶宗仪避乱松江华亭，耕作之余，随手札记。元至正末，由其门生加以整理，得其中精萃五百八十余条，分类汇编成《辍耕录》（或称《南村辍耕录》）30卷，该书的史料价值和学术价值都很高。

《南村辍耕录》中有多篇作品涉及海洋题材。其中的《乌蜑户》向世人介绍了蜑民深海采珠的悲惨情节。其细节之生动，犹如历历在目。

《浙江潮候》专门介绍钱江潮水文特点和在航运上的地位。这则笔记说明，宋元时期钱塘江曾经是非常重要的水上运输要道。南宋定都杭州，其主要物资供应，都是通过这条水上要道获得的。

六十五、[明] 陆容《菽园杂记》（4则）

[明] 陆容《菽园杂记》，中华书局 1985 年版。

永乐七年，太监郑和、王景弘、侯显等统率官兵二万七千有奇，驾宝船四十八艘，赍奉诏旨赏赐，历东南诸蕃，以通西洋。是岁九月，由太仓刘家港开船出海，所历诸蕃地面，曰占城国，曰灵山，曰昆仑山，曰宾童龙国，曰真腊国，曰暹罗国，曰假马里丁，曰交阑山，曰爪哇国，曰旧港，曰重迦逻，曰吉里地闷，曰满剌加国，曰麻逸冻，曰甖坑，曰东西竺，曰龙牙加邈，曰九州山，曰阿鲁，曰淡洋，曰苏门答剌，曰花面王，曰龙屿，曰翠岚屿，曰锡兰山，曰溜山洋，曰大葛阑，曰阿枝国，曰榜葛剌，曰卜剌哇，曰竹步，曰木骨都东，曰阿丹，曰剌撒，曰佐法儿国，曰忽鲁谟斯，曰天方，曰琉球，曰三岛国，曰淳泥国，曰苏禄国。至永乐二十二年八月十五日，诏书停止。诸蕃风俗土产，详见太仓费信所上《星槎胜览》。

（卷三）

天妃之名，其来久矣。古人帝天而后地，以水为妃。然则天妃者，泛言水神也。元海漕时，莆田林氏女有灵江海中，人称为天妃。此正犹称岐伯张道陵为天师，极其尊崇之辞耳。或云：水，阴类。故凡水神皆塑妇人像，而拟以名人，如湘江以舜妃，鼓堆以尧后。盖世俗不知山水之神不可以形像求之，而谬为此也。

（卷八）

温州乐清县近海有村落，曰三山黄渡，其民兄弟共娶一妻。无兄弟者，女家多不乐与，以其孤立，恐不能养也。既娶后，兄弟各以手巾为记。日暮，兄先悬巾，则弟不敢入；或弟先悬之，则兄不入。故又名曰其地为"手巾墺"。成化间，台州府开设太平县，割其地属焉。予初闻此风，未信。后按行太平，访之，果然。盖岛夷之俗，自前代以来因袭久矣。弘治四年，予始陈言于朝，请禁之。有弗悛者，徙诸化外。法司议，拟先令所司出榜禁约，后有犯者，论如奸兄弟之妻者律。上可之，有例见行。

（卷十一）

普恒落伽山，或作补陀落伽，在宁波府定海县海中，约远二百里余，世传观音大士尝居此。愚夫往往有发愿渡海拜其像者，偶见一鸟一兽，遂以为大士化身之应。《余姚志》中载贾似道尝至此山，见一老僧，相其必至大位而去。再求之，不复可得。亦以为大士应验。予谓自古奸邪，取非其有，未有不托鬼神协助，以涂人之耳目者。似道自知倖致高位，恐人议己，故诈为此说，以聋瞽愚俗耳。不然，福善祸淫，神之常道，设使不择是非，求即应之，岂正神哉？普恒落伽，华言白花，此山多生山矾，故名。今人于象设大士处，扁曰"补陀胜境"，特磔岛夷一白字耳，义安取哉！山矾，本名郑花，其叶可染，功用如矾，王荆公始以山矾名之。

（卷十二）

石首鱼，四五月有之。浙东温、台、宁波近海之民，岁驾船出海，直抵金山、太仓近处网之，盖此处太湖淡水东注，鱼皆聚之。它如健跳千户所等处，固有之，不如此之多也。金山、太仓近海之民，仅取以供时新耳。温、台、宁波之民，取以为鲞，又取其胶，用广而利博。予尝谓濒海以鱼盐为利，使一切禁之，诚非所便。但今日之利，皆势力之家专之，贫民不过得其受雇之直耳。其船出海，得鱼而还则已，否则，遇有鱼之船，势可夺，则尽杀其人而夺之，此又不可不禁者也。若私通外蕃，以启边患，如闽、广之弊则无之。其采取淡菜、龟脚、鹿角菜之类，非至日本相近山岛则不可得，或有启患之理。此固职巡徼者所当知也。

（卷十三）

189

考释

陆容（1436—1497），字文量，号式斋，南直隶苏州府太仓（今属江苏）人。著有《世摘录》《式斋集》和《菽园杂记》。

《菽园杂记》是陆容的代表作，共十五卷。书中有许多明代朝野掌故的史料笔记，还有众多的有关作者故里太仓的人事、方言和风俗的记载和考辨。还可以读到有关郑和下西洋的记载、梁山伯与祝英台的民间故事以及明代浙江的银课数量、盐运情况等，史料价值、文学价值和民俗学甚至是方言等语言学价值都很高。

《菽园杂记》中共有五篇作品与海洋有关。第一则涉及涉及郑和下西洋，虽然记叙非常简略，但船队构成和规模，以及船队所经过的地方，都记载得清晰明了，毫无含糊之处。第二则记叙了天妃即妈祖信仰的形成和传播，与第四则普陀山观音信仰的记叙形成了一种海洋信仰的互补叙述。第三则保存了珍贵的海洋民俗的资料，第五则是对于东海大黄鱼的捕捞、加工和海上争夺等的记载描述。这些笔记都采用了比较客观务实的叙述方式，所以史料可信度较高。

六十六、[明] 都穆《都公谭纂》（1则）

[明] 都穆《都公谭纂》，中华书局 1985 年版。

定珠盘

毛某者，衢州人，精于医。一日骑驴行深山中，童子负药笼以随。至绝壁下，林木阴翳，有猴千余，以藤绕毛身，并取其药笼以上。童子得脱，驱驴归，皆以毛为必死矣。毛升石壁，高可千尺，上有平地数亩，架薪为屋，中卧老猿，若有病者。引毛手按脉上，毛脉之，投以小柴胡汤，猴病愈，毛留四日，恳辞求归。老猴于床下出一小盘，非木非石，四周皆窍，置毛笼中，意似酬毛，复缒之下。毛还家，言其故，人皆惊叹，然莫辨盘为何物。

未几，太监郑和以朝命将采宝西洋，毛以医生当从行，因献郑此器，欲祈其免。郑惊喜曰："此定珠盘也，汝何从得之？"赏钞三百锭，仍免其行。郑往西洋，尝夜以盘浮海上，光明如也，海中之物皆吐珠盘中，郑急收盘得珠，不可胜数。其中有径寸者。郑后回，召毛见，复赠珠三升，其家因以致富，乡人呼胡孙毛云。

考释

都穆是明弘治年间的大臣，又是学者，著名的金石学家和藏书家，可是也喜欢传奇、志怪。《都公谭纂》就是一部笔记体的小品、杂记和小说集，里面记载了许多稀奇古怪的故事。本篇即是其中之一，而且还与海洋有关。

故事由两部分构成。其前半为一个动物志怪。有一个民间医生毛某，无意中治愈了一只老猴的病，得到的报答是一个"非木非石，四周皆窍"的小盘子。人猴言语不通，民间医生不知此为何物，只是凭直觉认为那是一个宝物。

故事的后半部分是一个历史附会故事。借郑和下西洋为背景。说郑和的船队需要医生，就征调毛某。毛某不肯去，献盘子作交易。郑和一眼看出这是定珠盘。所以不但免其征调，还"赏钞三百锭"。郑和在海上以此盘吸珠，得还珠无数，回来后再一次重赏了毛某。毛某因此大富。乡人既羡又妒，就给了他一个"胡孙毛"的外号。

故事说毛某是浙江衢州人。浙江方言称呼猴子为胡孙，而衢州的确也多有姓毛者，可见就算是这样一则志怪故事，古人还是力求符合生活的真实。

六十七、[明] 黄瑜《双槐岁钞》（2则）

[明] 黄瑜《双槐岁钞》，中华书局 1999 年版。

海定波宁

鄞人单仲友以能诗名。洪武中，征至京师，献诗，称旨，得备顾问。因言本府名明州，与国号同，请上易之。上徐思曰："汝言是也。"复询仲友山川谶纬之详。仲友对曰："昌国县舟山之下，旧有状元桥，盖谶言，故云。而童谣谓'状元出定海'，此最为异。以臣观之，二邑素无颖异材，岂将有待邪？"

上闻定海之名，喜曰："海定则波宁，是宜改名宁波。"时洪武十四年也。迄二十年，省昌国并入定海。二十七年，县人张信果应其谶。盖信即昌国在城人也。信既状元及第，自修撰进侍读。时韩王、安王、靖江王，以幼小，俱在文渊阁讲学。偶与右赞善王俊华、司宪，及韩、安二府长史黄章同坐，观《杜诗绝句》云："舍下笋穿壁，庭中藤刺檐。地晴丝冉冉，江白草纤纤。"章举以为问，俊华曰："此盖伤唐室衰微，有所为而作，观其无题可见矣。"信曰："是时与贞观之风大异，宜有此诗。"已而诸王至，言奉旨各写古诗一首呈览，信即以此诗与韩王写去。御览大怒，韩王曰："张信教儿写耳。"上由是恶之。二十九年二月，同编修戴彝誊《敕谕女户百户稿》进呈，奉旨增二语。信还文渊阁写成，仍旧弗增。彝劝信改易，不从，谓曰："事涉欺罔，祸可蕲乎？"三十年三月，坐覆阅会试落卷以不堪文字奏进，与章等同诛，而彝获免云。按，是科学士刘三吾为会试考官，取会元彭德，陕西凤翔人，与兵部主事齐德并改名泰。而信及第之下有真宁景清、奉化戴德彝，德彝亦去德止名彝，盖奉上命也。乌乎！人臣事君以不欺为本，信之掇祸如此，岂足以责山川、应谣谶也哉？

（卷二）

黄寇始末

南海贼黄萧养者，冲鹤堡人也，貌甚陋，眇一目，而有智数。坐强盗，在郡狱逾年，所卧竹床，皮忽青色，渐生竹叶，同禁者江西一商人，谓曰："此祥瑞也。"因教以不轨，使人藏利斧饭桶中，破肘镣，越狱而出，凡十九人。商人遂逸去，不知所在。官隶狱卒追之，挥斧而行，人莫敢近，其党驾船以待，遂入海潜遁，正统十三年九月也。于是啸聚群盗，赴之者如归市，旬月至万余人。

十四年八月，攻围郡城，官军御之，辄为所败，城中饥死者如叠。制云梯吕公车冲城，几为所破。设开都伪官，招诱愚氓，渐至十余万。都指挥王清自高州引兵赴援，至广，舟胶浅水。有小艇载柴及盐鱼者，奔迸若避贼状，官军问萧养所在。言未脱口，伏兵出柴中，擒清，尽歼其军。城中震恐，三司官登城望之，刃矢森发，相顾涕泣而已。

间道告急，驿至京师。诏遣都督董兴总兵，都指挥同知姚麟副之，兵部侍郎孟鉴、佥都御史杨信民督其军，寻命信民巡抚广东。贼既屡胜，遂僭称东阳王，改元，授伪官者百余人，据五羊城为行宫，四出剽掠。信民旧为广东参议，将至，贼众渐散。

景泰元年春，兴等进兵，时天文生马轼随行，至江西，夜半闻鸡，兴问之曰："此何祥也？"对曰："鸡不以时鸣，由赏罚不明，愿公严军令。"及经清远峡，有白鱼入舟中，轼曰："武王伐纣，有此征应，此逆贼授首之兆也。"时萧养聚船河南千余艘，其势甚张，众欲请兵。轼曰："兵贵神速。若请兵，则缓不及事。以所征两广、江西狼兵，取胜犹拉朽耳。"兴从之。三月初五夜，有大星坠于河南，及旦，以所占告曰："四旬内，破贼必矣。"四月十一日，兴帅官军至大洲头，与贼遇，果大破之。时信民使人赍榜，谕贼使降。萧养曰："杨大人，我父母也。当徐思之。"获巨鱼为献，信民受之，立斫数十段，颁于有司。贼出而叹曰："势不佳矣。"叛萧养者渐多，留者不满一千。会信民中毒，卒，鉴乃益加招徕。萧养中流矢而卧，为官军所擒。于是奏捷于朝，萧养伏诛，余党悉平。诏鉴代信民巡抚，乃析南海冲鹤、大良诸堡为县，名曰"顺德"云。

（卷七）

考释

黄瑜，字廷美，香山（今广东中山）人，生卒年不详。《双槐岁钞》是他晚年的作品，是书完成之时，黄瑜已是七十高龄的老人，两年之后便撒手人寰。今本《岁钞》，他好友黄佐对其有所增补，并非全是出于黄瑜之手。

黄瑜《双槐岁钞》中的《海定波宁》和《黄寇始末》都与海洋人文历史有关。《海定波宁》叙述了"宁波"地名的来历。《黄寇始末》，记载描述了一位海盗形象。中国古代海盗题材作品不多，本则叙事为古代海洋文学史提供了新的叙事资源。

《黄寇始末》虽然为纪实性记载，但很有叙事文学意味。开头写黄萧养生相奇特，遭遇也不凡。他是一个残疾人，受海盗牵累而坐牢。因牢房潮湿，竹床的竹竿长出了新叶，同室的狱友，一个江西商人，借此鼓动他越狱，最后逃入海中。这已经极具传奇性。故事接着说，为了反抗官兵的追捕，黄萧养只好聚集众人自保，真的成为了海盗，而且势力越来越强，官兵几次围剿都失败。最终中箭而亡。全文虽然只有八百来字，但写得波澜起伏，细节生动，很有文学色彩。

六十八、[明] 陆粲《庚巳编》（1则）

[明]陆粲《庚巳编》，中华书局1985年版。

海岛马人

数年前，有巨艑自海外漂至崇明，中有七人，巡检以为盗执之。七人云："吾等广中海商，舟入西洋，为飓风飘至此耳，非盗也。"送上官验视，檄遣还乡。其人自言：在海中时，尝泊一岛，欲登岸取火。忽有异物四五辈，人形而马头，自岛入水而泅，以头置船舷，作吁吁声。诸人中或举刀斫其一首，余悉奔去。吾等度其必呼同类来复仇，亟解维张帆行。未食顷，有马头者百余辈，立水滨，跳踉欲来擒执，而风利舟驶，莫能及。倘少迟，已落其口矣。

（卷第七）

九尾龟

海宁百姓王屠与其子出行，遇渔父持巨龟，径可尺余，买归系着柱下，将羹之。邻居有江右商人见之，告其邸翁，请以千钱赎焉。翁怪其厚，商曰："此九尾龟，神物也，欲买放去。君从臾成此，功德一半，是君领取。"因偕往验之。商踏龟背，其尾之两旁露小尾各四，便持钱乞王，王不肯，遂烹作羹，父子共啖。是夕，大水自海中来，平地高三尺许，床榻尽浮，十余刻始退。及明午，翁怪王屠父子不起，坏户入视之，但见衣衾在床，父子都不知去向。人或云：害神龟，为水府摄去杀却也。吴人仇宁客彼中，亲见其事。

（卷第十）

196

考释

陆粲（1494—1551），字子余，一字浚明，苏州人。他的笔记小说集《庚巳编》，看起来似乎内容大多超越现实，志怪色彩非常浓厚，其中涉及海洋内容的《海岛马人》和《九尾龟》也是如此，但其实不然，荒诞怪异之中蕴藏着非常丰富的现实性海洋活动信息。

《海岛马人》的信息量很大。"巨舳"指的是大船，说明明代时期海上已经多有大船航行。《九尾龟》充满神奇性，嘲讽由于戕害海洋生物而遭致命之祸。古代中国有悠久的对于神龟的崇拜理念，所以遇到龟鳖等，多有放生之善举。而九尾龟作为"海中神物"，更是不能亵渎的，但是王屠与其子却贪一时之口福，烹羹而食，结果当晚就遭到报应。这则笔记为研究明代的海洋民间信俗文化，提供了一个很好的案例。

六十九、[明] 王慎中《海上平寇记》

[明] 王慎中《遵岩集》，清文渊阁四库全书本。

　　守备汀漳俞君志辅，被服进趋，退然儒生也。瞻视鞬芾之间，言若不能出口，温慈款悫，望之知其有仁义之容。然而桴鼓鸣于侧，矢石交乎前，疾雷飘风，迅急而倏忽，大之有胜败之数，而小之有死生之形，士皆掉魂摇魄，前却而沮丧；君顾意喜色壮，张扬矜奋，重英之矛，七注之甲，鸷鸟举而虓虎怒，杀人如麻，目睫曾不为之一瞬，是何其猛厉孔武也！

　　是时漳州海寇张甚，有司以为忧，督府檄君捕之。君提兵不数百，航海索贼，旬日遇焉。与战海上，败之；获六十艘，俘百八十余人，其自投于水者称是。贼行海上，数十年无此衄矣。由有此海所为开寨置帅以弹制非常者费巨而员多，然提兵逐贼成数十年未有之捷乃独在君。而君又非有责于海上者，亦可谓难矣！

　　余观昔之善为将，而能多取胜者，皆用素治之兵，训练齐而约束明，非徒其志意信而已；其耳目亦且习于旗旄之色，而挥之使进退则不乱，熟于钟鼓之节，而奏之使作止则不惑；又当有以丰给而厚享之，椎牛击豕，醱酒成池，餍其口腹之所取；欲遂气闲，而思自决于一斗以为效，如马饱于枥，嘶鸣腾踏而欲奋，然后可用。君所提数百之兵，率召募新集，形貌不相识；宁独训练不夙，约束不豫而已，其于服属之分，犹未明也。君又穷空，家无余财，所为市牛酒，买粱粟，以恣士之所嗜，不能具也。徒以一身率先士卒，共食糗糒，触犯炎风，冲冒巨浪，日或不再食，以与贼格，而竟以取胜。君诚何术，而得人之易，致效之速如此？予知之矣！用未素教之兵，而能尽其力者，以义气作之而已。用未厚养之兵，而能鼓其勇者，以诚心结之而已。

予方欲以是问君，而玄钟所千户某等来乞文勒君之伐，辄书此以与之。君其毋以予为儒者，而好揣言兵意云。君之功在濒海数郡；而玄钟所独欲书之者，君所获贼在玄钟所境内，其调发舟兵诸费，多出其境，而君清廉不扰，以故其人尤德之尔。

君名大猷，志辅其字，以武举推用为今官。

考释

王慎中（1509—1559），字道思，号遵岩居士，福建晋江人。明代诗人、散文家。《海上平寇记》记叙明代抗倭名将、时任汀漳守备的俞大猷在漳州海域的一次抗倭战役。俞大猷也是晋江人，晋江、漳州一带当年都是倭患严重的地区。俞大猷的这次抗倭行动取得了大胜，不但解除了漳州的倭患，同时也使晋江得以平安，因此王慎中特撰文记叙并歌颂之。

这篇《海上平寇记》写得非常具有章法。开篇是对俞大猷的形貌刻画和气质描写。文武兼备的能者素质提炼，为后面漳州大捷的描述打下了扎实的基础。文末一句"君名大猷，志辅其字，以武举推用为今官"，交代了俞大猷的木名和身份，在文本格式上非常符合勒石碑文的规范。

七十、[明]顾起元《客座赘语》（1则）

[明]顾起元《客座赘语》，北京：中华书局1987年版

宝船厂

今城之西北有宝船厂。永乐三年三月，命太监郑和等行赏赐古里、满剌诸国，通计官校、旗军、勇士、士民、买办、书手共二万七千八百七十余员名。宝船共六十三号，大船长四十四丈四尺，阔一十八丈；中船长三十七丈，阔一十五丈。所经国曰占城，曰瓜哇，曰旧港，曰暹罗，曰满剌伽，曰阿枝，曰古俚，曰黎伐，曰南渤里，曰锡兰，曰裸形，曰溜山，曰忽鲁谟斯，曰哑鲁，曰苏门答剌，曰那孤儿，曰小葛兰，曰祖法儿，曰吸葛剌，曰天方，曰阿丹。和等归建二寺，一曰静海，一曰宁海。案此一役，视汉之张骞、常惠等凿空西域尤为险远。后此员外陈诚出使西域，亦足以方驾博望，然未有如和等之泛沧溟数万里，而遍历二十余国者也。当时不知所至夷俗与土产诸物何似，旧传册在兵部职方。成化中，中旨咨访下西洋故事，刘忠宣公大夏为郎中，取而焚之，意所载必多恢诡谲怪，辽绝耳目之表者。所征方物，亦必不止于蒟酱、邛杖、蒲桃、涂林、大鸟卵之奇，而《星槎胜览》纪箸寂寥，莫可考验，使后世有爱奇如司马子长者，无复可纪。惜哉，其以取宝为名，而不审于周官王会之义哉。或曰宝船之役，时有谓建文帝入海上诸国者，假此踪迹之。若然，则圣意愈渊远矣。

考释

　　顾起元，（1565—1628），应天府江宁（今南京）人，明代金石家、书法家。《宝船厂》这则笔记详细记载了郑和宝船的规模。顾起元并没有亲自参与过郑和下西洋活动，但是他在本则笔记中却特地记了一句："和等归建二寺，一曰静海，一曰宁海。"郑和七次亲历大海大浪，深知海途漫漫，充满风险，希望航海者能够平安，国家能够稳定。两座谢佛寺庙，一名"静海"，一名"宁海"，是有深刻寓意的。顾起元记的这一笔，或许也隐含了他自己的海洋理念。

七十一、[明] 朱国桢《涌幢小品》（11则）

[明]朱国桢《涌幢小品》，中华书局1959年版。

两海运

朱清、张瑄，太仓人，皆为元海运万户。国初则朱寿、张赫，怀远人，亦海运，皆封侯。何同姓乃尔。

（卷之十四）

海舟

洪武五年，昌国县督造海舟，其最巨者方求材为樯不可得。俄有大鱼一、铁梨木二，各长三丈五尺，漂至沙上。砍鱼取油七百觚，木置樯，恰如数。事闻，上曰："此天所以苏民力、靖海寇也。"船至外洋，必遇顺风，出没波涛，远望如龙。后，太祖崩，一夕风雨失去，而舟中人抛出，无所伤，如有提拉者。

宋嘉祐中，海上一舟遭大风，桅折，信流泊岸。舟中三十余人，着短皂衫，系红鞓角带，类唐人。见人拜且恸哭，语言书字皆不可晓，步则相缀如雁行。后出一书示人，乃唐天祐中，告授新罗岛首领，陪戎副尉也。又有上高丽表，亦称新罗岛，皆用汉字。盖东夷之臣属高丽者。时赞善大夫韩正彦宰昆山，召至县，犒以酒食，且为修船造桅，教以起仆之法，其人各捧首致谢而去。船中凡诸谷皆具，惟麻子大如莲碉药。土人种之亦大，次年渐小，数年后，如中国者。

边海有夷舶，飘至者多掩杀报功，或反为所掩者，即匿不以闻。近日惟交趾一船，以舟中空无一物，且无器械得全。因检宋仁宗时，胡则在广南，有大船因风远至，食匮不能去，告穷于则。出钱三百万贷之。谏者皆不听。后夷人卒至，输上十倍。在宋政宽，今则犯通海禁下狱矣。

万历辛亥六月，海风大发，温州获异船三，初获为裴暴等七十三名，自供为阿南国升华府河东县人，五月奉上官差往长沙葛黄处，荐礼祭祀灵神而被风者。再获为武文才等二十五名，供为升华府河东县人，六月往归仁府维远县贩卖，飘至海中，为盗所劫而被风者。三获为弘连等三十七名，并瑞安县获解称文棱等五名，共四十二人。自称为升华府潍川县人，五月就富安府装载官粟并各物，回本营而被风者。阿南即安南国，其君黎姓，后莫姓继之，今复归于黎。有五道、四宣、二京都。城市有古殿旧迹。人皆被发，裸下足，盘屈蹲踞为恭，声音莫辨，饮食无分生熟。所奉上官令为钦差，节制各处水步诸营，兼总内外，同平章军国重事，太尉长国公，又镇南营都督府掌府端郡公，雄义营太尉端国公。君所被者，黄衣黄冠也；臣所服者，纯衣纯冠也。问读何书，曰：孔、孟、五经、四书；念何佛，曰：南无阿弥陀佛；唱何曲，曰：张子房留侯传。史译审无他，各发原土安插。沿途水则从舟、旱则从陆。驰檄经过地方官司。差兵押递。每人每日各给米鬵。冬月严寒，行令温州府查取贮库赃衣，各给棉衣御冷。遇病拨医调治，以保生全。皆叩头而去。

（卷之二十六）

海塘（今名范公堤）

范希文为兴化令，修捍海塘数百里。宋末詹士龙复修之。初发地，得希文石记云："遇詹而修。"此事古往往有之，然系希文所留，不独名臣，且擅康节之数学矣。贤者固不可测如此。

（卷之二十六）

海沙

万历甲午，余至海宁，城外海沙可七八里，际城五丈为塘，东直海盐，烟墅相望。次年沙没，海水直叩塘址。以长篙测之，不得其底。众汹惧，将徙城避之。无何，大风雨，众尽溃，县令亦挟印走。既息，城无恙，令率众复归。未几，塘外沙露尺许，久之复旧。

（卷之二十六）

海井

华亭市中，小常卖铺有一物，如桶而无底，非木、非竹、非铁、非石。既不知其名，亦不知何用。凡数年，无过而问之者。一日，有海船老商见之，骇愕有喜色，抚弄不已，叩其所直。其人亦黠，意老商必有所用，漫索其直三百缗。商喜，偿三之二，遂取付之。因叩曰："某实不识为何物，今已成买，势无悔理，幸以告我。"商曰："此至宝也，其名曰海井，寻常航海必须载淡水自随，今但以大器满贮海水，置此井于中，汲之皆甘泉也。平生闻名于番贾，而未尝遇今幸得之。"《范石湖集》载海中大鱼脑有窍，吸海水，喷从窍出，则皆淡，疑海井即此鱼脑骨也。

（卷之二十六）

海钱

乾道丙戌夏，乐清县海门有蛟，出水长丈余。既而塔头陡门水，吼二日，而海上浮钱甚多。有一父老识之曰："海将钱鬻人也，风必作。"亟系船于屋。里人咸笑之。至八月十七日，海果溢，一县尽漂，其家独免。

（卷之二十六）

浮提异人

海外有浮提国，其人皆飞仙，好行游天下。至其地，能言土人之言，服其服，食其食。其人乐饮酒无数，亦或寄情阳台别馆。欲还其国，一呼吸顷可万里，忽然飘举。此恍漾之言。然万历丁酉年，余同年叶侍御永盛按江右，有司呈市上一群狂客，自言能为黄白事，极饮娱乐，市物甚侈，多取珠玉绮缯，偿之过其值。及抵暮，此一行人忽不见。诘其逆旅衣囊，则无一有，比早复来。甚怪之。请得大搜索，叶不许。第呼召至前，果能为江右土语，然不讳为浮提人，亦不谓黄白事果难为也。手持一石，似水晶，可七寸许，置之于案，上下前后，物物入镜中，写极毛芥。又持一金镂小函，中有经卷，乌楮绿字，如般若语，览毕则字飞。愿持此二者为献。叶曰："汝等必异人，所献吾不受。然可速出境，无惑吾民。"各叩首而去。

（卷之二十六）

琼海

嘉靖十六年丁酉，琼州诸生应试，见海神立水面，高丈余，朱发长髯，冠剑伟异。众惊异下拜。神掠舟而过。次日，有三舟复见，诸生大噪拒之，神忽不见。少顷，风大作，三舟皆溺。

琼州士子赴提学使，涉海甚艰。嘉靖二十六年，没者数百人，临高知县陈址与焉，并失县印。其考贡之年，地远不至者亦不复补。神宗初即位，吾师王忠铭先生，琼之安定人也，入馆即请于朝。以备兵使者摄之，得允。琼士德之。又建书院，捐学田，立乡约保甲之法，兵使者通行一府，地方以宁。乡人共建生祠祀先生，题曰崇报。先生不敢当，乃祀赠公，而先生祔焉。吁！为德于乡而食其报，若先生可以永矣。先生讳弘诲，质直忠厚，工诗及书，淡于名利。几入相矣，有阻之者，终南京礼部尚书。先己丑，与许文穆公主会试，时会元陶望龄、状元焦竑、馆选廿二人，余居第十二。先生即以是年南行，至万历戊戌再起，以考满入京。门下士在京正盛，迎于郊外二十里，自四衙门而下凡八十余人，余又与焉，极一时胜事。得士报国若先生者，即不入相，其又何憾。

琼在大海中，广数千里。海角下见大星数十，皆非星经所有。

海潮应月，浙、广、福、等。潮俱有信。琼州半月东流，半月西流，大小应长短星，不随月。

（卷之二十六）

珠池

池在海中，蛋人没而得蚌剖珠，盖蛋丁皆居海艇中采珠，以大船环池，以石悬大絚，别以小绳系诸蛋腰。没水取珠，气迫则撼绳，绳动，舶人觉，乃绞取，人缘大絚上。前志所载如此。闻永乐初尚没水取，人多葬沙鱼腹，或止绳系手足存耳。因议以铁为耙取之，所得尚少。最后所得今法。木柱板口两角坠石，用本地山麻绳，绞作兜，如囊状，绳系船两旁，惟乘风行舟，兜重则蚌满。取法无逾此矣。

（卷之二十六）

渡海

金道玄，字仲旻，吴县人。少孤，父友长桥万户府镇抚陈某养为子。至正间，方国珍起兵海上，江浙行省参政朵耳质班督师与战。时陈已进官都镇抚统军，以道玄从。初并师期，集建宁之补门关，国珍以书诈降，陈受之，意稍解。道玄曰："贼志未可知也，不如严备之。"陈不听。国珍以艨艟数百艘，帆以赤布，蔽日而下，势渐迫，官军犹晏然。国珍乘风纵火，矢石交注，陈战死，不知所在。道玄求之不得，乃从舵楼跃赴海，祝曰："吾父有灵，幸使我不为贼所得也。"已而恒若有人抱持之，自旦及晡，随波上下，忽觉身在石上。登沙濑数百步，得小径，行里许，乃知温之吞山水也。迨归，张士诚已据吴，或荐其名于伪司徒李伯升。道玄闻之，挈妻孥去，隐具区，卖卜终身。子问，礼部侍郎。

（卷之二十六）

普陀

南海普陀山，梵云补怛落伽，或曰怛落伽，或曰补涅落伽，音虽有殊，而译以汉文则均为小白华树山，实则一海岛也。

先师有四配，南海观音大士亦有四配，伽蓝、祖师、弥勒、地藏。（弥勒为未来佛。地位甚尊。岂伽蓝之比。）

绍兴十八年，史越王浩以余姚尉摄昌国盐监。三月望，偕鄱阳程休甫，由沈家门泛舟，风帆俄顷至补陀山，诘旦诣善财岩潮音洞，洞乃观音大士化现之地。时寂无所睹，炷香烹茗，但椀面浮花而已。晡时再往，一僧指岩顶有窦，可以下瞰。公攀缘而上，忽见金色身照曜洞府，眉目了然，齿如玉雪。将暮，有一长僧来访，云公将自某官历清要，至为太师。又云公是一个好结果的文潞公，他时作宰相，官家要用兵，切须力谏，二十年当与公相会于越。遂辞去。送之出门，不知所在。乾道戊子，以故相镇越，一夕有道人称养素先生，旧与丞相接熟，典客不肯通刺，疾呼欲入谒，亟命延之。貌粹神清，谈论风起，索纸数幅，大书云：黑头潞相，重添万里之风光；碧眼胡僧，曾共一宵之清话。掷笔，不揖而行。公大骇，遍觅不见。追忆补陀之故，始悟长身僧及此道人皆大士见身也。

丙午年，余在南中，有高明宇者，谈多奇中，谓余阨在后丙丁二年。且曰过丁巳秋，或可免，盖刚六十之期也。时去之尚远，不以为异。至丙辰冬，长孙痘殇，丁巳三月，季弟凤岐暴卒，哀惨。日觉精神恍惚，形神泮涣，且有恶梦，自忖岌岌，决符高老之言。乃发愿泛海礼普陀，且曰死于牖无若死于海为快，且留与诸贵人作话柄也。时东风急，驻者三日。四月二十六晚，风小止，开舟，浪犹颠荡，行不五里，停山湾，遥见前舟已沉矣。次日转西风，挂帆半日而至。登殿作礼，宿一僧舍，通夜寝不能寐，甚苦。甚疑之。归来忽忽，徂夏入秋，日展书，只以不语不动，遇拂意，决不恼怒为主。（只此便是养心法。）

至八月十一日，饮药酒，忽有异香透彻五脏五官。又三日，梦若有授历者，觉而释然，偷活至于今。刚又三年矣。追忆过海景象，模糊不能辨。姑以意书其佰一，或真或幻，皆不自知也。

由定海棹舟，自北而东，过数小山，可三四十里为蛟门。北直金堂山，此处山围水蓄，宛然一个好西湖也。将尽，望见舟山，曰横水洋。潮落时，舟山当其冲，其一直贯，其二分左右。左为北洋，右则象山边海诸处。入舟山口，山东西亘七八十里，南夹近海诸山，山断续，望见内洋。舟行其中，如泛光月河可爱。尽舟山为沈家门，转而北即莲花洋，洋长可三四十里，过即普陀矣。

抵普陀之湾，步入一径，过二小山，即见殿宇。本山皆石，吐出润土，蜿蜒直下，结局宽平，可三百亩。即以二小山为右臂，一小山圆净为案，左一长冈，不甚昂。筑石台上，结石塔，为左蔽。殿三重，宏丽甚，乃内相奉旨敕建。殿之辛隅为盘陀石山，势颇高耸。巽方为潮音洞，吞吐惊人。正后逦迤菩萨岩，最高，曳而稍东。一石山，其下即海潮寺也，去前寺不过三里，万历八年所建，今已毁。两寺之间，东滨于海，一堤如虹。海水上下，即无潮，犹汹涌骇人。东望水面横抹，诸山起伏如带，色黑，曰铁袈裟。又东望微茫二山，曰大小霍山，极目间尾，红光荡漾，与天无际。惟登佛头岩，能尽其概，若在半腰牵引。诸山宛如深壑，空处飞帆如织，彼中人了不知其异且险也。

大约山劈为前后二支，支各峰峦十余，前结正龙，即普陀寺；转后为托，即海潮寺。二大寺外，依山为庵者五百余所，皆窈窕可爱。环山而转，除曲径外，度不过三十里。

舟山有城、有军、有居民，金堂最近，闻其中良田可万顷，悉禁不许佃作何居。大谢山直舟山之南，田亦不少。此皆可耕之地，然边海之人都以渔为生，大家则宦与游学，游手不争此区区粒食计，故地方上下无有言及者。袁元峰相公欲行之，有司以为扰民而止。（劝民力田，何扰之有？）

余住定海三日，看来潮汐分明是天地之呼吸。人非呼吸则死，天地非呼吸则枯。以月之盈亏为早莫，其日大小未必然也。天下惟钱塘潮、广陵涛著称，则其海口最大，与口外即大洋故。然此臆度之言不足据，惟识者参之。

近时诸公议历法，有形章奏至相轧者。或以问余。余曰："我驵人。安知历？但看月一回圆则一月矣，亦如夷人不知岁，但草一回青则一岁矣。"其人不能应。今见海潮，初一、十六、必以子午刻，余以次渐迟，迟至晦望。一日之中早在辰末，晚在酉末，所差甚多。而次日子午必不爽。此又非历法一定不易之准乎！节令亦如之，即差不过一日，无甚关系。天本以显道示人，人不察，而纷纷作聪明者，其谓之何？间以语朱大复，深以为然。

上招宝山，见一秀士，须面甚伟，异之。秀士亦睨余，余不顾，数遣从者踪迹。若有意者，遂进与揖，方知为刘都督草塘之子，今都督省吾之弟也。其名国樟，为南昌诸生，是时方欲为草塘立传，喜而问之，因得其详。且曰："君固将种，又材器如此，一缵先绪，取玉带如芥，何事从铅椠自苦？"答以为父虽上将，数为文臣所抑，末年已平九丝蛮寇，曾省吾抚台虽骄横，犹能假借。代曾者某公，初履任，循例设席邀宴。某至大怒，谓此皆糜军饷。款我保富贵，取赏赉，不就席而去。遂恚甚，病发于脑而卒。故切戒某弃武就文。而竟未有当也。（明时重文轻武如此，谁与守国？）余闻其言深悯之。盖势之偏重久矣，我辈于节制中要须权衡，毋徒恣文墨轻天下豪杰也。

时倭警狎至，从者三人甚恐，劝毋行，余不听。出海仅二十余里，谍报冲风樯入桨而过者可接，皆曰警、警、急、急，余皆不顾。既抵山，则先一日果一倭舟泊于山之东厓，舟纯黑色，上若城堵，不见人。高可五丈，长三倍焉。连数日，东风漂至，我兵船围守发铳，弹如扬沙，着石壁纷纷下坠。一小舟直前逼之，倭发铅弹一，透死五人，遽退。是夕风转而西，倭扬帆去，我舟尾之，余作礼之。又次日，舟师皆归。有登山者，问之，曰尽境而还。计倭舟入闽及广，风稍南，出大洋矣。

山有两寺，住持后曰大智，前曰真表。大智戒律精严，为四方僧俗所归。真表虽领丛林，性骄，鸷悍破戒。万历十年间，其徒讼之郡，太守行郡丞龙得孚勘问。龙为人好道，醇直廉俭，时复奉监司他委勘金塘山及补陀。众鞫真表，夜梦羣僧并来，告真表过恶，且属丞三分道场，奉大士香火到山处分，悉如其梦。且谓众僧曰："此事非吾意，佛告之也。"仍戒饬众僧查僧房，总三十六。命取莲华经三十六部来，毁之火，而令众僧跨其上，誓不再犯。时吴参将稍从旁止之，乃火一部，众僧悉跨焉。处分毕，至后殿拜礼，甫拜下，即觉两髀病软不可动。两人掖之以拜，遍体陡发大热，急扶入禅房，疾遂委顿。胸间结一片，大于盂，坚于石，楚不可言，渐至昏愦。见沙门云拥雾集，若有所按治，有人若伽蓝者奏曰："此虽得罪大法，顾其人实奉道爱民、居官清净。"内传佛旨曰："奉道毁道，尤当重处。姑以爱民故，罚三石牛啬官。"三石牛啬官者，不省其云何，丞念此必冥官之号。如是死矣，且入恶趣，力忏悔。某不知毁经之罪大乃尔，自今而后，愿奉斋持戒终身。亟免官，入道自赎，沉沉无有应者。即有人送三石牛啬官札子到，固辞不受，大智亦为之祈哀，诵经念忏，愿以身代。又久之，始得兆，许忏悔焉。大智从定中见一铁围城，城中死人累累，并裸卧，丞亦在卧中。独不裸。大智至心营解，忽见空中下白毫光一道，若有人掖出之而苏。丞见沙门万人，问悉从何来。咸曰："我辈给孤园善知识也，汝何故毁经，犯此大戒。"丞曰："知罪矣，愿以百偿一，而捐俸斋万僧。"众僧稍稍散去。其夕，家僮于昏黑中见两玉女，双鬟髻，手执幢盖，绕床而过，善恙然有声，幢脚拂僮面，僮惊起大呼。丞病良已，是时不粒不瞬十日矣。屠长卿目击，为之记。

普陀是明州龙脉最尽处，风气秀美，虽不甚险远而望洋者却步，即彼中士民罕有至者。若非大士见形，何以鼓动人心，成此名刹？奔走尽天下，西僧以朝南海为奇，朝海者又以渡石梁桥为奇。梁之南有昙花亭，下数级即为梁，横亘可十丈，脊阔亦二三尺。际北有绝壁，有小观音庙在焉。余坐上方广寺，亲见二十余僧踏脊如平地，其一行数步，微震慑，凝立，少选卒渡。众皆目之，口喃喃不可辨。问之山僧，曰几不得转人身也。普陀一无所产，岁用米七八千石，自外洋来者，则苏、松一带出刘河口，风顺一日夕可到；自内河来者，历钱江、曹娥、姚江、盘坝者四，由桃花渡至海口，风顺半日可到。两地皆载米以施，出自妇女者居多。自闽广来者皆杂货，恰匀岁用。本山之僧亦买田舟山，其价甚贵，香火莫盛于四月初旬。余至则阒然矣，却气象清旷，几欲久驻，而竟不果，则缘之浅也。细讯东洋诸山，一老僧云：有陈钱山突出极东大洋，水深难下碇，又无吞可泊，惟小渔舟荡桨至此，即以舟拖阁滩涂。采捕后，仍拖下水而回。马迹又在其西，有小潭，可以泊舟，但有龙窟，过者寂寂，一高声即惊动，波浪沸涌坏舟。再西为大衢，与长涂相对，其西有礁无吞，不可泊舟，且亦有龙窟，宜避。东面有衢东吞，可容舟数十只，但水震荡不宁，舟泊于此，久则易坏。大衢在北，长涂在南，相离不过半潮之远。潮从东西行，两山束缚，其势甚疾。舟遇潮来与落时，皆难横渡。俟潮平，然后可行。近昌国为韭山，形势巍峩，岛澳深远，此山之外俱辽远大洋。舡东来者，必望此为准，直上为普陀矣。

海水本辽阔，舟行全藉天风与潮，人力能几。风顺而重，则不问潮候逆顺，皆可行。若风轻而潮逆，甚难。夏秋之间，西北风起，不日必有极大西北风。操舟者见此风候，须急收安岙。兵船在海，每日遇晚，俱要酌量，收船安岙，以防夜半发风。至追贼亦要预计今晚收船何岙，若一意前追，遇夜风起，悔无及矣。

沿海之中，上等安岙可避四面飓风者凡二十三处，曰马迹，曰两头洞，曰长涂，曰高丁港，曰沈家门，曰舟山前港，曰浔江，曰列港，曰定海港，曰黄岐港，曰梅港、湖头渡，曰石浦港，曰猪头岙、海门港，曰松门港，曰苍山岙，曰玉环山、梁岙等岙，曰楚门港，曰黄华水寨，曰江口水寨，曰大岙，曰女儿岙。中等安岙可避两面飓风者凡一十八处，曰马木港，曰长白港，曰蒲门，曰观门，曰竹齐港，曰石牛港，曰乌沙门，曰桃花门，曰海闸门，曰九山，曰爵溪岙，曰牛栏矶，曰旦门，曰大陈，曰大床头，曰凤凰山，曰南岙山，曰霓岙。其余下等安岙只可避一面飓风，如三孤山、衢山之类不可胜数。必不得已，寄泊一宵。若停久，恐风反别迅，不能支矣。又潭岸山、滩山、许山之类皆团土无岙，一面之风亦所难避，可不慎乎！由此观之，沿海万里之遥，处处有岙，处处要斟酌。此惟老渔船知之。而渔有世业，有阅传，又善占风、望云气，履如平地，多夜行，不失尺寸也。

近日有茶山王之说，传者历历若亲见。且谓聚至数万人，贩米于苏、松等处。庚申，湖、广至禁米不许下江，曰恐茶山王籴去也。米一时踊贵，斗至一百五六十钱。时非水非旱，田禾蔽野，秋成在即，而所在恇扰，平籴抑价，吴江县立破一百二十余家，亦自来之异变也。考海中诚有此山，自嘉定、宝山出南汇嘴一百六十里可至，无岙无港，原非驻足之地。其它处远而同名者或不少，却屯聚如此之多，几比琉球一国。大海中固邈无边际，要之，自开辟以来人力所至，船只所通，凡岛、屿、礁、坎之类靡不登之载籍，而独遗此大山，窟奸人，为东南隐忧，似不可解。且海寇飘忽，乘风万里，所以难制。若山居土著，必为众所窥，即如米尚须籴，它一切所需非天降、非地出，何处得来？若曰俱贩之中国，何不散居内地、伏草泽间，为所欲为？而以海自限，日与风涛为伍，决非事理所有而少年喜事者。至自请于当道，往彼说谕招兵，各使臣欲收之为用，日折简可致，远近若狂，数年不绝，发一笑可也。

（卷之二十六）

考释

朱国桢（1558—1632），浙江吴兴（今湖州南浔）人，字文宁，号平涵。明万历首辅大臣。一生著述甚丰，既有《明史概》这样的历史著作，又有《涌幢小品》这样的笔记文学作品。但朱国桢史学家的立场又影响了《涌幢小品》的写作，所以其历史叙述的特色十分显著。其中涉及的海洋内容的十多则笔记，叙述简明扼要，多为纪实性的历史材料，海洋史价值很高。

《两海运》提供了明代海洋贸易的资讯，说明明代虽然实行过严厉的海禁，但也曾经一度开放海洋贸易，而且是官方组织的海洋贸易，规模很大。《海舟》保留了许多海洋活动的信息。《琼海》和《普陀》的历史纪实性都非常强，都是宝贵的海洋地域人文资料。其中对于普陀的纪实尤为详尽，非常接近于元代吴莱《甬东山水古迹记》的书写风格。

七十二、[明] 冯梦龙《情史》（6则）

[明] 冯梦龙《情史》，岳麓书社 2003 年版。

鬼国母

建康巨商杨二郎，本以为牙侩起家，数贩南海，往来十余年，累赀千万。淳熙中遇盗，同舟尽死，杨坠水得免，逢木抱之，浮沉两日，漂至一岛。登岸，信脚所之，入一洞中，男女多裸形，杂沓聚观。一最尊者，称为鬼国母，令引前问曰："汝愿住此否？"杨无计逃出，应曰："愿住。"母即命爨治室，合为夫妇，饮食起居与世间不异。或旬日，或半月，常有驶卒持书至曰："真仙邀迎国母，请赴琼室。"母往，其众悉从，杨独处洞中。它日，杨亦请行，母曰："汝凡人，不可。"杨累恳，母许之。飘然履虚，如蹑烟云。至一馆宇，优乐盘肴，极为丰洁。母正位而坐，引杨伏于桌帏，戒之屏息勿动。移时，庭中焚楮，哭声齐发，审听之，即杨之家人声也。乃从桌下出。家人皆以为鬼。惟妻泣曰："汝没于海中二年余，我为汝发丧行服，招魂卜葬，今夕除灵，故设水陆做道场，何由在此？人耶？鬼耶？"杨曰："我原不曾死。"具道所遇曲折，妻方信之。鬼母在外招呼，继以怒骂，然终不能相近。少顷寂然。杨乃调药补治，数年始复本形。

蓬莱宫娥

嘉兴府治东石狮巷，有朱姓者，年二十余，训蒙为业，丰神颇雅。隆庆春一日，道经南城下。花雨霢霢，柳风袅袅。展转之间，神情恍惚，渐至海月楼西，竟迷去路。心正惊疑，忽有二女童施礼于前曰："奉主母命，邀先生过山。"朱曰："素昧识荆，得非错耶？"女童曰："至当自知，幸弗多

213

却。"朱与偕行。但见崇山峻岭，路极崎岖，夹道桃株，鸟音嘈杂。自念生长郡内，不意有此佳境。更进里许，入一洞内。遥望楼殿玲珑，金玉照耀，两度石桥，乃抵其处。屏后出一仙娥，霞帔霓裳，降价而迎。登殿叙礼，引入内室。坐定，女童进茶讫。未几，问娥姓字。娥哂曰："妾乃蓬莱宫中人也，邀君欲了宿世之缘，不烦骇问。"顷间开宴，酒肴罗致。娥与朱促席畅饮，因制《贺新郎》一词，命女童歌以侑觞。其词曰："花柳绕春城。运神工，重楼叠宇，顷刻间成。绿水青山多宛转，免教鹤怨猿惊。看来无异旧神京。虑只虑佳期不定。天从人愿，邂逅多情。相引处，珮声声。等闲回首远蓬瀛。呼小玉，旋开锦宴，谩荐兰羹。须信是琼浆一饮，顿令百感俱生。且休道、尘缘易尽。纵然云收雨散，琵琶峡、依旧风月交明。念此会，果非轻。"酒阑夜静，娥荐枕席，曲尽鱼水之乐。逮晨，朱谓娥曰："仆承款爱，甚欲留连。但家君颇严，不归，恐致深罪。愿朝去暮来，可也。"娥愀然曰："灵境难逢，佳期易失。妾因与君夙缘未了，故移洞府于人间，委仙姿于凡客耳！正议久交，何即请去？"朱唯而止。

三日后，朱复恳归。娥乃设宴正殿，铺陈饮馔，比昨愈奇且丰，劝朱酩酊。将撤时，出一锦轴，展于净几，写诗十绝以赠。各挥涕而别，仍命女童送朱出洞。忽风雨暴至，云雾晦冥，咫尺莫辨，不觉失足堕于山下。须臾天开云朗，乃颠仆北城岑寂之处，宛若梦觉。归述其事，父以少年放逸，迷宿花柳，假此自掩耳！欲责之。朱不得已，出锦轴呈父。父见云章灿烂，信非凡笔，怒始稍释。

时求玩者甚众，因录诗于后焉。其一："三山窈窕许飞琼，伴我来经几万程。好与清华公子会，不妨玄露谩相倾。"其二："壶天移傍郡城濠，云自习扬鹤自巢。千载偶偕尘世愿，碧桃花下共吹箫。"其三："海外三山十二楼，弱流环绕不通舟。此身也解为云雨，还拟骖鸾携李游。"其四："涧水流环出凤台，引将刘阮入山来。春怀何事难拘束，谩被东风吹得开。"其五："海天漠漠彩鸾飘，争奈文箫有意邀。自分不殊花夜合，含香和露乐深宵。"其六："莫道仙凡各一方，须知张硕遇兰香。春风尝恋人间乐，底事无心问海棠。"其七："百雉斜连一道开，为君翻作雨云台。高情仿佛襄王事，宋玉如何不赋来？"其八："湖柳青青花满枝，可怜分手艳阳时。离宫谩自添离思，瞒得封姨不我知。"其九："阳台后会已无期，眉上春云不自知。那更灵官传晓令，含情骑鹄强题诗。"其十："驱山缩地迥尘寰，从此交情事不关。他日离愁何处慰，暂将三塔作三山。"后轴亦寻失去，不知其为何仙也。

焦土妇人

泉州僧本称，言其表兄为海贾，欲往三佛齐法："当南行二日而东，否则值焦土，船必糜碎。"此人行时，遇风迅，船驶既二日半，意其当转而东，即回舵，然已无及，遂落焦土，一舟尽溺。此人独得一木，浮水三日，漂至一岛畔。度其必死，舍水登岸，行数十步，得一小径，路甚光洁，若常有人行者，久之，有妇人至，举体无片缕，言语啁啾不可解。见外人甚喜，携手归石室中，至夜与共寝，天明举大石窒其外。妇人独出，至日晡将归，必赍异果至，味珍甚，皆世所无者。留稍久，始由自便。如是七八年，生三子。一月，纵步至海际，适有舟抵岸，亦泉人以风误至者，乃旧相识，急登之。妇人奔走，号呼恋恋，度不可回，即归取三人，对此人裂杀之。其岛甚大，然但此一女人耳。

一岛只此一妇人，世间果有独民国乎？留三子，用胡法可传种成部落，裂杀何为？

海王三

山阳有海王三者，始其父贾于泉南。航巨浸，为风涛败舟，同载数十人已溺，王得一板自托，任期簸荡，到一岛屿旁。遂涉岸，行山间。幽花异木，珍禽怪兽，多中土所不识。而风气和柔，不类丝矫，所至空旷，更无居人。王憩于大木下，莫知所届。忽见一女子至，问曰："汝是甚处人？如何到此？"王以"舟行遭溺"告。女曰："然则随我去。"女容貌颇秀美，发长委地，不梳掠，语言可通晓，举体无丝缕，朴叶蔽形。王不能测其为人耶？为异物耶？默念业堕他境，一身无归，亦将毕命豺虎，死可立待。不若姑就之。乃从而下山，抵一洞，深杳洁邃，晃耀常如正昼。盖其所处，但不设庖爨。女留与同居，朝夕饲以果实，戒使勿妄出。王虽无衣食可换，幸其地不甚觉寒暑，度岁余，生一子。迨及周晬，女采果未还。王信步往水涯，适有客舟避风于岸屿，认其人，皆旧识也。急入洞，抱儿至，径登舟。女继来，度不可及，呼王姓名骂之，极口悲啼，扑地，气几绝。王从篷底举手谢之，亦为掩啼。此舟已张帆，乃得归楚。儿既长，楚人目为海王三。绍兴间犹存。

猩猩

金陵商客富小二，泛海至大洋，遇暴风舟溺，富生漂荡抵岸。行数十步。满目皆山峦，全无居室。饥困之甚，忽值一林桃李，累累果实，采食之。俄有披发而人形者，接踵而至，遍身生毛，略以木叶自蔽。逢人皆喜挟以归，言语极啁啾，微可晓解。每日只啖生果。环岛百千穴，悉一种类。虽在岩谷，亦秩秩有伦，各为匹偶，不相杂揉。众共择一少艾女子以配富，旋生一男。富风闻诸船上者，人知为猩猩国。生儿全省父，俱微有长毫如毛。时虑富窜伏，才出。辄运巨石窒其窦；或倩他人守视。既诞此男，乃听其自如。凡三岁，因携男独纵步，望林杪高桅趋而下，得客舟，求附行。许之，即抱男以登。无来追者，遂得归。男既长大，父启茶肆于市，使之主持。赋性极驯，傍人目之为猩猩八郎。

虾怪

唐大定初，有士人随新罗使，风吹至一处，人皆长须，语与唐言通，号长须国。人物甚盛，栋宇衣冠，稍异中国。地曰扶桑洲。其署官品，有正长、戢波、日没、岛逻等号。士人历谒数处，其国皆敬之。忽一日，有车马数十，言："大王召客。"行两日，方至一大城，甲士门焉。使者导士人入伏谒，殿宇高敞，仪卫如王者。见士人拜伏，小起，乃拜士人为司风长，兼附马。其王甚美，有须数十根。士人威势烜赫，富有珠玉，然每归，见其妻则不悦。其王于月满夜则大会。后遇会，士人见嫔姬悉有须。因赋诗曰："花无叶不妍，女有须亦丑。"王大笑曰："驸马竟未能忘情于小女颐颔间乎？"经十余年，士人有一儿二女。

忽一日，其君臣忧戚，士人怪问之，王泣曰："吾国有难，祸在旦夕，非驸马不能救。"士人惊曰："苟难可弭，性命不敢辞也。"王乃令具舟，谓士人曰："烦驸马一谒海龙王，但言东海第三汊第七岛长须国有难求救。我国绝微，须再三言之。"因涕泣执手而别。士人登舟，瞬息至岸。岸沙悉七宝，人皆衣冠长大。士人乃前，求谒龙王。龙宫状如佛寺所图天宫，光明迭荡，目不能视。龙王降阶迎士人，齐级升殿，访其来意，士人具说。龙王即命速勘。良久，一人自外曰："境内并无此国。"士人复哀祈，具言长须国在东海第三汊第七岛。龙王复叱使者细寻勘，速报。经食顷，使者返曰："此岛虾，合供大王此月食料，前日已追到。"龙王笑曰："客固为虾所魅耳。吾虽为王，所食皆禀天符，不得妄食。今为客减食。"乃令引客视之，见铁镬数十如屋，满中是虾，有五六头色赤，大如臂，见客跳跃，似求救状。引者曰："此虾王也。"士人不觉悲泣，龙王命放虾王一镬，令二使送客归中国。一夕至登州，顾二使，乃巨龙也。

考释

冯梦龙（1574—1646），字犹龙，别署龙子犹等，苏州府长洲县（今江苏省苏州市）人。明代文学家、思想家、戏曲家。他最著名的作品为《喻世明言》《警世通言》和《醒世恒言》，合称"三言"。三言与明代凌濛初的《初刻拍案惊奇》《二刻拍案惊奇》合称"三言二拍"，是中国白话短篇小说的经典代表。

冯梦龙对于海洋题材很是关注。尤其是他的《情史》一书中，有多达6则涉海叙事作品，它们分别是《鬼国母》《蓬莱宫娥》《焦土妇人》《海王三》《猩猩》和《虾怪》。

《情史》一名《情史类略》，又名《情天宝鉴》，系冯梦龙选录历代笔记小说和其他著作中有关男女之情的故事编撰而成的一部短篇小说集，全书共八百七十余篇。虽然从比例上看，6 篇涉海作品所占比例并不高，但是在古代典籍中，这已经很是客观了，况且这 6 篇作品，几乎每篇都很有特色。

《焦土妇人》《海王三》和《猩猩》记叙中土人士与海岛蛮女之间一种奇特的男女情事，结局有悲有喜，以悲为主，折射出海洋生活的人们坎坷曲折的人生命运。《蓬莱宫娥》具有海洋神仙岛的遗韵，但又有才子佳人情爱小说的意蕴。《鬼国母》虽以鬼魂世界的面貌出现，其实写的却是海岛人与漂流沦落的外地人的一种人情纠结。

《虾怪》的故事，与唐段成式《酉阳杂俎》中的《长须国》基本一致。这只故事想象新奇，人物形象与生物特征吻合一致，饶有兴味。

七十三、[明] 凌濛初《拍案惊奇》（1则）

[明]凌濛初《拍案惊奇》，人民文学出版社1991年版。

转运汉遇巧洞庭红　波斯胡指破鼍龙壳

日日深杯酒满，朝朝小圃花开。

自歌自舞自开怀，且喜无拘无碍。

青史几番春梦，红尘多少奇才。

不须计较与安排，领取而今见在。

　　这首词乃宋朱希真所作，词寄《西江月》。单道着人生功名富贵，总有天数，不如图一个见前快活。试看往古来今，一部十七史中，多少英雄豪杰，该富的不得富，该贵的不得贵。能文的倚马千言，用不着时，几张纸盖不完酱瓿。能武的穿杨百步，用不着时，几竿箭煮不熟饭锅。极至那痴呆懵董生来的有福分的，随他文学低浅，也会发科发甲，随他武艺庸常，也会大请大受。真所谓时也，运也，命也。俗语有两句道得好："命若穷，掘得黄金化作铜；命若富，拾着白纸变成布。"总来只听掌命司颠之倒之。所以吴彦高又有词云："造化小儿无定据，翻来覆去，倒横直竖，眼见都如许。"僧晦庵亦有词云："谁不愿黄金屋？谁不愿千钟粟？算五行不是这般题目。枉使心机闲计较，儿孙自有儿孙福。"苏东坡亦有词云："蜗角虚名，蝇头微利，算来着甚干忙？事皆前定，谁弱又谁强？"这几位名人说来说去，都是一个意思。总不如古语云："万事分已定，浮生空自忙。"说话的，依你说来，不须能文善武，懒惰的也只消天掉下前程；不须经商立业，败坏的也只消天挣与家缘。却不把人间向上的心都冷了？看官有所不知，假如人家出了懒惰的人，也就是命中该贱；出了败坏的人，也就是命中该穷，此是常理。却又自有转眼贫富出人意外，把眼前事分毫算不得准的哩。

且听说一人，乃宋朝汴京人氏，姓金，双名维厚，乃是经纪行中人。少不得朝晨起早，晚夕眠迟，睡醒来，千思想，万算计，拣有便宜的才做。后来家事挣得从容了，他便思想一个久远方法：手头用来用去的，只是那散碎银子若是上两块头好银，便存着不动。约得百两，便熔成一大锭，把一综红线结成一缕，系在锭腰，放在枕边。夜来摩弄一番，方才睡下。积了一生，整整熔成八锭，以后也就随来随去，再积不成百两，他也罢了。金老生有四子。一日，是他七十寿旦，四子置酒上寿。金老见了四子跻跻跄跄，心中喜欢。便对四子说道："我靠皇天覆庇，虽则劳碌一生，家事尽可度日。况我平日留心，有熔成八大锭银子永不动用的，在我枕边，见将绒线做对儿结着。今将拣个好日子分与尔等，每人一对，做个镇家之宝。"四子喜谢，尽欢而散。

是夜金老带些酒意，点灯上床，醉眼模糊，望去八个大锭，白晃晃排在枕边。摸了几摸，哈哈地笑了一声，睡下去了。睡未安稳，只听得床前有人行走脚步响，心疑有贼。又细听着，恰象欲前不前相让一般。床前灯火微明，揭帐一看，只见八个大汉身穿白衣，腰系红带，曲躬而前，曰："某等兄弟，天数派定，宜在君家听令。今蒙我翁过爱，抬举成人，不烦役使，珍重多年，宴数将满。待翁归天后，再觅去向。今闻我翁目下将以我等分役诸郎君。我等与诸郎君辈原无前缘，故此先来告别，往某县某村王姓某者投托。后缘未尽，还可一面。"语毕，回身便走。金老不知何事，吃了一惊。翻身下床，不及穿鞋，赤脚赶去。远远见八人出了房门。金老赶得性急，绊了房槛，扑的跌倒。飒然惊醒，乃是南柯一梦。急起桃灯明亮，点照枕边，已不见了八个大锭。细思梦中所言，句句是实。叹了一日气，哽咽了一会，道："不信我苦积一世，却没分与儿子们受用，倒是别人家的。明明说有地方姓名，且慢慢跟寻下落则个。"一夜不睡。

次早起来，与儿子们说知。儿子中也有惊骇的，也有疑惑的。惊骇的道："不该是我们手里东西，眼见得作怪。"疑惑的道："老人家欢喜中说话，失许了我们，回想转来，一时间就不割舍得分散了，造此鬼话，也不见得。"金老见儿子们疑信不等，急急要验个实话。遂访至某县某村，果有王姓某者。叫门进去，只见堂前灯烛荧煌，三牲福物，正在那里献神。金老便开口问道："宅上有何事如此？"家人报知，请主人出来。主人王老见金老，揖坐了，问其来因。金老道："老汉有一疑事，特造上宅来问消息。今见上宅正在此献神，必有所谓，敢乞明示。"王老道："老拙偶因寒荆小恙买卜，先生道移床即好。昨寒荆病中，恍惚见八个白衣大汉，腰系红束，对寒荆道：'我等本在金家，今在彼缘尽，来投身宅上。'言毕，俱钻入床下。寒荆惊出了一身冷汗，身体爽快了。及至移床，灰尘中得银八大锭，多用红绒系腰，不知是那里来的。此皆神天福佑，故此买福物酬谢。今我丈来问，莫非晓得些来历么？"金老跌跌脚道："此老汉一生所积，因前日也做了一梦，就不见了。梦中也道出老丈姓名居址的确，故得访寻到此。可见天数已定，老汉也无怨处，但只求取出一看，也完了老汉心事。"王老道："容易。"笑嘻嘻地走进去，叫安童四人，托出四个盘来。每盘两锭，多是红绒系束，正是金家之物。金老看了，眼睁睁无计所奈，不觉扑簌簌吊下泪来。抚摩一番道："老汉直如此命薄，消受不得！"王老虽然叫安童仍旧拿了进去，心里见金老如此，老大不忍。另取三两零银封了，送与金老作别。金老道："自家的东西尚无福，何须尊惠！"再三谦让，必不肯受。王老强纳在金老袖中，金老欲待摸出还了，一时摸个不着，面儿通红。又被王老央不过，只得作揖别了。直至家中，对儿子们一一把前事说了，大家叹息了一回。因言王老好处，临行送银三两。满袖摸遍，并不见有，只说路中掉了。却元来金老推逊时，王老往袖里乱塞，落在着外面的一层袖中。袖有断线处，在王老家摸时，已在脱线处落出在门槛边了。客去扫门，仍旧是王老拾得。可见一饮一啄，莫非前定。不该是他的东西，不要说八百两，就是三两也得不去。该是他的东西，不要说八百两，就是三两也推不出。原有的倒无了，原无的倒有了，并不由人计较。

　　而今说一个人，在实地上行，步步不着，极贫极苦的，渺渺茫茫做梦不到的去处，得了一主没头没脑的钱财，变成巨富。从来稀有，亘古新闻。有诗为证，诗曰：

分内功名匣里财，不关聪慧不关呆。

果然命是财官格，海外犹能送宝来。

话说国朝成化年间，苏州府长州县阊门外有一人，姓文名实，字若虚。生来心思慧巧，做着便能，学着便会。琴棋书画，吹弹歌舞，件件粗通。幼年间，曾有人相他有巨万之富。他亦自恃才能，不十分去营求生产，坐吃山空，将祖上遗下千金家事，看看消下来。以后晓得家业有限，看见别人经商图利的，时常获利几倍，便也思量做些生意，却又百做百不着。

一日，见人说北京扇子好卖，他便合了一个伙计，置办扇子起来。上等金面精巧的，先将礼物求了名人诗画，免不得是沈石田、文衡山、祝枝山，拓了几笔，便值上两数银子。中等的，自有一样乔人，一只手学写了这几家字画，也就哄得人过，将假当真的买了，他自家也兀自做得来的。下等的无金无字画，将就卖几十钱，也有对合利钱，是看得见的。拣个日子装了箱儿，到了北京。岂知北京那年，自交夏来，日日淋雨不晴，并无一毫暑气，发市甚迟。交秋早凉，虽不见及时，幸喜天色却晴，有妆晃子弟要买把苏做的扇子，袖中笼着摇摆。来买时，开箱一看，只叫得苦。元来北京历却在七八月，更加日前雨湿之气，斗着扇上胶墨之性，弄做了个"合而言之"，揭不开了。用力揭开，东粘一层，西缺一片，但是有字有画值价钱者，一毫无用。剩下等没字白扇，是不坏的，能值几何？将就卖了做盘费回家，本钱一空，频年做事，大概如此。不但自己折本，但是搭他非伴，连伙计也弄坏了。故此人起他一个混名，叫做"倒运汉"。不数年，把个家事干圆洁净了，连妻子也不曾娶得。终日间靠着些东涂西抹，东挨西撞，也济不得甚事。但只是嘴头子诌得来，会说会笑，朋友家喜欢他有趣，游耍去处少他不得；也只好趁日，不是做家的。况且他是大模大样过来的，帮闲行里，又不十分入得队。有怜他的，要荐他坐馆教学，又有诚实人家嫌他是个杂板令，高不凑，低不就。打从帮闲的、处馆的两项人见了他，也就做鬼脸，把"倒运"两字笑他，不在话下。

一日，有几个走海泛货的邻近，做头的无非是张大、李二、赵甲、钱乙一班人，共四十余人，合了伙将行。他晓得了，自家思忖道："一身落魄，生计皆无。便附了他们航海，看看海外风光，也不枉人生一世。况且他们定是不却我的，省得在家忧柴忧米的，也是快活。"正计较间，恰好张大踱将来。元来这个张大名唤张乘运，专一做海外生意，眼里认得奇珍异宝，又且秉性爽慨，肯扶持好人，所以乡里起他一个混名，叫张识货。文若虚见了，便把此意一一与他说了。张大道："好，好。我们在海船里头不耐烦寂寞，若得兄去，在船中说说笑笑，有甚难过的日子？我们众兄弟料想多是喜欢的。只是一件，我们多有货物将去，兄并无所有，觉得空了一番往返，也可惜了。待我们大家计较，多少凑些出来助你，将就置些东西去也好。"文若虚便道："谢厚情，只怕没人如兄肯周全小弟。"张大道："且说说看。"一竟自去了。

恰遇一个瞽目先生敲着"报君知"走将来，文若虚伸手顺袋里摸了一个钱，扯他一卦问问财气看。先生道："此卦非凡，有百十分财气，不是小可。"文若虚自想道："我只要搭去海外要要，混过日子罢了，那里是我做得着的生意？要甚么贵助？就贵助得来，能有多少？便宜恁地财爻动？这先生也是混帐。"只见张大气忿忿走来，说道："说着钱，便无缘。这些人好笑，说道你去，无不喜欢。说到助银，没一个则声。今我同两个好的弟兄，拼凑得一两银子在此，也办不成甚货，凭你买些果子，船里吃罢。口食之类，是在我们身上。"若虚称谢不尽，接了银子。张大先行，道："快些收拾，就要开船了。"若虚道："我没甚收拾，随后就来。"手中拿了银子，看了又笑，笑了又看，道："置得甚货么？"信步走去，只见满街上篮篮内盛着卖的：

> 红如喷火，巨若悬星。皮未靱，尚有余酸；霜未降，不可多
> 得。元殊苏并诸家树，亦非李氏千头奴。较广似日难况，比福亦云
> 具体。

乃是太湖中有一洞庭山，地暖土肥，与闽广无异，所以广橘福橘，播名天下。洞庭有一样橘树绝与他相似，颜色正同，香气亦同。止是初出时，味略少酸，后来熟了，却也甜美。比福橘之价十分之一，名曰"洞庭红"。若虚看见了，便思想道："我一两银子买得百斤有余，在船可以解渴，又可分

送一二，答众人助我之意。"买成，装上竹篓，雇一闲的，并行李挑了下船。众人都拍手笑道："文先生宝货来也！"文若虚羞惭无地，只得吞声上船，再也不敢提起买橘的事。

开得船来，渐渐出了海口，只见银涛卷雪，雪浪翻银。湍转则日月似惊，浪动则星河如覆。三五日间，随风漂去，也不觉过了多少路程。忽至一个地方，舟中望去，人烟凑聚，城郭巍峨，晓得是到了甚么国都了。舟人把船撑入藏风避浪的小港内，钉了桩橛，下了铁锚，缆好了。船中人多上岸。打一看，元来是来过的所在，名曰吉零国。元来这边中国货物拿到那边，一倍就有三倍价。换了那边货物，带到中国也是如此。一往一回，却不便有八九倍利息，所以人都挤死走这条路。众人多是做过交易的，各有熟识经纪、歇家、通事人等，各自上岸找寻发货去了，只留文若虚在船中看船。路径不熟，也无走处。

正闷坐间，猛可想起道："我那一篓红橘，自从到船中，不曾开看，莫不人气蒸烂了？趁着众人不在，看看则个。"叫那水手在舱板底下翻将起来，打开了篓看时，面上多是好好的。放心不下，索性搬将出来，都摆在甲板上面。也是合该发迹，时来福凑。摆得满船红焰焰的，远远望来，就是万点火光，一天星斗。岸上走的人，都拢将来问道："是甚么好东西呵？"文若虚只不答应。看见中间有个把一点头的，拣了出来，掐破就吃。岸上看的一发多了，惊笑道："元来是吃得的！"就中有个好事的，便来问价："多少一个？"文若虚不省得他们说话，船上人却晓得，就扯个谎哄他，竖起一个指头，说："要一钱一颗。"那问的人揭开长衣，露出那兜罗锦红裹肚来，一手摸出银钱一个来，道："买一个尝尝。"文若虚接了银钱，手中等等看，约有两把重。心下想道："不知这些银子，要买多少，也不见秤秤，且先把一个与他看样。"拣个大些的，红得可爱的，递一个上去。只见那个人接上手，颠了一颠道："好东西呵！"扑的就劈开来，香气扑鼻。连旁边闻着的许多人，大家喝一声采。那买的不知好歹，看见船上吃法，也学他去了皮，却不分囊，一块塞在口里，甘水满咽喉，连核都不吐，吞下去了。哈哈大笑道："妙哉！妙哉！"又伸手到裹肚里，摸出十个银钱来，说："我要买十个进奉去。"文若虚喜出望外，拣十个与他去了。那看的人见那人如此买去了，也有买一个的，也有买两个、三个的，都是一般银钱。买了的，都千欢万喜去了。

元来彼国以银为钱，上有文采。有等龙凤文的，最贵重，其次人物，又次禽兽，又次树木，最下通用的，是水草：却都是银铸的，分两不异。适才买橘的，都是一样水草纹的，他道是把下等钱买了好东西去了，所以欢喜。也只是要小便宜肚肠，与中国人一样。须臾之间，三停里卖了二停。有的不带钱在身边的，老大懊悔，急忙取了钱转来。文若虚已此剩不多了，拿一个班道："而今要留着自家用，不卖了。"其人情愿再增一个钱，四个钱买了二颗。口中哓哓说："悔气！来得迟了。"旁边人见他增了价，就埋怨道："我每还要买个，如何把价钱增长了他的？"买的人道："你不听得他方才说，兀自不卖了？"

正在议论间，只见首先买十个的那一个人，骑了一匹青骢马，飞也似奔到船边，下了马，分开人丛，对船上大喝道："不要零卖！不要零卖！是有的俺多要买。俺家头目要买去进克汗哩。"看的人听见这话，便远远走开，站住了看。文若虚是伶俐的人，看见来势，已瞧科在眼里，晓得是个好主顾了。连忙把篓里尽数倾出来，止剩五十余颗。数了一数，又拿起班来说道："适间讲过要留着自用，不得卖了。今肯加些价钱，再让几颗去罢。适间已卖出两个钱一颗了。"其人在马背上拖下一大囊，摸出钱来，另是一样树木纹的，说庄道"如此钱一个罢了。"文若虚道："不情愿，只照前样罢了。"那人笑了一笑，又把手去摸出一个龙凤纹的来道："这样的一个如何？"文若虚又道："不情愿，只要前样的。"那人又笑道："此钱一个抵百个，料也没得与你，只是与你耍。你不要俺这一个，却要那等的，是个傻子！你那东西，肯都与俺了，俺再加你一个那等的，也不打紧。"文若虚数了一数，有五十二颗，准准的要了他一百五十六个水草银钱。那人连竹篓都要了，又丢了一个钱，把篓拴在马上，笑吟吟地一鞭去了。看的人见没得卖了，一哄而散。

文若虚见人散了，到舱里把一个钱秤一秤，有八钱七分多重。秤过数个都是一般。总数一数，共有一千个差不多。把两个赏了船家，其余收拾在包里了。笑一声道："那盲子好灵卦也！"欢喜不尽，只等同船人来对他说笑则个。

说话的，你说错了！那国里银子这样不值钱，如此做买卖，那久惯漂洋的带去多是绫罗缎匹，何不多卖了些银钱回来，一发百倍了？看官有所不知：那国里见了绫罗等物，都是以货交兑。我这里人也只是要他货物，才有利钱，若是卖他银钱时，他都把龙凤、人物的来交易，作了好价钱，分两也只得如此，反不便宜。如今是买吃口东西，他只认做把低钱交易，我却只管分两，所以得利了。说话的，你又说错了！依你说来，那航海的，何不只买吃口东西，只换他低钱，岂下有利？反着重本钱，置他货物怎地？看官，又不是这话。也是此人偶然有此横财，带去着了手。若是有心第二遭再带去，三五日不遇巧，等得希烂。那文若虚运未通时卖扇子就是榜样。扇子还放得起的，尚且如此，何况果品？是这样执一论不得的。

闲话休题。且说众人领了经纪主人到船发货，文若虚把上头事说了一遍。众人都惊喜道："造化！造化！我们同来，到是你没本钱的先得了手也！"张大便拍手道："人都道他倒运，而今想是运转了！"便对文若虚道："你这些银钱此间置货，作价不多。除是转发在伙伴中，回他几百两中国货物，上去打换些土产珍奇，带转去有大利钱，也强如虚藏此银钱在身边，无个用处。"文若虚道："我是倒运的，将本求财，从无一遭不连本送的。今承诸公挚带，做此无本钱生意，偶然侥幸一番，真是天大造化了，如何还要生钱，妄想甚么？万一如前再做折了，难道再有洞庭红这样好卖不成？"众人多道："我们用得着的是银子，有的是货物。彼此通融，大家有利，有何不可？"文若虚道："一年吃蛇咬，三年怕草索。说到货物，我就没胆气了。只是守了这些银钱回去罢。"众人齐拍手道："放着几倍利钱不取，可惜！可惜！"随同众人一齐上去，到了店家交货明白，彼此兑换。约有半月光景，文若虚眼中看过了若干好东好西，他已自志得意满，不放在心上。

众人事体完了，一齐上船，烧了神福，吃了酒，开洋。行了数日，忽然间天变起来。但见：

乌云蔽日，黑浪掀天。蛇龙戏舞起长空，鱼鳖惊惶潜水底。艨
艟泛泛，只如栖不定的数点寒鸦；岛屿浮浮，便似没不煞的几双水
鹈。舟中是方扬的米簁，舷外是正熟的饭锅。总因风伯大无情，以
致篙师多失色。

那船上人见风起了，扯起半帆，不问东西南北，随风势漂去。隐隐望见
一岛，便带住篷脚，只看着岛边使来。看看渐近，恰是一个无人的空岛。
但见：

树木参天，草莱遍地。荒凉径界，无非些兔迹狐踪；坦迤土
壤，料不是龙潭虎窟。混茫内，未识应归何国辖；开辟来，不知曾
否有人登。

船上人把船后抛了铁锚，将桩橛泥犁上岸去钉停当了，对舱里道："且
安心坐一坐，侯风势则个。"那文若虚身边有了银子，恨不得插翅飞到家
里，巴不得行路，却如此守风呆坐，心里焦燥。对众人道："我且上岸去岛
上望望则个。"众人道："一个荒岛，有何好看？"文若虚道："总是闲着，何
碍？"众人都被风颠得头晕，个个是呵欠连天，不肯同去。文若虚便自一个
抖擞精神，跳上岸来，只因此一去，有分交：千年败壳精灵显，一介穷神富
贵来。若是说话的同年生，并时长，有个未卜先知的法儿，便双脚走不动，
也挂个拐儿随他同去一番，也不在的。

却说文若虚见众人不去，偏要发个狠，扳藤附葛，直走到岛上绝顶。那
岛也苦不甚高，不费甚大力，只是荒草蔓延，无好路径。到得上边打一看
时，四望漫漫，身如一叶，不觉凄然吊下泪来。心里道："想我如此聪明，
一生命塞。家业消亡，剩得只身，直到海外。虽然侥幸有得千来个银钱在
囊中，知他命里是我的不是我的？今在绝岛中间，未到实地，性命也还是
与海龙王合着的哩！"正在感怆，只见望去远远草丛中一物突高。移步往前
一看，却是床大一个败龟壳。大惊道："不信天下有如此大龟！世上人那里
曾看见？说也不信的。我自到海外一番，不曾置得一件海外物事，今我带
了此物去，也是一件希罕的东西，与人看看，省得空日说着，道是苏州人
会调谎。又且一件，锯将开来，一盖一板，各置四足，便是两张床，却不

227

奇怪！"遂脱下两只裹脚接了，穿在龟壳中间，打个扣儿，拖了便走。

走至船边，船上人见他这等模样，都笑道："文先生那里又跐了纤来？"文若虚道："好教列位得知，这就是我海外的货了。"众人抬头一看，却便似一张无柱有底的硬床。吃惊道："好大龟壳！你拖来何干？"文若虚道："也是罕见的，带了他去。"众人笑道："好货不置一件，要此何用？"有的道："也有用处。有甚么天大的疑心事，灼他一卦，只没有这样大龟药。"又有的道："医家要煎龟膏，拿去打碎了煎起来，也当得几百个小龟壳。"文若虚道："不要管有用没用，只是希罕，又不费本钱便带了回去"，当时叫个船上水手，一抬抬下舱来。初时山下空阔，还只如此；舱中看来，一发大了。若不是海船，也着不得这样狼犺东西。众人大家笑了一回，说道："到家时有人问，只说文先生做了偌大的乌龟买卖来了。"文若虚道："不要笑，我好歹有一个用处，决不是弃物。"随他众人取笑，文若虚只是得意。取些水来内外洗一洗净，抹干了，却把自己钱包行李都塞在龟壳里面，两头把绳一绊，却当了一个大皮箱子。自笑道："兀的不眼前就有用处了？"众人都笑将起来，道："好算计！好算计！文先生到底是个聪明人。"

当夜无词。次日风息了，开船一走。不数日，又到了一个去处，却是福建地方了。才住定了船，就有一伙惯伺候接海客的小经纪牙人，攒将拢来，你说张家好，我说李家好，拉的拉，扯的扯，嚷个不住。船上众人拣一个一向熟识的跟了去，其余的也就住了。

众人到了一个波斯胡大店中坐定。里面主人见说海客到了，连忙先发银子，唤厨户包办酒席几十桌。分付停当，然后踱将出来。这主人是个波斯国里人，姓个古怪姓，是玛瑙的"玛"字，叫名玛宝哈，专一与海客兑换珍宝货物，不知有多少万数本钱。众人走海过的，都是熟主熟客，只有文若虚不曾认得。抬眼看时，元来波斯胡住得在中华久了，衣服言动都与中华不大分别。只是剃眉剪须，深眼高鼻，有些古怪。出来见了众人，行宾主礼，坐定了。两杯茶罢，站起身来，请到一个大厅上。只见酒筵多完备了，且是摆得济楚。元来旧规，海船一到，主人家先折过这一番款待，然后发货讲价的。主人家手执着一副法浪菊花盘盏，拱一拱手道："请列位货单一看，好定坐席。"

看官，你道这是何意？元来波斯胡以利为重，只看货单上有奇珍异宝值得上万者，就送在先席。余者看货轻重，挨次坐去，不论年纪，不论尊卑，一向做下的规矩。船上众人，货物贵的贱的，多的少的，你知我知，各自心照，差不多领了酒杯，各自坐了。单单剩得文若虚一个，呆呆站在那里。主人道："这位老客长不曾会面，想是新出海外的，置货不多了。"众人大家说道："这是我们好朋友，到海外耍去的。身边有银子，却不曾肯置货。今日没奈何，只得屈他在末席坐了。"文若虚满面羞惭，坐了末位。主人坐在横头。饮酒中间，这一个说道我有猫儿眼多少，那一个说我有祖母绿多少，你夸我退。文若虚一发默默无言，自心里也微微有些懊悔道："我前日该听他们劝，置些货物来的是。今在有几百银子在囊中，说不得一句说话。"又自叹了口气道："我原是一些本钱没有的，今已大幸，不可不知足。"自思自忖，无心发兴吃酒。众人却猜掌行令，吃得狼藉。主人是个积年，看出文若虚不快活的意思来，不好说破，虚劝了他几杯酒。众人都起身道："酒勾了，天晚了，趁早上船去，明日发货罢。"别了主人去了。

主人撤了酒席，收拾睡了。明日起个清早，先走到海岸船边来拜这伙客人。主人登舟，一眼瞅去，那舱里狼狼犺犺这件东西，早先看见了。吃了一惊道："这是那一位客人的宝货？昨日席上并不曾说起，莫不是不要卖的？"众人都笑指道："此敝友文兄的宝货。"中有一人衬道："又是滞货。"主人看了文若虚一看，满面挣得通红，带了怒色，埋怨众人道："我与诸公相处多年，如何恁地作弄我？教我得罪于新客，把一个未座屈了他，是何道理！"一把扯住文若虚，对众客道："且慢发货，客我上岸谢过罪着。"众人不知其故。有几个与文若虚相知些的，又有几个喜事的，觉得有些古怪，共十余人赶了上来，重到店中，看是如何。只见主人拉了文若虚，把交椅整一整，不管众人好歹，纳他头一位坐下了，道："适间得罪得罪，且请坐一坐。"文若虚也心中糊涂，忖道："不信此物是宝贝，这等造化不成？"

主人走了进去，须臾出来，又拱众人到先前吃酒去处，又早摆下几桌酒，为首一桌，比先更齐整。把盏向文若虚一揖，就对众人道："此公正该坐头一席。你每枉自一船货，也还赶他不来。先前失敬失敬。"众人看见，又好笑，又好怪，半信不信的一带儿坐下了。酒过三杯，主人就开口道："敢问客长，适间此宝可肯卖否？"文若虚是个乖人，趁口答应道："只要有好价钱，为甚不卖？"那主人听得肯卖，不觉喜从天降，笑逐颜开，起身道："果然肯卖，但凭分付价钱，不敢客惜。"文若虚其实不知值多少，讨少了，怕不在行；讨多了，怕吃笑。忖了一忖，面红耳热，颠倒讨不出价钱来。张大使与文若虚丢个眼色，将手放在椅子背上，竖着三个指头，再把第二个指空中一撇，道："索性讨他这些。"文若虚摇头，竖一指道："这些我还讨不出口在这里。"却被主人看见道："果是多少价钱？"张大搊一个鬼道："依文先生手势，敢象要一万哩！"主人呵呵大笑道："这是不要卖，哄我而已。此等宝物，岂止此价钱！"众人见说，大家目睁口呆，都立起了身来，扯文若虚去商议道："造化！造化！想是值得多哩。我们实实不知如何定价，文先生不如开个大口，凭他还罢。"文若虚终是碍口说羞，待说又止。众人道："不要不老气！"主人又催道："实说说何妨？"文若虚只得讨了五万两。主人还摇头道："罪过，罪过。没有此话。"扯着张大私问他道："老客长们海外往来，不是一番了。人都叫你张识货，岂有不知此物就里的？必是无心卖他，莫落小肆罢了。"张大道："实不瞒你说，这个是我的好朋友，同了海外玩耍的，故此不曾置货。适间此物，乃是避风海岛，偶然得来，不是出价置办的，故此不识得价钱。若果有这五万与他，勾他富贵一生，他也心满意足了。"主人道："如此说，要你做个大大保人，当有重谢，万万不可翻悔！"遂叫店小二拿出文房四宝来，主人家将一张供单绵料纸折了一折，拿笔递与张大道："有烦老客长做主，写个合同文书，好成交易。"张大指着同来一人道："此位客人褚中颖，写得好。"把纸笔让与他。褚客磨得墨浓，展好纸，提起笔来写道：

> 立合同议单张乘运等，今有苏州客人文实，海外带来大龟壳一
> 个，投至波斯玛宝哈店，愿出银五万两买成。议定立契之后，一家
> 交货，一家交银，各无翻悔。有翻悔者，罚契上加一。合同为照。

一样两纸，后边写了年月日，下写张乘运为头，一连把在坐客人十来个写

去。褚中颖因自己执笔，写了落末。年月前边，空行中间，将两纸凑着，写了骑缝一行，两边各半乃是"合同议约"四字。下写"客人文实主人玛宝哈"，各押了花押。单上有名，从后头写起，写到张乘运道："我们押字钱重些，这买卖才弄得成。"主人笑道："不敢轻，不敢轻。"

写毕，主人进内，先将银一箱抬出来道："我先交明白了用钱，还有说话。"众人攒将拢来。主人开箱，却是五十两一包，共总二十包，整整一千两。双手交与张乘运道："凭老客长收明，分与众位罢。"众人初然吃酒。写合同，大家撺哄鸟乱，心下还有些不信的意思如今见他拿出精晃晃白银来做用钱，方知是实。文若虚恰象梦里醉里，话都说不出来。呆呆地看。张大扯他一把道："这用钱如何分散，也要文兄主张。"文若虚方说一句道："且完了正事慢处。"只见主人笑嘻嘻的对文若虚说道："有一事要与客长商议：价银现在里面阁儿上，都是向来兑过的，一毫不少，只消请客长一两位进去，将一包过一过目，兑一兑为谁，其余多不消兑得。却又一说，此银数不少，搬动也不是一时功夫，况且文客官是个单身，如何好将下船去？又要泛海回还，有许多不便处。"文若虚想了一想道："见教得极是。而今却待怎样？"主人道："依着愚见，文客官目下回去未得。小弟此间有一个缎匹铺，有本三千两在内。其前后大小厅屋楼房，共百余间，也是个大所在。价值二千两，离此半里之地。愚见就把本店货物及房屋文契，作了五千两，尽行交与文客官，就留文客官在此住下了，做此生意。其银也做几遭搬了过去，不知不觉。日后文客官要回去，这里可以托心腹伙计看守，便可轻身往来。不然小店支出不难，文客官收贮却难也。愚意如此。"说了一遍，说得文若虚与张大跌足道："果然是客纲客纪，句句有理。"文若虚道："我家里原无家小，况且家业已尽了，就带了许多银子回去，没处安顿。依了此说，我就在这里，立起个家缘来，有何不可？此番造化，一缘一会，都是上天作成的，只索随缘做去。便是货物房产价钱，未必有五千，总是落得的。"便对主人说："适间所言，诚是万全之算，小弟无不从命。"

主人便领文若虚进去阁上看，又叫张、褚二儿："一同去看看。其余列位不必了，请略坐一坐。"他四人进去。众人不进去的，个个伸头缩颈，你三我四说道："有此异事！有此造化！早知这样，懊悔岛边泊船时节也不去走走，或者还有宝贝，也不见得。"有的道："这是天大的福气，撞将来的，如何强得？"正欣羡间，文若虚已同张、褚二客出来了。众人都问："进去如何了？"张大道："里边高阁，是个土库，放银两的所在，都是捅子盛着。适间进去看了，十个大桶，每桶四千又五个小匣，每个一千，共是四万五千。已将文兄的封皮记号封好了，只等交了货，就是文兄的。"主人出来道："房屋文书、缎匹帐目，俱已在此，凑足五万之数了。且到船上取货去。"一拥都到海船。

文若虚于路对众人说："船上人多，切勿明言！小弟自有厚报。"众人也只怕船上人知道，要分了用钱去，各各心照。文若虚到了船上，先向龟壳中把自己包裹被囊取出了。手摸一摸壳，口里暗道："侥幸！侥幸！"主人便叫店内后生二人来抬此壳，分忖道："好生抬进去，不要放在外边。"船上人见抬了此壳去，便道："这个滞货也脱手了，不知卖了多少？"文若虚只不做声，一手提了包裹，往岸上就走。这起初同上来的几个，又赶到岸上，将龟壳从头到尾细看了一遍，又向壳内张了一张，捞了一捞，面面相觑道："好处在那里？"

主人仍拉了这十来个一同上去。到店里，说道："而今且同文客官看了房屋铺面来。"众人与主人一同走到一处，正是闹市中间，一所好大房子。门前正中是个铺子，旁有一弄，走进转个弯，是两扇大石板门，门内大天井，上面一所大厅，厅上有一匾，题曰"来琛堂"。堂旁有两楹侧屋，屋内三面有橱，橱内都是绫罗各色缎匹。以后内房，楼房甚多。文若虚暗道："得此为住居，王侯之家不过如此矣。况又有缎铺营生，利息无尽，便做了这里客人罢了，还思想家里做甚？"就对主人道："好却好，只是小弟是个孤身，毕竟还要寻几房使唤的人才住得。"主人道："这个不难，都在小店身上。"

文若虚满心欢喜，同众人走归本店来。主人讨茶来吃了，说道："文客官今晚不消船里，就在铺中住下了。使唤的人铺中现有，逐渐再讨便是。"众客人多道："交易事已成，不必说了。只是我们毕竟有些疑心，此壳有何好处，值价如此？还要主人见教一个明白。"文若虚道："正是，正是。"主人笑道："诸公在了海上走了多遭，这些也不识得！列位岂不闻说龙有九子乎？内有一种是鼍龙，其皮可以幪鼓，声闻百里，所以谓之鼍鼓。鼍龙万岁，到底蜕下此壳成龙。此壳有二十四肋，按天上二十四气，每肋中间节内有大珠一颗。若是肋未完全时节，成不得龙，蜕不得壳。也有生捉得他来，只好将皮幪鼓，其肋中也未有东西。直待二十四肋完全，节节珠满，然后蜕了此壳变龙而去。故此是天然蜕下，气候俱到，肋节俱完的，与生擒活捉、寿数未满的不同，所以有如此之大。这个东西，我们肚中虽晓得，知他几时蜕下？又在何处地方守得他着？壳不值钱，其珠皆有夜光，乃无价宝也！今天幸遇巧，得之无心耳。"众人听罢，似信不信。只见主人走将进去了一会，笑嘻嘻的走出来，袖中取出一西洋布的包来，说道："请诸公看看。"解开来，只见一团绵裹着寸许大一颗夜明珠，光彩夺目。讨个黑漆的盘，放在暗处，其珠滚一个不定，闪闪烁烁，约有尺余亮处。众人看了，惊得目睁口呆，伸了舌头收不进来。主人回身转来，对众客逐个致谢道："多蒙列位作成了。只这一颗，拿到咱国中，就值方才的价钱了；其余多是尊惠。"众人个个心惊，却是说过的话又不好翻悔得。主人见众人有些变色，取了珠子，急急走到里边，又叫抬出一个缎箱来。除了文若虚，每人送与缎子二端，说道："烦劳了列位，做两件道袍穿穿，也见小肆中薄意。"袖中摸出细珠十数串，每送一串道："轻鲜，轻鲜，备归途一茶罢了。"文若虚处另是粗些的珠子四串，缎子八匹，道是："权且做几件衣服。"文若虚同众人欢喜作谢了。

主人就同众人送了文若虚到缎铺中，叫铺里伙计后生们都来相见，说道："今番是此位主人了。"主人自别了去，道："再到小店中去去来。"只见须臾间数十个脚夫拉了好些杠来，把先前文若虚封记的十桶五匣都发来了。文若虚搬在一个深密谨慎的卧房里头去处，出来对众人道："多承列位挈带，有此一套意外富贵，感谢不尽。"走进去把自家包裹内所卖洞庭红的银钱倒将出来，每人送他十个，止有张大与先前出银助他的两三个，分外又是十个。道："聊表谢意。"

此时文若虚把这些银钱看得不在眼里了。众人却是快活，称谢不尽。文若虚又拿出几十个来，对张大说："有烦老兄将此分与船上同行的人，每位一个，聊当一茶。小弟在此间，有了头绪，慢慢到本乡来。此时不得同行，就此为别了。"张大道："还有一千两用钱，未曾分得，却是如何？须得文兄分开，方没得说。"文若虚道："这倒忘了。"就与众人商议，将一百两散与船上众人，余九百两照现在人数，另外添出两股，派了股数，各得一股。张大为头的，褚中颖执笔的，多分一股。众人千欢万喜，没有说话。内中一人道："只是便宜了这回回，文先生还该起个风，要他些不数才是。"文若虚道："不要不知足，看我一个倒运汉，做着便折本的，造化到来，平空地有此一主财爻。司见人生分定，不必强求。我们若非这主人识货，也只当得废物罢了。还亏他指点晓得，如何还好昧心争论？"众人都道："文先生说得是。存心忠厚，所以该有此富贵。"大家千恩万谢，各各赍了所得东西，自到船上发货。

从此，文若虚做了闽中一个富商，就在那里取了妻小，立起家业。数年之间，才到苏州走一遭，会会旧相识，依旧去了。至今子孙繁衍，家道殷富不绝。正是：

运退黄金失色，时来顽铁生辉。

莫与痴人说梦，思量海外寻龟。

考释

凌濛初（1580—1644），字玄房，号初成，浙江湖州府人。明代文学家、小说家和出版家。崇祯中，以副贡授上海县丞，并署海防事。这个"海防事"还包括管理盐场，他清理盐场积弊，还颇有政声，可见凌濛初对于海洋并不陌生。

《转运汉遇巧洞庭红　波斯胡指破鼍龙壳》是明代海洋小说的名作。它的"本事"来自明人周玄暐《泾林续记·苏和经商》和唐人皇甫氏《原化记·魏生》。与原作相比，凌濛初有了许多创造性的改写。譬如他改变了小说主人公的籍贯身份，故事主角文若虚被设计成为苏州府长州县阊门外人。苏州与凌濛初的老家湖州很近，这样凌濛初在刻画文若虚形象的时候，就有了"老乡"的感觉，写起来更加顺手。又譬如凌濛初改造了构成小说主人公形象的基本素质。《泾林续记·苏和经商》中的苏和，起初是被当作一个"奸商"形象来刻画的。他从闽广收购福橘，再运往南洋销售，本就存着欺骗外国消费者的不良动机。《原化记·魏生》中的魏生，原是一个败家子，走投无路，才远避岭南。而凌濛初笔下的文若虚，则是一个善良、正直的生意人，他从海洋中获得的财富，并非是欺骗所得，而是正当的贸易所致。凌濛初通过文若虚这个具有书生气息的海洋商人形象的塑造，正面描述海商活动，突破了古代传统的"重义轻利"的义利观，表明了他对于海洋贸易活动的高度肯定。这在当时而言，是非常难能可贵的。

七十四、[明] 乐天大笑生辑《解愠编》（1则）

[明] 乐天大笑生辑《解愠编》，明逍遥道士刻本。

但能言之

儒者闻海岛石人能言，往叩之，石人问亲存否？对曰：存。石人曰：父母在，不远游，尔何至于此？儒者无以对。一道者闻斯，自谓吾亲不存，可以往见。石人问亲存否？道者曰：不幸二亲早世，因得远游。石人曰：吾闻家有北斗经，父母保长生，何为俱早逝？道者亦无以对。既而儒道相会，共议石人明道理，欲邀至中土示教诸人，石人叹而答曰：你不知，我但能言之，不能行之。

考释

乐天大笑生，生平事迹不详。清初黄虞稷《千顷堂书目》卷十五类书类著录司马泰编《广说郛》八十卷，其卷二十七载《解愠编》，不著卷数，撰者为"乐天生"。这乐天生或为乐天大笑生讹称或省称，此外，有学者认为，"过眼笑话书最古者"提及《解愠编》："《解愠编》十四卷，题'乐天大笑生纂集，逍遥道人校刊'，前后无序跋，不知其刊于何时，大概为明嘉靖间物。（参见乔孝冬《〈金瓶梅〉对〈解愠编〉的引用及"笑"学意蕴探析》，《陕西理工大学学报（社会科学版）》2018 年 06 期。）

《解愠编》这是一部笑话性文学作品集。《但能言之》也很有喜剧效果。儒者是文化人，道者是得道者，可是他们在这个海岛上的石头人前面，却是根本不堪一击。他们不甘心失败，又筹谋要把石人搬离海岛这个海洋环境，把它搬到中土内陆去会会中土高人。这隐隐然有点海洋文明和内陆文明争雄的味道了。可见《解愠编》的笑话性，并非是轻薄的插科打诨，而是比较严肃的讽喻性写作。

七十五、[清] 董含《莼乡赘笔》（1则）

[清]董含《莼乡赘笔三卷》，清康熙十八年（1679）刻本。

定水带

　　京师穷市有古铁条，垂三尺许，阔二寸有奇，中虚而外锈涩，两面鼓钉隐起，不甚可辨，欲易钱数十文，无顾问者。有高丽使旁睨良久，问价几何？鬻者诡对五十金。如数畀之，先令一人负之，急驰去。时观者渐众，问此何名？使曰："此名定水带，昔神禹治水，得此带九，以定九区，此特其一。我国航海，每苦水咸不可饮，一投水带，立化甘泉，可无病汲，此至宝也。"好事者随至高丽馆面试。命贮苦水数斛，搅之以盐，投以带，水沸作鱼眼，少顷甘洌无比，遂各惊叹。

考释

　　董含，生卒年不幸，清顺治年间（1638—1661）在世。字阆石，一字榕城，号莼乡赘客，华亭（今上海松江）人。《莼乡赘笔》的书名来自于他的一种家乡菜即莼。莼是水中所生一种蔬菜类植物。董含家乡华亭，古属吴郡，产莼菜最好，故谓之莼乡。"赘笔"作者对于自己作品的一种自谦评价。

　　《莼乡赘笔》是一部乡土文学性的小说和散文集。许多作品，兼有虚构小说和写实散文的双重属性。《定水带》即是如此。京师街头出现一块样子奇特的古铁条，本也属于寻常，可是一旦与"海洋定水带"的想象连接现在一起，文本顿时就像虚构小说发展。可是"好事者随至高丽馆面试"，用它来试盐水，片刻后苦涩的盐水变成了甘洌无比的清泉，这种描写虽是虚构的，验证的经过却又是很写实的。

七十六、[清] 陆寿名《续太平广记》（8则）

[清]陆寿名《续太平广记》，北京出版社 1996 年。

鹏羽

嘉靖中，海上曾坠一大鹏鸟毛，万元献亲见，在某郡库中。毛以久尽独见孔，横置在地，平步入之无碍。又海边人家，忽为粪所压没，从内掘出。粪皆作鱼虾腥，质半未化，盖大鹏鸟过遗粪也。

海雕

正德末，有鸟黑色，大如象，舒翅如船篷，飞入长安门内大树上。弓弩射之，皆不入。民家所养鹅被啄食之，如拾蛆虫然。数月方去，人以为海雕也。

海产

海中所产多类人身，而人鱼其全者也。蚨青类人首，眉目宛然；玄罗类人足，咸车类人男阴，文啮类女阴，亦名东海夫人。至于青铃类凤，蕊钟类鹿，鸠贼类象，水藻类凫更奇。

海蛮师

海州渔人获一物，鱼身而首如虎，亦作虎文，两短足在肩，指爪皆虎也。长八九尺，视人辄泪下，谓之海蛮师。

巨鱼

绍兴十八年，漳浦海岸有巨鱼，高数丈。割其肉，数百车，剜目乃觉，转飘，而傍船皆覆。

海大鱼

《崇明志》：海上有大鱼过崇明县，八日八夜其身始尽。海舟泛琉球，夜见山起接云，两日并出，风亦骤作，撼舟欲覆。众者骇惑，舟师摇手，令勿言，但闭目，坐久始不见。舟师额手贺曰："我辈皆重生矣。（山）起接云者，鲸鱼翅也，两日匿也。"见《使琉球录》。

近对刘参戎炳文，过海洋，于乱礁上见一巨鱼横沙际，数百人持斧，移时仅开二肋，肉不甚美。肉中刺骨长丈余，刘携以示人。南海人常从城上望见海中推出黑山一座，高数千尺，相去十余里，便知为大鱼矣。此鱼偶困而失水，蜿蜒岛上。居人数百，咸来分割其脂为膏，经月不尽。又有贪取鱼目为灯，相与攀援腾踏而上。其目大可数石，计无能取。失足溺死于中者同时七人，乃止。

昔人有余东海者，既而风恶船破，补治不能制，随风浪，莫知所之。一日一夜得一孤洲，共似欢然，下石植缆，登洲煮食。食未熟而洲没，在船者研断其缆，船复漂荡。向者，孤洲乃大鱼也。吸波吐浪，去疾如风。在洲上死者十余人。

人鱼

宋待制查道，奉使高丽。晚泊一山，望见沙中有一妇人，红裳双袒，髻鬟纷乱，肘后微有红鬣。查曰："此人鱼。"命水工以篙扶于水中，勿令伤。妇人得水偃仰，复身望查拜手，感恋而退。

王彦大

临安人王彦大，家甚富，有华屋，颐指如意。忽欲航海营舶货，舟楫既

241

具。以妻方氏妙年美色，不忍轻舍，久之始决。既行，历岁弗反，音书断绝。当春月，杭人日游湖山，方氏素廉静，独不肯出。散步舍后小圃，野旷幽闲。花丛中，见一少年，衣红罗裳，戴簇金帽，肌如傅粉，容止缓雅，潜窥方氏，且引弹弓欲弹之。方氏骂曰："我良家妇，杜门屏处，汝何等人敢擅入吾园，且挟弹无礼如是？"少年拱揖谢过。方正色叱之，忽不见。方奔入呼告群婢，觉神宇淆乱，力愈不支。迨夜半，少年直登堂，方趋走欲避，则伸臂挽其裾，长几丈余。群婢尽力援夺，不能胜。遂拥（方）升榻款接。自是，晓去暮来，无计可脱。心所欲物，未常言，不旋踵辄至。方念彦大殊切，报于亲故，招道士行五雷法。又择僧辈作瑜珈道场，皆为长臂捶击，莫克施技。后数月，惨魇语方曰："汝良人自海道将归矣。如至家，切勿露吾事，露则必汝害。汝知吾神通否？"未几，彦大果归。方垂泣曰："妾有弥天之罪，寸斩不足赎。"王惊问故，具言之。王曰："是乃山精木魅，吾必杀之。"乃藏利剑以俟。一日，俨然而至。王拔刀袭逐，中其背，铿铿若金玉声，化为白光，熠煜亘数丈，冲虚去，其后遂绝。

考释

陆寿名（1361—？），字处实，号芝庭，长洲（今江苏省苏州市）人，顺治进士，官宁国府教授。陆寿名对北宋李昉等奉敕编修的《太平广记》评价极高，他在《序》中说《太平广记》是一部"囊括古今，可为格物致知之一助"的资料宝库。他同时也指出，"其中放失漏闻"在所不免，且有"遗所当言，废所当录者亦复不少"。因此，他"仿其规制，节记其事"，又编了这部《续太平广记》。

《续太平广记》有八则笔记与海洋有关，充分反映出陆寿名对于海洋的关注。

《鹏羽》《海雕》《海产》和《海蛮师》四则笔记，记叙的都是怪诞性的海洋见闻，又一次体现了清代海洋叙事的志怪特性。

　　《巨鱼》和《海大鱼》都属于大鱼叙事系列。但是陆寿名尽可能用客观可信的手法予以描述，所以虽然鱼大得惊人，但仍然给人以真实而不是夸张的感觉。

　　《人鱼》属于"人鱼"叙事，但很有特质。它美丽，富有人情味。

　　《王彦大》，内容与洪迈《夷坚志》中同名小说完全一致，可知其辑录自《夷坚志》。

七十七、[清] 褚人获《坚瓠集》（5则）

[清]褚人获《坚瓠集》，上海古籍出版社2012年版。

老婆牙

徐渊子舍人善谐谑。丁少詹与妻有违言，弃家居茶寮，茹斋诵经，日买海物放生，久不归。妻求徐解之，徐许诺，见卖老婆牙者，买一篮饷丁，作词曰："茶寮山上一头陀，新来学得么？蝤蛑螃蟹与乌螺，知他放几多。有一物似蜂窠，姓牙名老婆。虽然无奈得他何，如何放得他。"丁大笑而归。

海人

《楮记室》载海商言：南海时有海人出，其如僧人，颇小，登舟而坐，戒舟人寂然不动，少倾复沉于水。否则大风翻舟。又《代醉编》载：海人须眉皆具，特手指相连，略如兔爪，西域曾捕得之，进于国王，不言不笑。王以为不可狎而蓁也，纵之于海。其人转盼视人，合掌低头，如叩谢状，继又鼓掌大笑，放步踏波而去。元时又有一人泛海，忽见一稚子自水中出，坐于船头，舟人不敢惊，良久入水而去。又金时龙见于燕京旧塘泺，手托一婴儿，如少年中官状，红袍玉带，略无怖畏之容，经三时始没。由此观之，水中亦自有人类，但幽冥相隔，不可相知耳。观温太真牛渚燃犀事可见。

海女

《松漠纪闻》载：噶兰达地有人于海中获一女子，口不能言，与之饮辄饮，与之食辄食，久乃为人役使。其见神像，亦知拜伏。身上有皮下垂，宛如衣服被于四肢，但着体而生，不可脱卸耳。

海中黑孩

南通州边海镇台诺公迈，有马二百余，放青海口。司牧者每见群马惊跃，望内地而驰者，不一次。群牧疑为盗马者，遂早晚候之，选骏骑沿海从外蹑之者数矣，并无人迹。逮后方得一小黑孩，从海中出，则群马为之奔逸也。牧人共擒得之，以进诺公，诺公即着众牧豢养之，无使逸去。始则不食；继而知饿，勉食粥饭，严寒衣之衣亦衣，渐识人言，久之亦遂能人语。但其肌肤纯黑，眼珠绿而齿殊黄，若五官则尽与人同。四年之久，防闲者亦疏，因长夏无衣，复逸入海，而不知所之。想即鲛人之类欤。此乃齐门司阍张瑞石所亲知目见者。

海滨元宝

崇正癸未，维亭钱裕鞠，合伙入海贸易，共一百二十余人。适飓风作，飘泊穷滨，因共登岸。见一处屋宇巍然，入其中，床帐罗列，米麦俱备，触之皆灰也。旁有一库，扃钥甚固。众竭力启视，则元宝填塞，各怀其四五，还舟前去，货亦倍利而归。后诸人复欲往觅，惟裕鞠为顾邵南力劝乃止。而一百二十余人，往者无一还家。

考释

褚人获（1625—1682），字稼轩，又字学稼，号石农，江苏长洲（今江苏苏州）人。他有多方面的才能，著作颇丰。传世的有《坚瓠集》《读史随笔》《退佳琐录》《续蟹集》《宋贤群辅录》等。他交游广泛，与毛宗岗等清初著名作家过从甚密。

《坚瓠集》是他的代表作，共有十六卷，其中甲集至癸集各四卷，续集四卷，广集、补集必集各六卷，余集四卷。《坚瓠集》的书名来自于《庄子·逍遥游》中"五石瓠"事，意思为这本书的内容空廓无用。这显然是作者的自谦。其实《坚瓠集》很有内涵，它是褚人获积十余年采撷而成，上至经史子集、天文地理，下至里谣杂说、志怪风俗，无不包容。叙事上也生动有序，多有可观之处。

这里辑录《老婆牙》等 5 则涉海故事，各有特色。《老婆牙》中的"老婆牙"本是一种海洋贝类，浙东一带叫做海瓜籽，因其肉质细嫩洁白，类似美女牙齿，故称"老婆牙"。但是在褚人获笔下，它又成了对老婆的昵称。故事巧妙借用"老婆牙"之名，唤醒丈夫对于妻子的感情，撮合了他们夫妻情感的美满，很富有诗意。

《海人》《海女》和《海中黑孩》，写的都是来自于海洋的人形生物，但其实并不相同。《海人》偏向于海洋人鱼叙事。它的材料主要来自于明潘埙编著的类书《楮记室》和明张鼎思所撰《琅琊代醉编》。里面出现的"海人"，更多具有"人形鱼"的特征。但是《海女》和《海中黑孩》中的"海人"，则人类的属性非常明显，所以他们或许其实就是蛮岛上生活的土著部落人，不幸被俘获。

《海滨元宝》主旨是不可贪婪的劝诫，但里面包含的"合伙入海贸易"，而且其船队成员规模多达 120 多人的海洋经济活动信息，还是值得关注的。

七十八、[清] 屈大均《广东新语》（7则）

[清] 屈大均《广东新语》，中华书局 1985 年版。

海神

凡渡海风波不起，岛屿晴明，忽见朱旗绛节，骖驾双螭，海女人鱼，后先导从，是海神游也。

蛋家艇

"诸蛋以艇为家，是曰蛋家。其有男未聘，则置盆草于梢。女未受聘，则置盆花于梢。以致媒妁。婚时以蛮歌相迎。男歌胜则夺女过舟。其女大者曰鱼姊，小曰蚬妹。鱼大而蚬小，故姊曰鱼而妹曰蚬云。蛋人善没水。每持刀橹水中与巨鱼斗。见大鱼在岩穴中，或与之嬉戏，抚摩鳞鬣，俟大鱼口张，以长绳系钩，钩两腮，牵之而出。或数十人张罟，则数人下水，诱引大鱼入罟；罟举，人随之而上。亦尝有被大鱼吞啖者。或大鱼还穴，横塞穴口，己在穴中不能出而死者。海鳅长者亘百里，背常负子，蛋人辄以长绳系枪飞刺之，候海鳅子毙，拽出沙潭，取其脂，货至万钱。蛋妇女皆嗜生鱼，能汩泅，昔时称为龙户者，以其入水辄绣面文身，以象蛟龙之子，行水中三四十里，不遭物害。今止名曰獭家。女为獭而男为龙，以其皆非人类也。

怪鱼

海上多怪鱼，大小不一，开洋时，随风鼓舞，往往飞入舶中，人不敢取。有一鱼长数十丈，其首有二大孔，喷水上出，遇舶则昂首注水舶中，须臾而满。巫以钜瓮投之，连吞数瓮则逝。有一鱼嘴长丈许，有龋刻如锯，能与力战而胜，以救海舶。又有鱼长二十余丈，性最良善。或渔人为恶鱼所困，此鱼辄为渔入解围。又大风雨时，有海怪被发红面，乘鱼而往来。乘鱼者亦鱼也，谓之人鱼。人鱼雄者为海和尚，雌者为海女，能为舶祟。火长有祝云："毋逢海女，毋见人鱼。"人鱼之种族有卢亭者，新安大鱼山与南亭竹没老万山多有之。其长如人，有牝牡，毛发焦黄而短，眼睛亦黄，面黧黑，尾长寸许，见人则惊怖入水，往往随波飘至，人以为怪，竞逐之。有得其牝者，与之淫，不能言语，惟笑而已。久之，能著衣食五谷。携至大鱼山，仍没入水。盖人鱼之无害于人者。人鱼长六七尺，体发牝牡亦人，惟背有短鬣微红，知其为鱼。间出沙汭能媚人，舶行遇者，必作法禳厌。海和尚多人首鳖身，足差长无甲。

海鳅

海鳅之出，其长亘百里，牡蛎、蚌蠃积其背，崒屼如山。舟人误以为岛屿，就之往往倾覆。昼喷水，为潮为汐。夜喷火，海面尽赤，望之如天雨火。予诗云："势欲吞舟去，光先喷火来。"又云："海鳅吐阴火，千里波潮红。"盖阴火生于海，阳火生于山。阳火为雷以起龙，阴火为风以起大鱼，固造化之常。而石尤风则海鳅益起，艚船弗及避，为所吞噬，犹夫鰕鲻之微。鳅非有意于吞舟也，其气呼吸所致也。有海龙翁者，大如屋宇，亦知风。

海鳛

长数百里或千里，穴居海底。入穴则海水为潮，出穴则水潮退。其出入有节，故潮水有期，是名潮鱼。昔人多以为潮者海鳛之所为，不知潮长则海鳛随之出，潮消则海鳛随之入，海鳛之出入以潮，非海鳛之自能为潮也。此海鱼之应潮者也。

暨鱼

暨鱼，大者长二丈余，脊若锋刃。尝至南海庙前，谓之来朝。或一年数至，或数十年一至。若来数，则人有疫疾。《志》称：南海岁有风鱼之灾。风，飓风，鱼谓暨鱼也。有乌白二种，来辄有风，故又曰风鱼。暨一作鱀。谚曰："乌鱀白鱀，不劳频至。"

潜龙鲨

南海有巨鱼曰潜龙鲨，盖鱼种而龙者也。有网得者，长五尺许，重百斤。其小鱼从者数千，至不可网。肉甚甘，诸骨柔脆，惟鳞坚不可食。鳞大者如掌，可为带及酒器饰，小者中杂佩。脊一行，腹二行，鳞皆十三。两翅两行，鳞皆三十。琼州唐伯元以为其脊一行，腹与翅行皆两者，五行也。天地之数各五也，脊一腹二，阳奇阴偶，天一地二也。十者天地之成数，天十而余三,三三为九,乾元所以用九也。地二十而余六，阳进而阴不能也，坤元所以用六也。翅三十者，一月之数也。两翅合而甲子一周也。总之九十九鳞，群龙所以无首，河图所以虚中，大衍之用所以不满五十也。盖《易》教也。

黄雀鱼

有黄雀鱼者，多产惠州，八月化为黄雀，十月后复化为鱼，鱼与黄雀迭相化也。吾不知其始为鱼而终为黄雀耶，抑始为黄雀而终为鱼也。鱼与黄雀，化于何始于何终？他鱼不化，而黄雀鱼独化，其必有故矣。《交州记》云：南海有黄鱼，九月变为鹑。鹑，黄雀也。鱼本黄鱼而曰黄雀鱼，黄鱼本于黄雀，故曰黄雀鱼。闻其名则知其为黄雀所化矣，然则黄雀先而鱼后矣。然黄鱼以黄雀为始，而黄雀不以黄鱼终，则又何也。有秋风鸟，产雷州，亦鱼之所化。化必以八月望前五日，从风而起，自南至北，中秋后则无之，故曰秋风鸟。其亦黄雀鱼之为怪乎？有海鳠者，亦能化。岁二八月群至沙洲，移时化而为鸟，是曰火鸠。海人噪而惊之，化者十五，鳞鬣不开者不全化矣。食之自秋至冬，濒海皆足。有以为馈者，发之，乌首而鱼身者二。客愀然曰："是欲化而不可得者也，无乃人离造化之情耶？尚忍食哉！"命弃之。

鼠鲇乌贼

有鲇者，产于南海，每暴尾沙际以绐鼠，鼠见之，谓且失水，舐而将食之，被卷入水。有乌贼者，腹中有墨，吐之以自卫。尝浮水上，乌见以为死矣，往啄之，被卷入水。二鱼皆性黠，为鼠与乌之贼。然鼠与乌，以高而为下者所食，亦可以为贪而下求者之戒。或曰：乌贼鱼相传乌所化，乌所化而还食乌，故曰乌贼。乌不贼乌，化为鱼乃以贼乌，鱼乐而乌苦矣。

鲨虎

南海多鲨鱼，虎头鳖足，有黑纹，巨者二百余斤。尝以暮春至海山之麓，旬日化为虎，惟四足难化，经月乃成。有虎皮、白皮、料影三种。鲨鱼亦能化虎，故凡炳炳成章者，虎之虎也。纹直而疏且长者，鲨之虎也，有见鲨之虎者，但击其足则毙之。或曰：鳄鱼一名忽雷，秋时亦多化虎而三爪。然则南海之虎类多矣。鲨与鳄之所化者，人犹能识之，人之所化者，未知何状。或曰：今之世未见有人如牛哀之化虎者也，止见有虎之化人耳。噫！

考释

屈大均（1630—1696），号非池，字骚余，又字翁山、介子，号菜圃，广东番禺人。明末清初著名学者、诗人。他的《广东新语》，记录了广东许多地方史史料，有"广东大百科"之誉。

由于濒临海洋，《广东新语》中的海洋内容非常丰富，"水语""舟语"和"鳞语"部分，记叙的都是南海的水情、海船和鱼类等海洋生物。另外在

"地语"和"山语"中，甚至在"人语""事语"中，也有大量的南海沿海海门和岛礁岛的内容。这使得它成为明代黄衷《海语》之后，又一部标志性的南海书写的杰作。

《广东新语》虽然是一种类似于方志的写作，并非是一般意义上的叙事类作品。但是其中也不乏笔记性叙事文学的美质。《蛋家艇》记叙了疍民独特的生活和生产风俗，很是生动。《海鳅》出没大海的场面描写也非常壮观。《潜龙鲨》《黄雀鱼》和《鼠鲇乌贼》以及《鲨虎》，都是非常精彩的鱼文化叙述性随笔。这些作品既有丰富的海洋内容，同时又具有可读性和趣味性很强的文学魅力。

七十九、[清] 蒲松龄《聊斋志异》（10则）

[清] 蒲松龄《聊斋志异》，上海古籍出版社 1998 年版。

海大鱼

海滨故无山。一日，忽见峻岭重迭，绵亘数里，众悉骇怪。又一日，山忽他徙，化而乌有。相传海中大鱼，值清明节，则携眷口往拜其墓，故寒食时多见之。

（卷二）

海公子

东海古迹岛，有五色耐冬花，四时不凋。而岛中古无居人，人亦罕到之。登州张生，好奇，喜游猎。闻其佳胜，备酒食，自棹扁舟而往。至则花正繁，香闻数里；树有大至十余围者。反复留连，甚惬所好。开尊自酌，恨无同游。忽花中一丽人来，红裳眩目，略无伦比。见张，笑曰："妾自谓兴致不凡，不图先有同调。"张惊问："何人？"曰："我胶娼也。适从海公子来。彼寻胜翱翔，妾以艰于步履，故留此耳。"张方苦寂，得美人，大悦，招坐共饮。女言词温婉，荡人神志。张爱好之，恐海公子来，不得尽欢，因挽与乱。女忻从之。相狎未已，忽闻风肃肃，草木偃折有声。女急推张起，曰："海公子至矣。"张束衣愕顾，女已失去，旋见一大蛇，自丛树中出，粗于巨筒。张惧，惮身大树后，冀蛇不睹。蛇近前，以身绕人并树，纠缠数匝；两臂直束胯间，不可少屈。昂其首，以舌刺张鼻。鼻血下注，流地上成洼，乃俯就饮之。张自分必死，忽忆腰中佩荷囊，有毒狐药，因以二指夹出，破裹堆掌中；又侧颈自顾其掌，令血滴药上，顷刻盈把。蛇果就掌吸饮。饮未及尽，遽伸其体，摆尾若霹雳声，触树，树半体崩落，蛇卧地如梁而毙矣。张亦眩，莫能起，移时方苏。载蛇而归，大病月余，疑女子亦蛇精也。

（卷二）

夜叉国

交州徐姓，泛海为贾，忽被大风吹去。开眼至一处，深山苍莽。冀有居人，遂缆船而登，负糗腊焉。方入，见两崖皆洞口，密如蜂房，内隐有人声。至洞外，伫足一窥，中有夜叉二，牙森列戟，目闪双灯，爪劈生鹿而食。惊散魂魄，急欲奔下，则夜叉已顾见之，辍食执入。二物相语，如鸟兽鸣，争裂徐衣，似欲啖啖。徐大惧，取橐中糗糒，并牛脯进之。分啖甚美。复翻徐橐，徐摇手以示其无，夜叉怒，又执之。徐哀之曰："释我。我舟中有釜甑可烹饪。"夜叉不解其语，仍怒。徐再与手语，夜叉似微解。从至舟，取具入洞，束薪燃火，煮其残鹿，熟而献之。二物啖之喜。夜以巨石杜门，似恐徐遁，徐曲体遥卧，深惧不免。

天明二物出，又杜之。少顷携一鹿来付徐，徐剥革，于深洞处取流水，汲煮数釜。俄有数夜叉至，群集吞啖讫，共指釜，似嫌其小。过三四日，一夜叉负一大釜来，似人所常用者。于是群夜叉各致狼麋。既熟，呼徐同啖。居数日，夜叉渐与徐熟，出亦不施禁锢，聚处如家人。徐渐能察声知意，辄效其音，为夜叉语。夜叉益悦，携一雌来妻徐。徐初畏惧莫敢伸，雌自开其股就徐，徐乃与交，雌大欢悦。每留肉饵徐，若琴瑟之好。

一日诸夜叉早起，项下各挂明珠一串，更番出门，若伺贵客状。命徐多煮肉，徐以问雌，雌云："此天寿节。"雌出谓众夜叉曰："徐郎无骨突子。"众各摘其五，并付雌。雌又自解十枚，共得五十之数，以野苎为绳，穿挂徐项。徐视之，一珠可直百十金。俄顷俱出。徐煮肉毕，雌来邀去，云："接天王。"至一大洞广阔数亩，中有石滑平如几，四圈俱有石坐，上一坐蒙一豹革，余皆以鹿。夜叉二三十辈，列坐满中，少顷。大风扬尘，张皇都出。见一巨物来，亦类夜叉状，竟奔入洞，踞坐鹗顾。群随入，东西列立，

253

悉仰其首，以双臂作十字交。大夜叉按头点视。问："卧眉山众尽于此乎？"
群哄应之。顾徐曰："此何来？"雌以"婿"对，众又赞其烹调。即有二三夜
叉，奔取熟肉陈几上，大夜叉搊啖尽饱，极赞嘉美，且责常供。又顾徐云：
"骨突子何短？"众曰："初来未备。"物于项上摘取珠串，脱十枚付之，俱
大如指顶，圆如弹丸，雌急接代徐穿挂，徐亦交臂作夜叉语谢之。物乃去，
蹑风而行，其疾如飞。众始享其余食而散。

居四年余，雌忽产，一胎而生二雄一雌，皆人形不类其母。众夜叉皆喜
其子，辄共拊弄。一日皆出攫食，惟徐独坐，忽别洞来一雌欲与徐私，徐
不肯。夜叉怒，扑徐踣地上。徐妻自外至，暴怒相搏，龁断其耳。少顷其
雄亦归，解释令去。自此雌每守徐，动息不相离。又三年，子女俱能行步，
徐辄教以人言，渐能语，啁啾之中有人气焉，虽童也，而奔山如履坦途，
与徐依依有父子意。

一日雌与一子一女出，半日不归，而北风大作。徐恻然念故乡，携子
至海岸，见故舟犹存，谋与同归。子欲告母，徐止之。父子登舟，一昼夜
达交。至家妻已醮。出珠二枚，售金盈兆，家颇丰。子取名彪，十四五
岁，能举百钧，粗莽好斗。交帅见而奇之，以为千总。值边乱，所向有功，
十八为副将。

时一商泛海，亦遭风，飘至卧眉，方登岸，见一少年，视之而惊。知为
中国人，便问居里，商以告。少年曳入幽谷一小石洞，洞外皆丛棘，且嘱
勿出。去移时，挟鹿肉来啖商。自言："父亦交人。"商问之，而知为徐，商
在客中尝识之。因曰："我故人也。今其子为副将。"少年不解何名。商曰：
"此中国之官名。"又问："何以为官？"曰："出则舆马，入则高堂，上一呼
而下百诺，见者侧目视，侧足立，此名为官。"少年甚歆动。商曰："既尊
君在交，何久淹此？"少年以情告。商劝南旋，曰："余亦常作是念。但母
非中国人，言貌殊异，且同类觉之必见残害，用是辗转。"乃出曰："待北风
起，我来送汝行。烦于父兄处，寄一耗问。"商伏洞中几半年。时自棘中外
窥，见山中辄有夜叉往还，大惧，不敢少动。一日北风策策，少年忽至，
引与急窜。嘱曰："所言勿忘却。"商应之。又以肉置几上，商乃归。

径抵交，达副总府，备述所见。彪闻而悲，欲往寻之。父虑海涛妖薮，险恶难犯，力阻之。彪抚膺痛哭，父不能止。乃告交帅，携两兵至海内。逆风阻舟，摆簸海中者半月。四望无涯，咫尺迷闷，无从辨其南北。忽而涌波接汉，乘舟倾覆，彪落海中，逐浪浮沉。久之被一物曳去，至一处竟有舍宇。彪视之，一物如夜叉状。彪乃作夜叉语，夜叉惊讯之，彪乃告以所往。夜叉喜曰：“卧眉我故里也，唐突可罪！君离故道已八千里。此去为毒龙国，向卧眉非路。”乃觅舟来送彪。夜叉在水中，推行如矢，瞬息千里，过一宵已达北岸，见一少年临流瞻望。彪知山无人类，疑是弟，近之，果弟，因执手哭。既而问母及妹，并云健安。彪欲偕往，弟止之，仓忙便去。回谢夜叉，则已去。未几母妹俱至，见彪俱哭。彪告其意，母曰：“恐去为人所凌。”彪曰：“儿在中国甚荣贵，人不敢欺。”归计已决，苦逆风难度。母子方徊徨间，忽见布帆南动，其声瑟瑟。彪喜曰：“天助吾也！”相继登舟，波如箭激，三日抵岸，见者皆奔。彪向三人脱分袍袴。抵家，母夜叉见翁怒骂，恨其不谋，徐谢过不遑。家人拜见家主母，无不战栗。彪劝母学作华言，衣锦，厌粱肉，乃大欣慰。母女皆男儿装，类满制。数月稍辨语言，弟妹亦渐白皙。

弟曰豹，妹曰夜儿，俱强有力。彪耻不知书，教弟读，豹最慧，经史一过辄了。又不欲操儒业，仍使挽强弩，驰怒马，登武进士第，聘阿游击女，夜儿以异种无与为婚。会标下袁夺备失偶，强妻之。夜儿开百石弓，百余步射小鸟，无虚落。袁每征辄与妻俱，历任同知将军，奇勋半出于闺门。豹三十四岁挂印，母尝从之南征，每临巨敌，辄擐甲执锐为子接应，见者莫不辟易。诏封男爵。豹代母疏辞，封夫人。

异史氏曰：“夜叉夫人，亦所罕闻，然细思之而不罕也。家家床头有个夜叉在。”

（卷三）

罗刹海市

马骥字龙媒，贾人子，美丰姿，少倜傥，喜歌舞。辄从梨园子弟，以锦帕缠头，美如好女，因复有"俊人"之号。十四岁入郡庠，即知名。父衰老罢贾而归，谓生曰："数卷书，饥不可煮，寒不可衣，吾儿可仍继父贾。"马由是稍稍权子母。

从人浮海，为飓风引去，数昼夜至一都会。其人皆奇丑，见马至，以为妖，群哗而走。马初见其状，大惧，迨知国中之骇己也，遂反以此欺国人。遇饮食者则奔而往，人惊遁，则啜其余。

久之，入山村，其间形貌亦有似人者，然褴褛如丐。马息树下，村人不敢前，但遥望之。久之觉马非噬人者，始稍稍近就之。马笑与语，其言虽异，亦半可解。马遂自陈所自，村人喜，遍告邻里，客非能搏噬者。然奇丑者望望即去，终不敢前；其来者，口鼻位置，尚皆与中国同，共罗浆酒奉马，马问其相骇之故，答曰："尝闻祖父言：西去二万六千里，有中国，其人民形象率诡异。但耳食之，今始信。"问其何贫，曰："我国所重，不在文章，而在形貌。其美之极者，为上卿；次任民社；下焉者，亦邀贵人宠，故得鼎烹以养妻子。若我辈初生时，父母皆以为不祥，往往置弃之，其不忍遽弃者，皆为宗嗣耳。"问："此名何国？"曰："大罗刹国。都城在北去三十里。"马请导往一观。于是鸡鸣而兴，引与俱去。

天明，始达都。都以黑石为墙，色如墨，楼阁近百尺。然少瓦。覆以红石，拾其残块磨甲上，无异丹砂。时值朝退，朝中有冠盖出，村人指曰："此相国也。"视之，双耳皆背生，鼻三孔，睫毛覆目如帘。又数骑出，曰："此大夫也。"以次各指其官职，率狰狞怪异。然位渐卑，丑亦渐杀。

无何，马归，街衢人望见之，嗥奔跌蹶，如逢怪物。村人百口解说，市人始敢遥立。既归，国中咸知有异人，于是搢绅大夫，争欲一广见闻，遂令村人要马。每至一家，阍人辄阖户，丈夫女子窃窃自门隙中窥语，终一日，无敢延见者。村人曰："此间一执戟郎，曾为先王出使异国，所阅人多，或不以子为惧。"造郎门。郎果喜，揖为上客。视其貌，如八九十岁人。目睛突出，须卷如猬。曰："仆少奉王命出使最多，独未至中华。今一百二十余岁，又得见上国人物，此不可不上闻于天子。然臣卧林下，十余年不践朝阶，早旦为君一行。"乃具饮馔，修主客礼。酒数行，出女乐十余人，更番歌舞。貌类夜叉，皆以白锦缠头，拖朱衣及地。扮唱不知何词，腔拍恢诡。主人顾而乐之。问："中国亦有此乐乎？"曰："有"。主人请拟其声，遂击桌为度一曲。主人喜曰："异哉！声如凤鸣龙啸，从未曾闻。"翼日趋朝，荐诸国王。王忻然下诏，有二三大夫言其怪状，恐惊圣体，王乃止。郎出告马，深为扼腕。

　　居久之，与主人饮而醉，把剑起舞，以煤涂面作张飞。主人以为美，曰："请君以张飞见宰相，厚禄不难致。"马曰："游戏犹可，何能易面目图荣显？"主人强之，马乃诺。主人设筵，邀当路者，令马绘面以待。客至，呼马出见客。客讶曰："异哉！何前媸而今妍也！"遂与共饮，甚欢。马婆娑歌"弋阳曲"，一座无不倾倒。明日交章荐马，王喜，召以旌节。既见，问中国治安之道，马委曲上陈，大蒙嘉叹，赐宴离宫。酒酣，王曰："闻卿善雅乐，可使寡人得而闻之乎？"马即起舞，亦效白锦缠头，作靡靡之音。王大悦，即日拜下大夫。时与私宴，恩宠殊异。

　　久而官僚知其面目之假，所至，辄见人耳语，不甚与款洽。马至是孤立，惘然不自安。遂上疏乞休致，不许；又告休沐，乃给三月假。于是乘传载金宝，复归村。村人膝行以迎。马以金资分给旧所与交好者，欢声雷动。村人曰："吾侪小人受大夫赐，明日赴海市，当求珍玩以报"，问："海市何地？"曰："海中市，四海鲛人，集货珠宝。四方十二国，均来贸易。中多神人游戏。云霞障天，波涛间作。贵人自重，不敢犯险阻，皆以金帛付我辈代购异珍。今其期不远矣。"问所自知，曰："每见海上朱鸟往来，七日即市。"马问行期，欲同游瞩，村人劝使自贵。马曰："我顾沧海客，何畏风涛？"

　　未几，果有踵门寄资者，遂与装资入船。船容数十人，平底高栏。十人摇橹，激水如箭。凡三日，遥见水云幌漾之中，楼阁层叠，贸迁之舟，纷集如蚁。少时抵城下，视墙上砖皆长与人等，敌楼高接云汉。维舟而入，见市上所陈，奇珍异宝，光明射目，多人世所无。一少年乘骏马来，市人尽奔避，云是"东洋三世子。"世子过，目生曰："此非异域人。"即有前马者来诘乡籍。生揖道左，具展邦族。世子喜曰："既蒙辱临，缘分不浅！"于是授生骑，请与连辔。

乃出西城，方至岛岸，所骑嘶跃入水。生大骇失声。则见海水中分，屹如壁立。俄睹宫殿，玳瑁为梁，鲂鳞作瓦，四壁晶明，鉴影炫目。下马揖入。仰视龙君在上，世子启奏："臣游市廛，得中华贤士，引见大王。"生前拜舞。龙君乃言："先生文学士，必能衔官屈、宋。欲烦椽笔赋'海市'，幸无吝珠玉。"生稽首受命。授以水晶之砚，龙鬣之毫，纸光似雪，墨气如兰。生立成千余言，献殿上。龙君击节曰："先生雄才，有光水国矣！"遂集诸龙族，宴集采霞宫。酒炙数行，龙君执爵向客曰："寡人所怜女，未有良匹，愿累先生。先生倘有意乎？"生离席愧荷，唯唯而已。龙君顾左右语。无何，宫女数人扶女郎出，佩环声动，鼓吹暴作，拜竟睨之，实仙人也。女拜已而去。少时酒罢，双鬟挑画灯，导生入副宫，女浓妆坐伺。珊瑚之床饰以八宝，帐外流苏缀明珠如斗大，衾褥皆香软。天方曙，雏女妖鬟，奔入满侧。生起，趋出朝谢。拜为驸马都尉。以其赋驰传诸海。诸海龙君，皆专员来贺，争折简招驸马饮。生衣绣裳，坐青虬，呵殿而出。武士数十骑，背雕弧，荷白棓，晃耀填拥。马上弹筝，车中奏玉。三日间，遍历诸海。由是"龙媒"之名，噪于四海。

宫中有玉树一株，围可合抱，本莹澈如白琉璃，中有心淡黄色，稍细于臂，叶类碧玉，厚一钱许，细碎有浓阴。常与女啸咏其下。花开满树，状类蘡薁。每一瓣落，锵然作响。拾视之，如赤瑙雕镂，光明可爱。时有异鸟来鸣，毛金碧色，尾长于身，声等哀玉，恻人肺腑。生闻之，辄念故土。因谓女曰："亡出三年，恩慈间阻，每一念及，涕膺汗背。卿能从我归乎？"女曰："仙尘路隔，不能相依。妾亦不忍以鱼水之爱，夺膝下之欢。容徐谋之。"生闻之，涕不自禁。女亦叹曰："此势之不能两全者也！"

明日，生自外归。龙王曰："闻都尉有故土之思，诘旦趣装，可乎？"生谢曰："逆旅孤臣，过蒙优宠，衔报之思，结于肺腑。容暂归省，当图复聚耳。"入暮，女置酒话别。生订后会，女曰："情缘尽矣。"生大悲，女曰："归养双亲，见君之孝，人生聚散，百年犹旦暮耳，何用作儿女哀泣？此后妾为君贞，君为妾义，两地同心，即伉俪也，何必旦夕相守，乃谓之偕老乎？若渝此盟，婚姻不吉。倘虑中馈乏人，纳婢可耳。更有一事相嘱：自奉衣裳，似有佳朕，烦君命名。"生曰："其女耶可名龙宫，男耶可名福海。"女乞一物为信，生在罗刹国所得赤玉莲花一对，出以授女。女曰："三年后四月八日，君当泛舟南岛，还君体胤。"女以鱼革为囊，实以珠宝，授生曰："珍藏之，数世吃着不尽也。"天微明，王设祖帐，馈遗甚丰。生拜别出宫，女乘白羊车。送诸海涘。生上岸下马，女致声珍重，回车便去，少顷便远，海水复合，不可复见。生乃归。

自浮海去，家人无不谓其已死；及至家人皆诧异。幸翁媪无恙，独妻已去帷。乃悟龙女"守义"之言，盖已先知也。父欲为生再婚，生不可，纳婢焉。谨志三年之期，泛舟岛中。见两儿坐在水面，拍流嬉笑，不动亦不沉。近引之，儿哑然捉生臂，跃入怀中。其一大啼，似嗔生之不援己者。亦引上之。细审之，一男一女，貌皆俊秀。额上花冠缀玉，则赤莲在焉。背有锦囊，拆视，得书云："翁姑俱无恙。忽忽三年，红尘永隔；盈盈一水，青鸟难通，结想为梦，引领成劳。茫茫蓝蔚，有恨如何也！顾念奔月姮娥，且虚桂府；投梭织女，犹怅银河。我何人斯，而能永好？兴思及此，辄复破涕为笑。别后两月，竟得孪生。今已咿啾怀抱，颇解言笑；觅枣抓梨，不母可活。敬以还君。所贻赤玉莲花，饰冠作信。膝头抱儿时，犹妾在左右也。闻君克践旧盟，意愿斯慰。妾此生不二，之死靡他。奁中珍物，不蓄兰膏；镜里新妆，久辞粉黛。君似征人，妾作荡妇，即置而不御，亦何得谓非琴瑟哉？独计翁姑已得抱孙，曾未一觌新妇，揆之情理，亦属缺然。岁后阿姑窀穸，当往临穴，一尽妇职。过此以往，则'龙宫'无恙，不少把握之期；'福海'长生，或有往还之路。伏惟珍重，不尽欲言。"生反覆省书揽涕。两儿抱颈曰："归休乎！"生益恸抚之，曰："儿知家在何许？"儿啼，呕哑言归。生视海水茫茫，极天无际，雾鬟人渺，烟波路穷。抱儿返棹，怅然遂归。

生知母寿不永，周身物悉为预具，墓中植松楸百余。逾岁，媪果亡。灵舆至殡宫，有女子缞绖临穴。众惊顾，忽而风激雷轰，继以急雨，转瞬已失所在。松柏新植多枯，至是皆活。福海稍长，辄思其母，忽自投入海，数日始还。龙宫以女子不得往，时掩户泣。一日昼瞑，龙女急入，止之曰："儿自成家，哭泣何为？"乃赐八尺珊瑚一株，龙脑香一帖，明珠百粒，八宝嵌金合一双，为嫁资。生闻之突入，执手啜泣。俄顷，迅雷破屋，女已无矣。

异史氏曰："花面逢迎，世情如鬼。嗜痂之癖，举世一辙。'小惭小好，大惭大好'。若公然带须眉以游都市，其不骇而走者盖几希矣！彼陵阳痴子，将抱连城玉向何处哭也？呜呼！显荣富贵，当于蜃楼海市中求之耳！"

（卷四）

仙人岛

王勉字黾斋，灵山人。有才思，屡冠文场，心气颇高，善诮骂，多所凌折。偶遇一道士，视之曰："子相极贵，然被'轻薄孽'折除几尽矣。以子智慧，若反身修道，尚可登仙籍。"王嗤曰："福泽诚不可知，然世上岂有仙人！"道士曰："子何见之卑？无他求，即我便是仙耳。"王乃益笑其诬。道士曰："我何足异。能从我去，真仙数十，可立见之。"问："在何处？"曰："咫尺耳。"遂以杖夹股间，即以一头授生，令如己状。嘱合眼，呵曰："起！"觉杖粗如五斗囊，凌空翕飞，潜扪之，鳞甲齿齿焉。骇惧，不敢复动。移时，又呵曰："止！"即抽杖去，落巨宅中，重楼延阁，类帝王居。有台高丈余，台上殿十一楹，弘丽无比。道士曳客上，即命童子设筵招宾。殿上列数十筵，铺张炫目。道士易盛服以伺。

少顷，诸客自空中来，所骑或龙、或虎、或鸾凤，不一类。又各携乐器。有女子，有丈夫，有赤其两足。中独一丽者跨彩凤，宫样妆束，有侍儿代抱乐具，长五尺以来，非琴非瑟，不知其名。酒既行，珍肴杂错，入口甘芳，并异常馐。王默然寂坐，惟目注丽者，然心爱其人，而又欲闻其乐，窃恐其终不一弹。酒阑，一叟倡言曰："蒙崔真人雅召，今日可云盛会，自宜尽欢。请以器之同者，共队为曲。"于是各合配旅。丝竹之声，响彻云汉。独有跨凤者，乐伎无偶。群声既歇，侍儿始启绣囊横陈几上。女乃舒玉腕，如搊筝状，其亮数倍于琴，烈足开胸，柔可荡魄。弹半炊许，合殿寂然，无有咳者。既阕，铿尔一声，如击清磬。并赞曰："云和夫人绝技哉！"大众皆起告别，鹤唳龙吟，一时并散。

　　道士设宝榻锦衾，备生寝处。王初睹丽人心情已动，闻乐之后涉想犹劳；念己才调，自合芥拾青紫，富贵后何求弗得；顷刻百绪，乱如蓬麻。道士似已知之，谓曰："子前身与我同学，后缘意念不坚，遂坠尘网。仆不自他于君，实欲拔出恶浊；不料迷晦已深，梦梦不可提悟。今当送君行。未必无复见之期，然作天仙须再劫矣。"遂指阶下长石，令闭目坐，坚嘱无视。已，乃以鞭驱石。石飞起，风声灌耳，不知所行几许。忽念下方景界未审何似，隐将两眸微开一线，则见大海茫茫，浑无边际。大惧，即复合，而身已随石俱堕，砰然一响，汩没若鸥。幸凫近海，略谙泅浮。闻人鼓掌曰："美哉跌乎！"

　　危殆方急，一女子援登舟上，且曰："吉利，吉利，秀才'中湿'矣！"视之，年可十六七，颜色艳丽。王出水寒栗，求火燎之。女子言："从我至家，当为处置。苟适意，勿相忘。"王曰："是何言哉！我中原才子，偶遭狼狈，过此图以身报，何但不忘！"女子以棹催艇，疾如风雨，俄已近岸。于舱中携所采莲花一握，导与俱去。半里许入村，见朱户南开，进历数重门，女子先驰入。少间，一丈夫出，是四十许人，揖王升阶，命侍者取冠袍袜履，为王更衣。既，询邦族。王曰："某非相欺，才名略可听闻。崔真人切切眷恋，招升天阙。自分功名反掌，以故不愿栖隐。"丈夫起敬曰："此名仙人岛，远绝人世。文若姓桓，世居幽僻，何幸得近名流。"因而殷勤置酒。又从容而言曰："仆有二女，长者芳云年十六矣，只今未遭良匹，欲以奉侍高人，如何？"王意必采莲人，离席称谢。桓命于邻党中，招二三齿德来。顾左右，立唤女郎。

　　无何，异香浓射，美姝十余辈，拥芳云出，光艳明媚，若芙蕖之映朝日。拜已即坐，群姝列侍，则采莲人亦在焉。酒数行，一垂髫女自内出，仅十余龄，而姿态秀曼，笑倚芳云肘下，秋波流动。桓曰："女子不在闺中，出作何务？"乃顾客曰："此绿云，即仆幼女。颇惠，能记典、坟矣。"因令对客吟诗，遂诵《竹枝词》三章，娇婉可听，便令傍姊隅坐。桓因谓："王郎天才，宿构必富，可使鄙人得闻教乎？"王即慨然诵近体一作，顾盼自雄，中二句云："一身剩有须眉在，小饮能令块磊消。"邻叟再三诵之。芳云低告曰："上句是孙行者离火云洞，下句是猪八戒过子母河也。"一座抚掌。桓请其他，王述《水鸟》诗云："潜头鸣格磔，……"忽忘下句。甫一沉吟，芳云向妹咕咕耳语，遂掩口而笑。绿云告父曰："渠为姊夫续下句矣。云：'狗腚响弸巴。'"合席粲然。

王有惭色，桓顾芳云，怒之以目。王色稍定，桓复请其文艺。王意世外人必不知八股业，乃炫其冠军之作，题为"孝哉闵子骞"二句，破云："圣人赞大贤之孝……"绿云顾父曰："圣人无字门人者，'孝哉……'一句，即是人言。"王闻之，意兴索然。桓笑曰："童子何知！不在此，只论文耳。"王乃复诵，每数句，姊妹必相耳语，似是月旦之词，但嚅嗫不可辨。王诵至佳处，兼述文宗评语，有云："字字痛切。"绿云告父曰："姊云：'宜删"切"字。'"众都不解。桓恐其语嫚，不敢研诘。王诵毕，又述总评，有云："羯鼓一挝，则万花齐落。"芳云又掩口语妹，两人皆笑不可仰。绿云又告曰："姊云：'羯鼓当是四挝。'"众又不解。绿云启口欲言。芳云忍笑呵之曰："婢子敢言，打煞矣！"众大疑，互有猜论。绿云不能忍，乃曰："去'切'字，言'痛'则'不通'。鼓四挝，其声云'不通又不通'也。"众大笑。桓怒呵之，因而自起泛卮，谢过不遑。王初以才名自诩，目中实无千古，至此神气沮丧，徒有汗淫。桓诙而慰之曰："适有一言，请席中属对焉：'王子身边，无有一点不似玉。'"众未措想，绿云应声曰："黾翁头上，再着半夕即成龟。"芳云失笑，呵手扭胁肉数四。绿云解脱而走，回顾曰："何预汝事！汝骂之频频不以为非，宁他人一句便不许耶？"桓咄之，始笑而去。邻叟辞别。诸婢导夫妻入内寝，灯烛屏榻，陈设精备。又视洞房中，牙签满架，靡书不有。略致问难，响应无穷。

王至此，始觉望洋堪羞。女唤"明珰"，则采莲者趋应，由是始识其名。屡受诮辱，自恐不见重于闺阃；幸芳云语言虽虐，而房帏之内，犹相爱好。王安居无事，辄复吟哦。女曰："妾有良言，不知肯嘉纳否？"问："何言？"曰："从此不作诗，亦藏拙之一道也。"王大惭，遂绝笔。久之，与明珰渐狎，告芳云曰："明珰与小生有拯命之德，愿少假以辞色。"芳云乃即许之。每作房中之戏，招与共事，两情益笃，时色授而手语之。芳云微觉，责词重叠，王惟喋喋，强自解免。一夕对酌，王以为寂，劝招明珰。芳云不许，王曰："卿无书不读，何不记'独乐乐'数语？"芳云曰："我言君不通，今益验矣。句读尚不知耶？'独要，乃乐于人要；问乐，孰要乎？曰：不。'"一笑而罢。

适芳云姊妹赴邻女之约，王得间，急引明珰，绸缪备至。当晚，觉小腹微痛，痛已而前阴尽肿。大惧，以告芳云。云笑曰："必明珰之恩报矣！"王不敢隐，实供之。芳云曰："自作之殃，实无可以方略。既非痛痒。听之可矣。"数日不瘥，忧闷寡欢。芳云知其意，亦不问讯，但凝视之，秋水盈盈，朗若曙星。王曰："卿所谓'胸中正，则眸子瞭焉'。"芳云笑曰："卿所谓'胸中不正，则瞭子眸焉'。"盖"没有"之"没"，俗读似"眸"，故以此戏之也。王失笑，哀求方剂。曰："君不听良言，前此未必不疑妾为妒意。不知此婢，原不可近。曩实相爱，而君若东风之吹马耳，故唾弃不相怜。无已，为若治之。然医师必审患处。"乃探衣而咒曰："'黄鸟黄鸟，无止于楚！'"王不觉大笑，笑已而瘥。

逾数月，王以亲老子幼，每切怀忆，以意告女。女曰："归即不难，但会合无日耳。"王涕下交颐，哀与同归，女筹思再三，始许之，桓翁张筵祖饯。绿云提篮入，曰："姊姊远别，莫可持赠。恐至海南，无以为家，夙夜代营宫室，勿嫌草创。"芳云拜而受之。近而审谛，则用细草制为楼阁，大如橼，小如橘，约二十余座，每座梁栋榱题历历可数，其中供帐床榻类麻粒焉。王儿戏视之，而心窃叹其工。芳云曰："实于君言：我等皆是地仙。因有夙分，遂得陪从。本不欲践红尘，徒以君有老父，故不忍违。待父天年，须复还也。"王敬诺。桓乃问："陆耶？舟耶？"王以风涛险，愿陆。出则车马已候于门。谢别而迈，行踪鹜驶。俄至海岸，王心虑其无途。芳云出素练一匹，望南抛去，化为长堤，其阔盈丈。瞬息驰过，堤亦渐收。至一处，潮水所经，四望辽邈。芳云止勿行，下车取篮中草具，偕明珰数辈，布置如法，转眼化为巨第。并入解装，则与岛中居无稍差殊，洞房内几榻宛然。时已昏暮，因止宿焉。早旦，命王迎养。

王命骑趋诣故里，至则居宅已属他姓。问之里人，始知母及妻皆已物故，惟老父尚存。子善博，田产并尽，祖孙莫可栖止，暂僦居于西村。王初归时，尚有功名之念，不恝于怀；及闻此况，沉痛大悲，自念富贵纵可携取，与空花何异。驱马至西村见父，衣服滓敝，衰老堪怜。相见，各哭失声；问不肖子，则出赌未归。王乃载父而还。芳云朝拜已毕，爝汤请浴，进以锦裳，寝以香舍。又遥致故老与谈宴，享奉过于世家。子一日寻至其处，王绝之不听入，但予以廿金，使人传语曰："可持此买妇，以图生业。再来，则鞭打立毙矣！"子泣而去。

王自归，不甚与人通礼；然故人偶至，必延接盘桓，撝抑过于平时。独有黄子介，夙与同门学，亦名士之坎坷者，王留之甚久，时与秘语，赂遗甚厚。居三四年，王翁卒，王万钱卜兆，营葬尽礼。时子已娶妇，妇束男子严，子赌亦少间矣；是日临丧，始得拜识姑嫜。芳云一见，许其能家，赐三百金为田产之费。翼日，黄及子同往省视，则舍宇全渺，不知所在。

异史氏曰："佳丽所在，人且于地狱中求之，况享受无穷乎？地仙许携姝丽，恐帝阙下虚无人矣。轻薄减其禄籍，理固宜然，岂仙人遂不之忌哉？彼妇之口，抑何其虐也！"

（卷七）

安期岛

长山刘中堂鸿训，同武弁某使朝鲜。闻安期岛神仙所居，欲命舟往游。国中臣僚金谓不可，令待小张。盖安期不与世通，惟有弟子小张，岁辄一两至。欲至岛者，须先自白。如以为可，则一帆可至，否则飓风覆舟。

逾一二日，国王召见。入朝，见一人佩剑，冠棕笠，坐殿上；年三十许，仪容修洁。问之即小张也。刘因自述向往之意，小张许之。但言："副使不可行。"又出遍视从人，惟二人可以从游。遂命舟导刘俱往。水程不知远近，但觉习习如驾云雾，移时已抵其境。时方严寒既至则气候温煦，山花遍岩谷。导人洞府，见三叟跌坐。东西者见客入，漠若罔知；惟中坐者起迎客，相为礼。既坐，呼茶。有僮将盘去。洞外石壁上有铁锥，锐没石中；僮拔锥，水即溢射，以盏承之；满，复塞之。既而托至，其色淡碧。试之，其凉震齿。刘畏寒不饮。叟顾僮颐视之。僮取盏去，呷其残者；仍于故处拔锥溢取而返，则芳烈蒸腾，如初出于鼎。窃异之。问以休咎，笑曰："世外人岁月不知，何解人事？"问以却老术，曰："此非富贵人所能为者？"刘兴辞，小张仍送之归。

既至朝鲜，备述其异。国王叹曰："惜未饮其冷者。此先天之玉液，一盏可延百龄。"刘将归，王赠一物，纸帛重裹，嘱近海勿开视。既离海，急取拆视，去尽数百重，始见一镜；审之，则鲛宫龙族，历历在目。方凝注间，忽见潮头高于楼阁，汹汹已近。大骇，极驰；潮从之，疾若风雨。大惧，以镜投之，潮乃顿落。

（卷九）

蛤

东海有蛤，饥时浮岸边，两壳开张；中有小蟹出，赤线系之，离壳数尺，猎食既饱乃归，壳始合。或潜断其线，两物皆死。

（卷九）

疲龙

胶州王侍御出使琉球。舟行海中，忽自云际堕一巨龙，激水高数丈。龙半浮半沉，仰其首，以舟承颔；睛半含，嗒然若丧。阖舟大恐，停桡不敢少动。舟人曰："此天上行雨之疲龙也。"王虔救于上。焚香共祝之，移时悠然遂逝。舟方行，又一龙堕如前状。日凡三四。又逾日，舟人命多备白米，戒曰："去清水潭不远矣。如有所见，但糁米于水，寂无哗。"俄至一处，水清澈底。下有群龙，五色，如盆如瓮，条条尽伏。有蜿蜒者，鳞鬣爪牙，历历可数。众神魂俱丧，闭息含眸，不惟不敢窥，并不能动。惟舟人握米自撒。久则见海波深黑，始有呻者。因问掷米之故，答曰："龙畏蛆，恐入其甲。白米类蛆，故龙见辄伏，舟行其上，可无害也。"

（卷十）

265

于子游

海滨人说：一日海中忽有高山出，居人大骇。一秀才寄宿渔舟，沽酒独酌。夜阑，一少年人，儒服儒冠，自称："于子游。"言词风雅。秀才悦，便与欢饮。饮至中夜，离席言别，秀才曰："君家何处？玄夜茫茫，亦太自苦。"答云："仆非土著，以序近清明，将随大王上墓。眷口先行，大王姑留憩息，明日辰刻发矣。宜归，早治任也。"秀才亦不知大王何人。送至鹢首，跃身入水，拨剌而去，乃知为鱼妖也。次日，见山峰浮动，顷刻已没。始知山为大鱼，即所云大王也。俗传清明前，海中大鱼携儿女往拜其墓，信有之乎？

康熙初年，莱郡潮出大鱼，鸣号数日，其声如牛。既死，荷担割肉者一道相属。鱼大盈亩，翅尾皆具；独无目珠。眶深如井，水满之。割肉者误堕其中辄溺死。或云"海中贬大鱼则去其目，以目即夜光珠"云。

（卷十一）

粉蝶

阳曰旦，琼州士人也。偶自他郡归，泛舟于海，遭飓风，舟将覆；忽飘一虚舟来，急跃登之。回视则同舟尽没。风愈狂，瞑然任其所吹。亡何风定，开眸忽见岛屿，舍宇连亘。把棹近岸，直抵村门。村中寂然，行坐良久，鸡犬无声。见一门北向，松竹掩蔼。时已初冬，墙内不知何花，蓓蕾满树。心爱悦之，逡巡遂入。遥闻琴声，步少停。有婢自内出，年约十四五，飘洒艳丽。睹阳，返身遽入。俄闻琴声歇，一少年出，讶问客所自来，阳具告之。转诘邦族，阳又告。少年喜曰："我姻亲也。"遂揖请入院。

院中精舍华好，又闻琴声。既入舍，则一少妇危坐，朱弦方调，年可十八九，风采焕映。见客入，推琴欲逝，少年止之曰："勿遁，此正卿家瓜葛。"因代溯所由。少妇曰："是吾侄也。"因问其"祖母尚健否？父母年几何矣？"阳曰："父母四十余，都各无恙；惟祖母六旬，得疾沉痼，一步履须人耳。侄实不省姑系何房，望祈明告，以便归述。"少妇曰："道途辽阔，音问梗塞久矣。归时但告而父，'十姑问讯矣'，渠自知之。"阳问："姑丈何族？"少年曰："海屿姓晏。此名神仙岛，离琼三千里，仆流寓亦不久也。"十娘趋入，使婢以酒食饷客，鲜蔬香美，亦不知其何名。饭已，引与瞻眺，见园中桃杏含苞，颇以为怪。晏曰："此处夏无大暑，冬无大寒，花无断时。"阳喜曰："此乃仙乡。归告父母，可以移家作邻。"晏但微笑。

还斋炳烛，见琴横案上，请一聆其雅操。晏乃抚弦捻柱。十娘自内出，晏曰："来，来！卿为若侄鼓之。"十娘即坐，问侄："愿何闻？"阳曰："侄素不读《琴操》，实无所愿。"十娘曰："但随意命题，皆可成调。"阳笑曰："海风引舟，亦可作一调否？"十娘曰："可。"即按弦挑动，若有旧谱，意调崩腾；静会之，如身仍在舟中，为飓风之所摆簸。阳惊叹欲绝，问："可学否？"十娘授琴，试使勾拨，曰："可教也。欲何学？"曰："适所奏《飓风操》，不知可得几日学？请先录其曲，吟诵之。"十娘曰："此无文字，我以意谱之耳。"乃别取一琴，作勾剔之势，使阳效之。阳习至更余，音节粗合，夫妻始别去。阳目注心凝，对烛自鼓；久之顿得妙悟，不觉起舞。举首忽见婢立灯下，惊曰："卿固犹未去耶？"婢笑曰："十姑命待安寝，掩户移榘耳。"审顾之，秋水澄澄，意态媚绝。阳心动，微挑之；婢俯首含笑。阳益惑之，遽起挽颈。婢曰："勿尔！夜已四漏，主人将起，彼此有心，来宵未晚。"方狎抱间，闻晏唤"粉蝶"。婢作色曰："殆矣！"急奔而去。阳潜往听之，但闻晏曰："我固谓婢子尘缘未灭，汝必欲收录之。今如何矣？宜鞭三百！"十娘曰："此心一萌，不可给使，不如为吾侄遗之。"阳甚惭惧，返斋灭烛自寝。天明，有童子来侍盥沐，不复见粉蝶矣。心惴惴恐见谴逐。俄晏与十娘并出，似无所介于怀，便考所业。阳为一鼓。十娘曰："虽未入神，已得什九，肄熟可以臻妙。"阳复求别传。晏教以《天女谪降》之曲，指法拗折，习之三日，始能成曲。晏曰："梗概已尽，此后但须熟耳。娴此两曲，琴中无梗调矣。"

阳颇忆家，告十娘曰："吾居此，蒙姑抚养甚乐；顾家中悬念。离家三千里，何日可能还也！"十娘曰："此即不难。故舟尚在，当助一帆风。子无家室，我已遣粉蝶矣。"乃赠以琴，又授以药曰："归医祖母，不惟却病，亦可延年。"遂送至海岸，俾登舟。阳觅楫，十娘曰："无须此物。"因解裙作帆，为之縠系。阳虑迷途，十娘曰："勿忧，但听帆漾耳。"系已，下舟。阳凄然，方欲拜谢别，而南风竞起，离岸已远矣。视舟中糗粮已具，然止足供一日之餐，心怨其吝。腹馁不敢多食，惟恐遽尽，但啖胡饼一枚，觉表里甘芳。余六七枚，珍而存之，即亦不复饥矣。俄见夕阳欲下，方悔来时未索膏烛。瞬息遥见人烟，细审则琼州也。喜极。旋已近岸，解裙裹饼而归。

入门，举家惊喜，盖离家已十六年矣，始知其遇仙。视祖母老病益愈，出药投之，沉疴立除。共怪问之，因述所见。祖母泫然曰："是汝姑也。"初，老夫人有少女名十娘，生有仙姿，许字晏氏。婿十六岁入山不返，十娘待至二十余，忽无疾自殂，葬已三十余年。闻旦言，共疑其未死。出其裙，则犹在家所素着也。饼分啖之，一枚终日不饥，而精神倍生。老夫人命发冢验视，则空棺存焉。

旦初聘吴氏女未娶，旦数年不还，遂他适。共信十娘言，以俟粉蝶之至；既而年余无音，始议他图。临邑钱秀才，有女名荷生，艳名远播。年十六，未嫁而三丧其婿。遂媒定之，涓吉成礼。既入门，光艳绝代，旦视之则粉蝶也。惊问曩事，女茫乎不知。盖被逐时，即降生之辰也。每为之鼓《天女谪降》之操，辄支颐凝想，若有所会。

（卷十二）

考释

蒲松龄（1640—1715），字留仙，一字剑臣，别号柳泉居士，世称聊斋先生，自称异史氏。山东淄博人。他的代表性作品《聊斋志异》是中国古代短篇小说的经典。

《聊斋志异》里涉及海洋题材的小说，共9篇，分别是《夜叉国》《罗刹海市》《安期岛》《仙人岛》《粉蝶》《海公子》《于子游》《疲龙》和《蛤》。这些作品共同组成了蒲松龄的涉海叙事体系。它们在古代海洋文学中具有重要的地位。它们所体现出来的叙事形态，不但是对中国古代海洋叙事诸种叙事模式的一种继承，而且也是一种超越。这在《夜叉国》体现得最为明显。

《夜叉国》是蒲松龄通过扩写和改写"二度创作"而成的一篇作品。它的"本事"来源于宋洪迈的《夷坚志》中的《岛上妇人》。蒲松龄对《岛上妇人》进行了大幅度的修改和扩写，从而形成了新的小说文本《夜叉国》。蒲松龄还舍弃了"本事"中的"焦土"因素，而将故事空间的这个海岛，从"焦土"置换成"深山苍莽"的宜居之所，他因此将一个"荒诞型传说"发展为一个"可靠叙事"。不但如此，蒲松龄还对"本事"进行了大幅度的美质提升。在"本事"中，这个岛上女人的遭遇非常凄惨，最后还被遗弃在孤岛上。可是在《夜叉国》中，蒲松龄对于结局安排得非常具有人情味：荒岛女人的儿子都有功名，女儿也有佳配，她自己还被封为夫人。这样的改写，真是温情得不得了。

《仙人岛》叙写灵山人王勉的海岛奇遇。这篇篇幅较长的作品反映出一种"智慧海洋"的倾向。生活在岛上的人，基本上没有了传统仙人岛居民的"神仙味"，而更像是一群知识丰富的高智慧群体。饶有意思的是，在内陆上以才子自许的书生，碰到岛上的年轻女孩，在知识和智慧的较量中彻底败下阵来。另外一篇《粉蝶》也是如此，反映出蒲松龄比较开明的海洋人文意识。

八十、[清] 钮琇《觚賸》（1则）

[清] 钮琇《觚賸》, 上海古籍出版社 1986 年版。

海天行

海忠介公之孙述祖, 倜傥负奇气, 适逢中原多故, 遂不屑事举子业, 慨焉有乘桴之想。斥其千金家产, 治一大舶。其舶首尾长二十八丈, 以象宿; 房分六十四口, 以象卦; 蓬张二十四叶, 以象气; 桅高二十五丈, 曰擎天柱, 上为二斗, 以象日月。治之三年乃成, 自谓独出奇制, 以此乘长风破万里浪, 无难也。

濒海贾客三十八人, 赁其舟, 载货互市海外诸国, 以述祖主之。崇祯壬午二月扬帆出海, 行至薄暮, 飓风陡作, 雪浪粘天, 蛟螭之属, 腾跃左右。舵师失色, 随风飘至一处。昏霾莫辨何地。须臾, 云开风定, 遥见六七官人, 高冠大带, 拱立水次, 侍从百辈, 状貌丑怪, 皆鱼鳞银甲, 拥巨螯之剑, 荷长须之戟, 秉炬张灯, 若有所伺。不觉舟忽抵岸, 官人各喜跃上舟环视曰:"是可用矣。"即问船主是谁, 述祖不解其意, 匆遽声诺。诘朝, 呼述祖同入见王。约行三里许, 夹道皎如玉山, 无纤毫尘土。至一阛门, 门有二黄龙守之。周遭垣墙, 悉以水晶叠成, 光明映彻, 可鉴毛发。述祖私念曰:"此殆龙宫也。"又逾门三重, 方及大殿。其制与人间帝王之居相似, 而辉煌巍峨, 广设千人之馔, 高容十丈之旗, 不足言矣。王甫升殿, 首以红巾围两肉角, 衣黄绣袍, 鬐长垂腹。众官进奏曰:"前文下所司取二舟, 久不见至。今有自来一舟, 敢以闻。"王曰:"旧例, 二舟陈设贡物, 今少一, 奈何?"众曰:"贡期已迫, 臣等细阅此舟, 制度暗合浑仪, 以达天衢, 允宜利涉; 且复宽大新洁, 若将贡物摒挡, 俟到王宫, 以次陈设, 似无不可。"王允奏，曰："徙其凡货凡人，涤以符水，速行勿迟！"

众唯唯下殿，仍回至舟，将人货尽押上岸，置之宫西琅玕池内，唯述祖不肯前，私问曰："贡将焉往？"众曰："贡上天耳。"述祖曰："述祖虽炎陬贱民，而志切云霄，常恨羽翼未生，九阍难叩。幸遘奇缘，亦愿随往。"众曰："汝浊世凡人也，去则恐犯天令，不可。"中有一官曰："汝可具所生年月日时来。"述祖亟书以进。官与众言："此人命有天禄，且系忠直之裔，姑许之。"俄顷，异贡物者数百人，络绎而至。赍贡官先以符水遍洒舟中，然后奉金叶表文，供之中楼。次有押贡官二员，将诸宝物安顿。述祖私窥贡单，内开：赤珊瑚一座，大小共五十株；黄珊瑚一座，大小共七十株，高者俱一丈四五尺；夜光珠一百颗；火齐珠二百颗，圆大一寸五分；鲛绡五百匹；灵棱锦五百匹；雪琵琶二十斛；玻璃镜一百具，圆广三尺，各重四十斤；玉屑一千斗；金浆一百器；五色石一万方；其他殊名异品，不能悉记。

安顿已毕，大伐鼍鼓三通，乃始启行，逆风而上，两巨鱼夹舟若飞，白波摇漾，练静镜平，路无坦险，时无昼夜。中途石壁千仞，截流而立，其上金书"天人河海分界"六个大字。众指示述祖曰："昔张骞乘槎，未能过此；今汝得远泛银潢，岂非盛事？"述祖俯首称谢。食顷之间，咸云："南天关在望矣。"即而及关，赍贡官、押贡官各整朝服，异宝诸役，俱易赭色长衣，亦令述祖衣之。登岸陈设。足之所履，皆软金地，间以瑶石，嵌成异采。仰视琼阁璿堂，绛楼碧阁，俱在飘渺之中，若近若远，不可测量。门下天卿四员，冕笏传旨。令赍贡官入昊天门，于神霄殿前进表行礼。述祖及众役叩首门外，唯闻音乐缭绕，香气氤氲，飘忽不断而已。随有星冠岳披者二人为接贡官，察收贡物，引押贡官亦入。行礼毕，玉音宣问南方民事，北方兵象，语甚繁，不尽述。各赐宴于恬波馆，谢恩而出。于是，集众登舟。

述祖假寐片时，恍惚不知几千万里，已还故处。因启领所押货物与同行诸人。王下令曰："述祖之舟，曾入天界，不可复归人寰；众伴在池，宜令一见。"则三十八人俱化为鱼，唯首未变。述祖大恸。前取舟官引至一室，慰谕之曰："汝同行人，命应皆葬鱼腹，其得身为鱼，幸也。汝以假舟之故，

271

贷汝一死，尚何悲哉！候有闽船过此，当俾汝归。"日给饮食如常。居久之，忽有报者曰："闽船已到！"王召见，赐黑白珠一囊，曰："以此偿造身之价。"命小艇送附闽船。抵琼山还家，壬午之十二月也。

家人早闻覆溺之信，设主发丧。乍见述祖，惊喜逾望。述祖亦不言所以，但云："狂风败舟，幸凭擎天柱遇救得免。"次年，入广州，出囊中珠子，鬻于番贾，获资无算，买田终老。康熙丙子，粤僧方趾麟亲访述祖，具得其详。时述祖年已九十六，貌如五十岁人。

元时，陈孚出使安南，其国宴亨之际，以朱盘进炙鱼，人面鱼身。置之席上，孚举箸取双目啖之。鱼味在目，彼国服其多识。三十八人之首未变者，盖亦将为人面鱼也。

考释

钮琇（1644—1704），字玉樵，江苏省吴江县南麻（今苏州市吴江区盛泽）镇人。《觚賸》是他创作的笔记小说集，《四库全书总目提要》称其为文"幽艳凄动，有唐人小说之遗韵。

《觚賸》中的《海天行》是一篇慨然大海行的航海叙事作品。这篇作品有两点值得关注。一是作者将述祖"不屑事举子业"与"慨焉有乘桴之想"对立，表明了以述祖为代表的新一代士人的价值观。述祖倾全部身家，用三年时间打造了一条大船，装满货物，驶向外洋，开始海洋国际贸易活动。这种"海行"选择，在当时是非常难能可贵。二是故事的主体虽然是航行中遭遇风暴后漂流至不知名海岛的传统模式，但是这篇作品写的却是登岛后又"天行"的奇遇。"海行"和"天行"构成了故事的整体。显然它借用了"八月仙槎"的故事框架。

八十一、[清] 章有谟《景船斋杂记》（1则）

宣德间，三宝太监乘海船数十艘，往东南诸番采异宝，松江道士徐宗盛随往。既归，云："一日，泊舟海岛，舟中数人登陆而游，见林莽间蹊径，疑有人家，遂蹑其踪觅之。遥见一兽，面似人，长丈余，如飞而来，掖一人头啖之。众惊走，兽口之拔藤，穿人口腮间，若贯鱼状，以大石压藤两头而去。众折藤急走，甫下舟，兽三五俱来，在山顶以手招之。"

考释

本则故事，转录自朱一玄编《聊斋志异资料汇编》（南开大学出版社2002年版）。根据曾垂超《〈景船斋杂记〉考辩》（《蒲松龄研究》2006年01期）介绍，章有谟（1648—1735或1736），字载谋，松江华亭（今上海松江）人。章有谟"笃志好学，博通经史，与兄有功并以诗文鸣"。生平力学探古，不应有司应，隐居佘山，布衣不仕。因慕王夫之为人，故号其斋曰"景船"，著《礼记说约》三十卷（一说十卷），今佚，《景船斋杂记》二卷，今存。二书约成于康熙中期以后。《景船斋杂记》是一部杂记性作品。侯健先生主编的《中国小说大辞典》，将《景船斋杂记》列为"清代文言笔记小说集"，介绍稍详，说"此书以记明隆庆以后朝野轶事为主，对于其家乡松江掌故记载尤详"。

本则笔记描述了航海途中的一次遭遇。题材上属于蛮岛土著"野人"食人传说，叙事也一般，但由于将之与郑和下西洋联系在一起，以力求其"真实"性，所以还是有一定特色的。

八十二、[清] 袁枚《子不语》（7则）

[清] 袁枚《子不语》，上海古籍出版社 2012 年版。

海中毛人张口生风

雍正间，有海船飘至台湾之彰化界。船止二十余人，资货颇多，因家焉。逾年，有同伙之子广东人，投词于官，据云："某等泛海开船，后遇飓风，迷失海道，顺流而东。行数昼夜，舟得泊岸，回视水如山立，舟不可行，因遂登岸，地上破船、坏板、白骨不可胜计，自分必死矣。不逾年，舟中人渐次病死，某等亦粮尽。余豆数斛，植之，竟得生豆，赖以充腹。一日者，有毛人长数丈，自东方徐步来，指海水而笑。某等向彼号呼叩首。长人以手指海，若挥之速去者。某等始不解，既而有悟，急驾帆试之。长人张口吹气，蓬蓬然东风大作，昼夜不息，因望见鹿仔港口，遂收泊焉。"彰化县官案验得实，移咨广省，以所有资物按二百（十）余家均分之，遂定案焉。

后有土人云：此名海闸，乃东海之极下处，船无回理，惟一百二十年方有东风屈曲可上。此二十余人恰好值之，亦奇矣。第不知毛而长者又为何神也。

海和尚

潘某老于渔业，颇饶。一日，偕同辈撒网海滨，曳之，倍觉重于常，数人并力舁之出，网中并无鱼，惟有六七小人趺坐，见人，辄合掌作顶礼状。遍身毛如猕猴，髡其顶而无发，语言不可晓。开网纵之，皆于海面行数十步而没。土人云："此号海和尚，得而腊之，可忍饥一年。"

（卷十八）

海异

海中水，上咸下淡。鱼生咸水者，入淡水即死。生淡水者，入咸水即死。咸水煮饭，水干而米不熟。必用淡水煮才熟。水清者，下望可见二十余丈，青红黑黄，其色不一。人小便，则水光变作火光，乱星喷起。鱼常高飞如鸟雀，有变虎者，变鹿者。

（卷二十一）

落漈

海水至澎湖渐低，近琉球则谓之"落漈"。落者，水落下而不回也。有闽人过台湾，被风吹落漈中，以为万无生理。忽闻大振一声，人人跌倒，船遂不动。徐视之，方知抵一荒岛，岸上砂石，尽是赤金。有怪鸟，见人不飞，人饥则捕食之。夜闻鬼声啾啾不一。居半年，渐通鬼语。鬼言："我辈皆中国人，当年落漈流尸到此，不知去中国几万里矣。久栖于此，颇知海性。大抵阅三十年，落漈一平，生人未死者可以望归。今正当落漈将平时，君等修补船只，可望生还。"如其言，群鬼哭而送之，竟取岸上金砂为赠，嘱曰："幸致声乡里，好作佛事，替我等超度。"众感鬼之情，还家后各出资建大醮，以祝谢焉。

（卷二十三）

乍浦海怪

乾隆壬辰八月廿三日，黎明大风雨，平湖、乍浦之海滨有物突起，自东南往西北，所过拔木以万计。民居屋上瓦多破碎，中间有类足迹大如圆桌子者，竟不知为何物。有某家厅房移过尺许，仍不倒坏。

（卷二十四）

美人鱼

崇明打起美人鱼，貌一女子也，身与海船同大。舵工问云："失路耶？"

点其头，乃放之，洋洋而去。

（卷二十四）

浮海

王谦光者，温州府诸生也。家贫，不能自活，客于通洋经纪之家。习见从洋者利不赀，谦光亦累资数十金同往。

初至日本，获利数十倍。继又往，人众货多，飓风骤作，飘忽不知所之。见有山处，趋往泊之，触礁石沉舟，溺死过半，缘岸而登者三十余人。山无生产，人迹绝至，虽不葬鱼腹中，难免为山中饿鬼，众皆长恸。昼行夜伏，拾草木之实，聊以充饥。及风雨晦冥，山妖木魅千奇万怪，来侮狎人，死者又十之七八。

一日，走入空谷中，有石窟如室，可蔽风雨。傍有草，甚香，掘其根食之，饥渴顿已，神气清爽。识者曰："此人参也。"如是者三月余，诸人皆食此草，相视，各见颜色光彩如孩童时。

常登山望海。忽有小艇数十，见人在山，泊舟来问，知是中国人，逐载以往，皆朝鲜徼外之巡拦也。闻之国王，蒙召见，问及履历，谦光云系生员，王笑曰："道不行，乘桴浮于海耶！"因以"浮海"为题，命谦光赋之。谦光援笔而就，曰："久困经生业，乘槎学使星。不因风浪险，那得到王庭。"王善之，馆待如礼，尝得召见，屡启王欲归之意。又三年，始具舟资，送谦光并及诸人回家，王赐甚厚。谦光在彼国见诸臣僚，赋诗高会，无不招至，临行赆饯颇多。及至家，计五年余矣。

先是，谦光在朝鲜时，一夕梦至其家，见僧数甚众，设资冥道场，其妻哭甚哀，有子衰绖以临，谦光亦哭而寤。因思，数年不归，家人疑死设荐固也，但我无子，巍然衰绖者为何，诚梦境之不可解也，但为酸鼻而已。又年余抵家，几筵俨然，衰绖旁设，夫妇相持悲喜。询其妻，作佛事招魂，正梦回之夕。又问："衰绖为何人之服？"云："房侄入继之服也。"因言梦回时，亦曾见之，更为惨然。

（《续子不语》卷一）

刑天国

谦光又云：曾飘至一岛，男女千人，皆肥短无头，以两乳作眼，闪闪欲动；以脐作口，取食物至前，吸而啖之，声啾啾不可辨。见谦光有头，群相惊诧，男女逼而视之，脐中各伸一舌，长三寸许，争舐谦光。谦光奔至山顶，与其众抛石子击之，其人始散。识者曰："此《山海经》所载刑天氏也，为禹所诛，其尸不坏，能持干戚而舞。"余按颜师古《等慈寺碑》作"形天氏"，则今所称刑天者，恐是传写之讹。又：徐应秋《谈荟》载：无头人织草履，盖战亡之卒，归而如生，妻子以饮食纳其喉管中。如欲食则书一"饥"字；不食则书一"饱"字。如此二十年才死。又将军贾雍被斩，持头而归，立营帐外问："有头佳乎？无头佳乎？"帐中人应曰："有头佳。"雍曰："不然，无头亦佳。"此亦刑天之类欤？

（《续子不语》卷一）

水虎

康熙中，朱鹿田先生曾见松江提督养一虎在池中，以铁栅围之，名曰水虎。饲以鱼虾，不食生肉。《象山志》：里民渔于海，网得一雄虎，在网中犹活，出水即死。剖之，腹中有三小虎。此盖鲨鱼感气而化也，未登陆即为网获。

（《续子不语》卷五）

吞舟鱼

凡出海客，辄市字纸灰包载以往，云洋中多怪风，及一切水怪，或吞舟鱼，投灰即去。有醯贾业海运，载盐满舟而往。一日，忽遇吞舟大鱼吸浪而来，舟中无字灰，即以盐包投之，吞吸数十而去。后数日，闻有大鱼死滩上，腹中残包犹未化，始知食盐而毙也。

（《续子不语》卷八）

照海镜

宜兴西北乡新芳桥邸，农耕地得一物，圆如罗盘，二尺余团围，外圈绀色，似玉非玉，中镶白色石一块，透底明空，似晶非晶，突立若盖。卖于镇东药店，得价八百文。塘栖客某过之，赠以十千，至崇明卖之，得银一千七百两。海贾曰："此照海镜也。海水沉黑，照之可见怪鱼及一切礁石，百里外可豫避也。"

（《续子不语》卷九）

考释

袁枚（1716—1798），字子才，号简斋、随园老人，浙江钱塘（今杭州）人，进士，曾任知县。后退居江宁，放浪形骸，纵情山水，为文直抒性情遭际，不拘礼教，被当时主流势力讥为"野狐禅"。

袁枚的小说以叙事见长，通过鬼神怪异之事反映了社会的多方面，结集为《子不语》，书名来自《论语·述而》"子不语怪力乱神"。后又有些陆陆续续的篇章，汇为续集，即为《续子不语》。仿六朝志怪小说及《聊斋志异》。这里选录的几则有关海洋的笔记，记实中有瑰丽的想象虚构，想象虚构中有现实的影子，在海洋叙事中虽然不是佼佼之作，却也有自己独特的风貌。

《子不语》中《落漈》非常值得关注。"落漈"（或称"落漈水"）是海洋叙述的一种母题之一。在《山海经》里已经有了端倪。《大荒东经》："东海之外（有）大壑，少昊之国。少昊孺帝颛顼于此，弃其琴瑟。有甘山者，甘水出焉，生甘渊。"晋朝郭璞注《山海经》，引用了《诗含神雾》的材料说："东注无底之谷"，认为这"无底之谷"即是指"大壑"。《楚辞·远游》也有涉及："降望大壑"。"壑"即底谷之意，"大壑"为"非常大的谷"，而这"大壑"又在海洋里，所以"大壑"即是"落漈"。可见这"落漈"在中国古代的海洋文化语境里，不但早已经存在，而且很多人还相信其实有存在。

《元史》列传第九十七"外夷三"条中记载："瑠求，在南海之东。漳、泉、兴、福四州界内，彭湖诸岛与瑠求相对，亦素不通。天气清明时，望之隐约若烟若雾，其远不知几千里也。西南北岸皆水，至彭湖渐低，近瑠求则谓之落漈，漈者，水趋下而不回也。凡西岸渔舟到彭湖已下，遇飓风发作，漂流落漈，回者百一。瑠求，在外夷最小而险者也。汉、唐以来，史所不载，近代诸蕃市舶不闻至其国。"

清代还有以"落漈"为背景的小说出现，那便是《海游记》。其最有意思的是关于"落漈"空间的描述。

故事的叙述者叫管城子。是一个在海洋社会经商的小商人。"幼时出洋贩笔，船在海中正行，见前面红雾障天。舵师道：此乃南澳，气下有落漈水，船近不得。那日风大，船收不住，直入红气中。前低后高，随水淌下去。只说水底是漩涡，那知是平水。左手有石壁，并无山坡。只得近山下碇。"

上引《元史》的这段记载表明，《海游记》里的"海底苗邦无雷国"，也是以彭湖（澎湖）诸岛与"瑠求"相对以及澎湖至台湾海面有"落漈"（深沟，即今人所称的"黑水沟"）的海洋空间为依据的。

《海游记》将"海底苗邦"无雷国安排在这个"落漈"里。既然是"落漈"，四周必然是峭壁，小说正是按照这个思路描写的。"落漈"四周陡峭日山壁。"晚间山上吹角，船上也吹角相唤，山上忽用绳垂下灯笼，系着纸卷，用脚船去取看，一字也认不得。乃在纸后写认不得三字，仍系好让他提上去。……只见那灯又放下来，再取看时上写道：'若是中国人，明早船上接。'满船人大喜，次早来了一只船，引入石壁生就的大水门，那门有闸板，用青灰粉的，若放下时与石壁同色。两壁上镌着字道：'落漈水中生就壁，无雷国里辟为门。'"这段描写充满了海洋气息，是全书最生动的文字之一。

《浮海》也值得关注。它涉及国际海上贸易，这在古代海洋小说中是很罕见的，因此必须首先予以注意。小说主人公王谦光是温州人，小说说他既是诸生，读过多年书；又"客于通洋经纪之家"。可见也是"商儒结合"型人物。他"习见从洋者利不赀"，终于"商"战胜了"儒"，放下书本，"累资数十金同往"，跟随族人一起，经营起与日本的海上贸易了。

故事就发生在他来往中国与日本之间的海上。构思有些老套，"飓风骤作，飘忽不知所之。见有山处，趋往泊之，触礁石沉舟，溺死过半，缘岸而登者三十余"，仍然是"遇风暴漂流至荒岛"模式。上岛后"山妖木魅，千奇万怪来侮狎人，死者又十之七八"，也是《焦土妇人》等内容的重复。"一日，走入空谷中，有石窟如室，可蔽风雨。傍有草，甚香，掘其根食之，饥渴顿已，神气清爽。识者曰：'此人参也，如是者三月余，诸人皆食此草，相视，各见颜色光彩如孩童时"，显然又是仙岛神药的思维了。

但是这个小说后面故事的发展，却使它拥有了巨大的政治和文化价值。"常登山望海。忽有小艇数十，见人在山，泊舟来问，知是中国人，逐载以往，皆朝鲜徼外之巡拦也。"王谦光就这样到了朝鲜。"闻之国王，蒙召见，问及履历，谦光云系生员，王笑曰：'道不行，乘桴浮于海耶！'"就这样一条孔子语录，让朝鲜国王刮目相看。因以"浮海"为题，命王谦光赋之。王谦光援笔而就，曰："久困经生业，乘槎学使星。不因风浪险，那得到王庭。"国王非常器重他，"馆待如礼"。四年后临归时"王赐甚厚。谦光在彼国见诸臣僚，赋诗高会，无不招至，临行赆饯颇多"。

王谦光不经意间就成了中华文化的友好使者，对汉文化在朝鲜的传播起了积极地推动作用。

八十三、[清] 浩歌子《萤窗异草》（1则）

[清]浩歌子《萤窗异草》，人民文学出版社 2006 年版。

落花岛

　　申无疆，字仲锡，跨鹤维扬，历有年所。一日，遇海商于市肆，与坐谈，歆其获利之美，乃以数千金畀其子若侄，使合伙焉。子名翊，颀而白皙，且善讴，年仅廿二三，海舶人咸喜之。比入大洋，舟如一叶，翊年少未惯洪涛，因惊，遂卧病，倚枕呻吟，恍惚若寐。梦中闻有人语曰："落花岛中花倒落。"翊素不能文，觉而语其侣，虽熟历海境者，莫能举其名。一客颇娴吟咏，笑曰："何不云'垂柳堤畔柳低垂'，句虽佳，犹有对者。"众与翊皆称妙，翊因默识于心。

　　无何，病益剧，未及抵岸，竟卒于舟。其从兄某大恸，草草殓讫，载柩而行。而翊则罔知其死，顿觉身轻，都无窒碍。因思效列子，御风遨游。水面虽风涛汹涌，毫无沾濡，不禁大喜。犹忆落花岛之名，窃计其境必不凡，顿欲往游。转瞬即得一山，形如覆盂，悬于波际，其色如蜀锦，五色缤纷，且香气浓郁，馥馥数百里，心爱好之。奋身一登，旋已舍水就陆。

　　西行里许，见若山口者，遂入之，则坦坦康庄，无复巉岩之象。山径皆落花，约寸许，别无隙地。踏花前进，滑软如茵褥，而香益袭鼻，神气为之发越。环瞩皆茂树合抱，花即生于其上。细玩之，诸色俱备，浓淡相间，香如庾岭之梅，而馥郁过之。尚有存于树杪者，则低枝似坠，绕干如飞，亦多含苞欲吐者，意盖四时咸有焉。

　　欣然前行，约数百步，花益繁而落者益厚，且四望并无屋宇，即山之层峦叠嶂，亦隐现花中，不以全面示人。翊至此心旷神怡，小憩于梅花树下，发声一讴，花益簌簌自落，若细雨然。俄闻娇音叱曰："何来妄男子，此仙人所居，岂汝行乐地耶？"

翊急视之，则一美女子，通体贴以落花，宛如衣锦，手一小竹篮，亦贮落英，徐徐自树后出。翊起逆致揖，告以所来，女微哂曰："汝一龌龊商，何福至此？虽然，不可谓为无因。予有一语，久无能对者。汝能，则留宿于此，且有佳处与若栖身。否则，宜远飏，不容再涴仙境。"翊贪胜地，兼恋丽容，顿忘其拙，毅然请命。女因朗诵一句，则固梦中所闻也。翊喜出望外，即应声以客所属者对之，女称善。

良久，慨然曰："此才殆由天授，吾不能恝然于子矣。"直前，笑把其袂曰："行行请与妾归，花密处即是予家。"翊悦而从之。至则篱落四围，远望亦绮绾绣错，盖皆以花片砌成者。逡巡间得其门，乃巨树二株，柯交于上，俨有闬闳之象。女逊翊入，中无数椽之屋，几榻皆以彩石，尽铺落瓣。仰而窥其上，莫见天日，亦茂干为之庇荫，花叶周遮，恍一天造地设者。女未延坐，即治具曰："郎馁矣，枵腹不可以晤言。"于是尽倾筐筥，而湘之烹之。及进馔，花之外无兼品。翊疑虑不敢食，女笑曰："此仙人所饵，啖之无伤也。"

翊试尝之，甘香肥美，视人间粱肉如尘土。女又进百花酿，味尤芳冽，吸之如醍醐款洽，神清气爽，飘飘欲仙。翊固不自知其鬼，遂窃幸长生可以立致。食已，始相款洽，渐及谐谑。女情不自禁，一振衣而群花皆落，皓体生辉，乃与翊欢合于石榻之上，备极绸缪，两情深相缱绻。已而女觉其非人，诧曰："郎何有形而无质也？幸早语我，勿使自误。"翊亦自思："予何得至此？且海亦如何可浮？"因抚膺大戚。女止之曰："慎勿悲。鬼而仙，犹愈于人而鬼也，况有术在，子何忧？"

因出一瓷罂，内贮清泉斗许，遍沃翊身。曰："此百花之液，妾晨起收之，实天浆甘露之属。人浴之而成仙，鬼浴之亦成形。加以服食，更采花之精英饵之，则鬼仙不难立证。第妾数百年之积蓄，一旦为郎耗矣。"语次，翊觉沃处肌骨坚凝，非若向之虚而无寄者，此心乃释然。自视其衣，则本属乌有，女以花为之被服，而粲兮烂兮。两人相对，不啻锦羽鹦鹇。女昼

与翙出，采花共餐；暮与翙归，席花同梦。其所衣者，卧则一拂而尽，无
事解脱，醒则绕树徐行，瞬息曳娄。其地无寒暑，亦无昼夜，以花开为朝，
花谢为夕。衣食一出于花，寝息即在于花，方丈蓬壶，不独擅胜焉。

数年，翙忽谓女曰："赖子再生，宜谐永好。但亲老弟少，欲归省视，
子其许我乎？"女正色答曰："此君之孝也，妾敢不勉成君志？第以鬼出，
以人归，尔墓之木拱矣，谁其信之？"翙曰："姑试一返，予亦不克久留。"
女径听其行，且以花叶为翙制衣，俄顷即成华服。临别赠以一瓯，嘱曰：
"饥则饮此，慎勿食烟火物，食则神气日薄，不可以生。酒尽宜速返，勿再
留。"翙约以匝月，即行。至海，仍复如踏平地，遂不假舟楫，直达越省。
比至扬，仲锡已老，弟皆成立，翙突入，咸疑其鬼，惊避之。独仲锡抱持
而泣曰："予误儿，儿归其憾我乎？"翙乃详其颠末，人皆愕然。郡中有杖
者，少曾航海，闻岛名，恍然曰："是诚有之。岛在东海之偏，人罕能至。
予曾经其处，闻系神仙所居，无径可入，至今犹仿佛其风景。"人因稍释厥
惑然。仲锡在扬犹客居，翙侍膝下数日，不饮亦不食。浃旬，忽失其所在。

外史氏曰：百花之精，人饵之可以延年，不谓鬼服之竟以登仙也。申翙
借人成事，游香国，得佳偶，且以跻寿域。何事桃源中人不以鬼为憎，反
羞与人为好哉？是诚吾所不解者。

随园老人曰：世真有此乐境，吾何乐有身？写落花岛之景，令我时时
神往。

考释

浩歌子即长白浩歌子，是满族人尹庆兰（1736—1788）的笔名。《萤窗
异草》是他创作的一部文言笔记体小说集。根据李杰玲、李寅生《〈萤窗异
草〉:〈聊斋〉余澜中的波峰——探析〈萤窗异草〉的思想和艺术特色》介绍，
此书是在"《聊斋》热"的刺激下产生的。后来被称为"《聊斋》剩稿"，在众
多模仿《聊斋》之作中较得《聊斋》神韵，是《聊斋》余澜中的波峰。全书共

三编十二卷，收文言小说共一百三十八篇。它在艺术上有不少闪光点，书中营造了大量光彩夺目的女性形象，在故事情节的设置上独具匠心。在思想上也有可取之处。

《萤窗异草》多女性形象塑造。这些女性年轻美丽，而且都聪颖过人。本篇《落花岛》中的女孩也是如此。这个"百花之精"是至美的化身，作者却让她生活在大海之中，这是对源自《山海经》的"圣洁海洋"理念的一种传承。

八十四、[清] 王椷《秋灯丛话》（9则）

[清] 王椷著，华莹校点《秋灯丛话》，黄河出版社 1990 年版。

海马

康熙间，某郡忽来一马，不知所自。神骏异常，蹄间毛长尺许。往来腾踔，日践田禾无算，乡人苦焉。捕之不得，乃纠合诸村，四面围逐。马径奔海中，履水而行，踏浪蹴潮，宛如平地。久之，入大洋，踪影杳然矣。

海族异类

余家濒海，康熙中，有一巨鱼随潮至，潮退不能去，遂死沙碛。长数十丈，高三丈许，鬐鳞完具，而两目无珠。村民驾梯而登，争取其肉，数日方尽。目眶可容数人，有失足坠其中者，几溺死。鱼骨大于梁，刺粗于椽，里人取以建庙。或曰鱼得罪龙神，因抉其目；或曰为巨虾箝去，未知孰是。

又，村人泛海，曾见蟹大丈余，螯如巨椽，尾舟而前。舵师戒勿言，急撒米海中，久之乃没。

又有舟遭飓风，入大洋，遥见樯桅林立，以千百计，意为泊舟处也。掭舵往，将近，绝无舟楫，惟高樯植立水中。舟子大惊曰："此虾须也，触之齑粉矣！"

鱼似鹅形

予邑之罘山下，渔人网得一鱼，首稜稜似鹅形，双目闪烁，若向人乞怜者。异而放之，其去如矢。甫及波心，霹雳震耳，海涛山立，鱼陡长数丈，回首向岸叩谢者三，乃鼓鬣扬鬐而逝。后渔人每举网必得鱼，称小有焉。

285

海中火球

予族人某，家居海畔，有垂纶之癖。每操竿矶上，夜分犹未舍去。一夕，见火球大如卵，凌波飞至落矶旁，盘旋不已。某注目久之，击以竿，唧唧作声。旋飞去，其光如电。某心动，罢钓而归。行未里许，回顾，火球丛集，以千百计，自海中风拥而来，水为之赤，绕矶跳跃，若巡逻状，移时乃散。

登州海市

余乡海市，惟登郡蓬莱阁为最。每春夏之交，清风徐来，水波不兴，人辄见之。东坡守登州，值岁晚，以不见为恨，祷于神乃见，诚未有之奇也。尝闻父老云：市之见也，变态不一，或城垣隐起，雉堞崔嵬，绵亘袤延，俨然都会；或倏为市镇之形，万瓦鳞次，千门洞启，摩肩击毂者，纷纷如织；又或为大丛林，浮屠耸峙，殿阁峥嵘，莫不宏杰嵯峨，玲珑耀目；又或峰峦矗立，夏木千章，异卉珍禽，宛如图画。若远若近，乍离乍合；或移时而更一境，或转瞬而变其状，灵幻万端，莫测所自。顺治初，有登镇某宴客阁上，酬酢方酣，突有艨艟无数，遍列旌旗，蔽海而来。舟中人皆戎装荷载，状貌伟异，有类天神。某惊为海寇至，即撤席，命军士戒严。正纷哓间，忽人舟俱渺，惟见海色天光，相与淇漾而已。余生长海滨，少随父兄奔驰宦辙，今夏一行作吏，徒耳食其胜，未经目击。聊记所闻，为异日探奇之一证云。

海鬼夹船

余邑人某，康熙间航海，遭飓风吹入大洋。随波上下，经数昼夜，船忽坠落，如在深坎中。第见海水壁立，四围莹彻，而清影淇漾，曾不漫溢涓滴。仰望天光，莹莹如豆。老于舟师者，不知为何地，举舟惶恐，计无所出。夜半，有圆目巨齿、蓝肤红须者四五辈，左右夹船，徐徐提之起。众屏息而伏。少顷，船出水面，乃获免。

划水仙

航海者，遇飓风骤起，樯柁倾折，智力皆穷。爰有划水仙之事。按水仙，洋中之神，莫详姓氏，或曰帝禹，或曰伍相及三闾大夫，灵异昭昭，有求斯应。康熙中，王君云森，遭风折柁，舟腹中裂，舟师告曰："惟划水仙可免。"及披发与舟人共蹲舷间，以空手作拨櫂势，众口假为钲鼓，如午日竞渡状，遂顷刻达岸。又，顾君敷公，中流舟败，已半沉，共划水仙，舟复浮出。久之，有小舟来救，此舟乃沉，似有人暗中持之者。又，陈某遭风，舟底已裂，鹢首欲俯，转旋巨浪中，危亡之势不可顷刻待。有言划水仙者，试效之，沉者忽浮，穿浪如飞，俄抵一屿，乃得无恙。陈自言，当时虽十帆并张，亦不足喻其疾也。神之灵应如此。

梦与鱼交

福建厦门夫妇二人，操舟为业。夫他适，有鱼长丈许，触舟来，妇以篙扑之，鱼昂首向妇三跃乃逝。后每梦与鱼交，有孕产子，体若鱼皮，欲弃之，夫不听，自是获鱼倍常。越数载，资颇饶，子亦成立。苦体痒，时闭户浴乃快。家人窃觇之，宛然一鱼游泳盆中也。

寻父遇水宫

泉州张某，贸易外洋，赴吕宋久不返，讹传官于暹逻。乾隆丁卯，其子附洋艘访之。行数日，遭风舟覆，坠至一处，宫阙玲珑，如佛寺所图天宫状。光明激射，目不能视。有司阍者，即之其父也。父惊曰："儿何来此？可速返。"掖之登岸，倏抵厦门。计解维时，已月有余矣。

🍃 **考释**

王椷，史籍无传，据其《秋灯丛话》所题及书中所记，知为清乾隆时山东省福山县人。长期随官至雍正朝太常寺卿的父亲和五个兄长宦游四方，王椷的父亲是个读书迷、藏书迷，这点对王椷影响很大。王椷很年轻的时候，就写了许多文章，藏在家里，可是都是一些奏议、诗词，与笔记没有什么大的关系。直到他自己因做了知县，到过直隶临城和湖北当阳、天门等许多地方，耳闻目睹了许多奇异之人事，就有了这《秋灯丛话》，学的是《聊斋志异》的路子。其中就有多篇与海洋有关的小说。

《鱼似鹅形》中的之罘（芝罘）山，靠近渤海，在现山东青岛一带。古代属齐。齐是出海洋传说、海洋故事的地方，海洋文化一直比较发达。这个故事分明说的海龙，可是这条海龙非常特别，它的首居然像鹅颈鹅头。真是挺有意思的。

《海中火球》中的"海球"，其形其行，其声其色，几乎就是现代的飞碟了。可是它与海洋有关。再次证明海洋蕴含着刺激想象的无限能力。

《海鬼夹船》的故事，有两点值得一提。一是其"随波上下，经数昼夜，船忽坠落，如在深坎中。第见海水壁立，四围莹彻，而清影滉漾，曾不漫溢涓滴"的描述，分明是"落漈"意象。"落漈"（或称"落漈水"是海洋叙述的一种母题之一。我在第八十三条《子不语·落漈》中已有详细梳理，这里不赘述。二是这个鬼船故事，使我联想到美国作家爱伦·坡的小说《大漩涡底余生记》和《瓶中手稿》。《大漩涡底余生记》写一个水手被卷入挪威西部梅尔斯特罗姆大漩涡，漩涡的情境与这里"海水壁立，四围莹彻，而清影滉漾，曾不漫溢涓滴"非常近似。而《瓶中手稿》描述主人公"我"在热带海洋上遇险，碰到鬼船。"我"刚上鬼船的时候还怕船上的人看见我，所以不敢轻举妄动，后来发现他们都看不见自己，就在观察船的构造的同时找来笔墨把亲历简单的写在纸上。首先是描绘了船的制作材料根本是不能用作造船的且在水中浸泡只会越泡越大的木料，但这艘船却行驶得很好，令人吃惊；而"我"站在水手中间的时候他们竟然都看不见"我"，且每个水手都是老态龙钟，一点没有水手应该有的活力；而不管浪涛多大，船都很稳定的行驶，不会葬身深渊；船的所有的一切都沾染着古代的气息……总之正艘船都沾染着神秘的色彩，让人心生恐惧又难免向往。最后在整艘船上的人焦虑不安的心情下，船猛地扎下漩涡的魔掌里，沉下去了！《瓶中手稿》的鬼船故事自然要比王椷《秋灯丛话》里的《海鬼夹船》精彩许多，但是把鬼船与漩涡联系在一起的构想，却是惊人地一致。这是否能够证明，东西方人的海洋想象和思维，虽然相隔千万里距离，其实有着某些内在的同趋性？

《梦与鱼交》叙事的特异之处在于，首先，"人鱼"的"淫质"由女性转移到了"男性人鱼"身上。这种转移反映了男权意识的无处不在，也反映了作为海洋代表的鱼，已经以自己独特的方式，让人类意识到它与人类自己是具有平等资格的。人与鱼交，诞下后代，人却不遗弃之，鱼竟然也担负起供养其子的义务（自是获鱼常倍）！这种"人和鱼平等"的思想，在以前所有的海洋小说叙事中，是从未出现过的。其次，在叙事形态上，这则故事以梦的形式，叙写人和鱼的交往过程，在同类故事叙述中，也还是第一次。在以前的人鱼故事中，"本事"都是以"实际存在"的真实性而被描述的，哪怕是蛇变鱼妇、鱼变鲛人这样荒诞的故事，在被叙述时，叙述者也体现为真实可信的郑重态度。现在这则故事采用"梦交"的形式，显然是一种文学叙事的变化了。这种变化反映出作者已经觉得这种"真实性"不可信吗？我认为仅仅作这样的理解也许是不完整的，因为故事的结果是"梦交"有了"儿子"这样的结果，而且这个"儿子"与常人一样得到抚养并且健康地长大成人了。由"梦交"这样的"虚"竟然得到了"儿子"这样的"实"，这个故事自由转换于"人"与"鱼"、虚与实之间，因此具有浓厚的民间故事性（民间大量的龙子、龙女故事都是这样构建的）。

八十五、[清]沈起凤《谐铎》（2则）

[清]沈起凤《谐铎》，人民文学出版社1985年版。

鲛奴

茜泾景生，客闽三载，后航海而归。见沙岸上一人僵卧，碧眼蜷须，黑身似鬼，呼而问之。对曰："仆鲛人也，为水晶宫琼华三姑子织紫绡嫁衣，误断其九龙双脊梭，是以见放。今漂泊无依，倘蒙收录，恩衔没齿。"生正苦无仆，挈之归里。其人无所好，亦无所能。饭后赴池塘一浴，即蹲伏暗陬，不言不笑。生以其穷海孤身，亦不忍时加驱遣。

浴佛日，生随喜昙花讲寺。见老妪引韶龄女子，拜祷慈云座下。白莲合掌，细柳低腰，弄影流光，皎若轻云吐月。拜罢，随老妪竟去。迹之，入于隘巷。访诸邻右，知女吴人，姓陶氏，小字万珠，幼失父，为里党所欺，三年前，随母僦居于此。生以嫦贫可唉，登门求聘，许以多金，卒不允。生曰："阿母居奇不售，将使令千金以丫角老耶？"老妪笑曰：'蓝田双璧，索聘何嫌？且女名万珠，必得万颗明珠，方能应命，否则，千丝结网，亦笑越客徒劳耳！"生失望而回，私念明珠万颗，纵倾家破产，亦势难猝办，日则书空，夜则感梦，忽忽经旬，伏床不起。延医诊视，皆曰："杂症可医，相思疾未可药也。"瘦骨支床，恹恹待毙。

鲛人入而问疾。生曰："琅琊王伯舆，终当为情死。但汝海角相依，迄今半载，设一旦予先朝露，汝安适归？"鲛人闻其言，抚床大哭，泪流满地。俯视之，晶光跳掷，粒粒盘中如意珠也。生蹶然而起，曰："愈矣！"鲛人讶其故。生曰："予所以病且殆者，为少汝一副急泪耳！"遂备陈颠末。鲛人喜，拾而数之，未满其额。转叹曰："主人亦寒乞相，得宝骤作喜色，

何不少缓须臾，为君尽情一哭也。"生曰："再试可乎？"鲛人曰："我辈笑
啼，由中而发，不似世途上机械者流，动以假面向人。无已，明日携樽酒，
登望海楼，为主人筹之。"

生如其言，侵晨，挈鲛人登楼望海，见烟波汩没，浮天无岸。鲛人引
杯取醉，作旋波宫鱼龙曼衍之舞。南眺朱崖，北顾天墟，之罘、碣石，尽
在沧波明灭中。喟然曰："满目苍凉，故家何在？"奋袖激昂，慨焉作思归
之想，抚膺一恸，泪珠迸落。生取玉盘盛之，曰："可矣。"鲛人曰："忧从中
来，不可断绝。"放声一号，泪尽乃止。生大喜，邀之同归。鲛人忽东指笑
曰："赤城霞起矣。蜃楼十二座，近跨鼍梁，琼华三姑子今夕下嫁珊瑚岛钓
鳌仙史。仆灾限已满，请从此逝！"耸身一跃，赴海而没。生怅然独反。

越日，出明珠，登堂纳聘。老妪笑曰："君真痴于情者。我不过以此相
试，岂真卖闺中女，觍颜求活计哉？"却其珠，以女归生。后诞一子，名梦
鲛，志不忘作合之缘也。

铎曰："借穷途之哭，为寒士之媒，鲛人之术奇矣，吾更奇乎阿母之始
索其聘，继却其珠，使绝代娇姿，闺房吐气。否则，量石家一斛珠，虽高
抬声价，亦何异卖菜而求益者乎？"

蜣螂城

苟生，字小令，竟体芳兰，有"香留三日"之誉。偶附贾舶，浮槎海上，
忽腥风大作，引至一岛。生舍舟登岸，觉恶气熏蒸，梗喉辣鼻，殊不可耐。
正欲回步，忽见一翁，偕短发童谈笑而来。见生，大骇曰："何处龌龊儿，
偷窥净土？不怕道旁人吓煞！"生怪其臭，退行三四步，遥叩姓氏。翁亦以
手拥鼻，远立而对曰："予铜臭翁孔氏，此名乳臭小儿。因慕洞天福地，自
五浊村移家于此。蒙鲍鱼肆主人见爱，谓予臭味不殊，荐诸逐臭大夫，命
司蜣螂城北门管钥。汝遍体恶气，若不早自敛藏，将流染村墟，郁为时疠，
其奈之何！"生欲自陈，翁与短发童大呕不止，蒙袂疾趋而去。

生大异，欲征其实，以两指捺鼻而行。见一处，尽以粪土涂墙，四面
附蜣螂百万，屹如长城。生振襟欲入，忽闻城中大哗曰："瘴气来矣！速取

名香辟除户外。"生遥睨之，牛溲马勃，门外堆积如山陵，生益不解，忍气竟入。见生者，狂奔骇走，不顾而唾。生亦恶其秽，反身而遁。众喧逐之。生失足堕溷藩，撑扶起立，懊闷欲死。而众已追及，欲缚生，遍体摩嗅，自顶至踵，忽大惊曰："何顿芳泽若是，真化臭腐为神奇矣！"急谢过，引生居客馆。厕石作阶，沟泥垩壁。庭下有一池，色如墨，生解衣就浴，愈濯愈臭，且渐透入肌里。生急起，仍取旧衣著之。

翌日，有富商马通家招饮。延至一堂，颜曰"如兰"，旁有一轩，曰"藏垢"，轩以后曰"纳污书屋"。筵上无他物，馁鱼败肉，葱涤蒜菹而已。生自浴后，亦渐不觉其臭，大啖之。已而自探其喉，秽气喷溢。主人鼓掌而笑曰："气佳哉！薰莸可同器矣。"孔翁闻其事，不信，访于客馆。见生，愕然曰："君真洁己自好人也。旧时膻行，粪除尽矣！"遂与订莫逆交。

生恐贾舶久待，诣孔翁告别。翁张筵饯之。引入后室，见三十六粪窖，森森排列，窖中金银皆满。翁取赤金数锭以赠。并唤一女子出，蓬头垢面，而天然国色，翁笑曰："此阿魏，即蒙不洁西子后身也。君无室，盍挈之行。"生拜谢，捧金挈妇，辞别还舟。贾人失生半月，维舟凝待，遥见生来，大喜。甫登舟，秽气不可近。陈金几上，尤臭不可堪。及阿魏登舟，万臭尽辟，众心始安。

后归家，生偶游街市，人辄掩鼻而过。惟与阿魏居室，则不觉其臭。出所赠金易诸市，人大怒，掷而还之。三年，阿魏死，生所如不合，郁郁抱金而没。

铎曰："蜣螂抱粪，人恶其秽。而转之金颜笃耨中，适速之死耳！以是知生于香者，亦必死于臭也。红粉长埋，黄金失色，止剩个臭皮囊，无从洗涤矣。哀哉！"

考释

沈起凤（1741—1794？），字桐威，号红心词客。江苏吴县（今苏州人）

人。清代中叶戏曲和小说家。沈起凤从小聪颖，二十八岁就中了举人，不料科举之路竟然到此结束，以后屡试不第，再也无法考中进士，所以基本与仕宦绝缘，直到五十来岁的时候，才做了安徽一个县学的教官，而且时间还很短。因此沈起凤一生是比较清苦的，从来没有发达过，主要靠卖文和做幕僚为生。嘉靖年间客死于北京。

沈起凤创作的小说集《谐铎》的影响比较大，据说它刚问世就广为传播。乾隆辛亥年就有藤华榭刊本问世。光绪十七年出了上海广百宋斋的铅印本。后来上海书局、文蔚书局、锦文堂书店都纷纷推出了《谐铎》的石印本，可见其受欢迎的程度。

《谐铎》的故事短小精焊，内容非神即鬼，非精即怪，有警诫，有讽喻，各篇独立，言简意深。作者借题发挥，对于社会病态的解剖，人情世态的揭露，寓庄于谐，深藏哲理。

《谐铎》中涉及海洋方面的两篇小说，也大多属于此类性质。其中《鲛奴》里的鲛人"泪水成珠"，显然从张华《博物志》"鲛人……从主人索一器，泣而成珠满盘，以与主人"而来。但是这篇小说的核心情节是爱情悲喜剧，则具有创造性了。

《谐铎》中另外一篇海洋小说《蜥蜴城》，虽然依然采用古代海洋小说的常用的"海上遇风暴飘落于荒岛"模式，但是它所叙述的"香臭颠倒"的认知情节，却非常具有讽喻意义。但对于其具体的讽喻对象，则理解上有所分歧，有人认为是讽刺金钱至上，也有人认为是讽刺西方经济入侵。其实对于文学隐喻的理解，不需要这样"坐实"，仁者见仁智者见智，才是合理的解释。

八十六、[清] 钱泳《履园子丛话》（1则）

[清]钱泳《履园子丛话》,《清代史料笔记丛刊》, 中华书局 1997 年版。

抉目鱼

　　海州通潮之港，每岁逢闰，必有一巨鱼或龟鳖之属随潮而上，遂胶于滩。若有人抉其目者，大者或至数丈。海滨人候之，屡验。大凡东海有巨鱼流入内地者，必无目。无目，故随潮而进也。相传此鱼在海中作风浪翻船至伤人者，必有海神抉其目，使其自殒，或为人所杀，亦如人间杀人案罪之例。

考释

　　钱泳（1759—1844）原名鹤，字立群，号梅溪居士，清金匮（今江苏无锡）人。《履园丛话》是一部写实性笔记小说，多以以亲身经历为内容基础，对当时的政治、经济、文化、社会生活等各个方面记叙和描述，有较强的文史价值。但也有一些"精怪""鬼神""报应"和"梦幻"等超现实的内容，显得比较庞杂。

　　《抉目鱼》反映的本来是一种大鱼进港搁浅的沿海地区自然现象，"胶于滩"指的就是大鱼搁浅。但是作者却说大鱼是由于被人挖去眼睛所以看不清海滩而搁浅的。甚至还说大鱼眼神不好，是因为它经常兴风作浪危害行船和海员，所以被海神"抉其目，使其自殒，或为人所杀"。这未免过于牵强附会，但也曲折地反映出人们希望航海安全不出生命事故的诉求。

八十七、[清] 慵讷居士《咫闻录》（8则）

[清] 荆园居士《咫闻录》，重庆出版社 1999 年版。

屠板生珠

广东十三行街，为西洋诸国贸易之所。岸有赵屠，设案市肉，历有年矣。一日，鬼子行至，愿市其案板。屠欲五十金。鬼子持银至，屠曰："前言戏之耳。子欲售，必须重价。"鬼子增至五百金。屠思二板值价百钱，今计数千倍之多，不知是何宝也？不售恐错过时候，售之疑价太贱，游移未决，迁延三年。鬼子回国。屠恐人窃去，收藏房中。次年，鬼子复来问，屠引至案前。大笑而去。屠曰："自子去后，携入室中，朝夕拂拭，珍藏待价，须求其异。"鬼子曰："内有大蜈蚣，日饮猪血，已有定风珠，诚稀世之宝也。必得养之，斯不害。今藏日久，蜈蚣已死，珠亦韬晦。"屠不之信，劈案视之，果有蜈蚣一条，死焉，口内衔珠，白如鱼目。屠乃悔前此不售，计相左矣。

郑秀才

潮州上水门，有郑秀才，岁试拔列前茅。散步至市，见衣铺系一线绉袍，蓝色鲜妍，爱而鬻之。时值学使簪花，着以应名。至出校士馆，觉身重，急归寓所，脱袍置诸帐内。至更深人定，忽闻窗外窸窣之声，问之莫应。方谓暗虫打窗，不以为异，遂就寝。正在朦胧间，听户外吟诗云："饥驱弃学过漳泉，海丑难防命亦捐。老母倚阊难慰望，孤魂漂泊赖携旋。线袍且作绨袍赠，桂榜高栖杏榜悬。兔死狐悲敦古谊，衔环结草自年年。"问其姓名，答曰："姓吴，名新，广西人也。幼业儒，幸列胶庠。家贫亲老，弃举业而习经营，往来洋面，已五载矣。行抵台湾，被盗劫财毙命。孤魂无寄，聊附蓝袍。君今收买，祈推同类之情，送至箪瓢之室。朽骨虽沉渤海汪洋之境，残魂得依祖宗邱墓之乡。种此福田，腾兹云路。"郑半睡半醒，似梦非梦，因思：此冤魂也，不与寄归，则魂终附此袍矣。广西不远，所费无几，吾当决此一行，以副其所托。翌日，出省，访至其家，只一老母，因子久客不归，积忧成疾，常亲床褥；邻里有持汤药以进者．日一过之而已。郑将蓝袍托邻付其母，并赠以银。是夜，梦吴谓曰："蒙君带某魂归家，并承厚惠。君本大器，来科当中高魁，会试连捷，授职编修。阅二年，放福建学使。时有黄蕴奇持刺来谒，即毙余之盗，请君留意。"郑归，时时忆前事之奇。后乡试中式第五名，会试诗题圆灵水镜得私字。三更后郑试文已登卷，将欲作诗，恍惚间忽听吟声云："启匣光才满，推轮影渐移。太清原不滓，普照本无私。"遂以二韵写之。主司击节叹赏。榜魁天下。阅两载，果放福建学使。按临三日，适巨商黄蕴奇来见，郑以并非科甲乡绅，敢来谒见，将欲严饬；因忆黄蕴奇之名，乃数年前梦中吴君所告者，传之使见。郑正色危坐，黄进跪叩。问曰："尔作何业？"曰："当商。"曰："几年矣？"曰："四年。"又问由何业而起家，曰："作水客。"郑厉声曰："汝即在台湾劫财毙命之黄蕴奇乎？我已知之久矣。认则作自首免罪而办，不认即送法司拷掠研求！"黄听言皆有因，事难隐讳，即伏地叩头，一一承认。郑即咨中丞拿送按办，并面告以买袍附魂、梦中诉冤情事。中丞将黄蕴奇依律正法，籍没家资入官。念吴新母老无依，赏给银五百两。咨粤西中丞，饬领完案。嗟乎，民之为盗也由于贫，至于富为巨商，遂欲交结公卿，出入幕府，自附于正人之列。若非先入于梦，而学使几为蒙混矣。夫乃叹彼苍之报应，不爽毫厘也。

海中巨鱼

海中巨鱼，《名人说部》已言不详矣。予闻潮洲澄海县，有泛海贸易，姓金名镛者，驾洋艘出樟林镇口，放大洋。浪高风急，水如飞立，横冲直击，左倾右侧。舟中人颠仆头眩，呕逆不绝。忽见水若蓝色，突起一山，横于舟前，约长千丈，乍沉乍浮，至夜始消。又一日，满海无风，而船浮出水面，胶滞不前，倏而水面高百丈余，咽水有声，舟如横侧入深洞中，昏黑不测。舟子曰："入鱼腹矣。"相聚而泣，忽闻大潮声起，将船涌出水面，高十余丈，飞至山前沙滩而坠。舟子曰："吾生矣。此乃巨鱼喷水，带舟而出也。"遂与舟子上岸，行至山下，见有居民，问之，答曰："此伊蓝埠也，地属琉球，去闽广万余里矣。"遂易薪米，将船修补而归。

夫天下之大而莫测者，莫如海；而物之大而莫测者，莫如鱼。庄子曰："北溟有鱼，其名为鲲。鲲之大者，不知其几千里也。"千里之鱼，而遇数丈之舟，吸而人，喷而出，鱼亦何尝知也。噫！世之人自夸为大者，盖亦井底窥天也。

三桥梦

古有蝴蝶、邯郸、黄粱、南柯四梦，近时又有红楼梦。人生何事非梦，何必以五梦为奇，而赘以记之也？吾乡士人王仲懋，又有三桥梦，篇幅甚繁，成之而未付剞劂，不能记忆，予记其大略云：

仲懋乾隆年间赴试不售，扫兴还家。路过三桥，宿于茆店。房西一带，皆及肩土墙；墙以外，秋草满地，霜叶盈阶；窗前有老桑一株。仲懋对之，悒郁无聊，沽酒消遣。饮至半酣，酒阑身倦，就黑甜而浓睡焉。思欲遍走天下，以图进取。于是卷装出门，南走吴越，北至潇湘，所至之地，悉如陈文子之言，去而违之。乃驾十丈舟，撑百幅帆，决意泛海，乘风破浪，长啸开襟，曰："今而后，东西南北，惟我所适矣。"

须臾过大西洋，登鹢头视之，一望无涯，曰："今知天地之大也。"睫眼问，又过大弱水洋，水势汹涌，羊角当舟，滞而不行；白沫倒洒，衣皆尽湿，舟人大恐。予曰："道之将行也与，命也；道之将废也与，命也；听之而已矣。"遥见两大峰，舟子曰："幸有靠矣。"并力假风驶去，见山有巨洞，高巩如桥，下流若沸，心疑架鼋为梁也，急阻之以避其患，口未止而舟已近矣。适有舟自洞中出，问曰："欲保无虞，须向洞行。"即依言而进。深黑闭闷，瞻天无隙，乞光无由，晰晰燃燎，才见面目。寒气逼人，毛发竖立。但闻篙声丁丁，泉声汩汩。无昼无夜，醒而睡，睡而醒；饥而食，食而饥，不知晦朔在于何时。及达洞外，问知匝月有余矣。行未几时，陡起飓风，掀翻倾侧，飘至一山。石级层层，似有人居。停帆觅食，人皆上岸，仲懋亦捷足而登，曰："居水已久，登一旷土，便生乐趣。信步寻肆，图畅鄙怀。"忽见黄发黑齿，深目曲鼻，奇形怪状，已心惊胆怯矣。又见虎头人，身长二丈余，赤发直竖，眼突如卵，绿光闪电，鼻悬如胆，口大齐耳，唇若丹砂，齿参唇外，利似刀锯；腰系豹皮裯，手足皆蓝，声音如枭，见人卷唇而笑，围而擒之，劈而食之。仲懋急趋山洞，从匿旁出，疾趋归舟。舟子上篷瞭望，上岸之人，已狼藉殆尽，大惊曰："此乃夜叉国界也，凛乎不可久留。"急起风篷，而夜叉已至，幸风利不及而止。

历过海外诸国，飘至祇树国，舍舟登陆。时值深秋，燕巢深林，鸡栖高树，一路荒凉之景，方知天下之大，无所不有。行路之难，岂仅蜀道。数日方至国门。入其城，见憧憧往来者，衣多单绞；见我相貌文物，冠服不同，凝眸而视。又有冠高冠、衣宽褐者，问曰："子非吾邦之人也，胡为乎来哉？"曰："中朝人士，航海失风，飘流至此。"其人曰："吾国六十年一试，今值开科取士之期，不论东西南北之人，能七步成章者，俱可应试。子之来，真如王子安之过滕王阁，一赋压席，殆有神助，诚有福也。可去报名。"仲懋然之。至期，国王亲临考院，士子如云。局门面试，俄而出题，赋得百川赴巨海，得收字，五言六韵。仲懋作诗云："浩渺长川赴，滔滔巨海收。注焉宁或满，逝者几曾休。脉络难分派，朝宗总旧游。惟虚能禽受，不约自同流。万里趋蛟室，千波汇蜃楼。会将天堑水，直入蜃人舟。"国王见此诗，击节赞赏。又出对曰："三塔桥头三塔水"，仲懋应声对曰："六洲山下六洲花"。王大喜曰："真天才也。得此大器，吾国有幸矣！"遂亲点状元，授为内阁学士。

敕林西侯高梓有女蟏娥，年已及笄，美如玉犀，招之为婿。国王赐以缀锦袍、玉如意、凤冠鸾钗、云裳霞佩，筮吉迎亲。重重仪仗，节节音乐，宫花簇簇，朱帻镰镰；街必悬灯，巷必结彩。士女儿童，观之者拥街塞巷。仲懋扬鞭于马上，蟏娥拭泪于舆中。登门揭彩，美桃李之争妍；人阁轻妆，叹芙蕖之减色。屏开孔雀，壁映玻璃；银烛分燃，玉卮交饮。月移花影，步步金莲；笑剔银缸，纤纤玉手。翻鸳鸯之被，登云雨之台，泆意绸缪，已忘朝觐。

一日宣旨，召仲懋进见，国王曰："祗树褊小，逼近红毛。民知耕耘以为家，士识礼让以为国。虽有三坟五典，不能穷究精微。卿乃中朝伟杰，当为我振兴文教。"仲懋曰："三坟五典已遭秦始皇毁之久矣。"国王曰："秦所焚者，乃内地所存之书，未曾烧我国奉颁之籍。"当命崇文阁大臣，检交仲懋，赍回阅之。曰："洋洋乎五帝三皇之遗模也。"遂日夜钻研，旁批直注，三月乃成。进呈，颁行国中。即命仲懋出使观风。前之以对出题者，改为策论诗之外，加以表判。初试之时，士不知法，仲懋自作数篇，令士庶揣摹则效，文风尽革，士子欢腾。试毕，改三边总制。在任五年，卧治无事。时有右丞相出缺，王乃枚卜，特选仲懋，召回大拜供职。

忽报西蚁国入寇，分红白黑黄四队，兵马数千，潮涌而来，侵犯边关，官兵莫能当。众皆骇然，惟有坚壁守垒。两关节度花胜，飞章入告。王命仲懋计议军机，仲懋曰："相地度宜，随机应变。"加封征西大将军柘林侯，克日出师。仲懋亟下庚牌，难安丙枕，星驰至彼，探贼营曰："此必效田单火燎平原之法，方能取胜。"遂命各兵采樵堆薪，塞其要隘。用牛万匹，尾系干刍，沸油渍之，一时齐燃，纵之使去。光焰烛天，敌皆惊溃，弃甲遗兵而走。仲懋又命各隘，尽烧堆薪，绝其归路。贼兵尽化为灰。仲懋飞以报捷，抚慰居民，班凯还朝，晋爵柯南公，宠盛一时。侍妾十余人，歌妓数十人，食丰履厚，竟以郭令公自许。

嗣与左丞相黑翼，意见不合，凡议政事，恒与睚眦。乃奏柯南公威权太重，请暂罢兵权，以抑其志。由是仲懋事简心闲，得买附郭旷土，创盖第宅，经之营之，不日成之。此处土产，有人参米，色红紫而微黄，食之益寿。又出自然锦布，不织而成，用以遮阳铺地。食必珍错，宴必歌妓，优游林下，侈奢极矣。忽见场外黑花野牛数十群，甚为肥壮，使人围之，用以犁田。又有荒山蔓土，教人力耕火耨，开辟成田，连绵千顷，深得林泉之乐。

忽门外哄传郊外来一妖异之兽，身长千丈，头如山岳，口阔耳长，所畜之牛，尽遭啖食，管牲之人，无法司治。仲懋心急而醒，豁眸而视，日已临窗矣。出见卧床，正对窗前古桑也。上有土弹数丸，泥洼六穴，啮桑蠰虫数十枚，旧蚁封一堆，根下有蜣蜋壳十余枚，旁有小豕，睡眠草中。仲懋吁嗟噫嘻久之，午鸡鸣昼，大笑而去。

海鳅鱼

渤海有鱼，厥名曰鳅。鳅之大，不知其几千丈也。逆而来，水击数十里；怒而去，潮吸数十丈。虽孟贲之勇，戴宗之捷，不能抵一尾之摇。况欲擒而剸其肉，以作蟥膏之烛乎？然巧莫如人，犹有不知其海之阔，鱼之大，能使其力之疲，死之速者。

粤东平海，乃出洋之口，鳅有时至。予曰："其浩浩淼淼、渊渊穆穆者，海也；其来也无形，其去也无踪者，鳅也。从何以窥？"客曰："子不知夫沿滨海若，灵于内地神祇乎？当春夏之交，渔民猬集于庙，焚香祷祝，掷筶而知其来；又必筶卜可捕，以为神之许也，则捕之。于是集渔艇数百，一艇选识水性、熟水境、习镖法者数人，驾以快桨，备以铁镖；镖有眼，穿以绳而系之于艇。船必陈柳木梆，以待鳅来。盖天生一物，必有一制。鳅之所忌者，柳也。又使善观海色者数人，登山而望，见海面百余里外，凭空突起高阜，白浪轻浮于上，墨云铺映于下，水势滔滔，潮声隐隐，知是鳅来。爆竹为号，舟人贾勇而待。数刻间，扬鳍鼓鬣，波涌如山，譬犹千军万马，飞腾而至。口喷水沫，光天化日之下，倒洒大雨，非特艇中人衣发尽湿，即岸上人亦湿透衣襟矣。但闻群击柳梆，声满于海。鳅遂势蹲而尾垂下。艇人齐心尽力，摇桨飞水以迎之。鳅近艇，铁镖齐放，鳅负痛，疾卷而去。渔艇渔子，具随鳅势，卷匿波中，舟皆不见。须臾，一舟昂首而起，各舟亦渐次起矣。一渔人拭脸而出，各渔人亦次第出没矣。登舟各收镖绳，得镖而嗅，其气腥，则已中，鳅可得也；盖鳅皮损则咸水入之必死。歇息间，又见鳅来，亦复如是法以御之。三近三放，而鳅已死矣。渔人复以数十铁钩，挽扎鳅身；易以数十大舟，千人负缆，系带近岸。但见蚝黏为数十里大山，以塞海口，不知鳅之身，乃千万蚝黏之也。民取其蚝。而见鳅之形，口宽十丈，颌下有髯，宛如平条牛尾；外有微皮，而内有软骨。渔人以丈余杉木，撑开其口，腥臊之气难闻，深黑如洞。携大灯燃烛，悬于颚，云梯置于喉，即由喉门进而割取脂膏。百余人以蒜塞鼻，尽入其腹，割划不辍，月余乃尽。一鳅可得膏油十余万斤。先跻公堂，而后瓜分之。其肉任人刳取作羹，脊骨可为臼。问之渔人，曰：'鳅既受镖伤，宁不畏而复来乎？'渔人曰：'以此制鱼，他鱼受惊而去，不复来；惟鳅鱼可能以此捕之。盖鳅为海患，已获罪于天矣。天遣之使来，以刳其身，故虽受伤而犹来，是亦数之不可逃也。'"

或曰："事近于诞，难令人人而信之，可不必载。"不知凡由平海而来者。咸曰捕之时必请如海而观，子之文情形吻合，非亡而为有之海谈也。书之，亦见天地之大，无所不有，可以开坐井观天者之胸眼也。

海马

嘉庆二年二月，广东南海县所辖九江，有海马浮潮而至。长可九丈有奇，高可丈许。鳞甲蔽身，甲缝生毛，毛若青丝。头与膁肋疏毛鲜甲，躃大如斗，耳下有腮，尾与穿山甲相埒，色黑。古人谓马为钱连钱，或即是也。九江河不甚浅，而是马立于河中，全形俱见。居民喧异呼奇，胆大者掷石，拂其怒，乃翻身滚去，而傍岸百家尽没河化为湖。马即登岸啮禾数顷，不驱则仅伤禾，驱之则又翻身滚去，田成大池，结绳而测浅深，沉索至十二丈，方得至底。九江主簿李敬思上告抚军。朱石君先生，作文祭遣，安逸岁余。次年复起新宁，残蚀田禾，化田为池者，不下百顷。邑宰李安吉，四面设炮，轰击乃毙。剖肉分献上台，肉似牺牛，味亦相同，气腥，此鱼所化也，并非海马。若海马气禀灵渊，受精皎月，追风逐电，越影超光，何至残虐为害哉？

天妃庙

海丰鮜门天妃庙，最著灵异，海艘出入，无不祷焉。居民岁于八九两月，鱼期兴时，敛钱诣庙，悬灯结彩，荐牲陈牢，演剧设醮。其期请神自择。先期一月，乡人书成阄纸，以供于神前，拜跪祷告而拈之，开视何月日，祭乃定。嘉庆二十五年七月间，拈阄在十一月初六日，咸谓从未有若是之迟也，此必有故。至八月二十三日，礼部行文到粤，知圣驾崩于七月二十五日，百日孝满，方许民间笙歌鼓乐；而神之所定，恰在国孝满后一日，无犯禁令。天妃之灵，一至于此，可不肃然起敬哉！

铁人为邪

南越番禺所辖茭塘司，有地名新造者，滨临大海，巨岫排门，山形如鼠，俗呼为老鼠山。依山而居者，航海渔鱼为业，得网泽与齐民一体，失网泽，遂邀海运商舶而劫之。后甜获利之易，竟弃渔为盗，结队成群，游掠逍遥，成为海患。

乾隆中年，李抚军严令巡洋弁兵，奋往力擒，痛加惩治，一案屠戮三百余人，顽风稍息。其时有堪舆者云："是处之多盗，乃山形之似鼠。宜在山上铸铁猫铁人以镇之。"抚军如其言，铁铸大猫一，巨人一，猫制鼠，人牧猫。数十年来，为盗者虽有几人，而结队成群、明目张胆者无之，地方可称宁静矣。惟傍山之青年妇女，多患邪魅之病，说者以为狐祟作乱。延茅山道士醮禳，依然作怪不休。

一日，有游冶子登山观海，见铁人一手空提，以己所携破白面折扇，开而插其手中。是晚，病邪者举家挑灯坐守，二更将尽，见空中悬摇白扇，群皆惊喊，扇落于地。拾之，观扇上字款，乃游冶子之名。次早持扇向问，骇曰："此昨游老鼠山，插于铁人手也，何来汝家？作祟者宁即铁人乎？"守以待之。是妇宁而渐瘥。

亡何，邻妇正在熟睡，忽有数百斤重物压其身，手难动，气难转，口惟唏嘘，大声呷呀，惊醒同房睡妇，呼之乃苏。自后或夜至，或间夜而至，妇乃面黄消瘦，不能起床。群议铁人作祟也，不然，何重乃尔？惟有钉其足，使之不能行，则患可已矣。于是钻其足，而流血不少，始信为害真在铁人。即钉之，并熔生铁，将足铸没。由是青年妇女，鲜有邪压之病焉。

夫铁人有何灵哉？盖得日月精华之气，照之而成也。其能灵守疆圉，保护寸土，使一方崇祀，香烟不绝，即可为是山之神。乃作邪迷，为害未久，故钉足以示小罚；若任其为怪，其祸愈大，天地不容，当必有雷击之欤。

考释

慵讷居士，生平事迹不详。书中多记浙江尤其是宁波府各县事，所以作者也有可能是浙人，曾游幕各地，侨居广东羊城。《咫闻录》所涉及的海洋内容，也大多与南海有关。

这里辑录了《咫闻录》中的 8 篇作品，里面描述了好几个"闯海者"形象，这是比较有价值的。《郑秀才》以海商活动为背景，描述了"衣袍主人"，一位海商艰辛的生活。情节设计很是奇异。《三桥梦》虽然写的一个梦，但文中所表露的驾十丈舟，撑百幅帆，在大海中尽情遨游，"今而后，东西南北，惟我所适矣"的航海人气概，还是非常能感染人的。

《天妃庙》和《铁人为邪》是海洋崇信类题材书写。《海鳅鱼》和海中巨鱼》，表面上写的是海中巨物，实际上也是海洋民间崇信思想的一种曲折反映。它们都从多个侧面反映了海洋社区的人比较独特的精神图经。

八十八、[清] 梁章钜《浪迹丛谈》（4则）

[清] 梁章钜《浪迹丛谈》，上海古籍出版社 2012 年版。

日本

日本，古倭奴国，唐咸亨初更号日本，以近日出而名也。其国有官名关白者，犹云宰辅之职，代相更替，专国政。国习中华文字而读以倭音，俗尊佛，尚中国僧，敬祖先，得名花佳果非敬僧即上祖墓，立法严，人无争斗，有犯法者，事觉即自杀。气候与江、浙齐，产金磁器、漆器、金文纸、马，出萨峒马者良。萨峒马即萨摩州也，其地山高水寒，刀最利，故倭人好以为佩。所统属国，北为对马岛，与朝鲜接，南为萨峒马，与琉球接。对马岛与登州直，萨峒马与温、台直，长崎与普陀东、西对峙，水程四十更。厦门至长崎，北风由五岛入，南风由天堂入，水程七十二更。海道以更计里，一昼夜为十更云。其与中国贸易者，长崎岛为百货所聚，商旅通焉。国尤饶铜，我朝经制，鼓铸所资，滇铜而外，兼市日本铜，谓之洋铜，安徽、江苏、浙江、江西等省，岁额市四百四十三万余斤。商办铜斤，有倭照以为凭信，携带绸缎、丝斤、糖、药等物往日本，市铜分解各省。乾隆二十四年禁止丝斤出洋，又两广总督请将绸缎、绵、绢一并禁止，嗣据江苏巡抚奏请，仍许洋商酌量携带，每船皆有定额，非办铜商船，不得援以为例，从之。前明关白兴帅蹂躏朝鲜，八道几没，后朝鲜内附本朝，而侵凌始息。崇德四年日本岛主及对马州太平守平义成致书朝鲜，胁取土产，朝鲜国王惧，以二书来告，然日本究不敢兴兵，则震詟天威之所致也。前明日本使者嗒哩嘛哈上表入贡，明太祖因询其国风俗，奏答五言诗一首云："国比中原国，人同上古人。衣冠唐制度，礼乐汉君臣。银瓮篕清酒，金刀睑素鳞。年年二三月，桃李自成春。"帝恶其不恭，绝其贡献，示欲征之意。考日本疆域分八道、六十六州、一百二十三郡、八十八浦，宜其不知汉大而云"国比中原国"也。然其人多寿，就国王论，如神武天皇一百二十七岁，孝灵天皇一百十五岁，孝元天皇一百十七岁，昭孝天皇一百十八岁，孝昭天皇一百三十七岁，开化天皇一百十五岁，崇神天皇一百二十岁，垂仁天皇一百四十岁，景行天皇一百有六岁，成务天皇一百有七岁，神功天皇百岁，应神天皇、仁德天皇俱百有十岁，雄略天皇百有四岁，降年之永，中土所希，所云"人同上古人"，盖言虽大而非夸矣。

水雷

粤东近传咪唎喳国夷官创造水雷之法，遣善泅水者潜至敌人船底，借水激火，迅发如雷，虽极坚厚之船，罔不破碎。粤省洋商潘姓者如法制造，凡九阅月而成，曾经将水雷器具二十副赍京，恭呈御览，于道光二十三年八月奉旨交直隶总督、天津总兵会同演试，旋据覆奏：于九月在天津大沽海口会同演试，用径八寸长丈六杉木四层扎成木筏，安于海面，坠定锚缆，将吃药一百二十斤水雷送至筏底，系定引绳，拔塞后待时四分许，轰然一声，激起半空，将木筏击散，碎木随烟飞起，其海面水势亦围圆激动，洵为火攻利器云云。并纂成《火雷图说》进呈刊布。窃谓此器甚好，非夷人之巧心莫能创造，非洋商之厚力，亦莫能仿成，惟是大海茫茫，波涛汹涌，此器如何能恰到敌船之底，又恰能使敌船浑然罔觉，坐待轰击，则皆非瞽儒浅识之所敢知矣。

三保太监

前明三保太监下西洋，至今滨海之区，熟在人口，不知何以当日能长驾远驭、陆詟水栗如是。按《明史·郑和传》载：郑和，云南人，世所谓三保太监者也。成祖疑惠帝亡海外，欲踪迹之，且欲耀兵异域，示中国富强。永乐三年，命郑和及其侪王景弘等通使西洋，治大舶修四十四丈、广十八丈者六十有二，将士卒二万七千八百余人。自苏州刘家河泛海至福建，复自

305

福建五虎门扬帆，首达占城，以次遍历诸番国，宣天子诏，赍金帛给赐其君长，不服，则以武临之。和经事三朝，先后凡七奉使，星槎所历，三十余国。第一次在永乐三年六月，命郑和、王景弘等，至五年九月还，诸国使者，随和朝见，献所俘三佛齐酋长，戮之。第二次在永乐六年九月，再使往锡兰山，截破其城，禽其王，九年六月献俘于朝。赦不诛，释归国。第三次在永乐十年十一月，再使往苏门答剌。禽其伪王，并俘其妻子，以十三年七月还。第四次在永乐十四年，满剌加、古里等十九国咸遣使朝贡，因命和等往赐其君长，十七年七月还。第五次在永乐十九年春，和等复往，二十年八月还。第六次在永乐二十二年正月，旧港（即三佛齐）酋长请袭宣慰使职，又使和赍敕印赐之。冬还，成祖已晏驾。第七次在宣德五年六月，又使和等历往忽鲁谟斯等十七国而还。前后所得珍奇贡物，如真腊国（即今之柬埔寨）贡金缕衣、象五十九，阿丹国贡麒麟，苏禄国贡大珠，重七两有奇，忽鲁谟斯国贡麒麟，又贡狮子，麻林国贡麒麟、天马、神鹿之类，不能悉数，而中国之耗费亦不赀矣。自宣德以还，远方时有至者，而和亦老且死。自和后，凡将命海表者，莫不盛称和，以夸外番，故俗传三保太监下西洋，为明初盛事云。时通使西番者，有司礼少监侯显。帝闻乌思藏僧尚师哈立麻有道术，善幻化，欲致一见，因通迤西诸番。乃令显赍书币往迓，选壮士健马护行。元年四月，奉使陆行数万里，至四年十二月，始与其僧偕来。十一年春，复奉命赐西番尼八剌、地涌塔二国。尼八剌王沙的新葛遣使随显入朝。十三年七月，帝欲通榜葛剌诸国，复命显率舟师以行，其国即东印度之地，去中国绝远，其王赛佛丁遣使贡麒麟及诸方物。榜葛剌之西，有国曰治纳朴儿（"治"，《明史》作"沼"）者，地居五印度中，侵榜葛剌。十八年，复命显往宣谕，遂罢兵。宣德二年，复使显赐诸番，遍历乌斯藏、必力工瓦、灵藏、思达藏诸国而还。途遇寇劫，督将士力战，多所斩获，还朝录功升赏者四百六十余人。显有才辨，强力敢任，五使绝域，劳绩与郑和亚。

服海参

余抚粤西时，桂林守兴静山体气极壮实而手不举杯，自言二十许时，因纵酒得病几殆，有人教以每日空心淡吃海参两条而愈，已三十余年戒酒矣。或有效之者，以淡食艰于下咽，稍加盐酒，便不甚效。有一幕客年八十余，为余言海参之功，不可思议，自述家本贫俭，无力购买海参，惟遇亲友招食，有海参，必吃之净尽，每节他品以抵之，已四五十年不改此度，亲友知其如是，每招食亦必设海参，且有频频馈送者，以此至老不服他药，亦不生他病云。

考释

梁章钜（1775—1849），字闳中，又字茝林、茝邻，晚号退庵，福建福州人。曾任江苏布政使、甘肃布政使、广西巡抚等职。上疏主张重治鸦片囤贩之地，是坚定的抗英禁烟派人物。一生勤于著述，《浪迹丛谈》是他笔记代表作。

《浪迹丛谈》中涉及海洋内容的有《日本》《水雷》《三宝太监》和《服海参》等，采用的都是纪实性的现实主义手法，具有很大的史料价值。

《日本》一文与陈伦炯《海国闻见录》中"东洋记"的内容有相近之处，如"（日本）国习中华文字而读以倭音，俗尊佛，尚中国僧"等句，文字几乎完全相同。梁章钜生活的年代要比陈伦炯迟，说明梁章钜《日本》一文的撰写吸收了陈伦炯《海国闻见录》中的材料，但有许多充实。《水雷》则记载了水雷这种当时先进的武器被引进中国的情形，这是很有历史价值的记载。《三保太监》里有关郑和海洋活动的记载，虽然没有什么新鲜的价值，但也说明直到清代晚清，人们对于郑和下西洋的壮举还是念念不忘。

八十九、[清] 梁绍壬《两般秋雨盦随笔》（1则）

[清]梁绍壬《两般秋雨盦随笔》，上海古籍出版社 2012 年版。

四海

　　花有海字者，皆从海外来。海棠、海榴是也。又海红花即山茶花，海桐花即七里香，吴陆子渊尝植四花于圃，建亭其中，名四海亭。

考释

　　梁绍壬（1792—? ），字应来，号晋竹，钱塘人。著有《两般秋雨庵诗》和《两般秋雨庵随笔》。

　　《四海》严格来说不是叙事作品，只是一种比较简单的记载，但是也透露出宝贵的海洋人文交流的信息。

九十、[清]朱翊清《埋忧集》（10则）

诸天骥

诸天骥，字子凯，湖郡诸生。幼警敏，七岁能诗。稍长，博览无涯。美姿容，闺阁见者争掷果焉，生清介自持，勿顾也。父母益喜，谓其必成大器，字之曰"大器"。十四入郡庠，次年遂食饩，名噪甚。然生性故抗直，而跋扈文坛，下笔泉涌，常屈其侪辈。故多见嫉，惟与龙眠方拱乾善。而生屡踬场屋，年逾壮矣。继妻吴氏，美而贤，生一女。生计日蹙，资馆谷以养，所如又多龃龉。父常训之曰："以汝所为，岂似功名中人？汝亦知荆山痛哭，古今岂少卞和？盍少破觚以救贫乎？"生泣对曰："世事易知。然玉可碎也，不可毁其白；若欲诡遇求合，无论儿饿死不屑，当亦父所不愿见也。"自是虽炊烟屡断，生卒自如。

无何，父母俱殁。父临卒呼生嘱曰："始吾虽贫，然谓汝青紫拾芥，辄用自慰。今不及待矣，若他日能博一第，则泉下犹可藉慰。不然，犹有鬼神，吾有馁不来食矣。"生恸哭受命。比葬讫，妻继殁。女年十五，生于是以与其友之子某为室。遍辞戚属，办装，以拔贡生应京兆试，誓不得当不返也。榜发又报罢，出门信步，独游陶然亭。一日者熟视良久，叹曰："仆阅人多矣，今视君鼻有柱骨，腹具六壬，论寿可至大耋。而自发际以下，但有清气而无一点庸气，惟相君之背，他日当有奇遇。然必远涉海外，若此间恐无汝缘分也。"

生愤然归寓，念京师知交绝少，岂易久居，而拱乾方戍宁古塔，遂往视之。比至，而方已赐环。宁古俗本淳厚，百里往还，随所投，率如旧主。

生乃修刺谒一章京。刺甫入，章京大怒，抽刀出，将杀之。盖其俗尚白，以红为送终具，生适触所忌也。反奔至东京，喘息稍定。四顾殿础城基，夕阳明灭，揽辔踟躇，进退维谷。

忽一骑自东驰至，生意追及，复奔。闻马上大叫："子凯何弗少待？"生回顾，识为远戚吴某。乃驻马询其何来，某言："顷自宁古贩参还。寓舍不远，请往暂憩。"因偕至石佛寺宿焉。生历诉穷途之苦。某曰："明日余将往贾柬埔寨。彼国谓儒为班诘，由此入仕者为清贵。以兄高才，至彼处何愁富贵哉？"生窃计一身落魄，即浮海亦得。迨晓即起，相将至海口，同附贾舶。风顺扬帆，两昼夜已达真腊（即柬埔寨）。

甫登岸，见者皆惊窜，或却立遥望。生讶，询其故，某曰："此地已近儋耳，俗皆以黑为美。兄冰肌玉骨，故不免蜀犬所吠耳。"生懊恨欲死。某曰："无忧也。"随解装取砚磨淡墨，匀面迨遍。次及生，生曰："奈何为鬼脸以媚人？"强之再三，生无如何，姑听所为。由此遨游城市，到处莫不昵爱。某又为揄扬，久而国王闻其才，特敕召试。生喜，橐笔入。

王坐七宝床上，近臣引伏阶下。王顾其相曰："即以貌取，亦足增辉荐剡矣。"遂赐鹿皮粉条（其俗以麋鹿杂皮染黑，用粉如白垩为小条子，就皮画以成字。作字皆从后书向前，不自上书下也），命为《庵罗树赋》。生援引《隋书》《本草》，敷佐丰腴。顷刻脱稿，疾书呈上。王翻阅数过，卒不解。相从旁对以中国体裁如是。王怒曰："既愿就试，何敢不遵程式？"裂皮掷下，斥令扶生出。生惭汗归舟，因思忍耻毁容，适以取辱，不觉痛哭。

时同舟货已毕售，闻其事者亦共悯其所遭，乃携与同归。中途遇飓风，舟覆，其戚与同伴皆殁。生幸附桅上，漂至一岛，匍匐登岸，询知已在日本。踽踽前行，数里外渐见人烟。遥望城南，群峰刺天，其下一带红墙，隐露丛竹间，意为贵家园林。

稍近，见园门洞开，有数婢华妆列门外，见生，群起相逐。内一婢绝娟好，语操吴音，见其状，讶问所自。生泣诉由来，婢恻然曰："君乍来此地，言语不通。况日已云暮，投宿谁家？岂不寒饿死乎？幸是风雅士，且王犹未至，不妨暂留。"因商于诸婢，引入复洞重山，不辨径路。数折，入一旁舍，竹榻纸窗，雅洁可喜。

诸婢皆散，生独坐愁思。忽前婢携灯来，饷以肴饵。生取啖，香美异常。婢见其浑身寒战，即还取衾裯及薰笼至，笑曰："适觅男子衣不得，君寝后，可自取湿衣燎之。"生不禁感泣曰："蒙卿生死而肉骨，异日誓必以报。"婢复笑曰："大丈夫不能自奋，以至于此。妾以同乡之谊，昧死相怜。明日国王行至，誓难更留，何云报乎？"生始知此为王之离宫。是夕虽卧，不能成寐。早起入园，思将更谋诸婢。但见层峦点黛之外，宫阙壮丽，珠箔沉沉；渐觉曙分林影，翠羽啁啾，杳无人迹。回忆家山万里，悲从中来。乃抽毫蘸桐间露，题一诗于壁曰："湖海飘零气尚豪，撑肠文字剩青袍。劳薪欲驻难生角，名纸空怀但长毛。岛国涛声穿棘竹，故园春色认缃桃。题诗敢拟香山集，怅望乡关首重搔。"

书甫毕，遥闻墙外传呼声。未几，前婢仓皇奔入，见诗骇曰："王且至，若问此诗，教妾何词以对？"生大惧，将别去，而王已呼拥入矣。婢急引生藏山后。王辇道适经壁下，瞥见诗，驻辇读之，问为何人所题，其人安在。婢以实对。王不怒，但呼婢入，密谕曰："畴昔之夜，余曾梦游此中，正读是诗，旁一人似是大士像者，谓余曰：'汝二人再世之缘，行当再合。明日其人至矣。谨志诗词勿忘也。'今是诗一字不易，汝试往问，但是湖州诸生，便导与来。"

婢应声去，移时回奏，言其惧罪不敢出。王沉吟者再，遽起扶婢至山后。见生满面风霜，非复曩时玉貌，不胜惨恻，把生袂哽咽曰："妾以国事来稍迟，致郎受惊恐。今尚幸无恙，犹识再世玉箫否？"生视女年约二十以上，亭亭玉立，明艳若神。其发肤眉目，无一不酷肖前妻。一时惊疑不定，拭目曰："得非梦耶？"王摇首曰："非梦也，妾生时颇忆前事。昔自别后至冥司，冥司以妾未嫁时，尝为郎病，水浆不入于口三日，后郎病虽愈，妾之病瘵实始于是，此情实堪怜悯，故俾得重寻破镜，以补离恨之天。妾所以尚未缔姻，为迟郎也。"

生乍闻，如梦始觉，乃问婢："此汝国王公主耶？"婢掩口笑曰："是即国王也已，吾国向奉女主。今王以神女降生，能役百鬼，故国中奉以为君。

311

君不见给事左右别无男子耶？"（《魏志》：日本有男弟佐治国事，自卑呼弥为王以来，少有见者。以婢千人自卫，惟男子一人给饮食，传词出入。居处常有人持兵守卫。）生于是喜极而悲，追忆从前，泪涔涔下。女为拭以绣帕，携还，令除宫舍生。次日即命驾，另以辇载生共还，告诸父母，授为驸马都尉，而合卺焉。入帏之后，真不啻如初定情时也。晓起，生即帘侧看女匀妆。引镜自照，转恨齿长，而女情好愈笃。

后数日，与生灯下联句，婢侍侧坐。指之曰："数虽前定，然非此人，何有今夕？"女齉然曰："然则何以报德？"生不言，视婢而笑。女即辍咏，命他婢持灯携衾枕，导生就婢寝。婢惭不能仰视，女趣诸婢曳之行。既入房就枕，婢小语曰："今夕之会，又岂梦想所及？但狂将不任。"生笑曰："老夫耄矣，然此矢所以报也，焉避唐突？"已而流丹浃席，乃止。生从此左拥右抱，不复寻梦邯郸矣。

后女生一男一女，女名柳稊，男名龙剑。男绝慧，生自课读，凡经史过目辄了。生每指谓女曰："此奇儿也。卿当记取，异日得返中国，必能博封诰以光泉壤。则克盖前愆，吾虽死，目亦瞑矣。"年七十九卒。卒时，命以桐棺素殓，勿归葬先茔，以志遗恨。女不忍拂其意，如言葬讫，乃遣使奉表求入朝。朝廷许之。女遂传位柳稊，携龙剑及婢所出两男入朝。留京师，为儿求试。诏许以监生一体乡试。联捷殿试第二，入授翰林院编修。仕至都察院左都御史，清刚有政绩。既以皇子生，覃恩貤赠三代。年五十余，母卒，服讫，上表陈情，乞往迎父柩。上嘉其事，给假六月，俾迎还合葬焉。

外史氏曰：投书湘水，愁寄芙蓉；抱璞荆山，泪满怀袖。况乎烟墨无言，文章憎命，古今之以红为白，以白为黑，而颠倒是非者，岂独夷俗然哉？以余所闻，诸生神清叔宝，才艳安仁，其天姿磊落，不可一世，而儒雅恂恂，不敢失色于仆隶，亦何至所向辄穷乃尔哉？嗟乎！怀刺生毛，一生作客；卖文以活，四海无家。至于水尽山穷，而窜迹龙沙，投珠海国，亦谓琵琶别抱，庶几雪恨九泉也。而乃遭按剑于柬埔，泣冤禽于碧海，岂吾相不当侯耶？抑此中亦无汝文字缘耶？设也延津不复再合，东野终已无儿，则此恨绵绵，一腔血更洒何处？盖至前路更无知已，而欲以识曲子期望诸巾帼也，则天下之衔冤入地，而聚哭于青枫黑塞间者，当不少矣。噫！

海鳅

乾隆间，乍浦海潮不退，海水过塘，漂没庐舍人畜无算。汤山天妃庙前石狮，直滚至都统衙门而止。其后潮退，有海鳅搁住塘坳不去。长数十丈。人争往割取其肉，熬油以代膏火。已而割者渐多，鳅不胜痛，一跃翻身，压死者数百人。

大人

昔有海舶，将往贾柔佛国，为飓风漂至一岛。其地四面叠嶂，宫围杳无人径。同舟十余人，闷坐无聊，相将登岸，攀藤腰緪而上。半日甫及山半，有巨石如磬，俯瞰海岸。登之，觉天风浩荡，凛不可留，而鸥啸猿啼，震撼心魄，急寻去路而还。未数武，瞥见深箐中一大人，长十余丈，披发彳亍而来。见诸人，大喜，一跃已至。鸟语啁啾，抚而遍嗅。即向岩壁折一藤条，将数人逐一穿腮中，如贯鱼状。穿毕，屈其两头系树上而去。其人在树顶望大人已远，急抽佩刀断其藤，扳枝而下，狂奔至海滨，风势已转。登舟甫扬帆，而大人追至。时舟已离岸，大人以手挽之。一人掣刀断其手，大人缩去，坠二指于舱，皆只一节耳。称之，重八斤，长二尺余。

陆次云《八纮译史》言：成化时苏卫军士赴崇明，所遇长人与此同。而其所断指，则长径尺有四寸，乃一指中一节耳。今犹藏嘉定库中云。

陈曾起《边州闻见录》：康熙二十六年，有从滇南航海者，遥望浮屠峙云表，俄即之，人也。欠伸而起，捉七人啖之，还坐如浮屠。众潜走奔上船。其人举足即至，曳其船。众斧之，断指，长二尺有奇。归献制府范公。或曰：此独人国也。其即海贾之所遇钦？至《神异经》所载"西北海人长三千里"，《凉州异物志》又云"有大人在零丁，长万余里"，与《楚词》所云"长人千仞"，皆太长。

《海录》：西南夷有万丹国，在噶喇叭之南，南临大海。海中一山，崒兀

313

嶙嶒，时有火焰，引风飘忽，入夏尤盛。俗呼云"火焰山"，盖处海之极南云。西洋番云：其国常有船至此山下。船中人上山探望，遥见其中山番穴处而食生鱼。觉人窥伺，噪而相逐。群趋而逃，后者辄为其所扼，争生食焉。比回船，仅存十六人，急挂帆而遁。自此无敢有复至者。

余父又言十五岁时，尝病伤寒，月余甫能起床，然犹未敢出房也。一日午前偶倦，斜倚在床。见一老姥，年约七十余，面阔而黑，体亦丰肥，衣褐色单衫，豆绿巾裙，手持一油纸扇至门前。父叱问："汝何为者？"姥曰："要寻汝老太太。"父曰："老太太不在此间。"姥应曰："哦。"遂退出。时有缝工数辈在房外制衣，而楼下则厨房所在也。父疑家中素无此人来往，强起，出问缝工亦曾见此人否，皆言未见。随下楼，则余曾祖母及祖母方于灶下午炊，问之，亦未见其人。相与叹异。未几，曾祖母病作，十余日而殁。始悟来寻老太太之言，其为鬼物无疑矣。

龟王

《金华子杂编》：龟直中纹，名曰千里。其近首之横纹第一级，左右有斜理通于千里者，龟王之纹也。今取常龟验之，莫有也。

昔黄焜以舟师赴广南，将渡小海，军将忽于浅濑中得一琉璃小瓶子，大如婴儿之掌。其内有一小龟子，长可一寸，往来旋转其间。瓶子项极小，不知所入之由也。取而藏之。其夕，忽觉船一舷压重。起视之，有众龟层叠就船而上。大惧，以将涉海，虑致不虞，因取所藏之瓶子，祝而投于海中，众龟遂散。既而语于海舶之胡人，胡人曰："此所谓龟宝也，稀世之灵物。惜其遇而不能有，盖薄福之人不胜也。倘或得而藏于家，何虑宝藏之不丰哉！"惋叹不已。得非即所谓龟王耶？不然，何龟之随之者众也？

祭鳄鱼文

昆甸国在于吧萨国之东南沿海，顺风行，约一日余至其地。海口亦荷兰番镇守，洋舡俱湾泊于此。由此买小舟入内港，行五里许，又东北行约一日，至万喇港口，又行一日至东万力。其东北数十里为沙喇蛮，皆中华人淘金之所。乾隆间，有粤人罗方伯者贸易其地。其人豪侠善技击，能得众心。尝有土番窃发，方伯率众平之。又有鳄鱼为民害，国王不能制。方伯为坛海滨，陈列牺牲，取昌黎《祭鳄鱼文》宣读而焚之。顷之风雨大作，鳄鱼遁去，其患遂绝。于是华夷皆尊为客长，死而祀之至今云。此与前人书韩文后者相似。所谓文章有神，其信然欤！

海大鱼

《南汇县志》：国初有大鱼过海口，蠕蠕而行，其高如山，过七昼夜始尽，终未见其首尾。嘉庆丙子，海州沿海有大鱼一头，两目已剜去，长三十六丈，自脊至腹高七尺有余。居民咸脔食之，其肪甚厚，腥不可闻。然以较《南汇县志》所载，则渺乎小矣。

或言崇祯初，海外忽涌一大鱼，至朱头堰近岸而止。鱼背有山，山有草木鸟兽。游人舣舟而上，凭眺登临，渐成蹊径。或把酒赋诗其上。有以篙楫触其鳞鬐者，鱼负痛一动摇，浪涌涛飞，舟辄覆。乃相戒曰："此必神鱼，为龙王所谴谪而来，暂尔失水，勿犯也。"后上江秋涨，洪涛大至，一夕拥鱼负山而去。

陈忠愍公死难事

公讳化成，字莲峰，闽之同安人。少起戎行，佐李忠毅公长庚平蔡牵。受仁宗皇帝知，累迁至闽省水师提督。

道光十九年冬，逆夷以乌烟之禁，犯粤，犯浙闽，破定海，瞰招宝山，连丧数大帅。公于二十年夏调任松江。越旬日，而定海失守，裕公谦自尽。（公方登城督战，知势已不支，遂自城上跃投于地，不死；复投水，为从者援起，卒吞金而死。）吴淞江并海上，西南与舟山近，东则崇明，东北则福山狼山，相倚为唇齿。公防御三年，整饬营垒，抚驭弁兵，严而有恩。终岁居帐中，有为除馆舍，公弗入处，曰："士卒皆露宿，吾何忍即安？"或饷酒食，曰："麾下众多弗能给，独享非所当。"却弗受。江左倚以为重。

越二年四月，夷匪破乍浦，去吴淞二百余里。奉命与湖北提督某公并力防御，主西炮台。时两江总督牛公主东炮台。五月甲寅，夷人忽至，攻东炮台。公身先士卒，击损其火轮船三，巨舰一，夷匪数千。丙辰，夷人举大炮于桅杪连发之，铅弹如雨，洋枪火箭交集，塘坏。时松江太湖兵当其前，徐州兵在后，安徽兵伏土城内备东路。公顾势已危，驰骑请援于牛公鉴。而牛已先退，遂无意应援，惟遣骑邀公偕遁者再。公叱去，已而叹曰："我无援而彼膻至，事难为矣！"解印绶付一千总赍至松江府上之，仍坐西炮台下督战未已，夷人不敢前。而左翼既虚，徐兵因乘机遁，徽兵继之。日向午，夷人遂由东炮台陆路入。火箭及帷幕，甲盾俱著。公股被重创，犹屹然不动。而夷人已蜂拥至，右胁又中洋枪七，血淒淒沾袍襗，犹秉旗促战曰："尔毋畏，尔施枪炮。"未几，声渐微，乃北面再拜而绝。

同时战殁者，有守备常印福，千总钱金玉，把总龚龄增，外委许林、许攀桂，额外外委徐大华。武进士刘国标夺公尸匿芦苇中。越十二日，殓于嘉定城中。肤体不败，面色如生。年六十有九。事闻，上赐白金千两，于殉节处所及本籍各建专祠。下部议恤，谥曰忠愍。

先是，香山之败，殉死者有提督关公天培；定海阵亡，有王公锡朋、葛公云飞、郑公国鸿，江公继善、谢公朝恩、祥公福，其余大率皆望风先遁。迨乍浦之破，竟无一人死者，并无有向夷匪发一矢施一炮以拒守者。盖自广东用兵，上命御前大臣宗室奕山为靖逆将军，二大臣为参赞。及夷匪破浙省数县及宁波府而据定海，而上命协揆宗室奕经为扬威将军，文伟等为参赞，而夷匪复破乍浦。然自公始至松江，即语属吏云："我善水性，我能任海防事。尔毋恐。"又授以避炮诀曰："烟色白者乃空炮，惟烟黑者宜亟避。"而其待士卒，能以恩济法，与同甘苦。当时咸谓此间犹有好官也。尝获晏士叮喇嘛，谓夷中以吴淞炮多，不敢攻。而粤闽之商上海者，传广东洋商语，谓夷人素惮公名，且谓其犹能直行己意，收发左右视往时。故夷中有"不畏江南百万兵，只畏江南陈化成"之谣。观望至三年而后入，乃卒以羽翼无人而赍志以殉。

盖自公之殁，而夷人入宝山，达京口，已未入上海，庚申火轮船至春申浦，遂渡三泖，破松江，直逼金山，而苏、常、江、镇诸大郡皆震动戒严，而二三重臣通商议和之谋售矣。呜呼！使当时阃外诸将帅尽能如公，亦何遽至此哉？

相传夷鬼尝于千里镜内照见公形为黑虎。及三月上海火药局灾，盖奸商通夷者为之。有游鱼千万，大者盈丈，浮黄浦至泖。又有巨鼋长蛇，出于炮台外洋面。四月，夷匪遂破乍浦，进逼松江。既而旋去。公知其必来，大享士卒，谕以大义，且曰："即至万无可为，必以吾死为度。"复给药人一丸云："临阵纳诸口，可壮胆。"皆感泣拜受。盖逆匪未来，异征已为先告；而公之志，固自素定也。

道光二十有二年五月朔，夷匪至松江，距城八十里。监司邑令各买一舟备走路。上海典史杨君庆恩闻之，求见监司，不得。见邑令，讽以大义。令曰："诺。"泊吴淞失守，监司县令各乘船去。君顿足叹恨，为尺牍达上官，竟曰："吾亦从此逝矣！"有长随高升者，潜从之行。见君仓皇出小东门，呼扁舟渡春申浦，探怀百钱与舟子。至中流，君跃入水，舟子失声。长随遥指曰："此上海捕厅杨爷也。"时夷匪已率众入城，高升亟还，率家人觅渔舟，溯流求之，于周家渡芦丛见十余尸，其一即君也。觅棺殓之，载还。上其事，奉上谕：杨庆恩捐躯尽节，情殊可悯，交部议恤。蒙予恤赠如制。

呜呼，君之死烈矣！然松江之破，自经略至督抚以下及监司，其官之尊于典史者多矣，而乃兽骇鸟散，率如陈庆镛疏中所言。而死节者，乃在区区一典史也。见危授命之难也如是夫！（英吉利一名英圭黎，西北红毛番人也。距广东五万余里，自古不通中国。我朝康熙五十八年，始来通市。雍正七年，互市不绝。嗣是一再来朝，均不克成礼而去。而踵和兰谋噶喇吧故智，造阿芙蓉诱中国民。自嘉庆十三年图占澳门，蠢蠢欲动者数矣。）

乍浦之变

去年夏，英夷破乍浦，杀掠之惨，积骴塞路，或弃尸河中，水为不流。其最可惨者，尤莫如妇女。匪有黑白二种，黑者愚蠢殆如犬羊，听白者所驱使，亦不知畏死。故临阵必使施放鸟枪。然破城时，亦知淫掠。凡所掠妇女，少艾者必以供白鬼，黑者则自取老丑者多。有以数人迭淫一人而死者。

有杨生者，少年才俊，入邑庠。娶妇某氏，慧丽绝伦，至是才逾年耳。前一日，妇闻警，促生即往觅舟先遁，谓若待城破，将恐求死不得也。生恋家，未忍决去。及夷匪至，始出觅舟，而满城大乱，舟已不可得。急返，闻妇哀号声彻外。趋入，见黑鬼六七人，捽女发，将按淫焉。生跪为祈免，群匪怒，即捉生手足钉于门上。旋捉女，褫其下衣，迭就淫之。良久，宛转呼号而死，乃弃之。后搜得仆妇数人，皆毙之而出。有老仆匿于床下，至是跃出，拔去其钉，抱生下。生不能起立，枕妇尸痛哭。久之，蹒跚出门，意将觅死。适遇白鬼数人，询知状，携生归。令认取黑鬼七人，杀之。

有郭某者，汉奸也，素为夷匪所倚，掌兵权。犒以三十金，俾另娶。生携还，以其金命老仆往市两棺至。将妇殓讫，长号数声，以头触棺死。老仆即取空棺殓之，而自缢焉。其他遭其毒者，亦不胜举。顷阅《扬州十日记》，历叙城破被难之苦，令人不忍卒读。乱离之际，大抵一辙也。

又闻白鬼性亦淫毒，殆不下黑鬼。其所得妇女，嬖爱特甚。每日必用鼓乐交拜，坐筵一番，如新婚者然。顾颇好文墨，每入人家，遇名人书画，如获拱璧，争取无少遗焉。

夷船

数年前，传闻琼州境外忽来一船。其长逾于洋船，大称之。上有三层，楼橹帆樯，壮丽高大，行疾于风，而舟中不见一人。中置铜铳，周径丈许，亦能无人自放，中国大炮远不及也。于时人情汹汹，以为必有岛夷将与内地为患，故为是先声以示威云。

按：海外惟荷兰最长于用舟与铳。其舟大者长三十丈，广五六丈，板厚二尺余，鳞次相衔。树五桅舶上，以铁为网，外漆打马油，光莹可鉴。舟设三层，旁置小窗，各置铜镜其中。每铳张机，临放推窗以出，放毕自退，不假人力。桅之下置大铳，长三丈余，中虚如四尺车轮。云发此可洞裂石城，震数十里，敌迫则裂此自沉，不能为虏也。其役使有乌鬼，尝居高自投于海，徐行出涛中，如履平地。舵后铜盘长大径数尺，译言照海镜，识此可海上不迷。

今英夷犯浙，自六月望后来定海。闻其总兵百美及布尔利所驾船，尚泊招宝山不去。其船并长数十丈，其形制与荷兰之船无异。而其中船板俱用铜包。我军尝遣善泅者潜行水底，至彼钻之，不能入。据杨炳南《海录》云：英吉利国即红毛番，而《外洋考》谓红毛自称和兰，则此船即来自英夷者矣。

闽中红夷本日本属国，旧往来闽地市易。明神庙末年，辄筑堡于海塂，为久驻之所。甲子春，有漳州李姓者自日本归，云日本国王婿也。盖李本闽中优人，先因渡海失风，漂至日本。日本主爱其人物秀丽，以女侄妻之。数年，思欲归祀其祖，故返。时抚臣南居益闻知，召询岛中事，且以解散红夷请画策。李云：“此系我国属役者，谕之当去。”随传命使归，各弃堡去，遂隳其所筑。闽中腹心之患顿释。是当时虽为海塂之忧，然止为日本属国。不似今之强大，竟至与中国抗衡也。

附录：

据《外洋考》及《海录》：英夷即荷兰遗种，亦即红毛番。《外洋考》言其长技惟舟与铳；《海录》亦言其最善连珠枪，而舟制尤极机巧。其兵制颇得《周礼》遗意。俗奉天主教，其于内地诸神，从无敬礼者。惟见庙中所塑白无常鬼，必瞻拜顶礼。其他虽孔圣像，亦任意亵玩，甚有摧为薪者。

相传前年寇宁波时，其陆路统帅布尔利入城隍庙，曾褫去城隍冠服，将改其服色。及还舟，忽自投作神语曰：“吾奉上帝命为斯土神，虽本朝未尝以国制加我，必欲令我易服。汝辈犬羊，辄敢毁裂我冠服乎？”言毕，即取佩刀自刺而死。于是诸夷震悚，次日仍如旧制制作衣冠，备牲礼送至庙。为神像穿戴毕，相与罗拜谢罪，然后去。此其事虽近怪，然亦其慢神之一征也。

319

玉人

鹤民国人长三寸，日行八千里，其疾如飞。每为海鹤所食。其人性极机巧，乃刻玉为己状，数百成群，聚于荒野水次。鹤以为小人也，吞之而死。后他鹤见真者，反不敢食。

今世之傅虎以翼而食人者多矣，然其中岂无玉人焉？惟食之者之智不如鹤，故往往饕餮相踵而不悟，不免为小人所误耳。

考释

朱翊清，字梅叔，别号红雪山庄外史，生卒年不详，归安（今属浙江湖州）人。屡试不中，绝意科场，终身未仕。其所著《埋忧集》为短篇小说集，据其"自序"所说，此书写于清道光癸巳至乙巳年间（1833—1845），书中有多篇作品与海洋有关，呈现出一种写实与虚构想象并存的特殊的风格。

《诸天骥》是一篇现实主义的海洋小说。湖郡诸生诸天骥，科场考试一再失败，连生存都成问题，后来却在海洋中找到了成功。这种从海洋中寻觅生路的书写，是很有意思的。

《大人》记叙了一群身材高大的海岛巨人。这种巨人形象，他人著作中也多有描述。甚至到了晚清，还有署名为中国老骥氏所著的《大人国》，描写了一个岛上的巨人群体，可见这种巨人题材，是海洋小说的一种类型化形象。

《埋忧集》中的《乍浦之变》，非常值得关注。鸦片战争中乍浦港遭到毁灭性破坏，几乎成了一片废墟。它是对该此灾难的一种直接描述。里面还提供了好多细节，英夷之残暴，人神共愤。

朱翊清显然不能忘怀这次灾难，又写了《夷船》，以正文、按语和附录三者结合的方式，详细考察了英夷战船的种种，希望能唤起朝廷对于打造新颖战船的重视，显示出了作者强烈的爱国主义情怀。

九十一、[清] 荆园居士《挑灯新录》（1则）

[清] 荆园居士等著《续聊斋三种》，南海出版公司 1990 年版。

海熊

邑营卒钱堂，于乾隆间戍台，至厦门，结队乘舟浮海，适遭飓风，一昼夜风始定。视之舟已近岸，而浅搁莫行。同舟五十余人，离舟上岸，则一荒岛；草木阴浓，林花满放。方欲回舟，忽茂林中出一巨人，高数丈，面黑如漆，遍体生红毛长数寸，见人辄笑；两手拔木两本，向前如鸭奴持竹枝拦鸭状。钱等五十余人，见之惊极，任其所拦而去，无一敢逃者。无何至一石洞，钱等五十余人皆被赶入洞中。巨人随掇巨石塞其洞口而去。钱等在内，神魂已散，惟听其死而已。约饭时，行步声响，巨人回矣。掇去石头，抓人出洞，先咬饮喉开之血，次撕开而食，嚼之有声，顷刻尽五人。巨人停手，坐于岩前，双目渐合，竟忘塞洞。俄而鼻息动矣，钱等知其饮血已醉，且此际已置生死于度外，若不先为下手，则怪物醒来，数十人宁敷其几陷？遂暗相集语，各拔所带腰刀，攒至巨人之前，内一卒颇有勇力，先以刀刺巨人之喉，巨人大吼，声应山谷；伤人处鲜血冒出，众各持刀攒刺，视巨人已毙，遂急奔回舟。逾三日风色和顺，舟始得通，及抵戍地，询之土人得知巨人盖海熊也。

考释

荆园居士，生平事迹不详。其所著《挑灯新录》，被称为"后聊斋"作品。可见其写作风格，走的是模仿《聊斋志异》的路子。但这篇《海熊》，其实"聊斋"味不是很浓。里面书写的，也是古代海洋小说中经常出现的"荒岛蛮人"题材。不过里面有遭遇者奋起反抗的情节，倒是有点新意。而且结尾说"巨人盖海熊也"，而不是继续将它们视为"食人野人"，说明对于海洋世界的认知已经有所提高。

九十二、[清] 陆以湉《冷庐杂识》（1则）

[清] 陆以湉《冷庐杂识》，上海古籍出版社 2012 年版。

鱼骨凳

台州城中东岳庙有鱼骨凳，阔一尺，长丈余，中平，两端曲形似凳。庙祝云："是鱼之尾骨，其脊骨更大，在海滨某庙中。"按《隋书》：漕国顺天神祠前有一鱼脊骨，其孔中通，马骑出入，盖视此更巨矣。昔人谓水族惟鱼最大，信然。

考释

陆以湉（1802—1865），字薪安，一字定圃，号敬安，浙江桐乡县人。他是一个著名医家，也是一位文学家。其所著《冷庐杂识》，多系其自己读书所得及平日见闻，所以内容比较可靠。书中还记录了清代及清以前文人学者的学行、经历和交游情况，具有相当的文史价值。

《鱼骨凳》所记内容，其实也属于古代涉海叙事中的"大鱼"故事。但是本文不是直接描述大鱼，而是通过台州城中东岳庙中一条"鱼骨凳"的侧面描述，给人以大鱼之大的想象空间。文章还引述《隋书》中有关大鱼的记载，增强了"鱼骨凳"的可信性，最后得出"昔人谓水族惟鱼最大，信然"的结论。文章虽短，但一波三折，很有技巧。

九十三、[清] 宣鼎《夜雨秋灯录》（1则）

[清] 宣鼎《夜雨秋灯录》，上海古籍出版社 1987 年版。

北极毗耶岛

客有驾海舶游沧溟，见波涛汩没中时现岛屿，或乔松古柏，或月榭风台，或仅荒烟蔓草。知有奇境，欲往览焉。舟子曰："不可。海路莫造次，恐有性命忧。"盖境愈奇，则毒虫愈夥，缥缈蜃气，实所以惑人也。尤奇者，海客谈松江朱笏岭孝廉事。

道光某科孝廉赴京兆试，落第，由天津趁海舶归，行较捷。甫出大洋，即遇飓簸荡舟覆。舟子尽丧鱼腹，惟孝廉抱一朽木随风播扬，不知几千里。两日抵一岛，嵯峨怪石。石隙古树大参天，树根缕缕若藤萝，穿石达而拖於水。遂舍木攀根，猱升始登岸。山深气肃，杳无人踪，怪鸟昼号，蛟螭夜舞。孝廉馁且惧，既而自思饿亦死，曷挤饫虎狼，或可穷其源。循岩拾级，缭曲幽深，逾一涧，飞瀑溅溅，两壁如夹。壁有光，鉴人影。石有火，若天星。绕潭抚壁行，忽得一洞，门半掩，大喜。视门首有石额，镌蝌蚪文曰："北极毗耶岛琼云洞天。"入则别有世界，路渐坦平，远远有人家，若小村落。叠乱石子为屋，揩巨蛎壳为门。遇一樵者，就与乞食。樵者问何来，告以故。曰："有缘哉！洞门三年一开，乃阴极阳生之日，子适逢其会耳。盍随我归？"村人闻客自天朝来，争来问讯，竞具壶觞，且为烘湿衣，设寝榻，意甚殷。孝廉感且询，曰："岛中沃产良田，颇能自给。惟近岛有大小沙一百六十余所，能胶舟。向不通中华，君乘冯夷至，将安归乎？"乃怃然曰："仆死不足惜，惟家有白头母、娇妻幼子，为恋恋耳！"众闻之，泪亦潸潸，似动情，告慰曰："吾辈隶阿罗伊尼霍道人管领，明日请导往，见而哀之，或得计。"

　　翌晨，众来唤起，进松子饼藤花糕。餐已，偕入城郭，人民熙攘，无异中华。至道人门，众与司阍者语良久，顷听传呼，孝廉偻入伏谒。道人答拜，肃入座。视道人黄冠朱履，鹤氅翩跹，左右侍僚，面如冠玉。道人殷殷问行踪，孝廉缕述，且求援。曰："时未至，曷能遽为力？茫茫孤屿，文星忽临，仆正有所求，岂非天乎！中原才士，必熟六经，乞为蚩蚩者日授一二，感不可言。"孝廉逊再四曰："丈夫腾霄出尘，广搜秘笈，安用人间咕哗耶？"曰："非也！仙佛无不从圣经出，而况其他？"引之一处，石堂三楹，亦极宏敞，斗室一笏，可供起居。道人遣两童子服役，日送两餐，亦甘旨。问弟子，笑指堂后壁一古洞，门扃镭甚固，曰："在此也。乞每晨隔壁口授，使若辈同声习之，即沾化雨无量。"孝廉意甚惑，姑试为之，呼众生听口授，内嘤应曰："诺。"雏诵琅琅，音则苍嫩不一。居两载余，闷甚，偶阅其门，则巨石而灌以铁汁。师生虽不面，然久亦闻声而辨某某，名则皆咬牙吃舌字，不甚记忆。主人事大忙，亦不常亲炙，私询童子，曰："师耐守，或可生还，毋哓哓问也。"

　　忽道人翩翩来曰："明日有机会可送君归。"孝廉感谢，喜极而悲曰："行将别矣，但师生两载如隔万重山，究何故，乞明示，祛怀抱。"曰："此岛为大瀛海极北处，阑干北斗，遥挂南天。阴极阳生，地土温煦，语言清楚，反与震旦国相仿，其实有不同。上帝因岛中有幽窟如泥犁，命锢古今恶物，如魍魉闪尸等，谕某主之。每逢红羊赤马，准此辈一生中土，为人民灾。老夫所以浼高人者，欲为若辈稍化气质，或荼毒略简耳"曰："吾国尧舜当阳，四民乐业，何劫之有？"曰："阳极生阴，乱极思治，所以黄帝时亦有蚩尤，尧舜代亦有苗危。旋即扑灭，仍幽於此。"孝廉素好奇，闻之坚求暂辟双扉，俾略觇视。道人以手拍项曰："此事大不易。"既而转念曰："使之预睹文人面，亦大好。"言已趋入，更华阳巾，登云履，锦袍玉带如王者。随以武士，皆金甲，待以美女，皆羽妆。士皆仗戈刃，女皆捧香炉，哀哀奏仙乐，声甚凄。道人秉笏设祭，匍匐告天，口喃喃良久始起。执麈尾西向立，孝廉东向立。一武士努目登堂，以金斧挝门三通，门霍然开。黑气腥风，团团滚滚，从门内出，道人咒再四始尽。有光一线，依稀见洞中物，或人首飞走，或兽体语言，怪怪奇奇，穷极变相。倏一九首人蟒，目睒闪，欲奔出，道人大喝，急以麈尾拂兽环，门顿阖。再拜，加以符箓，扃如故。笑曰："贤高足，子见乎？"孝廉悚惕，不知云何。

少顷，盛治觞饮，山海珍错，为孝廉祖饯。酒数行，道人口吐大赤珠，悬空隙，一室如火城，不假灯烛也。痛饮雄谭，宾主互醉。道人拔两铜剑起舞，盘旋左右，跃入云际，如龙之翱翔，倏离倏合，目为之迷。舞已，扣楪而歌曰："金乌玉兔如晶毬，茫茫六合如浮沤。六合以外究何物？问天不语呼闾浮。自顾平生亦莽荡，何幸海峤司羁囚。我有古纯钩，倒插昆仑山上头。谁言山苍苍，我有飞虹梁。谁言海茫茫，我有青雀舫。以舫送子休踟蹰，家有白头啼老乌。"歌已，仰天叹，孝廉亦歔欷泣下。须臾天明，送之山下，横一枯槎，植布帆，碧色，孝廉见无舟子，不敢登，促之始登，宽仅容膝。嘱曰："第闭目寝，勿问远迩，自能抵珂乡。"又与一囊，纫而封之，中累累。曰："两年脩脯耳。"孝廉受而置身侧，欲拱谢，道人遽挥以羽扇，槎如箭离弦，顷若万余里。蓦听人声嘈嘈，宛乡音，正倾听，忽槎触岸顿止。起视之，海宁也。负囊跃登岸，回视枯槎顿缩，犹当时朽木，上有断芦桂树叶而已。泛泛水滨，忽杳。急买舟回家。至则家人辈见之皆却走，呼与语，始谛家人疑为死，已为立木主祀中堂，其母犹健饭，妻子无恙，出囊中物视之，珠也。货之得巨富。

至咸丰十年，粤寇大乱，窜扰苏松。而孝廉已故，遗命其子挈眷早他徙。伪王某率逆党攻城，偶经孝廉墓，忽凝视其碑志，哑然曰："咦，朱先生耶！"呼众罗拜，加封植而后去。

懊侬氏曰：尝闻驾海舶者患海鬼夜叉，每鼓浪覆舟，必以预蓄字纸灰当风一扬。彼得灰一口，即贴服，鼓舞而退。盖彼腹有圣人字迹，始投生中华耳。观此愈徵文字若是灵异。然粤匪之猖獗也，首在烧毁书籍，又何故欤？余家三世所藏，尽付祖龙之劫，秉笔至此，涕泗滂沱！

考释

宣鼎（1835—1880？）字子九，号瘦梅，安徽天长人，晚清著名小说家，同时还工书善画。小说集《夜雨秋灯录》是他的代表作。在清末问世的文言小说中，这部作品是比较杰出的，被认为是摹仿《聊斋志异》的作品中比较优秀的一部。

《北极毗耶岛》是《夜雨秋灯录》中一篇借托海岛为故事空间背景的涉海小说。与其他同类小说不一样的是，作者将故事背景设置于离本土数万里之外的"北极"海岛上，可是意象勾勒和主题暗示，又处处不离中华。所以它又是一篇寓言式的政治文化讽喻小说，表达了作者对西方文明挤压中华文明的担忧，同时也表达了中华文明对西方文明的"反挤压"期待。而之所以将故事背景设置于海洋之中，一方面固然是因为海洋分隔了东、西方，地理因素自然催生了作者的构思，更重要的是与中国古代其他海洋寓言小说一样，宣鼎从作品中也表达出了一种对"品德海洋"观念的认同感。

九十四、[清] 王韬《遁窟谰言》《淞隐漫录》《淞滨琐话》（11则）

［清］王韬《遁窟谰言》，河北人民出版社 1991 年版。

［清］王韬《淞隐漫录》，人民文学出版社 1999 年版。

［清］王韬《淞滨琐话》，河北人民出版社 1991 年版。

翠驼岛（《遁窟谰言》）

吴门钟生，少负侠气，有乘风破浪之志。长思作汗漫游，念莫如作浮海计，或得极天下大观，而遴选海舶，都不当意。乃鸠工庀材，独抒臆见，舟成，遂挈伴侣十余人，治装登程，任舟所之。一日，行至好望角，飓风大作，阅数昼夜，飘至一山，山左宫殿高耸云霄，颇似王者居。须臾有数官前来巡视，问舵工曰："汝等非中原迷路至此者乎？"众曰："然。"继询舟主，众以钟对，乃引钟至阙下，仪从如云，遥望王者衣冠，皆如汉制。钟执外臣礼以见，王者起辞曰："君中华侠士，久所钦慕。"因与钟分庭叙宾主，遂命赐宴。酒酣，王从容谓钟曰："此处名翠驼岛，孤峙大海，与外不相通，历来无人迹至此。我乃汉刘裔胄，先世逢新莽之乱，挈众入海，蒙仙祖淮南王指示，得以遁迹于兹，今不知阅几何世矣？"钟据史细述历代兴废，王为欷歔曰："不意汉家竟无寸土。"王问钟今士子何尚？钟曰："必以科名为先。"王曰："科名甚物，遽得如此贵重？"钟乃陈有明始以制艺取士，后直沿为习尚，士之纡青拖紫者，必由此进身，虽经五百余年，莫敢废。王默然良久，意甚似不怿，慨然曰："人无经济，胸虽藏万卷无益也，况下习帖括，而嘐嘐然自鸣异耶？我汉家以乡举里选之法，甄拔人才，孝悌廉直，炳然与三代同风，循吏多而民俗厚，得人称独盛焉。何物竖儒，竟开入股之学，以愚黔首，困顿英雄？使人束书不观，此与祖龙一炬，同为斯文之劫。"言罢王发指眉轩，神情奕奕。有间，王顾谓钟曰："君博雅好古否？"钟曰："臣虽不能淹贯经籍，博通坟典，然自三代以来，靡书不览。"王颔之，即使人导钟至一处，邃阁密室，其中牙签万轴，皆唐虞以下之书，有贾董校定十三经，并不与人世所读者同。钟出见王，自愧弇陋。王曰："曩日本朝鲜二国，曾重译献典籍，谓得自上邦。乃以敝国定本雠勘，脱误颇多，因思中土流传，承讹袭谬，殆非一日。赝作起而真本废，恐宣圣之道不明于海内久矣。他时君归，可以所见告人，使勿鱼豕贻讥也。"钟在海外读书秘阁者三载，后王为之修葺旧舶，值春时西风大作，遂得东归。钟自此弃举子业，潜心服郑之学，著有《五经异说》三十卷，然不敢轻出示人也。呜呼！礼求诸野，学在四夷，其信然欤？

海岛（《遁窟谰言》）

香港有徐氏子，恩平人，自言于咸丰五年，往金山，中途为风所阻。约半月余，船中淡水已竭，人心彷徨无措。船主以远镜照之曰："离岛岸不远，驶船就近取水，当无不可。但尔众登岸，须宜慎防；闻此境禽兽繁多，人迹罕到，若有所得，不宜再往。"于是数十华人，由小船抵岸，徐氏子亦预焉。遍寻无水，但见层峦迭翠，风景清嘉，信步留连，竟忘归路。瞥见猿猴成队，引类呼群而至，众人心胆俱裂，引避无所，各分途窜逸。徐氏子不得已匿身岩石间，以俟同来者觅至偕返。已而红日西沉，竟有大猿跳踯而来，毛色斑然，身体手足，恍若人形。少焉月出，隐约可辨，遥奔而前，拉之同坐，用手指画，不知作何语？徐氏子心怖不敢动，示之以腹馁，并求引路出山。大猿首肯，一跃而去，须臾即至，携果二枚，。不知其名，以畀徐氏子，啖甚甘。时夜将半，籍草而眠，大猿竟与之同宿，宛如夫妇。明日以手外指，求其携出，忽闻山洞外炮声震天。知必有人寻觅。大猿竟引之纤道出山，至歧途处，握手作别，遂信足而回，隐于幽林之间。徐氏子依其指示，行里许，见舟中人成群齐至，各持枪械，皆曰："寻两日矣，若不见，船将启行，今幸遇子。"于是群相庆贺，扬帆抵金山，徐回粤后，与友人述之，恍如隔世。

岛俗（《遁窟谰言》）

白茅堰张氏，有一船号"乾泰"，屡至山东莱阳销货，又置豆饼、羊皮等货而返。一日行至半途，忽遭飓风，无所为策，乃任其所之。五日夜至一港汊，寂无居人。及入内，见烟从山下出，登岸探之，异言异服者，麇聚而视，意殊不恶。旋有知事者至，其赤足同众，而衣服有别，意气亦异，殆犹中土守港之千把总也。舟人以笔写高丽、流球、日本、吕宋等号，与彼认识，彼皆摇首。顷又有通事至，闽人也，言此处一岛，并无所属，而最近于日本，故言语文字，风俗衣冠，皆同于日本。岛中仅有头目而无王，为头目者，亦只食租衣税而已，凡事胥决于副头目。泊处令人看守，不使舟子轻于登岸，若登岸，彼必偕行。岛中人家，比屋而居，屋以板构，形殊低矮，男女老稚，杂处一室中。见客至，亦不避，以烟茗进，意甚殷渥也。时舟中一切已缺，借得接济，米色稍黑亦可食。其余杂需，看守者代为置办，逐日登记，有用帐一册，纸类高丽，横订，字仿中土书写，半不能识。船中豆饼，在洋抛载，存者仅羊皮、水梨，彼人爱之，多为取用。越日其头目谕令资助所乏，然原桅已斫，帆无可施。副头目又谕许给。乃引舟子上山，择油木一本，酌船大小，用三尺围者携至船。彼人所用之斧，式如锄，以手量尺寸，倏忽装就。但资用乏绝，头目所颁给皆金片，殊不适用。闽人乃自易以通用吕宋银二百圆，且告之云："其地距日本夹喇浦最近。"适有鬻货往者，乃偕之俱行，数日即至。再进有中国人在彼贸易，遂循道回乍浦。据舟人云：其地米谷蔬果无不备，且价格甚贱，居民无金银，所用钱，间杂以贝，光可以鉴。妇女眉目，甚有端好者，岛中不知婚娶礼，惟以相悦为偶。居山顶者，其人多寿考。岛中多桃花，时桃已熟，其大逾恒，甘美异常，所未经见也。然则所谓海上有三神仙者，其在此耶？

仙人岛（《淞隐漫录》）

崔生孟涂，泉州人。少好游。思探奇海外，当有所遇。会有巨舶航海者，崔求附舟同行。许之。甫出大洋，即遘飓风，银涛涌地，雪浪掀天，舟经簸荡，帆樯悉摧，舟中人已无生望。越数日，漂至一岛，层峦耸翠，叠嶂摩霄，山径皆平坦宽广，翠柏长松，幽花异草，不可名状。舟长考诸图经，向所未载。岛中空旷无居人。稍进，则有石洞石室，几榻炉灶毕具，炉旁尚有零星木炭，似不久有人炊爨者。风日晴暖，气候温和，殊不类蛮峤。两旁皆溪涧，泉流碎石间，喧声聒耳。涧上皆忍冬花，藤蔓纠结，黄白相间，其香纷郁，爽人心脾。花多落于溪中，故其泉甘冽异常。崔至此疑为仙境，不复思还。诣船取袯被，欲宿洞中。既夕，众劝崔归舟，不可，咸笑崔痴。夕阳既落，狂风又作，舟不胜风，随其漂去。明日，崔往视舟，则已不见。因大惊，自分必葬身异域矣。

计无所出，拟裹粮以穷其境。攀萝扪葛，直跻山巅，举目远瞻，则弥望沧波，浩渺无际，俯视山腰，缕缕有炊烟腾起，林木杳霭中，隐隐有庐舍。乃盘旋而下，觅径前行，曲折数里许，已抵其境。一水当门，通以略约，见一垂髫女子，方踞磐石临溪浣纱，瞥睹崔，若甚怪异，弃纱奔入。须臾，翁媪扶杖而出。翁貌古神清，霜鬓披拂，衣服如唐宋妆束。隔溪拱手谓崔曰："君从何来？请以实告。何不径造敝庐作十日饮？"崔乃渡桥与翁媪作礼。媪年五十许，举止风度，酷似大家。翁逊崔登堂并坐，问崔何处人，何时来此。崔具以实告。崔操闽音，啁啾不可辨。翁笑曰："此真南蛮䛒舌之声也。仆昔日幸从张丞相南渡，盘桓三月，得以略知其义耳。"又问崔读书未。答以身固秀才也。翁大喜，肃然致敬，令媪呼女出见。顷之，女至，淡妆素服，丰韵娉婷，神仙不啻也。浣纱小鬟亦立女旁，嗤然视女而笑。崔一启齿，笑愈不可仰。女怒之以目始止。翁曰："此婢亦南海人，与君言语相同否？"崔对以泉郡方言惟与潮州相似，余则不通。翁出《四书》，令崔授女。翁听其诵读一过，笑曰："何以与中州一字不相同也？"中午设餐，蔌乳笋脯，甘旨异常。翁曰："山肴不足以款远客，幸勿哂也。"晚即下榻翁斋，衾褥香洁逾恒，崔深感激。如是数日，崔不言去，而翁亦不问。

翁斋外有一小园，叠石成山，疏泉作池，奇葩异卉，遍地皆是。有葡萄架甚巨，翠荫纷披，广覆亩许，绕之而出，可以直达女室。崔一日任意散步，见其风景清幽，不忍遽舍，行丛绿中，衣袂皆作碧色。石径已尽，则现回廊，雕阑曲槛，别有洞天。绕廊而入，精舍三椽，雾阁云窗，极为雅丽。闻内有吟哦声，揭帘径入，阒然无人，炉中香篆犹萦，架上缥缃万卷，玉轴牙签，充牣座右。略一抽阅，则皆《黄庭》、《玉枢》等经；几上置《参同契》、《悟真篇》两册，俱有注释，乃钞本也。末叶有"固始沈碧蘅女史书"，字迹娟秀，直逼钟王。崔知为翁女读书之所，即欲退出。方举步，一丽人自后廊出，笑谓崔曰："先生何独自至此？"崔乃长揖作礼，局促不自安。女殊坦然不介意，延崔少坐，取琉璃杯斟案上玉瓶中水以授崔，曰："此甘露所酿百花精液也，服一杯可百日不饥，百杯可却病延年，非下方所有也。"崔视其色白，嗅之其香沁鼻，饮之其凉震齿，胸臆间顿觉清爽，有如醍醐灌顶。女琐屑问人世事及各处风俗，并问今为何代。崔具告之。女屈指以计，忽叹曰："瞬息间已六百年矣！抑何速也？"崔语竟辞出，女亦不留。自是崔居翁所，荏苒年余。读书作字之外，了无所事。或为女录汉魏唐宋人诗，绝无一念思及乡里。

一日，翁忽谓崔曰："我思将一履尘世，南游普陀，北访五台，需二十年而后还。惟是弱息不能携带，将以累子。我女本尘缘未了，今应在子矣。"遂择吉日，以女嫁崔。却扇之夕，女盛妆靓服，容益艳美，伉俪之笃，有可知也。成婚月余，翁媪乃行，崔与女皆送至海滨，有一小舟，已维石畔，翁媪竟登解缆，布帆乍张，天风忽引，转瞬已杳。女亦无系恋态，但谓崔曰："二十年之外，当亦如是送君行耳。"

岛中无寒暑，无昼夜，珍禽驯兽，多中土之所未识。亦无历日，以花之开谢、树之荣落为春秋。崔自与女居，饥则食，渴则饮，倦而眠，醒则起，约略二十年，而容转少。

无何，翁媪还，促崔登舟。崔不可。翁曰："此天数，不可久留也，留则有祸，不利于子。子道念苟坚，何患无相见日耶？"牵袂竟登，舟去如箭。抵暮已达一处，遥闻有鸡犬声，登岸询问，方知为乍浦。窃喜再履人境，方自庆幸，转念囊无阿堵物，不免作伍员吴市吹箫，则又悲从中来。因忆临别时女以一裹相授，置于胸前，不知何物。探怀出视，则片片皆金叶也。爰货其一二作旅资，赁舟自浙回闽，至里门，无一相识者。询旧时之戚族友朋，尽已物故；即有一二存者，亦已潦倒龙钟，鸡皮鹤发，觌面不复可辨。崔慨念人世荣华，如飘风过耳，殊不可恃，一切所有，皆如寄耳，因有出尘想。崔居山中久，素习清静，今再履人间，喧杂龌龊，不复可耐，因祝发为道士，居郡南天后宫为住持，终日持斋诵经，不见宾客。如是者三十年。

一日晨起，忽见一鹤，羽衣翩跹，翱翔庭际，若有所觅。口中衔一丹书，见崔，飘然下堕。崔拾视之，红笺金字，则女书也。上书："世外妻碧蕣裣衽：一别不知几历岁年，窗前一株鸭脚桃，已三十度著花结子矣。每食桃辄念君，欲寄一枚，道远莫致，所弃桃核，今已成林，而君渺无还期，老父临别之言，何不记忆，乃忍于尘世中疾病老死，如蜉蝣如朝菌哉！今传一方，可常服食。苟有仙缘，自成正果。君其勉之！"末附二绝云：

碧海青天夜夜心，灵香无计返瑶林。

算来不是蓬山远，何日刘郎再问津？

缥缈楼台锁玉蕤，一缄远寄怕人知。

阿侬才识相思苦，始信人间有别离。

崔得书，不禁悲恸久之。研术煮苓，如法服食，觉身体健于平时。泉郡人多习航海术，崔时问以此岛，缕述方向景物，率皆曰无有。仍思泛海，一穷其境。有老于舵工者闻之，笑曰："君殆痴矣！今时海舶，皆用西人驾驶，往还皆有定期，所止海岛皆有居人，海外虽汪洋无涯，安有一片弃土为仙人所驻足哉？子休矣！忽作是想，徒构空中楼阁也。"崔终弗信，欲往之念愈坚。因货其所有，得四百金，拟先往西南洋，后至美洲，已有定约将行，忽逢寇乱，盖发逆汪海洋由豫窜闽，漳泉数县，皆为贼窟。有一贼持刀直入天后宫，于崔床下，得金一囊，崔前夺之，贼连研数刃，竟死。贼去，乡人殓而葬之，庙后树石碣曰："崔道人墓"。

闵玉叔（《淞隐漫录》）

闵燕奇，字玉叔，闽之汀州人。其母梦玉燕投怀而生，故自幼呼曰"燕儿"。及长，美丰仪，性殊倜傥，喜交游。读书甚聪敏，年未弱冠，已入邑庠。偶阅谢清高《海录》，跃然起曰："海外必多奇境，愿一览其风景，以扩见闻。"自是遇里中人由海上归者，必询其行程，详其风土。里人又夸述瑰异，粉饰其词，生听之，辄为神往。偶值秋试下第，侘傺无聊，同试士子有回台岛者，劝生偕行，曰："何不访求红毛赤嵌之古迹，搜辑鹿耳鲲身之遗踪，一豁襟抱乎？"生本有乘槎想，欣然曰："乘风破浪，固素志也。"遂与同往。

不意舟甫出洋，飓风雨大作，樯折帆摧，簸荡莫定，经三昼夜，搁于一荒岛。舟师考诸图经，莫知其处。盖向来所未载也。舟中诸人瞑眩已久，至此方庆更生。食后，相约登岸。行二三里许，杳不见一人。途径荦确，林树蔽亏，以远镜踞高窥之，并无庐舍。正疑讶间，岛忽移动。顷之，其行渐速，奔涛骇浪，去若激箭。生神魂飞越，罔知所以，但狷伏于巨石下，耳畔惟闻风杂沓声。久之寂然，启眸四顾，船人俱杳，惟海水渺茫，与长天而一色。腹中饥肠雷鸣，无所得食。强起觅径而行，徘徊眺望，步步凄恻，自分葬身于异域。

夕阳欲下，见坞中缕缕有炊烟起，急奔赴之，则茅屋十数椽，鳞次栉比，人家三五，零星杂居。前往叩扉。有童子出应，肤黑发鬈，其状如鬼；语又啁啾不可辨。生见之，大惊却步，童亦返身入内。须臾，一妪扶杖而出，鸡皮鹤发，若六十许岁人，口操中原南方音，问："何以得至此间，殆航海失事耶？"生应曰："然。"一语未毕，泪随声堕。妪曰："既已飘流至此，请即入室小憩。"导生登中堂，居客座。妪即趺坐于临窗白木榻上，询生何处人、并姓名年齿。生俱以告。妪自述："南宋之末，天下大乱，由杭州避居温郡，继渡海而南，从闽抵粤。崖州之难，知事不可为，全家入海，任舶所之，匝月始得泊此。舟中固携有谷蔬诸种，力耕自食。久之，诸人皆物故，惟老身与一女一孙仅存。今彼二人往前山市场籴米粟去矣，计程半月可旋。君盍居此待之？"又指童子谓生曰："此亚来由种类，从槟榔屿飘至此间，屈指计之，亦将百年，彼喜操方言，尚未能通华语也。"山中晨夕三餐，皆供白粲，并无肴馔可供下箸。屋后有二酒窖，酒自石隙出，涓涓不绝，下注缸中，从无盈溢时；惟有红白二色，红者为百花酿，白者为五谷浆，味俱甘芳醇厚，多饮亦无醉意，但觉微倦欲眠耳。山中四时皆如春日，芳树成阴，杂花斗妍，翠鸟千百，飞鸣枝干间，从未见有开落荣谢时。生居十余日，了无所事，顿觉尘虑胥捐，俗气尽涤。

一日，方闲步后园，忽闻前庭有笑语声，出视之，则见一女子，年二十许，云鬟雾，绰约可怜；一童子仅十四五岁许，眉目清晰，美秀而文。庭中杂置兔鹿凫雉之属。媪谓二人曰："有远客在此，盍招来相见？"觌面问讯，始知女姓谢，字芳蕤；童子名璧，字珩伯。知生为秀才，竞来问字，或诘以四书五经中难义，赏奇析疑，辨论百出。生有时默写经书中语与之观，辄笑其谬误。或及诗词，则唐宋诸大家作，皆能背诵如流。生偶及元明诗人，则不能答。山中无纸笔，削木为管，摘叶代笺，互相吟咏，亦复不俗。女工韵语，所著有《望月亭稿》，其纪日或曰"哉生明"，或曰"旁死霸"，或曰"朏"，或曰"望"，或曰上下弦，或曰"晦"。生问"何以纪此？岂欲以此测天乎？"女曰："山中无日月，以此代历耳。"生问："所读之书，何以与中土今日稍有异同？"女曰："少时授自父师，亦不自知其故。"生因问："自泛舟来此，亦携书籍乎？"女曰："有之。今尚藏于石室。"爰导生往观，则皆北宋精本，缃帙牙签，若手未触。生于是每日赋闲，辄往诵读。偶晨起闻海畔耶许声，鞋履出视，但见小艇十余艘，中储谷蔬，操舟者多黑人，睹生衣冠殊异，群围观之，或有招生入舟者。生正欲觅女，而女适至，谓生曰："今日为趁墟之期，岁凡四次。往返多或半月，少或十日，俱以谷果菜蔬易野味供烹饪，或得宝物，则易金钱。客囊若富，则远贾异洲，往往不复再返。余自经丧乱，视金银如粪土，但求果腹，不作他想。"生因叹其贤。遂与女登舟共往。云水苍茫，烟波浩淼，几莫能穷其所向。旋见海中现长堤一线，女指之曰：至矣。"

既傍堤岸，舍舟而车，生与女同车共载。马甚神骏不凡，竹披耳峻，风入蹄轻，蹙电追，顷刻已抵墟市。市场周围约数十里，各国之人麋至，虬髯侠客，碧眼贾胡，无不出其中。亦有金衣公子，挟弹寻欢；玉貌佳人，当垆声笑。生如行山阴道上，目不给赏。女笑谓生曰："此亦足为君生平大观矣。"引生斜趋捷径，拾级登一高阜。是阜名曰宝山，凡遇有缘者，辄掘地得宝物，火齐、木难，明月之珠，夜光之璧，俯拾即是。女觅得一圆石，蹲伏若狮，以纤足蹑之，语生曰："掘之。"甫及寸许，即得一玉，五色俱备，上刻人物花卉，工细罕匹。又命生转圆石，于石下得明珠百琲，金钢石一颗。女曰："足矣。即此已富堪敌国。"生入市售其珠，仅四之一，已得金钱数百枚。将归，忽遇一当垆女子，似曾相识，手招入室，问生曰："君何为来此？"生询其姓氏。女子笑曰："侬即鹭江之阿美也。曩于鼓浪屿中邂逅，我子曾谋一夕欢，讵忘之耶？"生恍忆前事，转邀女共入，则女已他去，追之，竟杳。生惝遹之情可掬。忽见前舟子吁吁而来，急询女所在。曰："已登舟矣。俟君至然后解缆，无恐也。君今富矣，盍以一樽酒为我洗尘？"遂入共酌。生解囊出金钱数之，阿美以目视生，俯耳嘱生曰："此篙工非善良者，君宜留意。否则有性命忧。"语未毕，舟子已攫金钱入手，曰："为君代储之橐。"出肆，生索金钱。舟子怒呵之，曰："些子阿堵物，能值许事？何哓哓渎乃公为！"遽探怀出铜钱一串，铿然掷于地，掉臂竟去。

生惮其势横，惩己力孤，默置弗校。欲往寻女，莫知适从，踯躅道旁，进退维谷。瞥见长须奴控一骑至，向生曰："谢芳蕤何处不觅君，乃在此耶？请急发！"疾驰三里许，抵一大院，高阁广厦，雾阁云窗，备极轩敞；四周皆小室，环以回栏，一院凡室三十有六。奴指谓生："第九室为生下榻地，第十室乃芳蕤所居也。铜环既叩，双扉遽辟，一女子出迓，玉润花嫣，丰姿秀丽，裣衽致词，询生来意。生因白芳蕤遣骑相召，故尔至此，兼述中途相失之故。女曰："芳蕤侬旧时东邻姊妹行也。是室为渠入市憩息之所，君少待之，渠必自至。"阖扉遽入。生视室中陈设清雅，古鼎香炉，位置精洁，窗明几净，不著纤尘。辰午酉三时有馈餐者自外至，烹调甘美。居已十日，女杳不至。日夕与邻女闲话，始知女姓麦，名珃瑚，粤东人，而产于燕北。其母为西人外妇。幼时从母出洋，曾居日东学歌曲、习琵琶，能效天魔舞，身轻，人戏呼之为"飞燕后身"，因字燕娇。及旋中土，舟覆遇拯，辗转至此。初与芳蕤同居一村，女红之暇，授以诗词。女为易其字曰"亚兰"，谓之曰："妹后日回华，如尚念我，可写妙法莲花经千卷，投之洪波，我自能得。即此所以报也。"数月前，女忽令亚兰寄居于此，曰："汝意中人不日将至，从此当再履尘世，以了前缘。"逮生来，始知女言有因，但不解从何撮合，以此身将属于生，举动之际，悉以礼自持，从无一亵狎语。生亦敬惮之，弗敢犯。一夕，忽有伟丈夫排闼直入，曰："奉氤氲使者命，送汝二人归家。"即乘以车，扬鞭捷驶。俄闻鸡犬声，灯火万家，已在漳州城外。初生之应试榕城也，寓斋无事，生友戏以前人诗语卜生之获隽与否，偶得"无可奈何花落去，似曾相识燕归来"二句，不解所谓。及归，生妻已没，其言乃验。

海外美人（《淞隐漫录》）

陆梅舫，汀州人。家拥巨资，有海舶十余艘，岁往来东南洋，获利无算。生平好作汗漫游，思一探海外之奇。请于父母，不之许。娶妻林氏，都阃之女公子，精拳棒，得少林指授，能御健男子数十人，当之者无不辟易。每逢海舶南还，辄述海外奇闻霉事，心为之动。于是夫妇时谈出洋之乐，跃然期一试。数年间，生父母相继逝。服阕，即招舵工集议，谓孰长于风云沙线，孰稔于经纬舆图；既遴人，又选舶，谓孰坚捷便利，冲涉波涛。众舵工进言曰："与乘华船，不如用西舶；与用夹板，不如购轮舟，如此可绕地球一周而极天下之大观矣。"生哑然笑曰："自西人未入中土，我家已世代航海为业，何必恃双轮之迅驶，而始能作万里之环行哉？"爰召巧匠，购坚木，出己意创造一舟：船身长二十八丈，按二十八宿之方位；船底亦用轮轴，依二十四气而运行；船之首尾设有日月五星二气筒，上下皆用空气阻力，而无藉煤火。驾舟者悉穿八卦道衣。船中俱燃电灯，照耀逾于白昼。人谓自刳木之制兴，所造之舟，未有如此之奇幻者也。择日出洋，亲朋咸来相送。生设宴高会，珍错罗列，酒酣，击铁如意而歌曰：

天风琅琅兮，海水茫茫。招屏翳而驱丰隆兮，纵一苇之所杭。我将西穷欧土兮，东极扶桑。瞻月升而观日出兮，乘风直造乎帝乡。

歌声激越，如出金石。女亦拔剑起舞，盘旋久之，众皆见剑光而不睹人体，万道寒芒，逼人毛发。须臾，剑收人现，仍嫣然一弱女子也。众皆抚掌称善。

　　既入大洋，飓风忽发，船颠簸不定。生命任其所之，冀逢异境。经六七昼夜，抵一岛，岛中人皆倭国衣冠，椎髻阔袖，矫捷善走。男女皆曳金齿屐；女子肌肤白皙，眉目姣好，惟画眉染齿，风韵稍减。见生夫妇登岸，群趋前问讯，语咿啾不可辨。挽生同行，入一村落，古柏参天，幽篁夹路，一涧前横，渡以略彴，隔涧茅庐四五椽，颇似中华宇舍，余皆板屋。众过桥叩门，一老者扶杖而出，诘众何事。众指生夫妇，令老者与之语。老者自言曾至中国，读书京师十余年，南北方言，略有所晓。问生从何处来。生具告之。邀生至其家小憩。众渐散去。有一二状似官长，随老者俱入。坐甫定，即有小鬟跪进杯茗。杯甚小，茗作碧色，味甘。老者谓此为日本外岛，岁时贡献。明季有三贵官乞兵至此，久留不能去。一官日祷于神前，愿作长人以杀敌。一夜，其身暴长，状如巨灵，人见之，悉惊走。后三人俱服药死。既死而身不朽，遗命建一亭于通衢，置尸其中，四面但有栏而无窗棂，俾行道过彼者，皆得入而瞻仰，有以一瓣香诚心来拜者，吾三人阴灵有知，必起而答拜。生请一觇其异。老人遂导之往。果见三人皆明代服饰，中一人躯干瑰伟，仿佛似今之徽州詹五，生遂肃然伏地。中一人半起其身，合手作礼，生与老者俱惧而奔。问老者以三人姓名，则曰："代远年湮，无从考矣。"生居岛中十日，一夕，西风大作，遂挂帆行，飘至马达峁泊焉。

　　登岸游行，见一处筑高台耸霄汉，男女围观者甚众。生夫妇亦前而薄观之。台上南面坐者，以赤锦缠头，窄袖短衣，衣上悉缀以宝石、火钻，光怪陆离，璀璨耀目。其人面作铁色，年约三十许。台上有扁，梵字英书并列，生不解，问之同立华人，方知为与人斗力，胜者畀以黄金百两。俄闻台下乐作，操琴已三叠，请众往角。女搴袖欲登，生曰："未可也，试观来者，则知其伎俩优劣矣。"先一粤人，后继以闽人，皆一举手即仆。旋有西服者，上体颇猥琐，而举动迅捷，其伏如鼠，其进如猱。众曰："此日本教习师也。短小精悍，名下固不虚哉。"相持一时许，一足中日人要害处，颠去尺有咫。于是台下大哗，乐声又作，音韵激扬，若贺其成功者。女曰：

"我当为日人一吐气！"耸身竟上。台上人见一中华女子，骇甚。各占一隅，悉生平艺力，两相搏击。女猝飞纤足，中其膺，其人蹲地呕血。女谓其惫甚将死，近前视之，不意遽跃起丈许，以双手扼女之喉。女内则运气，外则亦以双手紧抱其人，顷之，俱殒。生登台收其尸，则呱然一声，婴儿出自裈中，盖女怀妊已七月，至是用力过甚而胎遽堕也。幸儿尚生，抱之回舟。见一广颡虬髯者立于舟侧，谓生曰："此儿非凡器，可付我抚育之，二十年后，当见君于罗浮山麓。"生视其貌，知其为异人也，立畀之，飘然竟去。舟人舁女尸葬于高邱，树石碣曰："中原陆孀人林氏之墓。"

生既丧妻，影只形单，凄然就道。长年林四，妻之远族兄也，谓生曰："闻西方多美人，俗传有女子国，距此当不远，盍于海外觅佳丽，且减愁思，当有妙遇。"测定罗针，径向西行，月余进地中海口，地名墨面拿，意大利国之属土，即史书所称为大秦者也。甫泊舟，即有求售珊瑚宝石者麇至。觅寓解装，为游历计。寓中多妇女，长裙曳地，罗袜生香，手中均操筝琵诸乐器，询之，皆乐工也。午餐既设，众乐毕奏，铿锵聒耳。座客犒以银钱二三枚。自生闻之，异方之乐，只令人悲耳。

越日，有一别国巨舶来泊生舟旁，生视船中指挥作主者，华人也。其人见生中土装束，亦异之，与生殷勤通问讯，方悉客住漳州，固同乡也。招生登舟。入内舱，在前奔走趋承者，皆美丽女子，粉白黛绿，尽态极妍。生向若辈伊谁。其人曰："皆妾媵之属，久充下陈，备箕帚而捧盘匜者也。"生不觉生艳羡心，曰："天赐艳福，何修而得？"此客笑曰："君欲之乎？当拔其尤者以奉赠。"即于左舱呼二女子出，曰："君视此佳否？"问其名，一曰真真，一曰素素，并皆长眉入鬓，秀靥承颧，媚态花嫣，丰肌雪艳，较前所见六七辈，尤旖旎温存也。生不禁魂销心醉，遽问需聘金若干，曰："如此天仙化人，虽量珠十斛，索璧连城，亦未足多也。"客曰："吴市看西施，尚须输一金钱，此则不消破费半文，君但携归，置诸玉镜台前，安心消受可也。舟中惟此二女为全璧，下体亦佳，余则如习凿齿之半人耳。"生闻言，索解不得。客曰："君以为若辈美丽天生乎？抑人力乎？若辈皆产于罗刹国中，奇丑异常，无有人过而问者。前十年，其国天降男女两圣人，能修人体，使丑者易而为美。其法：先制人皮一具，薄如纸绢，上自耳目口鼻，中至胸乳腰脊，下逮髀股足趾，无一不备，既蒙其体，与真逼肖，至于香温柔滑，腻理靡颜，虽真者犹有所不及；平日从不去身，惟洗濯时一脱耳。子所见，皮相也；若露真形，定当吓杀。修价不赀，钱少者仅得半体，其下依然丑恶。君所得者，实为完体美人，故以全璧呼之。"生恍然有悟曰："此真海外奇事，闻所未闻。然不免视横陈时如嚼蜡矣。"客又曰："其国修人之法，但行于女，而不行于男，以修男者法未成而遽死也。今其国辄贩女于远方，人多见其美，而不知其出自矫揉造作也。"生聆此一席话，不觉毛发尽戴，愿还二美人不敢受。客曰："君真愚矣！世间一切事，孰是真者？红粉变相，即是骷髅，夜叉画皮，遂成菩萨，子将来必由此二女得悟大道。余倦矣，君盍归休。"

生甫举足离舟，客已扬帆遽去。生返视二女，媚眼流波，娇姿生倩，顾盼之间，自饶丰韵，日夕对之，弥觉其美。既归里门，即以二女为室，不复言娶。二女当盛暑时亦裸体，窃窥其浴，亦如常人，因疑客所述为戏言。惟生平从未一至罗浮云。

海底奇境（《淞隐漫录》）

聂瑞图，字硕士，一曰祥生，上元诸生也。聂素称金陵巨族，至生尤豪富，几于田连阡陌。生不工会计，一切悉委之于人，读书作文之外，了不问家人生产。耳甚聪，能闻数十里外哄斗声，人因呼为"三耳秀才"。生平喜讲求经济，而尤留心于治河。凡古今水利诸书，阅之殆遍。笑曰："此皆非因时制宜之术也。治河宜顺其性，导之北流，又宜多浚支流，以分杀其势。今北方井田既废，沟洫不行，水无所蓄，坐令膏腴之壤，置为旷土，甚可惜也。方今东省水发，多成泽国，民叹其鱼，当轴者徒事赈恤，而不知以工代赈之法。与其筑堤，不若开河，要使东北数省环绕潆洄，无非河之支流，以渐复古昔沟洫之旧，然后以次教以耕植，俾北民足以自食其力。今日既行海运，势甚便捷，河运可不必复。如虞后患，则莫如自筑铁路。"生之持论如此。而人多笑之。

生胸襟旷远，时思作汗漫游。时国家方重外交，皇华之选，络绎于道。有某星使持节出洋，生以策往干之。星使虽侧席延见，但以温语遣之而已。生曰："我所以见之者，冀附骥以行耳。彼徒以虚礼是縻，置而弗用，我岂不能自往哉？"立登邮舶遄征，囊资充裕，行李烜赫，见者疑为显要，所至各处，无不倒屣出迓，逢迎恐后。所携舌人四：一英，一法，一俄，一日，以是应对周旋，毫无窒碍。每遇地方官延往宴会，辄有赠遗，尽皆珍异，西国妇女所罕见也，因之酒食征逐，殆无虚日。生性既风流，貌尤倜傥。游屐所临，辄先一日刊诸日报，往往阖境出观，道旁摘帽致敬者，亘数里，星使无其荣也。欧洲十数国，游历几周，瑞国地虽蕞尔，水秀山明，尤所心赏。瑞书塾肄业女子曰兰娜者，美丽甲泰西，聪慧异常。一见生，惘然如旧相识，邀至其家。女固素封，所有中国之绮罗物玩无不备。询其由来，乃法废后内府之所藏也，法后出奔，多寄储其舍，后以具价得之。生见之，倍加赞叹。女择其中尤宝贵者数种以贻生，生谦不敢受，曰："此天上珍奇也。偶尔相逢，讵敢膺此非分？"女曰："非此之谓也。以遇言，则萍蓬异地；以情言，则金玉同心。区区微物，又何足辱齿芬？"强纳之于生袖。

生居浃旬，别女登车，拟乘巨舶从伦敦至纽约。方渡太平洋，忽尔风浪陡作，排山岳，奔雷电，不足以喻其险也。生强登舵楼，举首一望，则银涛万丈，高涌舶旁，势若挟舟而飞，不意丰隆猝过，遽卷生入海中。于时舟师舵工欲施救援，莫能为力，惟有望洋惊惋而已。

生但觉一时眩晕欲绝，少苏，启目视之，山青水碧，别一世界，绝不知身在海中也。方讶适在海舶，顷何至此，岂出自梦幻哉？举足行三四里，但觉鸟语花香，奇葩瑶草，疑非尘境。时腹中稍饥，仰首见枝头桃实累累，红晕欲滴，摘食二三枚，顿觉果然；桃味芳馨甘美，沁入肺腑，生平所未尝也。生偶见溪涧之旁有细草一丛，嫩叶柔条，绿色可爱，举手拔之即起，嗅之，其香参鼻观，根柢有圆粒若蒜头，去其外皮，内白若雪，食之殊甘，顷刻间陡觉精神焕发。生知非凡草，拔取十余株，裹之以巾。

迤逦再前行，遥望有茅屋数椽，依涧而居。极力趋就之，倏忽已至，径渡略彴，叩门。门启，双鬟出应客，俱作中华妆束，问生："适从何来，欲谒室中何人？"生嗫嚅无以应，但曰："失路经此，愿求指引。"须臾，有老媪出，白发苍颜，龙钟已甚，导生登堂，曰："老身钟漏并歇，何处贵人，辱临敝地？"生告以将往纽约，不知何故到此。媪曰："是非老身所知也。适有西方美人新至此间，可自往问之。"命婢引生入后堂西阁。其地石峰森立，巨池约十余顷；白荷花万柄，摇曳风前，芬芳远彻；阁四周皆栏杆，矗峙池之中心。生遥睹一女子，西国衣裳，凭栏独立，雾云绡，皓洁耀目，仿佛霓裳羽衣，来自天上。近即之，非他，即瑞国女子兰娜也。彼此相见，各怀疑讶。女曰："自别后，心殊悒怏。我母欲余破寂消忧，偕往法京巴黎，居未匝月，遄暑于英之苏格兰，余以过都华河失足堕水。主者怜余盛年殒于非命，令至此间享受清福。闻君欲往美邦，何为来此？君殆不在人间世耶？"言罢，凄咽不胜。生曰："余固未知身之已死也：如果没于洪涛，获此妙境，真觉此间乐不思蜀矣，况复日对丽人如卿者哉？"女曰："余企慕中华久矣，顾语言文字，素所不习，未知从何下手。君肯悉心相授否？"生曰："此亦何难。但愿长相聚首，则死固胜于生也。"

居久之，偶步门旁，骤闻波涛汹涌声，出门外咫尺，则水若壁立，无路可通，急入告女曰："此间殆将遭玄冥一劫，成一片汪洋境矣。"女笑曰："敬为君贺，君自此可出海底而复至人间矣。特我两人别离在即，不可不设筵饯别，以尽我心。"立呼厨娘作咄嗟筵。酒半，女捧觞至生前，曰："请尽此一杯，当为君歌一曲，以代骊歌。数年以来，学习华音，颇有所得，若有感触，偶尔拈毫作一二小词，当亦不让于人。君可细聆，正其讹舛，作顾曲之周郎，何如？"言竟，女即弹琴抗声而歌曰：

日升于东兮月生于西，昼夜出没而不相见兮，情亘古而终迷。叹人生兮道途之长域，而悲夫寿命之不齐。何幸云萍之忽聚兮，难得此数载之羁栖。总觉别长而会短兮，不禁临觞以心凄。识合离之有数兮，勿往事之重提。赠子兮画桨，送子兮前溪，从兹相隔兮万里，徒恃此一点之灵犀。

歌罢，涕不能仰。生慰藉再三。女命婢舁一小艇出，置之门外，令生坐其中；旁叠四五囊，悉储珍宝。谓生曰："曩赠君物尚在否？"生探之袖中。女拣取一珠，作黑色，曰："此龙宫辟水珠也。"又拈一黄色珠，示生曰："此兜率宫定风珠也。持此入海，如履平地矣。"言讫，浪声大作，舟亦上升。女遽阖门入。生不禁大号。回思数载欢娱，真如一场短梦。小舟浮沈海中，杳无涯际，奚啻一叶。生视其囊，皆皮篋也，管钥悉具。偶一伸足，觉触处腻然有物，取视之，枣糕也，食之因得不饥。叹女慧心周至，为不可及。

经三昼夜，抵一处。灯火万家，异常热闹。登岸询之，乍浦也。呼人携取行囊，舟泛泛自去。生启篋检点，金钱外悉珠宝钻石。生思上海为天下阛阓之最，必有售者，乃取道沪渎，小憩于觅闲别墅。仅售百分之一，已得万金。时有碧眼贾胡知生怀宝而归，叩门请见。生示以钻石一，巨若龙眼，精莹璀璨，不可逼视。请价。曰："非四十万金不可。"曰："论价亦殊不昂，顾此惟法国方有之，足下何从而得哉？"生曰："中华宝物流入外洋，岂法王内廷之珍不能入于吾手哉？"贾胡又以减价请。生曰："方今山东待赈孔殷，苟能以三十万拯此灾黎者，请以畀之。"贾胡曰："诺。"辇金载宝去。人咸高生风义为世所寡云。

海外壮游（《淞隐漫录》）

钱思衍，字仲绪，浙之携李人。少读书有大志，师授以时文，弃置一旁，初不欲观。谓人曰："此帖括章句之学，殊不足法。丈夫当如宗悫、终军，乘长风破巨浪，飞而食肉于数万里外耳。"家本素封，生父日望其成名，藉以充大门闾。生不得已，下帷攻苦。所作程文规摹时贤，以求俯就有司绳尺。未几，获隽秋试，遽登贤书。一时贺者盈廷，生辄避不欲见。每读己文，汗常浃背，曰："此驴鸣牛吠耳，何以见人！"

一日，有一道士求见，自言从峨眉山来。生出迓之。疏髯古貌，飘然欲仙。道士遽问曰："闻君有遁世想，是以来作导师。"生自思："虽有是心，并未出之于口，此言何从而来？"因疑道士为非常人，延入厅室，与之讲求长生久视、吐纳烧炼之术。道士曰："君之所言，距道尚远。内丹外丹虽分两途，而其入门之始则一也。先宜寡欲养心，清修静坐。既臻玄妙，而后旁及。从未有三尸未斩，五浊未除，而一获大丹，立即飞仙界者也。生曰"如何始可坐修？"曰："上修避世；中修避人；下修则仍混迹红尘，与世交接，一旦道念不坚，恐终坏于外诱。子不如随我往游峨眉，自有所遇。"生曰："诺。"道士即以手中拂尘向空掷之，顿化为龙，鳞甲毕具，下伏于地。生惊惧欲走。道士笑曰："无妨也。"与生并乘之，龙遽起，夭矫凌空，顿觉身入云际。俯视下方，迷漫无所见，耳畔风涛声大作。生于时已置死生于度外，闭目凝神，一任其所之。顷之，寂然，闻道士曰："至矣。"开眸四顾，则身已在地，龙去已杳，惟见万山环合，峙碧笋青，异草奇葩，芬芳扑鼻观。道士曰："此峨眉山最高处也，为自古人迹所不到。盍往参吾师？"

逶迤行抵一石洞，双扉键焉。道士以拂尘柄击之，呀然自开。既入，则鸟语花香，别一世界，危楼飞阁，缥缈天外。行约里许，突有巨石当其前，晶莹如镜，可鉴毫发，凡迎面而来者，悉入镜中，上有巨字盈丈，曰"鉴心"。虽隔重衣数袭，自见其心跃然欲动，脏腑脉络，纤微呈露，无异秦廷之照胆台也。生至此疑骇欲绝，驻足不前。道士曰："藉此一观子心，平正通达，了无障碍，亦绝无城府。孺子固尚可教也。"峰回路转，陡见一院落。道士导之入，历阶升堂，阒无一人。曲折更历门阃数重，庭中栽芭蕉数百本，榜曰"绿天深处"。道士曰："此吾师习静所也。每逢庚日，必居是室。"方欲隔窗启词，而一婢已搴帘而出，曰："紫琼仙子命召君。"道士令生俟于外，入良久，始招生俱进。参谒既毕，起立于旁。窃睨莲座，一十六七岁女郎也，容华绝代，仪态万方，心绝爱之，而不能言。女问生："从何处来？亦愿学道否？"生嗫嚅不能对。道士从旁为之代答。女笑曰："子来尚早，尘心犹未净也。"爰令生前，携其手细观掌纹，并摩挲其肩胁。生思慕正殷，而忽亲芳泽，触其柔荑，滑腻无比，顿尔心旌摇摇，不能自主。女于胸前取出小镜，令生自观。生内视，己心突突然，跃不能止。女笑曰："子欲念如火炽，当以冷水直浇其背，距道尚远，讵耐苦修？不如仍堕凡间，阅历世趣，俾于繁华障中领悟清净道场，亦一法也。"因挈生至中庭，以帕一方布于地，令生登之。足下冉冉云起，顷刻间，大地山河，若环一周。

正当俯觇下方，忽闻炮声大震，遽尔坠地。生见众咸服西国衣冠，擐甲执兵者，鹄立两旁，气象威猛。众竞前诘生，唧啾格磔，生弗能解。众中有曾至中华者，曰德臣，固其地之绅士也，来与生语。始知地名伊梨，属于英国，乃苏格兰濒海境也。是日阅兵，先以废舶立帜海中，然后发炮击之，命中及远，不爽累黍。此演水师也。至操陆兵，悉以新制神枪，一军齐放，有若万道火龙。生观之，不胜叹异。众问生："从空下坠，岂有异术乎？"生谬言："失路至此。顷所见若系眼缬生花，未可知也。"众疑信参半。德臣招致其家，款待丰隆，敬如上客。德臣有两姊未嫁，俱令出见。

翌日，偕生往游埃丁濮喇，乃昔年苏格兰之京都也，素以华丽著名。所产女子，娟秀绝伦。是夕，适有丹神盛集，远近毕至，而生亦预焉。丹神者，西国语男女相聚舞蹈之名，或谓即苗俗跳月遗风，海东日本诸国，尤为钜观。先选幼男稚女百余人，或多至二三百人，皆系婴年韶齿，殊色妙容者；少约十二三岁，长或十五六岁，各以年相若者为偶。其舞蹈之法，有步伐，有节次，各具名目，有女师为教导，历数月始臻纯熟。集时，诸女盛妆而至，男子亦皆饰貌修容，彼此争妍竞媚，斗胜夸奇。其始也，乍合乍离，忽前忽却，将进旋退，欲即复止，若远若近，时散时整；或男招女，或女招男，或男就女而女若避之，或女近男而男若离之。其合也，抱纤腰，扶香肩，成对分行，布列四方，盘旋宛转，行止疾徐，无不各尽其妙。诸女手中皆携一花球，红白相间，芬芳远闻。其衣尽以香罗轻绢，悉袒上肩，舞时霓裳羽衣，飘飘欲仙，几疑散花妙女，自天上而来人间也。舞法变幻莫测，或如鱼贯，或如蝉联，或参差如雁行，或分歧如燕翦，或错落如行星经天，或疏密如围棋布局，或为圆围，或为方阵，或骤进若排墙，或倏分若峙鼎，至于面背内外，方向倏忽不定；时而男围女圈，则女圈各散，从男圈中出，时而女围男圈，则男圈各散，从女圈中出；有时纯用女子作胡旋舞，左右袖各系白绢一幅，其长丈余，恍如蝶之张翅，翩翩然有凌霄之意。诸女足蹑素履，舞时离地轻举，浑如千瓣白莲花摇动池面。更佐以乐音灯影，光怪陆离，不可遍视。生抚掌称奇，叹为观止。

郡中有名家女周西者，国色也。一见生如旧识，邀生至其舍，日则出游，夕则张宴，名胜之所，涉历几遍，选异探幽，殊惬襟抱。生至是渐通方言，可与友朋酬答，因论伦敦为天下阛阓最盛之区，不可不一游，好事多赠以游资。遂与周西束装俱发,先抵乐郡,小憩逆旅。乐郡介于苏格兰英伦交界之间,有会堂一所,极宏敞,其中弹琴唱诗者约士女百许人,音节铿锵,声韵悠远,钧天广乐,不足以比之也。中有琴师曰媚梨女士,姿容媚,丰致娉婷,见生,起与为礼,导观各处。知生将游伦敦,亦愿偕行。媚梨之叔官京兆尹,以博学闻于时。生至,倒屣相迎,日使宾从十余人导生游览,所有博物院、藏书室、机器房、制造局,无不排日往观,而玻璃屋五花八门,尤为钜观,广大几数百亩。生固美姿首,两旁夹持以二美姝,正如玉树临风,璧人相对,见者咸啧啧叹美。于中设店鬻物者,皆女子,瑶质琼姿,并皆艳丽。偶睹生来购物,悉与之目挑眉语。生询及价值,悉不计较,多推与之或竞纳其袖中,以示掷果羊车之意。

　　媚梨谓生曰:"君从中华来,曾至巴黎乎?"生曰:"未也。"于是渡海过法。街衢宽广,屋宇壮丽,似与英同。时法王适以避暑,不在宫中。女往谒其国星使,偕生游历法宫殆遍。中有金钢钻石一,巨若鸽卵,璀璨光耀,诚希世之宝也。由法至瑞士,山明水秀,林树蓊郁,花木繁绮,多亭台园囿之胜。方欲取道于普京伯灵,途中忽逢前道士至,以扇拍生肩曰:"欧洲之游乐乎?可返辔矣。"仍掷拂尘幻作一龙,乘之而去。

消夏湾(《淞隐漫录》)

　　嵇仲仙,南昌人。世读书。至生移居浔阳,弃儒习贾。偶乘轮舶至汉,激浪冲波,其去若驶,心窃乐之。人谓之曰:"此特观于江耳;若至大海,其奔腾澎湃之势,直可移山而撼岳也。"生于是兴乘桴浮海之志,每遇海客,辄询海外风景。有乘槎上人者,日东高僧也,谈瀛洲、蓬岛、员峤、方壶之胜,如指诸掌。生闻之,掉首弗信,曰:"按之东西两半球,纵横九万里,有土地处即有人类,各君其国,各子其民,舟楫之所往来,商贾之所荟萃,轮四达,计日可至,安有奇境仙区如君所言者哉即如美洲,在我足下,太平洋海汪洋无际,宜别有大地山河,以足佛经四大洲之数,乃三百年来,未闻觅得一岛,探得一地,则他可知矣。"上人但一笑置之,弗与辨也。

　　生虽习贸迁术,而学问渊博,吐属风雅,视居然列于士林者,皆所弗逮。少学率更书法，挺秀异常。日僧无垢酷爱之，延至其国写经，愿以巨金赠。一日薄游横滨，散步海滨，睹一轮舶甚巨，几若巍峨远峙天际。问之西人，曰："此为邮船，在美洲犹居次等。"

生游兴遽发，束装遂行。有阻之者，笑弗答也。既登舟，三日，飑飚忽来，狂飚掀天，怒涛卷地。生殊不惧，曰："此真所谓乘长风破万里浪矣！"箕踞舵楼，翘首远望自若，西人咸壮之。经二十七日，抵嘉邦。其地多华民。居数月，郁郁不乐。偶登楼远眺，见一舶更大于前舟，船有烟筒七，突烟微起，已蔽半空。询之，乃往英京伦敦者。生跃然兴曰："我正欲环地球一周耳。"即携行李登舟。行程未半，生偶步船旁，大风骤起，卷入海中，此时欲行拯救，法无可施，舵工舟子但望洋惊叹而已。生于此不自知其堕海，浮沈波浪中，如泛鸥鹜。半夜，飘至一滩，生始醒。自扪衣服，沾濡殆尽，仰视星月，犹有微光，念不如攀援而上，免至再为海涛所厄。近岸皆峻岩怪石，巨皆寻丈，盘旋久之，始得至岸。喘息甫定，天已微明。俄闻嘈怒吼声，自远而近，冲激石岸，势极汹涌，钱塘八月之潮，无此震撼也。自幸早登彼岸，得庆更生。转念孑然一身，远离家室于数万里之外，今罹此难，虽不至葬于蛟宫鼍窟中，终恐不免为异域孤魂，殊方饿鬼，言之可涕，因是生平豪气，为之顿除。

天明，环视岛中，旷远绵邈，杳不能测其所至。附近绝无屋庐，惟见松柏参天，柳榆夹道，入其中，青翠欲滴，衣袂皆作碧色。时当首夏，大气清和，林鸟嘲啾，山花芬馥，树头果实累累，红紫可爱，类皆摘之可食，风景清幽，真觉别有天地。生行数里，见一石室，几榻毕备，乃入而少憩，脱身上湿衣，林梢曝之，不一时俱燥。室前有一树，枣实离离。生腹觉饥，扑得数十枚，形长而巨，其味甘香沁齿。生意是安期生遗种。往前复行十许里，不见一人，苦无问讯。日已近午，遥望东山林际，缕缕有炊烟起，趋就之，见有茅屋数十椽，溪涧回环，泉声喧聒，略彴横施，柴门临水。

生径过桥，方欲叩门，篱畔一犬突出，向之而吠。一老者扶杖而来，询生何方至，语音诘曲，了不可辨。生所答，老者亦笑而不解。爰招生入室。室中并无几案，皆席地坐，有古风焉。老者抽架上书示生，问识字否，可作笔谈。生视之，字皆蝌蚪，瞠目莫辨。老者授生竹简漆笔，命生作字。生写今体书示之，老者亦茫然不解，注视久之，似有一二字能识。遽设席款生，所陈皆鼎俎，所供皆刀匕，肉食之外，则有粢盛二器。老者但掬食一二匕，若以此为肉之佐者。生竟尽一器。席撤，即有小僮进盘匜盥漱。顷之，老者折简招邻翁来。须臾，峨冠博带者数人至，咸与生为礼，揖让周旋，皆与世异。生所语皆不能通。老者翘首凝思久之，若有所会，令髯奴控卫迎西山隐士来。静待竟晷，隐士翩然却至，虽亦古衣冠，而装束稍异。诸人肃然起俟，指生与观。生具述来意。隐士自言："林姓，明略名。浙人，从文文山起义师，为幕下参谋，兵败被执，以计脱去，窜身闽粤间。崖山之役，舟覆入海，飘流一昼夜，得至此间，若有神助。老者数人皆避洪水之难而至此。余初来语言文字亦不相通，承其指授，由渐精晓，深叹古人言简而意赅，为不可及也。余居西山之麓，小有园亭之胜。君盍往偕余同住，俟有中华船舶经此，可载君还也。"生欣然从之，乃辞老者而行。

居两月馀，盛夏日长，骄阳当空，如张火伞，隐者意不可耐，谓生曰："天气炎燠，盍偕君避暑消夏湾，何如？"乃棹一叶扁舟，沿溪行，路甚曲折。溪尽，得一大湖，乃众泉汇流处，自上注下，作瀑布百馀丈，溅雪跳珠，喧豗数里。瀑布在山坳中，约宽十许顷，须拾级下，观石齿崚露，践之心悸。四周石屋数十所，镂刻精巧。石几石榻，光滑异常。有一石楼，特高迥，引瀑布从顶上过，散作数万道飞泉，自檐际下垂，有若珠帘，古称之为水帘洞，数千年前山主憩息之所也，今为隐士所有。入其中，虽六月，须御木棉，几于不寒而栗。隐士谓生曰："中国典籍所称逭暑之台，招凉之馆，有若是之天造地设者乎？恐皆以人力为之者也。"生为之赞叹不绝口。

居未浃旬，生患喘疾，盖由感寒而然。隐士曰："此间过凉，不宜君体。过此有竹院荷亭，亦足供消遣，盍再偕往？"生从之。既至，则池塘宽广约数千亩，中植芙蕖，红白相间，风送香来，可参鼻观。池中东西南北四亭，皆驾桥以飞渡，望之穹然，如亘长虹。四亭之式各异，其中陈设亦复不同。茗具香炉，并皆精绝，其彝鼎皆三代以上物也。隐士藏有百花酿，日以碧筒杯饮之，醉则以铁如意叩铜槃作歌，盖犹不忘宋之亡也。居十日，又徙竹院。翠竹阴森，围几数里。院特高耸，其下可建十丈之旗，其宽广可联坐千人。甫入院门，即有水晶宫一座，中蓄金鱼数万头，荇藻交加，观其泳游，恍若置身濠畔。所铺之砖，悉以银铸，镂空其中，堆置茉莉芝兰，香气拂拂从足下出。四围墙壁，亦俱嵌空玲珑，生花活蕊，几充牣焉。院后置有水车、风柜，触拨机捩，自能运动，霎时间细雨如尘，洒于半空，微风生凉，充乎四座，虽赤帝炎敔，亦当为之退避三舍。生游两月，夏去秋来，乃与隐士乘舟俱返。谓隐士曰："此二所者，真可谓人巧极而天工错者也，君得居而有之，清福岂有涯哉！"生固体肥惮暑，而视世之趋炎附热者蔑如也，自此不愿再履人间，遂逍遥于海外以终老云。

乐国纪游（《淞滨琐话》）

康城诸生安若素，少有才名。性豪爽，善诙谐，每出一语，辄倾倒四座。顾自命甚高，有不可一世之概。尝曰："人生当壮岁，不能展翮凌霄汉，登玉堂，直入金马门，置身通显，便当乘槎泛海，学司马迁、张骞汗漫游，浮溟渤，升崆峒，寻河源，贯月窟，用以自豪。安能以七尺躯老死牖下哉？"会其父谒选，得浙之天台令，命偕眷属赴任。初至时，亦甚喜。继见宦海风波，时多险阻，叹曰："此苦海也，安可沉迷，郁郁久居此哉！"日思赋渊明之《归去来》，未果。久之，渐与邑之名士稔，偕游天台、雁荡诸山，称为神仙窟宅，徘徊匝月不去，冀有所遇。无何，父解组去官，归隐林泉。清风两袖，家日益贫。生乃橐笔走燕赵，历黔滇。所如多阻，落落不偶。倦游将返，途遇友人自海外归者，为述异域风景，历历如绘，心美焉。苦无赀，以书画鬻于市，借充旅橐，遂附海舶行。过黑水洋，遭飓风，舟覆身堕，随波逐流，拚葬鱼腹。俄而风愈猛，卷其身入空际，飘扬不知几千万里。堕于地，心殊了了，而惫不能起。

伏移时，觉有人击其背曰："子海外之游乐乎？"开目惊视，一道士立于侧，生欲言，不能。授以一果，入口酸涩殊甚，甫下咽，便觉精神焕发，饥渴顿解。拜问道士何人，答曰："我橄仙也。"生素不信，以为妄。道士曰："子倔强犹昔，安望适彼乐国耶？"生异其言，拜求指引。道士掷白练于地，拉与同登。忽腾空起，御风而行，奔马不能喻其速。俯视下界，人如蚁而山如垤，了然可指数。顷之曰："至矣。"练遂落。视其地，平沙旷茫，夐远无垠。问何处，答曰："此窭乡也。"生惊曰："子言适乐国，胡为至此？"道士曰："迂哉！天下有不苦尽而甘回者乎？子姑耐。"生再欲言，道士已杳。由此日坐是乡，窭迫无计。赖仙果在腹，不寒不饥。遂悯悯独行，忽见雉堞巍然，高矗半空，急趋诣之。见城上黑字大如斗，曰："愁城。"逡巡入，则雾黯风霾，惨无天日。往来人民，疾首蹙额。问以语，不答，欷歔而已。不得已，投店休止。久渐习惯，视贫一若固有。

一日，忽城外金鼓震天，阖城狂呼走告曰："乐国大军至矣！"视之师旅若林，环围三匝，其势甚急。一皂纛临风飘展，大书"破愁大将军杜"。旁立荷锸，讴歌，声渊渊如出金石者，刘伶也。锦袍玉带，风度霞举者，李青莲也。旋有赤面长髯，立旗下高语曰："城旦夕破，尚执迷不悟耶？"攻三日，守益坚。将军须鬐如戟，其气益奋，指挥士卒，各以水箭射入城中。城人沾其水，如醉如痴，各不能战。须臾城破，杀戮殆尽。见生讶曰："此大国人，何寻烦恼至此？盍执以见王，必受上赏。"遂以槛车囚生，凯歌而还。入境，则琪树瑶林，光华射目。人民衣五色衣，趾高气扬，举欣欣然有喜色。王坐爽心殿，大设仪仗，行受俘礼。既毕，见生问曰："南冠而絷者谁也？"将军以实对。王命释之，赐以熏沐。将军跪奏王曰："熟闻天朝人物俊美，今果不谬。观其外貌，当必腹有诗书，胸藏锦绣。"遂授以玉砚银毫，命作《攻破愁城贺表》。生一挥立就，端书进呈。王览毕喜曰："涤烦除闷，挞伐用张，有光下国多矣。"即日拜为中大夫。自是凡有文翰，必诏生拟撰。一月三迁，位至左相，赐以甲第，充以宫鬟。其尤者曰探珠，曰凝玉，均皆纤秾合度，长短适中，明眸善睐，靥笑生妍。又诏使登宝山，游玉池。凡生游屐之所至，必使之歌咏其风景，纪录其山川，勒碑刻铭以志之。

国中有灵邱，尤瑰宝之所聚也。世间一切乐事，无不具备。生挈探珠、凝玉二人，并驾遨游。始入一园，曰"乐园"。佳木葱笼，芳草绿缛，花卉纷繁，绮错绣交。中有一树，曰"生命树"。为世人生命之根柢所托。始祖亚当、夏娃曾居此园，逍遥自适，绝不知人世间有所谓生老病死、离别悲痛者。自食果违命，遂驱之出，由此遂失"乐园"。"乐园"之外，有护法神曰"计罗宾"，以焰剑指挥，正当路之冲衢。如有进园者，均不得入。生之能游此者，盖以奉王命故也。

距灵邱十数里许，曰"妙台"，餐花二仙姝之所居也。仙姝为晋宋间人，一曰妙华，一曰妙香。以清净身虔修入道，朝夕餐菊花以长生。民间善男信女，奉以香火因缘，喜舍金钱数十万。仙姝即以其资筑一台，高耸层霄，雕甍焕日，画栋凌云。东西南北，广约十亩，纵横数百丈。其中雾阁云窗，备极华丽，几于迷户重门。或以比阿嫫之迷楼，横波之眉楼焉。二姝既绝世缘，讽诵金经，迥不与红尘中人相接。生往参谒，仙姝初不之见。重以王命，乃延之入。妙华与生寒暄数语后，即谓生曰："观君颜色非从愁城中来乎？住于城之西隅者，有曰阿珠，天下之善愁女子也。其容窈窕而妖冶，其言锋利以便娟。每逢花辰月夕，吉日良时，众皆欢笑，彼独悲哀。啼痕满颊，泪珠盈怀，如琼瑰之下堕，如缏縻之相连。天下之善哭，亦无如彼者也。自愁城遇劫，彼幸得全。乃又变善哭为善笑矣。阿珠现在此间，君亦相识否？可招之至，与君一见。彼之妩媚绝伦，直可一笑倾城，再笑倾国。君如能不为所惑，则道心坚矣。"生曰："凤昔曾耳其名，愿睹芳姿，以释鄙吝。"顷之环佩铿锵，麝兰坌溢，女已至前。生视之，貌嫣于花，肌白于雪，瓠犀微露，妍丽无双。生不觉意为之夺，珠遂与生联坐于左。妙香视妙华差短，雾縠冰纨，雪肌尽露。谓生曰："君今已至乐国，亦忆往时窘乡景况乎？乡之东方有阿玉者，深闺善病，辄自呻吟。容比菊黄，骨同梅瘦。素慕君名，欲图良觌。闻君出窘乡，入愁城，则又为君扼腕不置。今来乐国，何啻登天，彼亦离乡而至此。阿玉自来此间，艳胜于丽华，而肥胜于阿环，不独毫无病态也。君如有意，可携之归。双玉双珠，君俱可坐拥而致之，不亦极神仙之艳福哉！"生但笑而不答。逮玉出，其容与阿珠相伯仲，探珠、凝玉似弗逮也。生辞二妙而行，二妙因命珠、玉随其后，俱归所居。生由是四美具矣，每日必偕之遍游各处，各处所历，无妙不臻，悉可以娱目赏心。至于供奉之维殷，逢迎之恐后，又不必言。比及三年，乐不可支。

忽一日，王宣生至殿前，谕曰："卿荣华已极，宜留有余。且速归故里，慰高堂。"生曰："此间乐，不愿返乡土矣。"王曰："乐极生悲，知止不殆。若流连忘返，终堕迷津。"生始上表乞归。濒行，双珠双玉皆不能从，各以奁中珠玉相赠，洒泪分袂。往辞王，王酌以金波玉液，命自右相解颐以下，各赋诗宠其行。复取一囊赐之曰："此致富奇宝，可世守勿替。"视其囊无底，问何名，曰："贪囊。物虽微，能贮亿万金。"遂诏内侍取金试之，数盈万而囊不满。王笑曰："卿勿讶也！惟其无底，所以不能盈耳。溪壑可满，是不可厌也。"生以其名不雅，辞。王曰："知卿清介，前言戏之耳。"又赐以石，尖圆类心状，黑而欹。曰："此名墨宝。以之压胸，可济囊之所不及。世之衣锦绣，饫膏粱，驷马高车，珠围翠绕者，大抵二物之力居多，但须谨持之，否则黑气透心，不可救药矣。"生以长者所赐，重违其命，下拜登受。绕道而归，幸老小皆无恙。货其珠得万金，购别业于城南，穷泉石亭台之胜，奉父母以居。莳花种竹，对酒歌诗，虽旁无姬媵，而妻梅子鹤，自饶清兴。颜其室曰："小乐国"，逍遥自适，键户息交，绝不出而问世。王所贻二物，终不敢用，贮之秘箧，旋为梁上君盗去。莫知其妙，弃墨宝于河，水尽黑。贪囊误入人手，渐渐学制。久而大小不等，遂不胫而走，天下传其术者殊多云。

因循岛（《淞滨琐话》）

曲沃项某，本猎户，至项，改业读书，文名藉甚，且喜放生。尝经河上，见农人拽一黑猿，尾断足伤，血殷毛革，见项悲嘶，仰首有乞怜态，项心动，购而释之。猿去，频回顾似感谢状，须臾遂杳。

后项作幕闽中，归乘海舶。晨发，日未午，飓风大作，舟人惊骇，顷之，雪浪排空，挟舟而起，高数十丈，陡落波心，众均逐浪从去，项抱木板，任其所之。风益大，瞬息不知几千万里，自拼一死。既近海岸，懵然不知。无何，风静潮落，腹搁于浅渚石上，呕水斗余，良久渐醒。见黄沙无际，草木不生。时值初秋，天气尚暖，脱衣沙际。曝既干，重着起行，逶迤数十里。日已暝黑，月起海中，三坠三跃，大逾车轮，现五色光。无心观瞻，踏月再趋。至夜半，尚无人家。冈峦杂沓，林木渐繁，虎啸猿啼，毛发森竖，腹中大馁，幸怀熟鸡子数枚，聊息饥火。方欲再行，而足力已疲，乃息深林中。四面磷火上下，若相瞵攫，心头鹿鹿，终夜清醒。

天甫明，又行，午后始见村落。居民披发被肩，形状不类中土，而面瘦肌黄，悴容可掬，如久病者。乃趋前问询，言语啁啾，不甚可了。一老叟出问，项以实告。叟曰："君中华人耶？此因循岛之僻乡，去中华九万里，上年有海客朱某亦遭飓到此，居仆处一年，为岛主所知，车载而去。仆因悉中国方言，君无家，盍小作勾留乎？"项喜从之去。乡人皆至，窃窃私语，似讶奇观者。叟罗酒肴，不甚丰腴，而劝进殊殷。少顷，门外有鸣金声，众人皆仓皇遁，叟急闭户。项问故，曰："此县令也，喜噬人，君初至，勿为所见。"生于门隙窥之，见前后引随者皆兽面人身。舆中端坐一狼，衣冠颇整。骇绝，入问叟，叟惨然曰："此地本富厚，三年前，不知何故，忽来狼怪数百群，分占各处。大者为省吏，次者为郡守、为邑宰。所用幕客差役，大半狼类。始到时，尚现人身，衣冠亦皆威肃，未数月，渐露本相，专爱食人脂膏。本处数十乡，每日输三十人入署，以利锥刺足，供其呼吸，膏尽释回，虽不尽至于死，然因是病瘵可怜，更有轻填沟壑者。"项讶曰："岛主亦狼耶？"曰："非也，主上仁慈，若辈能幻现人形，诡计深谋，遂为所赚。"问："朝臣何以不知？"曰："立朝者皆声气相通，若辈又每岁隐赂多金，遂无人发其覆，况其在官之际，仍以好面目示人。岂知出示临民，别有变相耶？"项曰："此类当途，尚复成何世界？仆不才，当为汝等诉之岛主，俾此辈尽杀乃止。"叟曰："君虽心怀忠义，必不能行，况客乡之民，例难越诉，倘遇择肥而噬者，当有姓名之忧。"项中心不安。

次日，不别而行。方欲问途，忽数人来缚之去，径诣一署，惊怖间，见两廊坐卧者，无非当路君，不觉气馁。未几，一官登堂，衣服苍古，幸是人身，冀可缓颊。顾瞥见项，若甚喜，略问所来，项备述前事，忽顾左右曰："此人白皙而肥，精髓必美，当献之上司，必而记功邀宠。"项知非好意，再三恳释，不从。即命以木笼囚项，舁之出。行二里许，众人哗传曰：

"大守来!"遂纷纷避道。俄见仪仗森严,拥一贵官至。鼠目獐头,左右顾盼。见缚者问故,役禀白,谓欲送上宪辕。大守命舁至前,熟视曰:"君项某耶?何故至此?"项亦甚惊,而不解何以相识,因漫应之。立出舆,挥众去,命脱系,呼两骑至,并辔而行。项不知所为,转诘邦族,太守曰:"仆侯冠也,受君大恩,俟入署,再诉细情。"少选,已至。见门前标"清政府"三字,下骑同入,胥吏十余辈肃迎于旁。见两旁隐隐有卧狼数头,心震慑不敢顾视。既入内,侯伏地拜,项答拜。因又问故。侯曰:"仆即河上老猿也,承君援救,此恩终不敢忘。后遇瘦柴生将夺此岛,以余能幻化人形,招之同至,不期岛主信德,感及豚鱼,瘦柴生不忍相负,祗谋方面,现居省要,余以从幕功授此职。今都院以下,大半同群。其尚有人心不甘附和者,则皆赋闲。仆亦每切兢兢,久苦衣冠桎梏,俟有顺便,当送君回耳。"项始恍然。侯亦询来意,略告之,相与叹息。言次,即已传餐,见数狼来,各被冠服,立化为人,与项通款曲,一一曲侯为之指示,则承尉、案吏及幕中宾僚也。揖让入席,笑语雍和,侯独入内,项与众共饮。酒半酣,两役舁一肥人过,裸无寸缕。众曰:"可送斋厨。"项惊问,皆笑不言。俄庖人进一馔。如鸡子羹,群以敬客曰:"此人膏,余等酷嗜之,惟主人不喜。先生之来,口福诚不浅哉!"项惊曰:"适肥人已宰之耶?"曰:"然。吾等公膳,本有常供,此间因主人喜斋,故只日进一人。若大院中,则食人更多。"项惨不能咽,逃席觅侯,始得果腹。

项居署中,郁郁不得志。侯察其意,谓:"机缘未至,归计难谋,苛县历今,余旧属也,彼处山川佳胜,足资眺瞩,当荐君暂入幕中,借广眼界。"项喜,次日持书去,一见要留,宾主颇洽,细察,历亦系狼妖,外示和平而贪狡殊无人理。幸公事甚简,日惟携仆出游,或止宿山中,数日始返。历亦不之责。邑绅某,横甚,强夺邻田数十顷,邻讼之,绅赂以重赂,历竟不直邻,逐之去。邻上控,发县复讯,仍执前断。邻无如何,自缢绅门。绅夜至署,与历密议,设计弥缝之。项不平,请曲直所在。历笑曰:"先生不知耶?绅子现居京要,得罪则仆不能保功名,况妻子乎?且民命能值几何?以势制之,彼亦无能为力。"项曰:"信如君言,则人情天理之谓何，国法王章不几虚设耶？"曰："先生休矣，今日为政之道，尚言情理耶？吾辈辛苦钻营，始得此一官一邑，但求上有佳名，不妨下无德政。直者曲之，逢迎存于一心，酬应通乎百变。上以为可，虽民无爱日之留，而朝有荐章之入矣；上以为不可，则民乐敦庞之化。朝无颂德之碑。国舍有甘棠，不及私门有幸草也。"正言间，省中有飞牒至，言郎大人将赴苛巡兵，著速备供张，厉匆匆别去。召丞尉商议，即让县署为行辕。

次日迁移一空，别居西舍。署中悬灯彩，饰文锦，地铺氍毹厚尺许；寝室则八宝之床，绣鸳之枕，锦云之帐，暖翠之衾，光彩陆离，不可逼视，上下内外，焕然一新。至期，探者属道，迎者塞门，奔走往来，流汗相属。将晚，郎至。炮声隆隆，骑声得得，仪仗数百人，甲胄殊整。其行牌有"粉饰太平"、"虚行故事"、"廉嗤杨震"、"懒学嵇康"等字。项私问小吏，吏曰："此德政牌也。"即见武士数十人各执刀分队疾趋，观者侧目无敢哗。即有十余人拥大吏至，端坐舆中，豕喙虎须，状极狞恶，兵吏皆跪迎。郎置不顾，飞舆入署。项欲晌其所为，从之入门，吏严色拒之，厉至缓颊，乃入。见堂燃红烛如椽，光明若昼，郎高坐，旁立美服者数辈。须臾，传呼"进兵册"。册上，仍付吏员持去。嗣兵官十余人入叩，有进金宝者，有呈玩具者，有乞怜贡媚者。一时许，厉跪请夜宴。共起身入小厢，即有吏出问："有歌妓否？"厉无以应，大窘，遽返西舍，饰爱妾幼女以进。郎喜，面称其能，而厉之酬酢周旋，丑不可状。宴已，众皆退，惟妾、女伴寝，厉则意气扬扬，若甚得意。项颇愤，然顾莫敢谁何，乃卧。晨兴复晌，郎尚未起，有军吏至，请阅操。内史叱曰："大人未起，起亦须餐烟霞，汝何得尔？"军吏诺而退。半晌，又一内史出，传命免操，即放赏，军吏应而去。日将午，郎始起，厉急进膳。半炊时，传呼命驾，左右仓皇，排道迳发。厉等皆跪送之，妾若女赧然而返。是役所费不资，而不闻有所整顿也。项大以为非，即别厉至侯所。途中哗然，厉升某府缺。及见侯询之，侯曰："此邦仕宦，大抵皆然，书生眼小于椒，徒自气苦耳。"

项不愿复留，谋归益切。适海客朱奉王命遣回，侯聚珍宝，为项治装，并求附舟。遂相送至海口，已有一舟叆待。朱与项登舟，海风大作，揖别开帆。八日至琼州岛，登岸取道而返。出篚中物易钱，购田、治屋，称素封焉。

考释

王韬（1828—1897），苏州人。原名王利宾，字兰瀛。后改名为王韬，号天南遁叟等，清末著名的小说家。鲁迅在《中国小说史略》中曾经概括了王韬小说的创作倾向和内容特色，指出"其笔致又纯为《聊斋》者流，一时传播颇广远，然所记载，则已狐鬼渐稀，而烟花粉黛之事盛矣。"王韬本来是依照"聊斋体"创作的，但是纷纭的时势和大量鲜活的内容，又使他的作品不知不觉转向现实。这在他众多的涉海叙事中显得比较突出。

王韬的海洋小说作品，主要有《淞隐漫录》里的《仙人岛》、《闵玉叔》《海外美人》、《海底奇境》、《海外壮游》和《消夏湾》，以及《淞滨琐话》里的《因循岛》。相比于王韬的整体创作，其涉海小说数量并不多，但是却很有特色。它们拥有四大特质：一是《仙人岛》《闵玉叔》和《消夏湾》这样体现出积极主动进行"大海行"的姿势；二是《海外美人》和《海底奇境》等作品积极开拓海外空间的叙述；三是《闵玉叔》和《消夏湾》等作品中对于海洋"政治避难者"形象的刻画塑造；四是《仙人岛》等作品所显示的对于仙人岛等传统仙语题材的世俗化叙事处理和海洋想象异构。凡是这些，都可以证明，王韬涉海小说具有很高的艺术和思想价值。

九十五、[清] 老骥氏《大人国》

中国老骥氏《大人国》,《月月小说》第六号、第七号、第八号连载。光绪丁未二月发行

老骥氏曰:诺汀海靴 Nottinghanshin,予产地也。予父业航海。因有少积蓄,生五子,而予其三子也。昆季四辈,咸继父业。予独习岐黄。非故矫同,士各有志耳。予年十六受业于赵孟白先生 gomosBartes。先生家伦敦,治外科学,刀圭所及,立奏奇效。其全体解剖术尤为遍,伦敦医院所仰为泰斗者。予负笈相从,积四年,学少成,售技江湖,冀得一当,往来东西印度者六年。一苇之航,随遇而安,寻常旅行而已,无足以传者。然眼界之广,胆气之豪,脑筋之灵,未始非从寻常旅行中历练得者。

恩太洛(船名)船主 Antlep 威灵(名)拨列楷氏,为予父执而数以青眼相属者。拟游南冰洋,穷其极,以博世界之荣誉。挈予行。予亦乐与之偕。乃于一千八百九十九年五月五日从白列斯托 Bristol 起碇,是为予航海发轫之始。

是日阴霾弥室,气象惨淡,天若妒予辈此行之成功,而将以此奇惨现象,故泥予辈行期者。将发,天色更晦,时针指十一下,已届预先报告海部之出发时刻。同港各舰咸升旗燃炮,遥致颂辞。一声万岁而光明世界骤变黑暗。市街特燃电灯以照行人。恩太洛及同港各舰亦开电机燃灯。此时惨淡景象,虽铁石人亦为恻切。况船面舱中,握手脱帽,依依送别,更有令人黯然销魂者。予故寡交,亲串又素不予喜。兄弟四人,先已长行,故帽影巾风,独不及予。予亦雅不愿有此世故之周旋以碎予心。然有意无意中已拭鼻数数矣。

同舟执事船主以下,并予为三十九人。予为船医员,他事例不与闻。船既发,清闲特甚,予仅藉《割症全书》以消遣排闷而已。

357

海天一抹，机括声琐碎。予欢跃，抗声歌海若之曲。时波浪声机括声，若与予相合答以助予兴会者。

乐已极矣，悲将至。船过东印度，飓风大肆。先起于西南，渐肆渐狂。黑云低拥，白浪高翻，船身欹仄，几横卧于浪花雾縠之间。风渐杀。沿东北去。迄万敌曼岛而止。恩太洛幸出险，而舟子十二，力瘁而逝者五，风卷入水以罹难者七，余者亦瘁而病。予悉心为看护。是役也，如天下福，十二人外，尚无他妨碍。船身亦未大损坏，少缮葺，即又开驶。

同舟有雅教门徒，念同舟谊，为罹难者顶礼，开追悼会，声凄恻。不自知其所以然而令予心动肉颤者。予非雅教徒，亦效其态，默自祷曰："上帝乎！佑予！并佑予友！毋令予与予友蹈是役故辙者！"噫！还忆昨日歌海若之情景，其哀乐当何如哉！

船再进，亦复平安。至十一月四日午前七时，甲板上人声大哗，机轮亦止而不前。时予适盥漱，手持齿粉、磁缸，口衔齿刷，急问左右以何事？而齿刷因以墮，即手持之磁缸，亦扑地铮然做声。左右相顾愕无语。予震于前日之役，急趋甲板以询，知是日大雾，笼罩洋面，前路迷茫，正无所措其手足，而相议以坠锚耳。

锚下震然，船悠忽如醉。舡人知有礁石适当其冲。以量海器测之，长有三分埋耳（英里）之二。风又大肆，雾亦浓厚，苟不设法远去，恐风浪急，少有击撞，船将粉斋。舰长发令命舡人六，弃舟入海，拟探其延长，而设法以绕之。予故选事且恃幼年曾习游泳术，首告奋勇入海探险。舰长喋喋慰予止，予颇不耐，固请而后许。衣履帽悉去之，穿入水衣刺身浪花，犹闻舰长作叹息声，呐呐不已。意予幼年练习游泳术时曾有易喝采而叹息者乎！虽然此一转念间，予气因之以馁焉。予气既馁，遂颇悔此举之孟浪。且海水冷彻肌肤，连作寒噤，一呼吸间，口齿震动，海水乘隙入口，涓涓不已。至是，予尚欲强自支持，而耳目惺忪，势将迷惘。即攀援登小艇，缘梯登舰。舰长虽不悦予，尚不以辞色相对，顾予令易衣。予趋去部署而出。

噫！上帝乎！此何声乎？彼舰长何为乎严装持舵，兀立船桥，目注海水。有呼号声出自舰长目光极点，而其声浪曲曲，直印予耳鼓上，至今犹霍霍若有所触。予脑经震撼，心知有变，急出手枪，挤至船舷，注目于舰长所注目处。则缕缕红波，逐渐翻腾，意必有狞恶之水族潜伏以残予伴侣者。

正疑讶间，猝有风自北来，银浪山堆，冲予首以过予。因以颠首触船舷，痛而踣，急踊起，忽有巨浪自上压下。予惊呼，身已入波心矣。及泅起回视，而恩太洛已杳无踪迹，仅见铁叶木片，逐浪流去。噫！恩太洛为予宗国头等兵舰，吃水马力均占最优等级，波臣何怨而甘心于予恩太洛乎？

兵舰固已矣，予之亲爱无间于予之舰长威灵拨列楷氏及予同舟共济之伴侣其安否，虽未可知，然可逆料其无完全理。

于斯间不容发之际，予性命托诸于予一身，予即以心问心，默自戒勉，尽予力以救予命。予因无他计，仅借波推澜助，尽力游泳，以视予幸福之何如。

予惫矣。予濒死者屡矣。泅里许，风少杀，波浪亦略平静。惟四顾茫茫，水天一色，正不知若何而后已。至此，予力已极，万难再泅，乃默祷上帝而仍尽予力以游泅。

噫上帝乎！毋宁使予七尺等诸水沤乎？不然舰中救生带种种何无片只为予凭借乎？噫予实不能有十分钟之苟延矣。

一巨物庞然冲予。手以过急握之不得，顺流而去。意或水族未之予见，不然行且充其腹。忽巨浪一裹庞然者，滚滚复来，予急转泅以避，而力不能逮。计惟有待死，且死于水死于兽等死耳。死于水终必葬兽腹，毋宁死于兽，犹得于予魂灵未泯时，长一识见。

一瞥，物已至前，急挥去予睫毛之水而游泅，仍不少息，意将达予增长海底识见之目的，以慰予灵魂者。

帅父！帅父！凝睇之，果为予舰之救生艇帅父号也。(帅父救也) 谢上帝赐！谢上帝赐。噫，上帝不啻以觺腾花园割爱以赐予也。时予力滋长，亦不自知其所以然，急前手牵之，牢握不少宽，但艇小为波浪倾覆于水。

私拟倘能使仰，予命当不至殆。水猛力弱，百计不得施予力，使帅父仰然。予此时以予性命付诸帅父，较十分钟前托诸予一身者，当有把握也。正踌躇间，风又作，觉予身之随波逐流而去，又不知其为几千万里。虽然苟无帅父不知作何景象矣。此予所以万死而不舍者。

轰然一声，予紧握帅父之左手，麻不能转侧，且流血。急舍帅父，昂而视，见有陆地。帅父激撞，故发大声，且震予手。

予尝读大文豪斯密斯氏《自助论》而交哄于内不能决者，负疚心与不慊心耳，今始恍然矣。予不赖自助何以遇帅父？何以得陆地？何以苟延予性命于微秒时间？虽然此陆地果为安乐土耶？果由帅父而获此安乐土耶？予固不能无所踌躇。

噫！予登陆矣。予觉今日所历种种艰苦，尚不至尽付洪波。顾此去若何，亦难逆料。不知尚有此等一刻万变之艰险，以厄予否乎？噫，予于今日，盖不啻度一小年矣。

予攀援登陆，身寒抖，足趦趄，跬步数退，惫甚不能支。然周予身为荆棘，无七尺隙地以容予甜睡片晷者。噫，才离风波又履荆棘丛矣。

予披荆棘，行且却衣，履且裂踵，决且流血，颠沛万状，谋少憩息而心惴惴焉不自安。噫，进固茫茫，退亦夐夐无已。曷自勉以趱，或遇一二土人来相汲引予，且震慑以英伦国家之威望。予且夸示以英伦国旗之光耀，予且杀其酋而酋之，予且没其藉而藉之，予且归英伦而君王加予以特别之褒赏，予且见英伦之同胞宠予以非常之欢迎。嘻，予且为英伦董狐纂入冒险家之列传。

脑中辘轳起落万状，而足下步履亦如其辘轳之脑，至忘情于经历之远近难易及身体之冰寒水湿。嘻！何愈！予语未毕，予已酣然矣。盖予尽数日数月之脑力体力，提拨于今一日而耗费之，至有此不堪设想之困愈而演此不可思议之睡态。

"哼哼！"予气闷甚，启目四顾，平坦无垠。予固只身卧荒郊也。时日色平西，光线返射，目帘为之羞而启闭。再再默思，予岂未睡耶？何犹是日色平西时耶。顾登陆时，月色已半吐，今不类。毋乃睡久至一昼夜耶？

"哼哼"，何气逆乃尔耶。

何物蠕蠕然堵予口？予懒起，以手挥去之。旋挥旋堵，予呼吸不自由而气益以逆予，方悟所以至予气逆而哼者，必此蠕蠕物。予乃以手蔽落日之光线，极目而视，不觉骇然，怪而起，盖蹴近予身者，为历史所未见、地志所不载、山魅木妖所不能比拟，而予有生以来仅闻仅见之一巨大长人，举其足指以堵予口也！噫，此巨大长人者，人耶非耶？人类而畜生耶？畜类而人生耶？当留以质人种学家。

予起立，狞视之，将审其意之良否而对待之。久之，予意黔驴固无技者，貌足以惊人耳。

大人修十二尺半，腰围六尺，目睒睒然生额际，眉善动而长，睫毛三寸许，覆及目，颇障碍其视线。予恐大人职此之故，或有颠倒黑白者。

予祖国尺度，如予亨理王第一之臂以为制者，苟用以度大人肘，当得三幅地有奇。手尤大如箕，运动颇灵敏，故予虽初遇大人，而确知大人之具有特别手臂者。

Toolach Binlin "讨兰契并龄"，并龄并龄喋喋语予。予莫审其意旨，木立不能答。彼又作种种语，若解说其意味以示予者，仍不能解。则又咕哝若微愠而憎予愚，予窥其意良不恶，疏予备并袭。对待聋哑法以对待大人。作手式代予言，大人略有见解。予始以予两昼夜来与予身命有密切关系之第一问题以丐大人。

噫，予所谓两昼夜来与予身命有密切关系者何为耶？噫，读者亦知予之饥且惫矣，今后之身命恐迫于饥寒者什七也。予轮肠盘转至再至三，而末后之决策，则以脑颜于大人，充其果腹之下走而已。噫！江东父老其亦谅察否耶。

予以手就口，状予咀嚼，并指腹，又以手支颐作睡状，又指地而示以意，予意固求一盂饭一席地耳。大人顾予歆首，凝思久之，点首似会予意，即举一足以堵予口，如前状。予恶之而未审其意向，又不敢拂，致逢大人怒，且重以盂饭席地计，又不能不忍受，而大人固欣欣焉者。

大人招手欲予偕。予正怅然无所之，计亦良得，然心固不能无戒备，而意犹不能无徼倖者。意予多所负疚，致为普通世界所不能容载，而上帝遂借端以流予于此荒僻无名之岛以赎予愆。上帝又若悯予而特留此大人以为予地。念至此，予又諤諤然。若大人果为予适馆授餐来者。噫，此岛果为荒僻无名之岛乎？大人果为无名岛之土人乎？大人之性质行动与予相乖否乎？此又予一转念间所急欲研究者也。行行复行行，大人顾予前指，若示予以前途匪遥者。予瞩目四周，则空旷依然。不数武，大人忽裹足，指一穴示予，令予入。予不敢轻进，致迷退路。大人会予意，先入，令予止而俟之。至是予始知大人固为穴居者。

予逡巡穴外，进退无以为计。俄顷，大人复出，诘謑语予。语未竟，有大人三辈出自穴，装束一如前者，而高大逊之前者，盛气作呼声 La "赖"。后至者趋，前屈一膝，作一足舞。前大人顾而嘻即止。三退三进、趑趄趑以捧大人足。大人亦举一足以与之，任其摩挲嗅弄，相与拊掌而止。予意彼俗故尔者。虽丑态可发予噱，而习俗相沿，彼亦相忘其为丑，如予英伦及全欧普通礼式之握手接吻，予固相忘不自觉矣，然苟入此辈耳目，当亦莞尔以嗤为丑态者。

予凝效其态，以与大人周旋。虽心厌其丑，而为盂饭席地心胜，故试效之。趑趄进，将摩挲前大人之足，而吒嗟声骤发，后至之三辈，跃起止予。予愕眙却立，三辈又窃窃私议，若怪予之无因者。

前大人顾予笑，授予以足。三辈侧目睨予，乃作丑态如之无少愆仪。

托而孤勃雷 Lolkon Bala！一种宏大严厉之声，组织此无意味之字音，而发于后至三大人之喉，至今犹震铄予耳膜，收慑予脑筋，而霍霍若闻狮子吼然者。当时可恐之状况为何如哉。顾前大人厉色呵，则又瑟缩伏如猬。

大人复指挥予相将入穴。予从之。穴口广丈，历阶级凡九而及地，阶每级相距二尺馀，大人蹴之殊易易，予颇难之。大人提携予幸免失足。然循阶时登高望下，固竞竞如将引致予于阿鼻地狱然也。盖其黑暗有不可思议者。

既入穴者，则甚旷，动用件多目所未见。间有中古历史中曾寓目者，质以木石为之，式殊古茂，不类野蛮人种所结构。意者中古高人避地于此，而遗种留传，久遂相忘其本来，致淆其喉舌，变其体骨，以酝酿此一般普通世界所未有之大人。

穴中燃大烛二以取光，凿二小穴于大穴旁，承以竹木如簾溜然，意为天雨取水者，腊货累积，多鸟兽肉，皮骨齿牙堆如陵，知大人恣啖无度，而不以杀生为意者。虽然饿鬼道中实无他法以谋生。大人取虎皮一袭衣予，腊货一脔食予。至是，予栩栩然两腋生暖，感大人且不朽，予私自慰曰："大人衣予食予，提携予，大人其为予前日之帅父。"

予瞬目自顾，予居然一大人中之小人也。大人有耳目口鼻，予亦不缺其一。大人衣皮食肉，予亦尝试其一。顾五官之位置及四体之距离不相类。大人或将疑予，不相引以为同类，则予其为累累堆积者乎。设有术可以予不类者强类之，予亦何不乐。衣皮食肉，坐井观天，如是者数日，幸相安，惟语言格不相入，殊觉闷损计，惟学语，他日或不幸长沦于此，亦不致受亏过甚，即幸而重返故国，亦断非朝夕坐井观天可以遇救者，且眷予者一大人，而耽耽于予者三，脱有相轧，予必暗受其残毒。予于是随口学语，以罗马拼音法谐声会意，逐日累积，略得其意旨。居有日，虽不能簧鼓予舌以相酬答而讨兰契，Toolach 并龄 Binlin 托而孤 Tolkon 等等固已领会无少误矣。

托而孤者，酋长也。予首见之大人即为酋长。其三者则其部下。酋长初见予，语予以讨兰契并龄者，即野人何来也。噫，予渐谙大人语言矣，予将因其语言以研究大人之习惯而为非大人之大人。

予既熟习大人之语言，部下渐与予狎。酋长尤与予欢。予因以得研究大人之性质，而脂韦以奉之，股掌以玩之。

噫，予不见天日者，忽忽已不知几何日矣。倦则卧，饥则食，相厮相守于此黑暗地狱。噫，英伦男子固惯吸自由空气者，何能耐何能耐！

一日，酋长易新虎皮一袭，携竹杖叩窟之一壁，呼曰巨灵。壁破，一巨獒突出直扑予。予不及与格，颓然倒地。酋长喝之止，命其部下之一，掖予起，并摩巨灵之首，若与作戒记焉者。予虽惊魂少定，而巨獒犹睛突齿露，咽其馋涎以睨予，予喘喘不自安。幸酋长携巨灵，历阶出穴，匆促若有所事者。酋长去，予与三人语。三人一为白鲁，一为希玛，一为生的末特。而三人中尤以希玛为最狡黠，时予与土语，虽不尽解，而耳听意会，颇能得其八九。

谈次巨灵，予色变。白鲁曰："何馁讨兰契？何知乃公事。酋长有巨獒，予等独无之乎？顾不及酋长所蓄者猛耳。本土共二十二穴，穴有酋长及部下数人。人有巨獒。獒猛能捔多兽以养多人者即为之酋。不然，予等与酋长等耳。而伈伈俔俔，日行捧足礼者何哉！"语未竟，希玛起立叩壁，獒三头距跃出。予骇极，奔及阶，历三级而踣。回顾三獒将及已，幸白鲁唉之入壁，而希玛又来与予周旋曰："试君胆力。"

予心房跳动，血管舒张，知将因以病热，予虽医，医而病，病实不能自医，盖予专习固在彼不在此也。

噫，予头晕，予目亦眩，予诚病矣。噫，上帝佑予哉。予既坐困于此野蛮酋长之穴，予又见恶于野蛮酋长之部下，予苟万安，或设法出此陷穽，而犹虑他穴之二十一酋长、二十一酋长之部下，以兀予矧构此热病乎？口喃喃不自已，而耳犹窃窃听酋长之蹄，将捧足以欢迎之。盖即希玛所语予者。

良久，酋长肩荷死兽，巨灵后蹑，盖猎兽归。白鲁等抚摸唤弄其足如昨状。予将起，勉行其仪式。希玛语酋长数四，酋长点首。希玛即过予前，举其足以与予，将令予以彼所行之于酋长者取偿于予。

希玛初本妒予，今并知予怯，于獒尤甚。乃谮酋长，而以予为酋长属下之属下。虽然予固寄居篱下肮脏磨难，姑听之，惟默自祷告以忏悔予罪愆而已。

予病热，予并前此种种经历之艰险、身受之辛苦，乘隙臻至，自踵至顶，遂无几微肤骨完全无楚者。

噫，予肤何灼，予骨何楚，予将劳予手，解予衣，以按摩予肤骨。噫，予衣固离，恩太洛至今未尝一解者，是宜病是宜病。

奇！奇！奇！是何物弹囊耶。今日实非病热，前此乃是梦魇。不然何累累若此而犹未知耶。犹忆予于恩太洛时，见船长戒备，曾携手枪及弹以备者，迷惘时未知若何，今弹犹在，而手枪何往乎？试摸索，则固俨然倒悬于衷衣之皮带也。

塞翁失马焉知非福。予不病热，则昏然万不及肤骨，而枪弹何以发现。噫，方寸脑衣七尺躯壳之上，久久搜索而不得者，何耶？上帝乎！其以予罪愆之未尽消灭耶。

予于意外得此手枪及弹，予将据以为宝贵之护身器械。盖予困守此暗无天日之穴中，所以不敢出此一步者，恐此外危机之潜伏有较甚于此者耳。彼巨灵之怒睛毒吻，非甚可恐乎？希玛之恶智慧，非甚无理乎？二十一穴之酋长之部下之巨獒，又不知若何矣。予正幸予之未曾踰此一步限也，至此，予惺忪不自宁。

彼呼呼者何耶？巨灵来耶？否否，酋长呵欠也。噫，予何患！手枪固在，枪弹亦充于囊。予将首洞巨灵腹，潜及他獒，袭其皮以与酋长及希玛等，烹其肉，调五味以奉酋长及希玛等。嘻，酋长所恃以四出掳掠，朘剥脂膏，恫吓众生者，予举以毙之。酋长斯亦傀儡已耳。独不惧为巨灵之续乎，希玛等何论乎！至此，予又跃跃不自胜。

转辗思维，喜惧交集，烛光摇曳作深红色，烬长寸许。酋长等悉入邯郸。予既不能成寐，予又不能强支。热甚，渴甚，躁尤甚，转侧尤甚。

如是颠倒梦想，予实不自知为睡否。惟汗浃于背，而躁热逐退。强自支起，遍索衣，恐更有意外之意外储于中，然迄不一得。意予恩太洛易衣趋出时固未遑他及也。

予起觅食，穴中无他啖，兽肉生咀而已。酋长及希玛等亦起啖。时予既发见枪弹，予气已壮，将留意暗窥酋长出否，巨灵来否，而酋长辈饲獒否，盖予悠忽不知处此者几何日，曾未一睹酋长辈之饲獒，岂獒亦有术以辟谷乎？

酋长未出，巨灵未来，亦未饲食，甚怪诞。予将以探之。予乃以种种方术与酋长辈酬答，而酋长出猎，巨獒不饲之二大原因，乃昭揭焉。

酋长每出，必大猎以归，所得储作数十百次果腹之需。既尽，则又如之。故不恒出，出必为口腹计。所猎诸具，不问美恶，洗剥皮骨剐肉以悬穴口当风处，故腥风常拂拂也。惟猎件之脂膏，则另储一处，专恣酋长啖。希玛辈弗能染指也。

穴之大人，赖无口腹患，二十二穴所畜之獒，亦无不狰狞肥大，惟有反复性为獒之缺点。盖主盛则趋，主败则去，甚或有反噬其主者，噫，獒亦何贵乎。

予既得此二原因，予气又馁，予又不敢踰穴一步，恐獒猎以及予，予且为獒食。然枪故在，当不至有他虞。第予实无试枪地，予不能知予枪之利用否，海水浸润，盐质黏著，或少锈蚀，而弹药如何，更不可知。发而不中，将速予患，是宜缓。自是，予俟隙，摩挲手枪，考验弹药。枪本虽少生铁养，然无损弹线。弹药已经沾湿其半，仅存完璧廿五，予逐一检出。其沾湿者，亦留以试验。闭户坐食，势难持久。酋长又将出猎，叩壁呼巨灵，久不出。酋长知巨灵之自往猎食也，听以俟之。予甚疑巨灵之来何飘忽，去何奇特，意者壁外有穴，穴外有路，各不相涉者。叩之酋长，曰果然。

久之，酋长复叩壁，巨灵特出，仍暴睛以睨予。予固有恃无恐者，玩视之。希玛辈罕然，予亦不之顾，酋长亦不予顾，仅奉足以与希玛等如式作礼，引巨灵以去。予乃决意戒备，以予宝贵之手枪，实以完全宝贵之药弹，视希玛而笑。时予自觉骄矜无礼之状况，实非英伦文明男子所宜出者。

予目的全注于巨灵，拟乘其归，突出击之，然予亦不能不自筹一不败之地。为一击不中计，彼乎此乎，实无可以为予固隅计者。目流盼意，亦踌躇。幸白鲁辈不予深察。予终得达予之目的。

予于穴之一隅，阶级之旁，隐身以俟，设幸而击中，予可专注前面。其左右后三面。可无虑被袭。设不获中，则越阶以遁。进可以攻，退可以守，予亦何患乎。彼獒足音跫然，白鲁将起迎，予知酋长归，益戒备，目光不旁溢，竟集阶级而持枪攀机以待。

顷之，大人自穴口踽步历阶而下。才及半，巨灵亦探身下，予急拨枪机以冀完全予之希望。噫，予于枪机拨动时固犹有是希望也，孰知予一举手而心战手抖有不能自持者。

无声炮耶，十八世纪新发明耶，何以枪机霹雳而枪弹独不轰发？噫，彼猛鸷之，巨灵何犹狰狞以瞵予耶？噫，弹未出，巨灵故未死。予急旋机再发，而失败如前。至是予觉前此种种希望，悉归乌有。而后此种种效果，亦复难图。方寸碌碌，幸酋长不知予何所作而行若无事。然予心犹不甘，将再发其一，以侥万一之幸。两发失败，俄延既久，时机已去，巨灵正啖常例食。常例食者，酋长以猎获者分其百一以为酬庸。盖每猎必获，每获必有此食，故曰常例。巨灵据以大嚼，旁若无人。予心衔之，转觉彼畜若傲予以无能为，而炫彼之危机已过者。予故以第三铳相饷。

铿然一声，铳第三发而巨灵忽不见。酋长以下四人则相继倒地若中予铳焉者。予不知予铳之何以不中巨灵而中土人，且一铳而中其四，正疑讶间，巨灵自暗陬突扑予。予急避，再旋机将发第四铳，而巨灵忽回顾四土人，略一踌躇，跳跃遁去，忽壁间骤出三獒，即希玛前日所嗾以侮予者，将奔予，继见四土人倒地，则亦相继跃去。予拟逐而铳之，又恐枪钝见制于獒。

予袖枪先视酋长，反覆不见有细微伤。次视白鲁西玛等亦如之，惟口喋目瞑狂嘘而已。予知其怯，震于铳声以倒者，非伤于铳也。历廿分钟，生的末特先起，次希玛，次白鲁，而酋长起最迟者。

酋长等起，相顾愕然。群莫知其何声，并不知声自何来。予笑，示以铳。群曰："纤纤者发是大声耶！神耶？怪耶？"予告以铳是为杀人之器，群相喷喷。而希玛独垂首若有所思，予莫测其意旨。

予知大人震予之铳而有所慑于予。予将恃予铳，尽杀此岛之猎犬，以翦除此岛大人之牙爪，顾不知此岛究有若干穴，若干人，若干獒，而予仅存完全之二十二枪弹，恐未必适数于用。而二十二弹中，恐难保不再蹈两发失败之辙，果尔以平均计三发一用，则二十二弹中可用者仅七耳。矧射不中的者，比比也，有备无患，予服膺此语久矣。故必谋万全而后发，不然弹尽铳折，不惟不能生还祖国，抑且不能幸逃此窟。予默坐，枯索予脑。彼大人亦与予状，若与予有同感焉者，而于希玛尤甚。

予悟矣。予即起，遍寻第三发之弹丸，得之，储于囊，更举予所意料无用之弹，实诸铳，一一试放，计弹三十二，而发声者仅一。予又检发声之弹丸，与不发声之弹，同储之。

时予实告大人，以将发大声，故皆先避穴外，虽亦震倒，而移时即起。大人入罗拜予而恳予以勿再作声。予诺之。予初非欲迫大人，仅欲借以威大人。俾俟全功告成后，树予英伦国旗于此大人岛中，令彼伟然者拜伏于予英伦国旗之下，而世为予英伦大皇帝不侵不叛之臣。

予目的虽未达于完全，而巨灵逸、大人慑，威望已立，惟枪弹无多，尚未敢出猎穴外，以探他穴之虚实。顾弹药亦悟得改良法，少迟时日，当可破壁飞去，意暇心逸，脑气充固，鼾然高卧。盖予素不以蠢然者为虑，孰知蠢然者亦具有机心而将以盗予。

予梦未甜，觉有窃窃议者，倦甚，亦置之。不倾刻蛰然有声将及予，予觉，半目以窥，则希玛蛇行来，若甚恐予觉者。予知彼为铳来耳。予乃手握铳机伪睡以俟之。

希玛及予身，覆予囊，并牵予裾，铳现将掣以遁。予急拨机，弹出，洞其肩，希玛倒地卧，血奔注射予面，血腥而冷，令予作寒噤，视酋长等亦震倒不能起。

酋长醒，视希玛，知已被创，求予恕，谆谆誓以不复反。予领之，乃检起弹丸，令以兽皮裹创，静候其愈。予意修伟若彼，而区区者断不致戕其生命。孰意希玛固不经大创者，盖已奄奄一息矣。

予雅不愿希玛之因创死致结怨于大人，而予孤悬之生命，亦因以加危。幸予曾习外科，知割症术，将以医之，但苦无剂药，非片刻可以奏效者。予乃嘱白鲁辈，时为看护，以期速痊，而孰知彼种固离心离德者。

酋长、白鲁、生的末特，视希玛病，亦不甚为意，惟皆踖踖，如有不安，揣其意，非为希玛忧，而为予惧擢者。予恐于予有所不利，乃利用予私智小惠以要结之。

希玛病渐瘳，甚德予。酋长亦狎予，知予非蓄意以恐彼者。穴中四人均威伏予。予又令出穴外拾草担水，予则煮肉以食之。自是大人益奇予。

予处穴中，实不知为几何日。虽酋长辈与予相狎如家人，可无倾轧虑，然终不敢出穴外一步，恐他穴大人蜂来甘心予。虽大人不足虑，而助虐之猎犬，实非予独力所能制者。况弹药亦不尽可恃乎。

予困守穴中之第一目的，则研究弹药，以为制伏毒獒之备。其第二目的，则为制伏毒獒后别开大人衣食之来源。

酋长、白鲁辈，趣予为谋食，以巨灵被逐，无为生利者。予为设谋，租借他穴之獒以供驱策，而以所得之什三，以为租借者之酬值。酋长如予教，因有所得以济枵腹。据酋长云，岛中有无相通实于此始。至是，予为大人谋衣食之计愈急，而制伏毒獒之心亦尤切。

大人性懒怠，然予试令生活，亦能从予命。予令掘土置大甄，以竹管通其下，煮使沸，而竹管溢出之水另贮之。大人不知予之所为，来叩予。予绐以将煮美味以饫之者。皆大欢喜，距跃三四，又捧予足，抚摸不已。

予恐希玛狡，将窃而倾之。又绐希玛曰是能发大声如予铳，而伤人更甚于予铳者。穴中四人兢兢不敢近予所煮之件，而又窃以盼予所煮美味以解其馋吻。

检点弹药，其完全可留以备用者，贮于囊。其也已沾湿而不能轰发者，则击去弹丸，倾其药于釜，与竹管溢出之水并煮之，辗转熬煮，复裂予衣以漓之，一二三，最后之结果，则得纯白颗粒如盐者。

谢上帝贵赐！呼英伦万岁！盖予生入玉门之希望，而英伦新拓版图之荣誉，胥赖是纯白色之颗粒也。噫，何物！

镇日劳劳拾薪担水者所以勤，狡者所以诚者，盼予之有美味以贶之耳。噫，予实有负大人，予实有心以愚大人。盖予利用彼之拾薪担水以佐予成功者，大人之力诚非浅。

予试以纯白颗粒，与一种黑色炭质，碾细如粉，估摹分两，装置弹中，而实以丸。一一装置，计数得三十二。合以完全未经沾湿之弹，则约五十七。而予制炼剩余者，亦复不少。惟黑白依然未经配合耳。

噫，白者何耶？黑者何耶？近世军事界将以为予有特别新发明之爆裂药耶。噫，予何能！

弹药罄矣。予非得有弹药，难保不充荒岛蛮人之腹。予固知制炼弹药法，惟身处荒岛，一时何从得其材料？遍察穴中，无有合于制炼弹药之物质。惟闻化学家有以泥土提取硝质之法，因取以煮之，合以沾湿之药，并釜熬煎，而最后之胜利，果得纯白如盐之颗粒，是为弹药必需之质曰硝者。

大人非争为予拾薪耶，予检选其薪，炙成炭，以代普通制造弹药之柳炭，是即黑色炭质与硝同碾如粉者。

弹药既告成功，狡兔之窟已得其三，予将出猎，以示威于各穴，而相机进退。惟本穴酋长等馋吻未饫，恐失其欢心，故勉煮肉食以食之，以固其信望。

予将出发，予告大人。大人愿与予偕。予示以铳曰："是将发大声，恐以惊汝辈者。"咸咋舌，为予捧足欢跃而去。噫，予固为酋长捧足矣，白鲁辈既曾妒予，而希玛又曾迫予者，今乃反是。岂尽为口腹所累乎？是亦大声有以恐之耳。不然，予终且俯伏于四辈之众下矣。噫，孰为可无声援者？

予历级而上，意殊快适。既出穴，则风景半非来时矣。暖风拂袂，芳草袭人，盖予蛰居穴中，已历冬而春，忽忽如在梦魇中，曾岁序变迁之不知。

举目四望，荒草丛树外，兽蹄鸟迹而已。极予目光之点，则一片汪洋，犹认东极荆棘丛，为予舍帅父登陆之捷足处。予徘徊瞻望，乡思重叠，几与大海波涛同时起伏。一时触目入耳者，不以为帆影橹声之来相迓予，则误为航海遭风者之来作伴侣。其思想之奇，希望之切，达于极点。而予此行之目的，及其成败，则转若相忘于无事。

峭风拂面，脑筋冷然。寻仇猎犬之思想，曲曲从脑纹中舒出，而予气又突壮，摩挲予铳，逶迤以进，但不知彼獒深藏善固，复得大人之荫护，而孤露如予能得踪迹以仇之否乎？

狂吠声狺狺应空谷，予寻声伺之，固有一穴，如酋长居。穴中声庞杂，若有数十獒聚处者，予犹不敢造次。猱升穴旁，树曰榕者，将俟其出，一一以铳杀之。居有顷，一獒出自穴中。视之，巨灵也。后尾者，计十七。而白鲁辈三獒，亦与其列。予发铳击巨灵，巨灵应声倒。又连击其四，亦皆踣地。其余十数则垂尾急急而去。所谓丧家之犬者，殆无以过。

予涉此岛，以希玛之病，而知土人无团结力，以巨灵之死而知穷凶之猎猱，亦无此团结力。噫，猱固无知，不足深责，彼巍然无匹之大人，顾血冷等于介族耶？予于此心又灰。万一此岛隶予英伦，而后之涉此岛者，误以此岛为予英伦之代表，则予英将受不白，予英且以被辱。顾予不为英伦扩张荣誉计，独不为予保全生命计乎？大人易与耳，其綦养之猱，难保不噬予。予不除猱，猱必不予以安全。而予断难安居此岛以待援。转念及此，乃自树巅下，将以穷追之。其巨灵及他为铳射之猱则置之不复顾。

东西南北，予迷不知处，仅一日出日没为予之南针耳。傍徨奔突，迄不得一人足兽蹄迹，而夕阳半落水天连接之处。予意气少沮，拟归以探酋长及白鲁辈，或可踪迹彼猱出没处，而亦可少息予劳尘矣。

归途缓缓，担月迎风，萧然自许为海外神仙焉者。

行及穴，觉穴口足印复杳，历阶下则粪土狼藉，掘地遍作高洼，而器具腊货纤悉无存。噫，既无可以厕予足，又无可以充予腹，与予初入此岛，无盂饭席地时情形计之，固无二致。

噫，大人能给予盂饭席地，大人又能夺予盂饭席地。大人手臂运动之妙，有如此者。顾予有枪，非不能猎以食；予有力，非不能穴而居。所踌躇者，大人或窥予隙，以乘予猎猱，欺予孤以迫予。予四面受敌而以双手当，恐势有所不及耳。此坚壁清野之计，岂土人亦知战术乎？予料蠢蠢者，食肉相耳，必不出此，或有狡黠阴鸷者以左右之。

饥肠辘辘，忍以待，将俟晓猎而充腹。兀坐阶级，叉手观天。而是夜，星斗又转移，故迟，幸睡魔不来相袭，尚可勉支。予俯首思索，予之所以不窨土人者，正为予衣食计耳。彼性情狡黠，手段灵敏。至此，予必侦得其穴，以彼之窨予者窨之。

晨光未晞，予即携铳出，遍觅飞走，不得其一。腹又负，折至枪击巨灵处，将取食猱肉，则又不知何去。腹馁力自败，行又蹇，不得已，就寻他穴，先求一餐，以充予枵腹。

噫，谢上帝，是予口腹料，是予睚眦仇，此非猱乎？铳之可！铳之可！予念未毕，予枪已发。猱闻声窜去。予健步追。不置一瞥间，猱已杳。予知附近必有穴以处之者，予将冥索之。

发现发现！予已觅得一穴。予犹不敢入，然腹馁力竭，势已穷蹙，总思不入虎穴焉得虎子，况英伦男子，从无有退缩者，何自馁！乃趑趄入。

大人二十余辈，肩摩穴中，装饰皆相似，而身量不齐。茜长、白鲁、希玛、生的末特，皆在列。见予入，齿震震。予呼茜长，前示以铳，曰："予将发大声，且杀汝！"茜长摇手止予。予诘以避匿事。茜长赧然不能答。

予馁甚。予先令供予食。食顷，大人渐避去，予亦不之虑。叩白鲁，白鲁乃以情告。岛后有穴聚族处者，为女土人。大人求偶皆趋此穴。惟大人懦，多婢其偶，故女大人有所命，即尊奉无少误。而女大人之心计运动又十倍于其牡者。

巨灵，茜长所爱者。茜长之偶因爱茜长而爱之，且更甚于茜长。巨灵去茜长而归女茜，女茜遂以坚壁清野之计进，而予因以受欺。

茜长之婢曰曼利 Mali，心尤狡，计予馁而愈，然后喉獒以毙予。幸予得茜长，并悉其竟委。至獒之聚处，大人之团居者，皆曼利所呼将伯以助者也。

白鲁希玛辈为茜长缓颊，予亦意料。茜长为被动力，而所谓曼利者乃其主动。予英伦固尊重女权者，然亦未闻有碍男子之自由。而男子亦未有牺牲于女权者。然蛮岛大人之女权，固无足讯焉。

予胁茜长、白鲁等四人尽出其牙爪，以膏予铳。不则行将施诸獒者，施诸大人。茜长等以衣食无出，丐予免，且述曼利不甘意，予告以尽杀猎獒后，耕织可以得衣食。即曼利不甘，予亦有创之。茜长默然。盖未知耕织之为何事，而曼利之何以可创。

予以耕织之理释之。茜长曰："是可以得衣食乎？何琐琐为？何碌碌为？舍逸而就劳，土人未有愿者，死不敢奉命。"

予知大人不可以理喻，且恃有内援，而予又深入，予必并除其内援，而大人当或低首予。

予欲占有此岛，族土人无遗，而予亦居然一无人岛大王耳。非计不出此也，予意欲抚有此众，以光大予英伦，并为人种学家得一考究之资料。而予计乃左，虽然予固衣食无所可赖者，悠忽居此，而出险之日，尚有待焉。

予衣食将何出乎？予非廉者，不饮盗泉。予实赖彼等生活。故予不以强硬，而以柔顺。

大人性刚而胆怯，柔顺可以动之，大声可以威之。女土人固以柔顺羁勒其牡者，予将易予柔顺手段，挟牝以制牡，计当不再左。

酋长瑟缩如猬，予慰之，并告以不相扰。酋长喜，距跃，捧予足抚摩至再。予又丐酋长引至曼利处。酋长摇首，予故摩予铳，酋长乃若不得已然者，引予去。而白鲁辈，及他穴聚此之土人，亦尾予以行。至后岛，果得一穴，酋长辈先入，予潜尾以进。

牝牡错杂，穴中几无隙地。语啾唧，若有所议者。予知予于穴中抟食时，有潜出至此围议，将以甘心予者。

女酋膝坐于地，他牝者十四人，意或为其部下，旁坐，气焰与予初遇酋长时，酋长对待其部下之威无少异。酋长入，与女酋长行捧足礼。女酋怒目视，酋长瑟缩退。他大人亦各就其牝，以行其正式之捧足礼。各退立，窃窃议。

先发制人而不见制于人。予拟试发一铳以觇女酋及其部下之惧大声与否。出铳拨机，望空一发。声轰然，大人悉倒卧。女酋若无事焉者。跃起，嗾一獒踪迹予。獒大于巨灵，而灵捷亦过之。奔出得予，口翕张，将肆其毒噬。予急拨枪机，弹五出，而獒犹踊跃前。予无以为计，退穴外，而群獒又俟于外，眈眈作欲噬状。

噫！予以优胜之势，而一变为败奔。予命运为何哉。予跟跄前进，屡返顾，若猎猎者又蹑予后，予何敢或怠。

噫，甚矣惫。予为彼女酋苦。予何以自解？予且止，计万全而后可。

予检点弹药，仅存四十余。出后若失败如今日，则四十余弹顷刻耳。而衣食且不得。若以铳猎，则弹药又安出？欲如法制炼，则资料器件又安出？且弹丸经热性涨，尤不合于弹线，重行检用，势必危险。前此勉以装置，恐仍不合于其用。噫，予殆矣。

予今夜之何所居？何所食？此又予大切之问题。

饥肠辘辘，刻不能耐。呦呦声出于前，视之，兔也。急发铳射之。噫，上帝爱予。上帝知予馁而以兔济予饥乎？弹出轰然，兔亦呦然倒。予额手，以为今夕当不至以枵腹度者。

晚色苍茫，飞走出没，一瞥间有庞然者冲予过。予又将射之，而物善趋避。予铳犹为发，予所射击之兔，反为负去。噫，予辛苦所获者，彼物窃负以去，心又何甘！急逐之至里许，切近视之，噫，是即予颠倒恐怖之女茵之巨獒。

噫，巨獒猎以奉大人，予更猎以奉獒。獒亦狡矣。顾予苟可以自奉，固无伤，而今夕又将忍饥，可奈何！噫，是岂女茵之狡耶，予知之矣，必有潜伏予左右以伺予者，予不能无备。

铳不能制女茵之獒，予恐反为所制。急反奔，涉高崖以瞭望之，则前后左右悉伏獒，举磨牙以待，乘予倦以攻予。至此，予几为彼砧上之肉。

星斗光芒闪闪，射予目。四壁吠声彻夜不绝，予不睡，獒亦无奈何予。盖獒亦惧予之铳者。惟弹药有尽期，而相持无穷日，予终且果獒腹。

大人藏身穴中，不予觊。不然，予丐大人为予道地。俾得盂饭席地如向者。予亦不相扰。

辗转不得一当，进退无以为计。此予白列斯托出发时，上帝示象以告予者，予不自修省，予负上帝。噫，安有延予生命一刻于万安，如大海之帅父，再发现此大人岛乎？不然，予不为大人之腊者几希矣。

予书予笔记至此。予已不再望有续记于此书者。顾予或牺牲于大人，世当无有知予者。予幸有此笔记，或可传播伦敦。而冒险家之席，或于有意无意中得占其一角。

予饥愈不敢计。予将设法流传此笔记。噫，剖竹可乎？噫，予未遇大人时之希望，至此尽消灭矣。噫，英伦君主，其加予以特别褒赏乎？英伦同胞，其宠予以非常欢迎乎？

约翰鼎利孙，航海获浮竹。剖之，中储此笔记。记为一种沙木之叶，而以木炭书字于其上，模糊断续，不可辨识，模拟以得之。海水苍茫，既无经纬度之可据，又无年月日之足凭，援手不得，望洋兴叹而已。

〰️ **考释**

　　老骥氏，又名南支那老骥氏，是清末小说家马仰禹的笔名。其所作《大人国》，发表于光绪丁未二月发行的《月月小说》第六号，又在第七号和第八号上连载。

　　老骥氏的这篇《大人国》，构思奇特，主旨暧昧。似乎在嘲讽英帝国的海外殖民行径，似乎又在暗示希望我中华可以寻思去海外开拓新的空间，表示出一种在当时背景下一种"不合时宜"的海洋霸权思想。

九十六、[清] 陈天华《狮子吼》（节选）

[清] 陈天华《狮子吼》，阿英编《晚清文学丛钞》（小说三卷·下册），中华书局 1960 年

第三回 民权村始祖垂训　聚英馆老儒讲书

话说浙江沿海有一个小岛，名叫舟山，周围不满三百里。明末忠臣张煌言奉监国鲁王驻守此地，鏖战多载，屡破清兵；后为满洲所执，百方说降，坚不肯屈，孤忠大节，和文天祥、张世杰等先后垂辉。那舟山于地理上，也就很有名誉，和广东的崖山（宋陆秀夫负少帝投海殉国于此）同为汉人亡国的一大纪念。那舟山西南有一个大村，名叫民权村。讲到那村的布置，真是世外的桃源，文明的雏本，竟与祖国截然两个模样。把以前的中国和他比起来，真是俗话所谓"叫化子比神仙"了。该村烟户共有三千多家，内中的大姓就是姓孙，除了此姓以外，别姓的人不过十分中之一二。有议事厅，有医院，有警察局，有邮政局；公园，图书馆，体育会，无不具备。蒙养学堂，中学堂，女学堂，工艺学堂，共十余所。此外有两三个工厂，一个轮船公司。看官，你道当时中国如此黑暗，为何这一个小小村落倒能如此？这是有个大典故的。当满洲攻打舟山之际，此村孙家有个始祖，聚集家丁子弟、族人邻里，据垣固守，满洲攻了好几次，终不能破。那老临死，把一村的人都喊到面前，嘱咐道："老朽不幸，身当乱世，险些儿一村的人都要为人家所杀。今幸大难已过，然想起当日满洲的狠毒，我还恐怕、痛恨得很。我想满洲原是我国一个属国，乘着我国有乱，盗进中原，我祖国的同胞被他所杀的十有八九。即我们舟山一个孤岛，僻处海中，也不能免他的兵锋。四五年之中，迭次侵犯我这一村。多蒙天地祖宗之灵，一村保全。然你们的祖父，你们的伯叔，你们的兄弟，已死了不少；你们的姑母姐

妹，嫁在别村的，为满洲掳去，至今生死不明。这个仇恨，我已不能报了，望你们能报。你们不能报，你们的子孙总要能报。万一此仇竟不能报，凡此村的人，永世不许应满洲的考，不许做满洲的官，有违了此言的，即非此村的人，不许进我的祠堂。更有一句话：无事时当思着危难时候。这武艺一事，是不可丢了的。女子包脚很不便，我村不可染了这个恶习。"说完便死了，此村的人永远守着他始祖的遗言，二百余年，没有一个应考做官的。名在满洲治下，实则与独立国无异。原先仇视洋人，看见洋人就磨刀要杀。满洲道光年间，舟山为英国所占，英兵从民权村经过，杀了村里二人。村中即鸣锣聚众，男女四五千人，器械齐全，把英兵团团围住，英兵主将得信，立即带了大兵往救，损了数百兵丁，死了数员头目，才拔围而出。那时英兵和满洲官兵交战，没有败过一次，单单这次被民权村杀得弃甲丢枪，损兵折将。因此民权村的名，各国都知。后民权村有几个名人，游历英、法、德、美各国回来，细考立国的根源，饱观文明的制度，晓得一味野蛮排外，也是不行的；必先把人家的长处学到手，等到事事够与人平等，才能与人争强比弱。单凭着一时血气，做了一次，就难做第二次，有时败下来，或不免折了兴头，不特前此的壮气全无，倒要对人恭顺起来，乞不可耻！所以他们回了民权村，即把人家的好处如何如何，照现在的所为，一定不行的话，切实说了。即提议把村中公费及寺观产业开办学堂。那时反对的人十有其九。这几个人也不管众人的是非，自己拿出钱财，开了一个学堂。又时时劝人到外洋求学。那些不懂事的人，说他们"如今入了洋教，变了洋鬼子，反了始祖的命令，了不得"！带刀要刺杀他们，有几次险些儿不免，这几个依然不管，只慢慢的开导。数年以后，风气便回转来了，出洋的也日多一日。把一个小小的村子，纯仿文明国的办法。所以有这般的文明，仇满排外主义，此前越发涨了好多。前事少叙，话归本传。且说民权村中有一个孙员外，孀人赵氏，中年在南洋经商，因此发迹，家财千余万，好善乐施，年已五旬，膝下尚没有嗣息。一日，孀人身怀有孕，到了临盆时期，员外孀人老年产子，未免有些耽心，请了几个产婆到家伺候。只听得"呱呱"之声，孩子已生出来了。过了三日，员外抱来细看，生得面方耳大，一望而知为不凡之器，不胜大喜！及至周岁，替他取了一个名子，叫做"念祖"。年三四岁，即聪慧异常。不到五六岁时候，看见一个小小虾蟆，被一条二尺多长的蛇咬了，不胜愤怒，他拿起一根小木棍想打那蛇，带他的家人连忙要抱住他，那里抱得住，说道："我要打死他！我看不得这些事！"这家人另唤一个人把那蛇打死，方才甘休。是岁入了蒙养学堂，蒙养毕业，入了村立的中学堂。这学堂的学生共有二三百人，总教习姓文，名明种，原是江苏人氏，是一个大守旧先生。他讲了多年的汉学，所著的书有八九种，都是申明古制，提倡忠孝的宗旨。视讲洋务者若仇，以为这些人离经叛道，用夷变夏，盛世所不容，圣王所必诛，凡欲为孔孟之徒的，不可不鸣鼓以攻之。做了好几篇论说，登在《经世文编》内。又拟了几个条陈，打量请一个大员代奏，系言学堂不可兴，铁路不可修，正学必崇，邪说必辟等事。那些守旧党都推他老先生做一个头领，讲论风生，压倒一时。文明种说一句，四处都传出去了，那班想要阻挠新政的朋友，盗来写在奏摺内，一定成功的。不料他有一个得意门生，瞒了他私往日本国留学。他得了信，噪的了不得，说等他回来，一定要将他打死。有一年，那门生竟然回来了，一直来见文明种。文明种一见了那个门生，暴发如雷，那时没有刑杖在身边，顺便拿起一根撞门棍，望那门生当头打去。那门生忙接住了撞门棍，禀道："请老师息怒，待门生把话说清，再打不迟。"文明种气填满了胸膛，喘息应道："你说！你说！"那门生又道："一时不能说清，请老师容我说六日。"文明种道："你且说起来。"那门生便把近世的学说，反复说了几遍。文明种又动了几次气，不能容了，又要起来打那门生。那门生扯着他不放，嘴里只管说下去。后来渐渐文明种的气平了，容那门生说。说到第三日，文明种坐也不是，行也不是，便不要那门生说了。那知他想了好几日，忽然收拾行李，直往日本，在某师范学堂里听了几个月的讲，又买了一些东文书看了，他的宗旨便陡然大变，激烈的了不得，一刻都不能安。回转国来，逢人便讲新学。那些同志看见他改了节，群起而攻他。同县的八股先生打开圣庙门，祭告孔圣，出了逐条，把他革出名教之外。文明种不以为意，各处游说；虽有几个被他说开通了的，合趣的终少。江宁高等学堂聘他当汉文教习，他以为这是一个奴隶学堂，没有好多想头，不愿去。听得民权村很有自由权，因渡海过来，当了那里学堂的总教习，恰好念祖便在这一年入了学堂。文明种见那里一班学生果然与内地不同，粗浅的普通学问无人不晓。内中尤其有两个很好的：一个名叫绳祖，一个名叫肖祖，都是念祖的族兄弟，比念祖略小一点。绳祖为人略文弱一些，而理想最长，笔下最好。肖祖性喜武事，不甚喜欢科学。文明种把他三人另眼看待，极力鼓舞。到了次年，又有一个姓狄名必攘的，来此附学。必攘住在舟山东北，离此七八十里，学问自然不及三人，却生得沉重严密，武力绝伦，十三岁时候，能举五百斤重的大石。文明种也看上了他。他虽不与三人同班，文明种却使他与三人叙交，他三人也愿交必攘。四人水乳相投，犹如亲兄弟一般。文明种看见这学堂的英才济济，心满意足，替学堂取了一个别号，叫做聚英馆。又做了一首爱祖国歌，每日使学生同声唱和。歌云：(歌文原稿已遗，故中缺)……。那聚英馆的学生听了此歌，爱祖国的心，不知不觉生出来了。

🌥 考释

陈天华（1875—1905），清末资产阶级革命派出色的宣传家。原名显宿，字星台，亦字过庭，别号思黄。湖南新化人。1903 年春，以官费生被送日本留学，后回国准备策动武装起义。不久，在湖南长沙参与发起秘密革命团体华兴会，并到江西策动军队起义。1904 年春，再到日本。1905 年 6 月，与宋教仁等创办《二十世纪之支那》杂志。8 月，中国同盟会成立，他任秘书，并被推为会章起草人之一。12 月 7 日留下《绝命书》，投海自杀。

陈天华的章回小说《狮子吼》现存 8 回，最初发表在 1905 年 12 月出版的《民报》第二期，署名"过庭"，后分别在第三、四、五、七、九号上续载。成为影响巨大的一部政治小说。可惜后因作者蹈海赴义，成未竟之作。

小说描写狄必攘、孙念祖等人组织革命党，联络会党，留学欧美，以欧美资本主义国家为师进行反清革命斗争，建立新中国的故事。故事发生在一个浙江沿海一个名叫"舟山"的海岛上。明代遗民将岛建成一个政治乐园，岛上有一个"民权村"，礼堂、医院、邮局、公园、图书馆、体育馆俱备，还有三家工厂、一家轮船公司和许多现代化的学校，全都办理得井井有条，为岛上的大约 3000 个家庭谋福利。充分显示了晚清小说的政治幻想性特征。

《狮子吼》属于政治小说。这与当时时代的政治和文学生态有关。清末的政治小说思潮的产生和发展与日本文学有直接的关系。戊戌变法失败后，梁启超乘日本军舰逃亡，随身携带的物事中有一本名叫《佳人奇遇》的小说，作者为日本作家柴四郎。它出现于十九世纪八十年代的日本，与另一本名叫《经国美谈》（作者为矢野龙溪）的小说一样，都属于日本政治小说，以开启民智和宣传政党政治目标为小说追求。梁启超阅读《佳人奇遇》后，大受启发，认为可以用小说形式来表达、宣传他的政治观点和政治理想，于是不但随即翻译和发表，而且还亲自创作了《新中国未来记》这样一部政治寓意强烈的政治小说。

根据江苏社科院文学研究所编《中国通俗小说总目提要》、阿英编《晚清小说目录》、上海图书馆编《中国近代期刊篇目汇录》等资料，可以发现晚清时期这类描述未来政治的乌托邦式小说有二十几部之多。因此在清末，政治小说已经有相当的气候。这些政治小说不但在文本实践上进行了多方面的探索，而且还同时进行了创作理论上的总结。

1904 年 2 月，陈天华与黄兴、宋教仁等在长沙成立革命组织"华兴会"，并参与筹划武装起义。起义失败后，他避难日本，与宋教仁等创办《二十世纪之支那》杂志，运用宣传手段来鼓吹革命。1905 年 8 月"中国同盟会"成立，他是骨干成员之一，参与会章及文告的起草工作以及机关刊物《民报》的编辑工作，并兼任撰述员。这时候的陈天华已经完全是一个职业的民主革命家了。

《狮子吼》是陈天华的"海洋政治想象"作品。虽然是未完成的"残本"，但《狮子吼》的确提供了一幅清末革命家的"国家政治想象"画卷，而其中所包含的"海洋政治国家"元素，值得高度关注。

《狮子吼》的理想是"纯仿文明国的办法"，创建一个"文明国家"。与当时许多民族革命家一样，"政治和制度西向"成了陈天华国家政治诉求的根本向度。可是与一些完全西化的建国观不同，陈天华的"共和国"理想蓝图，是建立在民族主义立场的基础之上的。

在《狮子吼》里，主要人物为孙念祖、孙绳祖、孙肖祖、狄必攘等一批热血青年。从陈天华为他们命名的名字上，就可以清晰地看出他的民族主义立场。当然这种民族主义不同于闭关自守、拒绝西方进步文化的狭隘主义。在小说中，这些热血青年是中西政治文化的结合。他们在聚英馆老师文明种的启发、教导下，投入到了建立新国家的斗争之中。

《狮子吼》构建的国家"舟山民权村"处在海洋之中。这里有议事厅，有医院，有警察局，有邮政局；还有公园、图书馆、体育会，凡是现代社会具有的公共设施，它无不具备。

美好的海洋环境，文明的管理组织，坚定的民族立场，这就是舟山民权村这个"海洋独立国"的三大品质，也是陈天华"国家海洋政治想象"中的三大维度。

陈天华以《狮子吼》表明他是中国海洋政治意识的早期觉悟者之一。他认为中国若要富强，若要真正文明和进步，离不开海洋。应该说，这种观点和理念，是非常超前的。

九十七、[元] 汪大渊《岛夷志略》（存目）

　　汪大渊（1311—?），元朝时期的民间航海家。字焕章。江西南昌人。他的《岛夷志略》是元代中外海上交通地理名著。关于此书的写作，吴鉴在《岛夷志·序》中说："顾以海外之风土，国史未尽其蕴，因附舶以浮于海者数年，然后归。其目所及，皆为书以记之。"汪大渊自己在《岛夷志后序》里说："大渊少年尝附舶以浮于海，所过之地，窃尝赋诗以记其山川、土俗、风景、物产之诡异，与夫可怪、可愕、可鄙、可笑之事。皆身所游览，耳目所亲见。传说之事，则不载焉。"可见此书是汪大渊亲身经历的考察纪实，具有很高的可信度和史料价值。而从海洋纪实文学的角度而言，《岛夷志略》上承南宋周去非的《岭外代答》，下启明初马欢的《瀛涯胜览》、费信《星槎胜览》和黄衷《海语》等书，具有重大的海洋文学史意义。

九十八、[明]马欢《瀛涯胜览》（存目）

马欢，字宗道，自号会稽山樵，浙江会稽（今绍兴）人。回族人，出身于穆斯林世家，通晓阿拉伯文字。永乐七年（1409）、十一年、十九年和宣德六年（1431），四次跟随郑和下西洋，主要担任翻译工作。归国后撰写的《瀛涯胜览》详细记载了跟随郑和下西洋的经过及其所见所闻，因此极具史料价值。

关于此书的撰述动机，马欢在"自序"中说，"余昔观《岛夷志》，载天时气候之别，地理人物之异，慨然叹曰：普天下何若是之不同耶！永乐十一年癸巳，太宗文皇帝勅命正使太监郑和，统领宝船往西洋诸番开读赏赐。余以通译番书，亦被使末，随其所至，鲸波浩渺，不知其几于万里，历涉诸邦，其天时气候、地理人物、目击而身履之。然后知《鸟夷志》所著者不诬，而尤有大可奇怪者焉。于是采摭各国人物之丑美，壤俗之异同，与夫土产之别，疆域之制，编次成帙，名曰《瀛涯胜览》。俾属目者一顾之顷，诸番事实悉得其要，而尤见夫圣化所及，非前代之可比。"[1]《岛夷志》即元代汪大渊《岛夷志略》，马欢认为《岛夷志》所记的海外诸国情况，已经是够让人惊讶了，但是自己几次下西洋所见所闻，内容之丰富精彩，"尤有大可奇怪者"，于是特撰《瀛涯胜览》一书予以记录。所以马欢此书的目的是追求真实，而不是文笔。"是帙也，措意遗词，不能文饰，但直笔书其事而已。览者毋以肤浅消焉。"这种求实的态度保证了该书的纪实质量的可靠性。

1　[明]马欢:《瀛涯胜览》，北京：中华书局1985年版，第1页。

九十九、[明] 费信《星槎胜览》（存目）

　　费信，字公晓，号玉峰松岩生，江苏太仓人。曾四次跟随郑和等人下西洋。前后长二十余年。他每到一地，"辄伏几濡毫，叙缀篇章，标其山川、夷类、物候、风习诸光怪奇诡事，以备采纳"，于明英宗正统元年（1436）撰写成《星槎胜览》一书。

　　《星槎胜览》共分为两部分。第一部分为"前集"，为费信"亲览目识之所至"而形成的考察记录，记载描述了占城国、宾童龙国、灵山、昆仑山、交栏山、暹罗国、爪哇国、旧港、满剌加国、九州山、苏门答剌国、花面国、龙牙犀角、龙涎屿、翠蓝屿、锡兰山国、小呗喃国、柯枝国、古里国、忽鲁谟斯国、剌撒国与榜葛剌国等二十二个南洋及阿拉伯半岛国家和地区的人文地理。第二部分为"后集"，非第一手资料，而是费信"采辑传译之所实"，计有真腊国、东西竺等二十三国情况。

一〇〇、[明]巩珍《西洋番国志》（存目）

巩珍，生平事迹不详，从《西洋番国志》的"自序"中。可略知他号养素生，南京人，是以从军而被选拔为幕僚的，其他事迹就无可考察了。

与马欢《瀛涯胜览》和费信《星槎胜览》的广为流传、版本众多不同，巩珍的《西洋番国志》一直少为人知。《四库全书》有书目但没有此书。一直到1948年前后，在天津终于发现了珍藏的此书。后来珍藏者将它捐献给了北京图书馆，它才被世人所知。

《西洋番国志》共记载了二十多个海外国家，其先后次序和文字内容，与马欢《瀛涯胜览》基本一致。巩珍在自序中说他所记的各国资讯，都来自于"通事转译"所得。这个"通事"显然是指马欢，说明《西洋番国志》与马欢《瀛涯胜览》有渊源关系。

一〇一、[明] 黄衷《海语》（存目）

　　黄衷，字子和，号铁桥公。广东南海人。生卒年不详。弘治丙辰（1496）十八岁的黄衷考中了进士，初授南京户部主事，后来在浙江、福建、广西、云南、湖北等地做地方官。后来因平定农民暴乱有功，最后官至兵部右侍郎。晚年居家读书写作。《海语》一书，就是在这个时候写就的。

　　《海语》专记南海（包括南洋诸国）"风俗物麈"。作者在"自序"中提到《海语》的撰述过程时说："余自屏居简出，山翁海客，时复过从，有谈海国之事者则记之，积渐成帙，颇汇次焉。"所以说，虽然《海语》不是如"西洋三记"那样的实地考察记录，但是却是一部"亲耳所闻"之作，而且作者所采访的对象，都是长期海洋航行和海洋贸易、无数次进出南洋的海员，因此其叙述的可信度还是非常高的。

　　《海语》分成上、中、下三卷，分叙"风俗""物产"和"畏途"及"物怪"。它们都围绕南海和南洋展开，是"南海书写"的重要文献。

一〇二、[明] 屠本畯《闽中海错疏》（存目）

屠本畯，生卒年不详，主要活动于明万历年间（1573—1620）。字田叔，又字豳叟，号汉陂，浙江鄞县（今宁波）人。

《闽中海错疏》成书于明万历二十四年（1596）。在《闽中海错疏》的文末，还有这样一段附记："醯丞本畯将入闽，分陕使者曰：'状海错来。吾征闽越而通之。'丞入闽，疏鳞介二百有奇以复，且酬客问。分陕使者，今太常卿馀君君房也。丙申岁，嵩溪三层阁上题。"可见屠本畯撰写此书，不仅出于个人喜欢，其实还是一项公事任务。

《闽中海错疏》全书分三卷，上中两卷为鳞部，下卷为介部，所记鱼类（包括部分淡水鱼类）共有 80 多种，分属于 40 个科，20 个目，两栖类 10 种，分属于 3 个科；另外，还有软骨动物的贝类，节肢动物的虾类。所记海洋生物动物的内容，包括名称、形态、生活习性、地理分布和经济价值，里面包含着非常丰富的海洋文化信息。

一〇三、[明] 吴承恩《西游记》（存目）

　　吴承恩，字汝忠，号射阳山人，明代文学家，淮安府山阳县（今江苏省淮安市）人。作为神魔小说主要的代表作品，他的《西游记》具有浓郁的海洋情结，而且这种海洋因素，既是故事展开的空间背景，也是作品主旨的寄寓体裁。总的来看，《西游记》的涉海书写主要体现在以下几个方面：一是孙悟空是大海之子，他诞生于海岛；二是孙悟空的能力来自于海洋，它的武器金箍棒来自于大海深处，他的精神支持观音的道场也在海上；三是《西游记》对海洋持高度赞美态度，《西游记》里出现的海洋非常雄壮和美丽，可以说是天下胜景。《西游记》里的海洋世界，是人间仙境，是精神的源泉，是正义的化身。

一〇四、[明] 罗懋登《三宝太监西洋记通俗演义》（存目）

    罗懋登，字登之，主要生活于明万历年间。有人认为他是陕西人，也有人说他是江西人。《三宝太监西洋记通俗演义》，又名《三宝开港西洋记》《三宝太监下西洋》，是一部以郑和下西洋为背景创作的长篇神魔小说，叙事上模仿《西游记》。郑和下西洋本是一件伟大的航海实践活动，因此《西洋记》实际上是古代与海洋航行关系最为密切的一部长篇小说。

    由于采用神魔小说的叙事方式，因此《三宝太监西洋记通俗演义》里出现的海洋，其实并不是现实海洋，而是一种想象性的、超现实的文化空间。这固然成就了它神魔小说的成就，可惜中国从此失去了一次进行光彩夺目的现实主义航海书写的机会。

一〇五、[明] 吴元泰《上洞八仙传》（存目）

　　吴元泰，号兰江，里居及生卒年均不详。约明世宗嘉靖末前后在世。《上洞八仙传》，又名《八仙出处东游记传》或《东游记》。它主要叙述铁拐（姓李名玄）得道，度钟离权，再度吕洞宾，二人又共度韩湘曹友，张果蓝采和何仙姑则别成道，是为八仙。八仙的故事，在民间有广泛的存在，可以说八仙故事本身便是民间演绎的产物。可是这个八仙闹东海的故事，在神魔小说的叙事框架下，却将八仙与海洋处于对立状态下，演绎成一出几乎有点莫名其妙的技能比赛。因此《上洞八仙传》的主题，是比较隐晦的，八仙所代表的文化价值和海洋所代表的文化价值，在作品中是非常模糊的。

一〇六、[清] 汪寄《希夷梦》（存目）

　　汪寄，安徽徽州人，生卒年不详。《希夷梦》的最大特点是对海洋及海外世界的描写和想象。小说叙说五代十国末年，赵匡胤发动陈桥兵变，登上皇位，朝臣纷纷归顺，惟闾丘仲卿和韩速奔走于南唐和西蜀欲图复国。途中两人被引至黄山希夷老祖洞府，梦中来到了汪洋大海中的浮石等海岛诸邦，经过 50 多年的努力，终于完成了自己的大业，最后才发现是一场希夷之梦。这部涉海叙事很有特色。它体现出一种亲临其海的"在场写作"的姿态，一些海洋氛围的描述很有场面感。另外，在传承前人硬水洋、软水洋等海洋想象的基础上有所突破。再者，《希夷梦》把海洋神仙岛意象实体化。小说中的浮石、浮金、天印、双龙等海国，都是以传说中的蓬莱、方壶、瀛洲等海洋神仙岛作为材料来源构建的，但作者并没有将其神化、虚化，而是当作一个个客观存在的现实海岛进行描述。

一〇七、[清] 刘鹗《老残游记》（存目）

刘鹗（1857—1909），字铁云，笔名洪都百鍊生，清江苏丹徒（今江苏省丹徒县）人。《老残游记》是以"象征海洋"的寓言手法开始整个叙事的。小说开头，写老残因多喝了两怀酒，觉得身子有些困倦，就跑到自己房里一张睡榻上躺下，结果做了一个梦。梦中他与文章伯和德慧生两位至友一起来到登州海边游玩。他们登上蓬莱阁观看日出，在那天水交接的地方，原来是一只帆船出没于那洪波巨浪之中。船身长有二十三四丈，原是只很大的船。船主坐在舵楼之上，楼下四人专管转舵的事……原来这些都是具有象征意义的。"二十三四丈长代表 1911 年革命前中国的二十三四个行省"，而"约有三丈长的破漏，代表当时的满洲"正受"日俄窥伺"。至于"东边的伤痕"，暗示的是"受英德虎视眈眈的山东"。在梦境的后半部分，刘鹗写了对于未来中国前程的预测和担忧。作者描写叛徒（革命者）正向船主（国君）和舵手（国家的主要臣宰）挑战，似乎想改变船的走向。但是这群叛徒自己却贪婪投机，既不能使船脱险，也不能挽救船上人的命运。他们还诬陷老残这样希望凭借西方的"航海工具"来对中国这条"老船"进行改革的人为"洋鬼子差遣来的汉奸"，加以迫害。

一〇八、[清] 李汝珍《镜花缘》（存目）

　　李汝珍（约 1763—1830），字松石，号松石道人，直隶大兴（今属北京市）人，晚清小说家。《镜花缘》是他最著名的代表作。

　　《镜花缘》借鉴《山海经》的海国话语进行情节安排。从多个方面继承了《山海经》的"海洋叙事"。 譬如君子国是《山海经》营造的海洋意象之一，却成了《镜花缘》的主要故事空间之一。《镜花缘》还对海洋贸易持比较积极的肯定态度，显示了作者比较开明的意识。

一〇九、[清] 落魄道人《常言道》（存目）

　　清末长篇小说《常言道》，又名《富翁醒世传》，四卷十六回，题"落魄道人编"。

　　有关"落魄道人"的资讯极少。《常言道》书前有序，署"嘉庆甲子（1804）新正人日西土痴人题虎阜之生公讲堂"。"新正人日"指正月初七，这一天称为人节或人庆节。生公即梁僧竺道生。传说他在苏州虎丘寺聚石讲经，石皆点头。从这句自序来看，作者似乎是苏州一带的人。

　　本书为寓言体讽刺小说，主要讽刺金钱万能论。它评判当时唯利是图的社会恶习。说金钱"无德而尊，无势而热，无翼而飞，无足而走，无远不往，无幽不至。上可以通神，下可以使鬼，系斯人之性命，关一生之荣辱。危可使安，死可使活，贵可使贱，生可使杀；……真是天地间第一件的至宝"。它和《镜花缘》几乎同时问世，两书的艺术构思略有相近之处。

　　《常言道》围绕"子母金银钱"展开。其基本结构是"小人国"和"君子国"对照描写。信奉金钱至上主义者钱士命（钱是命）、施利仁（势利人）都生活在小人国里。为了得到"子母金银钱"，他们无所不用其极。与之形成鲜明对照的是生活在君子国的文明人。

　　小人国和君子国的位置都在海中。这两个海洋国家不同的金钱观和文化自觉成了海洋叙事的一种隐喻。

后 记

2005年5月，我刚调到浙江海洋学院人文学院不久，就接到一项学院布置下来的任务：选编一本古代海洋文学文献集。当时学院拟选编古代海洋小说、海洋散文和海洋诗歌。我分到的任务是选编海洋散文。我向学科负责人张教授提出，由于我平时比较喜欢小说，自己也发表过几篇小说，因此希望改为由我来选编古代海洋小说。张教授同意了我的请求。2006年，《中国古代海洋小说选》顺利出版。

我没有想到，从此开始了我对于古代海洋文学长达十多年的研究之旅，文献搜索仍然是第一位的，搜索的范围也逐渐从海洋小说扩展到其他文体，而且还越来越觉得，对于涉海文学而言，一般意义上的小说、散文等概念，已经很难加以清晰的区分。尤其是笔记体著作，古人的书写，很多都是跨文体写作。因此，我在本课题中，采用了"涉海叙事"这样包容性比较大的概念，而不是相对比较狭义的"海洋小说"概念。

从《山海经》到晚清老骥氏的《大人国》，搜集的文献越来越多。衷心感谢全国高等院校古籍整理研究工作委员会的各位评委专家，你们公正无私的评审和帮助，使我有机会对这些文献进行整理并出版。

我的专业并非文献学，所搜集的资料多有遗漏，对于文献的整理可能也并不完全符合文献学术规范，敬请大家指正。

倪浓水
2020年5月于浙江海洋大学揽月湖畔